AF398566

Amy Nordberg hat während einer Reise zu sich selbst mit dem Schreiben begonnen und kann seither die Finger nicht mehr davon lassen. Wenn sie nicht gerade ihrem Kater als Unterlage dient und in die Tasten haut, dann streift sie mit ihrer Hündin durch die Natur und denkt sich dabei den nächsten Plot aus. Besonders interessiert sie sich für die menschliche Psyche – und deren Untiefen. Nebenher forscht und arbeitet sie auch, aber das ist eine ganz andere Geschichte.

André Wegmann wurde 1978 in der norddeutschen Kleinstadt Friesoythe geboren, wo er auch heute wieder lebt. Seit 2011 arbeitet er als freiberuflicher Texter und Autor. Er hat bereits über zehn Horrorromane und Thriller veröffentlicht. Sein Horrorthriller „Dschinn" gewann 2020 den renommierten Skoutz-Award in der Rubrik „Horror". Wenn der Autor nicht gerade mit den Fingern in die Tastatur haut, überlegt er sich beim Sport oder bei Ausflügen in die Natur, wie er seine Leser zukünftig unterhalten kann.

MÖRDERISCHE TIDE

AMY NORDBERG
& ANDRÉ WEGMANN

Erstausgabe Dezember 2024

Copyright © 2024 dp Verlag, ein Imprint der
dp DIGITAL PUBLISHERS GmbH
Made in Stuttgart with ♥
Alle Rechte vorbehalten

Mörderische Tide

ISBN 978-3-98998-460-8
E-Book-ISBN 978-3-98998-277-2

Covergestaltung: Buchgewand
Umschlaggestaltung: ARTC.ore Design
Unter Verwendung von Abbildungen von
shutterstock.com: © Olex Runda, © DedMityay
depositphotos.com: © kerro_Spb,
stock.adobe.com: © romanb321, © Silke Koch, © Gabriele Rohde
Lektorat: Astrid Pfister
Satz: dp DIGITAL PUBLISHERS GmbH
Druck und Bindung: Books on Demand GmbH, Norderstedt

Das Werk darf – auch teilweise – nur mit
Genehmigung des Verlages wiedergegeben werden.

Prolog

Mit zitternder Hand gab Fenna Tütken einige Löffel der kräftigen Ostfriesen-Mischung in das Teesieb. Dunkle Knospen fielen neben die geblümte Porzellankanne, die ihr Sohn Heiko ihr vor Jahren geschenkt hatte. Der würzige Duft ließ sie einen Moment lang beinahe die schmerzende Arthrose vergessen. Während sie vor der Anrichte darauf wartete, dass das Wasser zu kochen begann, driftete ihr Blick aus dem spaltbreit geöffneten Küchenfenster. Früher einmal war in der Ferne der Deich als grüner Streifen am Horizont auszumachen gewesen, aber mittlerweile verbargen etliche Neubauten die Sicht darauf. Sie atmete tief ein und genoss die salzhaltige Luft, die unverkennbar von der Nähe des Meeres kündete.

Das könnt ihr mir nicht nehmen, dachte sie und kämpfte gegen die leichte Melancholie an, die in ihr aufkam, weil sie die Teezeit ganz allein verbringen musste. Heiko würde erst morgen zu seinem wöchentlichen Anstandsbesuch vorbeikommen und fast alle weiteren Familienmitglieder und Freunde hatte das Leben ihr mit der Zeit genommen. In nicht allzu ferner Zukunft würde Gevatter Tod auch an ihre Tür klopfen. Mit ihren neunundachtzig Jahren hatte sie schließlich bereits ein stolzes Alter erreicht.

Nein, so durfte sie nicht denken, ermahnte sich Fenna. Immerhin war sie bis auf einige mehr oder weniger ausgeprägte Wehwehchen noch immer wohlauf.

Ihr Hörvermögen ließ allerdings zu wünschen übrig. Sie trat näher zum Wasserkocher und drückte die Grifftaste. Als sich die Klappe öffnete, beugte sie sich hinunter und prüfte, ob das Wasser bereits kochte. Tatsächlich, sie konnte ihren Tee aufgießen. Wasserdampf benetzte ihre Brillengläser und trübte ihre Sicht. Stöhnend bog Fenna ihren schmerzenden Rücken durch und nahm ihre Brille von der Nase, die sie stets an einer Kette um den Hals trug, um sie am Saum ihrer Strickjacke abzuwischen.

In diesem Moment erklang das schrille Läuten der Türklingel, die Heiko ihr vor einigen Jahren auf die höchstmögliche Lautstärke eingestellt hatte. Überrascht griff sie nach ihrem Gehstock, den sie an die Anrichte gelehnt hatte, und tippelte aus der Küche in Richtung Tür. Aus dem Wohnzimmer hörte sie Petrus, ihren Wellensittich, trällern, der die Stimme des Nachrichtensprechers im Fernsehen übertönte.

Wer konnte das denn sein? Sie erwartete niemanden. Bis auf Heiko und die Nachbarn, die sich ab und an nach ihrem Befinden erkundigten, kam selten jemand zu Besuch. Ob das wieder irgendeiner dieser Tunichtgute war, der ihr etwas andrehen wollte? Sie kaufte nichts! Das würde sie sofort klarstellen.

Vor der Haustür angekommen schob sie den Vorhang, der das schmale Glasfenster verdeckte, ein Stück zur Seite. Dabei fingerte sie nach ihrer Brille, die vor ihrer Brust baumelte. Als sie schemenhaft die weiße Kleidung ausmachte, die die Person vor der Tür trug, huschte ein Lächeln über ihr Gesicht und sie spürte, wie die Anspannung aus ihren müden Knochen wich.

Am Morgen hatte sie in der Apotheke ihre Pillen kaufen wollen. »För dat Gemööd«, wie sie zu sagen pflegte. Zu ihrem Ärger waren sie allerdings nicht vorrätig gewesen. *Früher hätte es das nicht gegeben*, dachte sie. *Dass man ihr die Medikamente direkt vor die Tür brachte.* Erfreut drehte sie den Schlüssel im Schloss herum, riss die Haustür auf und begrüßte ihren Gast mit einem beherzten Moin.

»Moin«, kam es tonlos von ihrem Gegenüber zurück, der sogleich ins Haus trat und die Tür schloss. Überrascht über das entschlossene Eintreten stolperte Fenna einen Schritt zurück und bemühte sich hastig, ihre Brille aufzusetzen. Als ihr dies gelungen war, blinzelte sie mehrmals. Ihr Besuch erschien ihr recht groß und um einiges breiter als sie selbst.

»Brengen Se mi de Pill...«

Die Hände ihres Gegenübers schnellten hervor und packten ihre Gurgel. Bevor sie reagieren konnte, war die Person bereits hinter sie getreten. Fennas Gehstock glitt ihr aus der Hand und polterte auf die Flurfliesen. Panik flammte in ihr auf, als sie spürte, wie sich die Brillenkette schmerzhaft in ihren Hals grub und ihr die Luft raubte. Sie röchelte, fasste mit ihren Händen an die Kette, rang verzweifelt nach Atem, doch die Kettenglieder schnitten mit solcher Kraft in ihre Haut, dass ihre Kehle zugeschnürt wurde. Ruckartig wurde sie jetzt nach hinten gerissen, ihre Füße verloren die Bodenhaftung. Verzweifelt trat sie um sich und versuchte, sich zu befreien.

Gevatter Tod war schneller gekommen als erwartet, dachte Fenna noch, bevor sie ihr Bewusstsein endgültig verlor. *Und er hatte nicht geklopft.*

1

Kriminalhauptkommissar Robert Strater biss beherzt in sein Nutella-Brot und gab ein verzücktes Grummeln von sich, als sich der schokoladig-nussige Geschmack auf seinem Gaumen entfaltete. Noch nicht einmal die grässlichen schwarz-weißen Kacheln der ultramodernen Küche, die seine Frau im skandinavischen Stil eingerichtet hatte, konnten diesen Augenblick zerstören.

»*Ahhhh!*«, gab er von sich und überflog die Schlagzeilen der vor ihm ausgebreiteten Tageszeitung, als das Klackern der Schuhabsätze auf den Flurfliesen seine Morgenruhe jäh unterbrach.

»Morgen«, sagte Saskia knapp im Vorbeigehen als sich ihre Blicke für einen Sekundenbruchteil begegneten. Er erwiderte den Gruß ähnlich enthusiastisch und trank einen Schluck Kaffee, der in Kombination mit dem Zucker aus der Nuss-Nugat-Creme langsam etwas Energie in seinen müden Körper pumpte.

»Dass du nicht irgendwann mal genug von diesem ungesunden Zeug hast.« Saskia hantierte auf der Anrichte herum und sah missbilligend auf seinen Frühstücksteller. Sie rümpfte die Nase, die in ihrem zarten Gesicht seltsam deplatziert, ja beinahe plump wirkte, biss sich auf die Lippen und schüttelte kaum merklich den Kopf. Instinktiv versuchte er, seine Konzentration wieder auf die Zeitung zu richten, aber da war dieser kleine Funken Ärger, der ihn davon abhielt. Nach rund zwanzig Jahren Ehe kannte er seine Frau gut genug, um ihre Mimik so zu interpretieren, dass sie sich gerade eine Bemerkung über sein Übergewicht verkniffen hatte. Betont langsam faltete er die Zeitung zusammen und blickte zu ihr auf. »Ich esse schon seit über vierzig Jahren morgens ein Nutella-Brot, wie du weißt, und sehe nicht ein, warum ich das ändern sollte.« Er ließ seinen Blick über ihren Körper schweifen. Sie trug einen auffällig kurzen schwarzen Bleistiftrock, der ihre trainierten Beine zur Geltung brachte. Die obersten Knöpfe ihrer enganliegenden weißen Bluse gaben den Blick auf ihr Dekolleté frei.

»So adrett zurechtgemacht?«, fragte er mehr, um das Thema zu wechseln, als aus Interesse.

Resignation war wohl das treffende Wort, das beschrieb, was er mittlerweile in Gegenwart seiner Frau empfand. Saskia war nie die klassische Schönheit gewesen, die irgendeiner Beauty-Zeitschrift entsprungen zu sein schien. Sie war besonders und individuell. Ihre schulterlangen kastanienfarbenen Haare, die offensichtlich frisch geschnitten waren, wie er gedanklich hinzufügte, rahmten ihr gebräuntes Gesicht mit den ausdrucksstarken braunen Augen ein, die ihn auf Anhieb in ihren Bann gezogen hatten. Seine Ehefrau hatte sich mit ihren fünfundvierzig Jahren hervorragend gehalten. Doch die Sportprogramme und Friseurbesuche, die gesunde Ernährung und die exklusiven Beauty-Treatments, von denen Robert zuvor noch nie gehört hatte, waren alle nicht für ihn bestimmt und das hatte ihn, als er zu dieser Gewissheit gelangt war, wie ein Peitschenhieb getroffen.

»Ich habe später einige Außentermine. Ich weiß noch nicht, wann ich heute Abend zurückkomme.« Saskia nahm sich einen Apfel aus dem Obstkorb und schnitt ihn auf einem Teller in mundgerechte Stücke.

Robert blickte auf die dick mit Nutella und Butter beschmierte Brotscheibe. Der Appetit war ihm vergangen. Doch wie zum Trotz stopfte er sich die ganze Scheibe in den Mund und versuchte zu kauen. Saskias Blick ignorierte er. Ja, es war feige. Er könnte sie einfach fragen, ob sie einen anderen hatte. Oder ob sie die Scheidung wollte. Aber irgendwas hinderte ihn daran. Fürchtete er sich vor der Bestätigung? Obwohl es seit einer Weile nicht mehr richtig rund lief zwischen ihnen – das gestand er sich durchaus ein – empfand er doch noch einiges für sie. Saskia lebte ihr eigenes Leben und er war froh, dass er nach seinem Zusammenbruch vor einem Jahr, als er noch in Hamburg tätig gewesen war, seine tägliche Arbeit auf die Reihe bekam. Falls sie mit einer Scheidung liebäugelte, hatte sie davon zumindest noch nichts anklingen lassen. Insgeheim wiegte er sich in der trügerischen Sicherheit, dass Saskia ihr Ruf mehr bedeutete, als ihre Freiheit. Außerdem profitierte sie von den Steuervergünstigungen ihrer Ehe. Sie würde es niemals zugeben, aber Robert wusste, dass Saskia, in Bezug auf Geldangelegenheiten, moralische Aspekte über Bord warf.

Er beobachtete, wie sie ein Glas aus dem Hängeschrank nahm, vor den Kühlschrank trat und die Tür aufzog. Einen winzigen Moment blieb sein Blick an ihrem Hintern haften, als sie sich hinunterbückte, um hineinzusehen, dann hörte er, wie sie einen schrillen Schrei ausstieß und abrupt nach hinten wich. Das Glas fiel ihr aus der Hand und zersprang klirrend auf dem Parkettboden.

»Was zum Teufel ist das?« Ihr Kopf ruckte zu ihm herum und er las Entsetzen in ihren Augen. Robert schob den Stuhl zurück, der daraufhin lautstark über den Boden schabte, und sprang auf sie zu. »Was ist denn los?«

Saskia funkelte ihn wütend an, machte einen Schritt zur Seite und deutete in den Kühlschrank hinein. Aus der Ablage über dem Gemüsefach starrte ihn *Shredder* treudoof aus seinen runden schwarzen Augen an. *Shredder*, so hatte Christoph, ihr mittlerweile flügge gewordener Sohn, die rund zwanzig Zentimeter große Gelbwangen-Schmuckschildkröte in Anlehnung an den Erzfeind der Ninja-Turtles genannt, als er das Tier zu seinem achten Geburtstag von Opa Karl geschenkt bekommen hatte. Robert war insgeheim froh gewesen, dass sein Sohn schon immer eine Vorliebe für die Antihelden und Gegenspieler gehabt hatte – da war er sich treu geblieben. Donatello oder Raphael hätte er das Reptil sicher nicht genannt.

Belustigt blickte Strater auf die Rucola-Blätter, die an Shredders Panzer hingen und schaute zu, wie dessen zahnloses, joghurtverschmiertes Maul emsig auf- und zuklappte. Offenbar hatte er die zur Hälfte mit Wasser und etwas Eichenlaub befüllte Kunststoff-Box nicht richtig verschlossen, in die er Shredder zum Überwintern gelegt hatte. Stattdessen hatte das Tier Saskias Salat erkundet und sich seinen angebrochenen Vanille-Joghurt schmecken lassen. Der Becher war umgekippt und der restliche Joghurt bildete eine Lache auf dem Ablagefach.

»Was grinst du denn so blöd?«, fuhr Saskia ihn an. »Was macht das Vieh im Kühlschrank?«

»Du weißt doch, dass man sie nicht im Gartenteich überwintern lassen soll«, sagte er und unterdrückte sein Grinsen. »Mitunter wird es nämlich jetzt schon frostig nachts.«

»Na und?« Saskia stemmte die Hände in die Hüften und sah ihn entgeistert an. »Dann besorg einen anderen Kühlschrank oder bau endlich das Terrarium im Keller auf.«

»Paludarium.«

»*Was?*«

»Es ist ein Paludarium, kein Terrarium.«

»Das ist mir scheißegal, Robert. Kümmere dich darum und nimm das Tier aus dem Kühlschrank.« Sie schien um Fassung zu ringen und schüttelte entgeistert den Kopf. »Irgendwie kriegst du seit einiger Zeit gar nichts mehr auf die Reihe. Ich hab dich jetzt auch schon bereits zwei Mal darauf hingewiesen, dass du nach meinem Auto sehen musst, weil der Motor so komische Geräusche macht.«

»Wieso fährst du nicht einfach mal bei der Werkstatt vorbei?«

»Weil ich keine Ahnung von Autos habe und die mir wahrscheinlich irgendwelche Reparaturen berechnen, die gar nicht nötig sind.«

Da war sie wieder! Diese knauserige Art, die ihn jedes Mal aufs Neue fuchsig machte. Nach ihrem Umzug nach Norddeich verdiente sie als Immobilienmaklerin noch besser als vorher, aber sie war schlicht zu geizig ihr schniekes BMW 4er Coupé in die Werkstatt zu fahren.

»Wozu habe ich denn einen Mann im Haus, wenn ...«

Und da ... das Naserümpfen, gefolgt von dem kurzen Biss auf die Unterlippe und dem Abwenden des Blickes.

»Wenn *was*?«

»Wenn wir ansonsten schon wie Brüderlein und Schwesterlein zusammenleben, Robert.«

Sie bedachte ihn mit einem hochmütigen, geradezu provokanten Blick. Er spürte einen Stich im Herzen. Sie hatten versucht, ihr Eheleben wieder zu beflügeln, aber die Medikamente, die er nach seinem Zusammenbruch hatte nehmen müssen, hatten seine Libido eine Zeit lang beeinträchtigt. Später dann war sie es gewesen, die jegliche Annäherungsversuche seinerseits mit teilweise fadenscheinigen Ausreden abgeblockt hatte.

»Egal, ich muss jetzt arbeiten.« Sie hob die Hände, als wolle sie mit ihm und dem Chaos auf dem Boden nichts zu tun haben und stapfte aus der Küche.

Robert nahm den kleinen Wicht aus dem Kühlschrank und trug ihn zur Anrichte. Scherben knirschten unter seinen Schuhsohlen. Er hielt das Tier mit der Linken im Untergriff, dabei ruderte es mit den Vorder- und Hinterbeinen, als würde es Trockenübungen im Schwimmen machen. Mit der freien Hand riss Robert ein Blatt Küchenpapier von einem Wandrollenhalter und tupfte den Joghurt von den gelb gestreiften Wangen der Schildkröte, denen sie ihre Bezeichnung verdankte. »Schmeckt fein der Joghurt, ne? So ein feiner Joghurt, was Shredder?«

Das Telefon klingelte, also legte er Shredder kurzerhand ins Spülbecken und stapfte entnervt in die Diele. Die aufgeregte Stimme von Kriminalkommissar Enno

Brunsen drang dumpf in sein Ohr. Sein junger Kollege
faselte irgendwas von einer Leiche.

15

2

Auf der kurzen Strecke nach Norddeich, die er in seinem silbergrauen Audi A6 C8 zurücklegte, versuchte Robert Strater angestrengt, sich nicht über seine Frau zu ärgern. Weitläufige grüne Wiesen zogen an ihm vorüber, auf denen Kühe grasten und sich Windräder wie eine Armee riesiger extraterrestrischer Maschinen aneinanderreihten. Der grenzenlos erscheinende Ausblick ließ Robert unwillkürlich tief durchatmen und der Unmut über Saskia verebbte langsam und wich Gedanken über die vor ihm liegende Aufgabe. Enno hatte von einer schlimm zugerichteten Toten geredet und Robert war gespannt, was ihn erwartete. Anders als die Krimi-Abteilungen der Buchhandlungen vermuten ließen, war Ostfriesland eigentlich kein Hotspot von Kapitalverbrechen und er konnte die Leichen, mit denen er es seit seiner Versetzung nach Norden zu tun gehabt hatte, problemlos an einer Hand abzählen. Hamburg war ein weitaus schlimmeres Pflaster gewesen, dort hatten Tote zu seinem Arbeitsalltag gehört.

Als schlimmste Erinnerung an der Küste geisterte die niedergestochene Angestellte eines Juweliergeschäfts durch seinen Kopf, die Opfer eines Raubüberfalls geworden und später im Krankenhaus ihren Bauchverletzungen erlegen war. Mithilfe der von den Überwachungskameras aufgezeichneten Bilder hatten Robert und sein Team den Mörder, einen ortsansässigen Junkie, nur wenige Stunden später aufgespürt und verhaftet.

Kurz hinter dem Ortsschild des staatlich anerkannten Nordseebads Norddeich, das gerade einmal wenig mehr als tausend Einwohner zählte, dirigierte die monotone Stimme des Navigationsgeräts Strater in ein Wohngebiet. Ein Stück voraus zuckte bereits das Blaulicht zweier Polizeifahrzeuge, von denen eines quer auf der schmalen Straße angehalten hatte. Strater parkte am Wegesrand neben einer mannshohen Hecke und stieg in dem Moment aus, als Enno Brunsen durch ein hüfthohes, grün lackiertes Gartentor trat und ihn energisch zu sich winkte. Sein junger Kollege, der mit seinen blonden Haaren und blauen Augen der Vorstellung eines waschechten Ostfriesen entsprach und wie immer direkt aus einem Modemagazin entsprungen zu sein schien, war für Roberts Geschmack mit seinem ganzen Gehabe eine Spur zu übertrieben. Er redete zu viel, gestikulierte zu theatralisch und lachte zu laut.

Obwohl es bereits Mitte Oktober war, herrschte eine spätsommerliche Wärme und die Sonne brannte von einem wolkenlosen Himmel. Strater schwitzte in seinem abgetragenen Mantel. Immerhin spendete eine frische Brise etwas Abkühlung, die die Gerüche nach Salz, Algen und Fisch mit sich trug.

»Sieh dir das an, Robert. Wer macht denn so etwas? Die arme alte Dame, Gott habe sie selig. Wenn ich mir vorstellen würde, dass das meine Mutter oder Oma wäre ...«

Brunsen trug heute ein hellgrünes Sakko und eine dazu passende Hose. Strater fragte sich, wie groß sein

Kleiderschrank war, denn das Repertoire seiner Outfits schien endlos zu sein.

Vorbei an gepflegten Rasenstücken folgte der Kommissar seinem Kollegen über einen kurzen Pflasterweg zu dem kleinen Einfamilienhaus, das wie die meisten älteren Gebäude im Ort aus rotem Backstein errichtet worden war. Vor der Haustür stand ein junger Streifenpolizist mit verdrießlicher Miene und nickte dem Kommissar leicht zu, der die Geste erwiderte.

»Schuhüberzieher und Handschuhe habe ich hier.« Brunsen hielt Strater die Sachen hin.

»Hast du schon die Kriminaltechnik und Gerichtsmedizin verständigt?«, fragte Strater und zog sie sich über.

»Ich wollte nicht vorgreifen.«

»Mach das jetzt sofort und kümmere dich auch darum, dass die Nachbarn befragt werden. Wo ist die Tote?« Strater drückte die Haustür auf und ging hinein.

»Nicht zu verfehlen«, sagte Brunsen in seinem Rücken, aber da sah der Kommissar sie schon. Die alte Frau lag rücklings auf den hellen Fliesen des spärlich eingerichteten Flurs, das linke Bein ausgestreckt, das rechte leicht angewinkelt. Ihr bauschiger burgunderfarbener Rock war ein Stück hochgerutscht, die transparente Strumpfhose offenbarte dünne Beine. Die weit aufgerissenen Augen der alten Frau blickten starr an die Decke und ihr Mund war wie zu einem stummen Schrei geöffnet. Am Entsetzlichsten fand Strater das dunkelviolette Strangulationsmal, das sich in ihren faltigen Hals eingebrannt hatte.

Wahrscheinlich war sie mit der Brillenkette erwürgt worden, die um ihren Hals hing. Strater verzog das Gesicht, als der penetrante süßliche Leichengeruch seine

Nase flutete und sich Betroffenheit in ihm breitmachte. Mit ihren weißen Locken und der zierlichen Figur erinnerte ihn die alte Frau an seine Schwiegermutter, mit der ihn ein ausgesprochen herzliches Verhältnis verband. Jemand hatte diese Frau brutal aus dem Leben gerissen. Die Endgültigkeit des Todes vertrieb jäh das in ihm wuchernde Gefühl der eigenen Bedeutungslosigkeit, die Saskia als Lethargie bezeichnete, und jagte einen Adrenalinrausch durch seinen Körper. Die starke Empfindung fühlte sich seltsam fremd an.

»Warum macht jemand so etwas?«, fragte Enno Brunsen, der hinter ihn getreten war. »Der Täter muss die arme Frau mit brutaler Härte ...«

»Ich seh's, Brunsen. Was haben wir so weit?«

»Die Tote heißt Fenna Tütken, ist neunundachtzig Jahre alt und alleinlebend. Ihr Sohn Heiko hat sie heute Morgen um kurz nach halb acht gefunden.«

»Wo ist er jetzt?«

»Er sitzt mit der Kollegin draußen auf der Terrasse.« Brunsen hatte sich neben Strater gestellt, fuchtelte mit dem Zeigefinger vor dessen Gesicht herum und deutete auf das gegenüberliegende Ende des Flurs, wo eine Tür halb offen stand. Vorsichtig bahnte sich Strater einen Weg an der Leiche vorbei, registrierte beiläufig den Gehstock, den die alte Frau fallengelassen haben musste, und warf einen Blick in eine zweckmäßig eingerichtete Küche. Gegenüber befand sich das Wohnzimmer, das mit Möbeln, Dekorationsgegenständen und allerlei Nippes überladen war. Im Türrahmen stehend erschrak Strater, als er plötzlich ein lautstarkes Zetern über sich vernahm. Unwillkürlich hob er den Kopf und erblickte einen gelbgrünen Wellensittich, der auf der Tür tippelte. »Sorg dafür, dass der Vogel in seinen Käfig kommt und stell in Gottes Namen die Heizung aus, hier drin ist es warm wie in einem Gewächshaus und dazu noch der Gestank ...«

Ohne eine Antwort abzuwarten, trat Strater durch die Tür am Ende des Flurs und durchschritt eine kleine Waschküche, um auf die Terrasse zu gelangen. Dort saßen ein weißhaariger Mann Mitte sechzig mit Schnauzbart und eine junge Polizistin, die die blonden Haare unter ihrer Uniformmütze zu einem Pferdeschwanz gebunden hatte, nebeneinander auf einer Gartenbank. Strater grüßte und wandte sich dem Mann zu. »Heiko Tütken? Mein herzliches Beileid.«

Er stellte sich vor und hielt dem Mann die Hand hin, die dieser ergriff und drückte. Obwohl er kräftig gebaut war, fiel der Händedruck eher schlaff aus. Seine leidgeplagte Miene ließ vermuten, dass ihm der Tod seiner Mutter sehr naheging. Strater zog sich einen Stuhl heran und nahm den beiden gegenüber Platz. Vögel zwitscherten in dem grünen Garten, in dem Rhododendren und Blumen bunte Farbakzente setzten. Das idyllische Ambiente bildete einen starken Gegenpart zum Anlass ihrer Zusammenkunft.

Strater räusperte sich und fragte: »Wann haben Sie Ihre Mutter zuletzt gesprochen und gefunden?«

»Gefunden habe ich Sie heute Morgen gegen halb acht. Ich komme meist donnerstags zum Frühstück vorbei. Ich begreife es nicht, das kann doch alles nicht wahr sein. Gestern Nachmittag haben wir noch miteinander telefoniert.«

Der Mann, der einen tannengrünen Pullover mit Kragen trug, vergrub sein Gesicht hinter seinen fleischigen

Händen und schüttelte den Kopf. Die Polizistin sah ihn mitfühlend an und legte ihm kurz eine Hand auf die Schulter.

»Ist Ihnen in der Wohnung etwas aufgefallen oder haben Sie selbst etwas verändert?«

»Ich dachte zuerst, Mama wäre gestürzt und wollte sie wiederbeleben. Aber als ich sie genauer angeschaut habe, war es mir sofort klar und ich bin zurückgewichen. Den Anblick werde ich nie wieder los. Wer ist zu so etwas fähig? Ich bin eine Weile planlos herumgelaufen, bevor ich Sie verständigt habe, aber verändert habe ich nichts. Nur den plärrenden Fernseher habe ich ausgestellt.«

»Gab es Menschen, die Ihrer Mutter nicht wohlgesonnen waren?«

Heiko Tütken nahm die Hände vom Gesicht und sah Strater an, als hätte dieser den Verstand verloren. »Mama ist … war eine liebenswürdige alte Frau, sie wollte keinem was Schlechtes und ich kann mir beim besten Willen nicht vorstellen, wer ihr das angetan hat.«

»Sie hatten ein enges Verhältnis zu Ihrer Mutter?«

»Wir waren ein Herz und eine Seele. Früher hatten wir auch mal unsere Probleme, aber in den letzten Jahren war das Verhältnis innig.«

Strater nickte verständnisvoll. »Ich würde Sie bitten, sich noch für weitere Fragen bereitzuhalten und später, wenn die Kollegen so weit fertig sind, zu schauen, ob in der Wohnung Ihrer Mutter irgendetwas fehlt.«

»Lebt Ihre Mutter noch, Herr Kommissar?«, fragte Heiko Tütken, als Strater gerade aufgestanden war.

»Ja«, antwortete er knapp.

»Egal wie alt man ist, es ist immer hart die Mutter zu verlieren. Aber es wäre etwas anderes, wenn sie friedlich eingeschlafen wäre anstatt diese ... Hinrichtung.« Tränen schimmerten in den Augenwinkeln des Mannes.

»Ich werde alles tun, um den Mörder zu finden«, versprach Strater und meinte es auch so. Er umrundete das Haus durch den gepflegten Garten und nahm für einen Moment die trügerisch friedliche Atmosphäre in sich auf.

Drinnen herrschte inzwischen emsige Betriebsamkeit, die Kollegen von der Kriminaltechnik, die in ihren weißen Schutzanzügen wie Astronauten anmuteten, waren eingetroffen. Einer von ihnen fotografierte die Leiche aus verschiedenen Blickwinkeln. Über dieser kniete gerade Doktor Paula Rosenfeldt, die Gerichtsmedizinerin, die ebenfalls einen Schutzanzug trug. Als sie Straters Blick auffing, stand sie auf und kam aus dem Haus. Sie streifte die Kapuze des Schutzanzugs ab, woraufhin eine freche silbergraue Pagenfrisur und freundliche grüne Augen zum Vorschein kamen, und nahm ihre medizinische Maske ab. »Moin. Kein schöner Anblick.«

Sie waren sich erst wenige Male begegnet und Strater hatte die Gerichtsmedizinerin, die er auf um die sechzig schätzte, als kompetente, sachliche Frau kennengelernt. »In der Tat. Haben Sie schon etwas für mich?«

»Nach dem Zustand der Leiche, genauer gesagt den Indizien des Henßge-Nomogramms, sowie der Ausprägung der Leichenflecken und der Leichenstarre, liegt der Tod schätzungsweise vierzehn bis sechzehn Stunden zurück. Tatzeitpunkt wäre also ...« Dr. Rosenfeldt streifte den weißen Ärmel des Schutzanzugs an ihrem linken Handgelenk hoch und schaute auf ihre filigrane Armbanduhr, »... zwischen sechzehn Uhr dreißig und achtzehn Uhr dreißig gestern Abend. Todesursache ist Erdrosseln, vermutlich mit der Brillenkette, was zu einer Komprimierung der Venen, Arterien und Atemwege und letztlich zum Atemstillstand führte. Genaueres kann ich aber erst nach der Obduktion sagen.« Doktor Rosenfeldt lächelte entschuldigend und ließ ihren Goldzahn aufblitzen.

»Vielen Dank fürs Erste, damit kann ich arbeiten.« Wieder spürte Strater das Adrenalin durch seinen Körper rauschen, das ihm im direkten Angesicht des Todes eine ungewohnte Lebendigkeit verlieh. Er streckte seinen Rücken durch und nickte der Pathologin entschlossen zu. Er war bereit.

3

»Scheiße! Fuck!«, drang es, gedämpft durch den ohrenbetäubenden Double Bass, von dem mit schwarzem Kunstleder überzogenen Monstrum auf Chrom-Beinen, das in der hinteren rechten Ecke vor dem Fenster stand und ihn dumpf an einen Gynäkologenstuhl erinnerte. Eine der Stimmen gehörte offenbar zu dem bärtigen Mann, der seinen massigen, bis zum Halsansatz tätowierten Oberkörper dazwischen quetschte. Vor dem Stuhl, auf einem schmalen Hocker, saß eine zierliche Gestalt, die soeben aufsprang und Strater mit wild funkelnden Augen förmlich an die Eingangstür nagelte.

Die Musik wurde abgestellt. Straters Blick fiel auf den Holzpfeiler in der Mitte des Raums, der an einen Schiffsmast erinnerte. Darunter war mit Stoff und Seilen eine Art Krähennest befestigt, auf dem Boden davor stapelten sich kleine Holzkisten. Auf einer davon waren bunte Farbtuben arrangiert. Dahinter befand sich eine Liege, die offenbar ebenfalls zum Tätowieren genutzt wurde.

»Lesen müsste man können, was? Alter, ich hab ne Session! *Nicht stören!* steht auf dem Schild da draußen!« Die letzten beiden Worte spie die Frau ihm ins Gesicht und untermauerte deren Bedeutung mit einer wilden Geste ihrer kleinen Hände. »Ich mach hier keine Sterne«, stellte sie noch klar, bevor sie sich wieder zu dem Bärtigen umdrehte, ein knappes »Sorry, Mann« nuschelte und das Surren ihrer Tätowiermaschine wieder den Raum erfüllte.

Perplex stand Strater in dem geräumigen Zimmer und versuchte, die rüde Begrüßung zu verdauen.

»Mach ma die Mucke wieder an«, sagte die Tätowiererin.

Augenblicklich erfüllte brachiale Death Metal Musik den Raum, die Strater augenblicklich Schweißperlen auf die Stirn trieb.

Was ist denn das für eine? Einen Moment lang überlegte er, zu gehen, doch dann schoss das Blut in seinen Kopf. *So nicht!*

Er stapfte über den dunklen Laminat im Schiffsplankenstil, der ihm, zusammen mit den dicken Seilen, den riesigen Holzfässern, dem Rettungsring und diversen weiteren maritimen Einrichtungsgegenständen, das Gefühl vermittelte, sich auf einem Piratenschiff zu befinden – ein Eindruck, der sich bei einem Seitenblick auf die Tür zu seiner Linken noch verstärkte: Diese zeigte ein beängstigend realistisches Bild von einem halb durchbrochenen Schiffskorpus, durch den von außen, zwischen zwei Kanonenrohren, schwarzblaues Meerwasser hinein schwappte. An der Wand neben der Tür, an der ein *Abtritt*-Schild baumelte, prangte unter den Klingen zweier Entermesser eine schwarze Piratenflagge, deren Totenkopf von Tätowiermaschinen anstelle von Knochen durchkreuzt wurde. Darunter stand in weißen Lettern *Kante's Stechkogge*. Rechts daneben befand sich eine Schrankreihe, hinter deren Glasscheiben allerlei Farbtuben, Fläschchen mit Desinfektionsmitteln, Salbentuben, sterile Nadeln, Packungen mit Einweghandschuhen und rollenweise medizinisches Klebeband zu sehen waren. Sein Blick fiel auf ein Schild, das auf einen Verhaltenskodex »an Bord« hinwies. Darüber erkannte Strater ungläubig eine Neunschwänzige, ein Bestrafungsinstrument, das aus neun an einem Griff befestigten Lederstriemen bestand und der Auspeitschung auf hoher See diente. Als kleiner Junge hatten es ihm die Schauergeschichten von raubeinigen Piraten besonders angetan – aber jetzt war keine Zeit für Kindergartenspielchen.

»Polizei!«, donnerte seine Stimme durch das gutturale Gegrunze aus den Boxen.

Augenblicklich wurde die Musik ausgeschaltet. Einen Herzschlag später verstummte auch das Sirren der Tätowiermaschine.

Strater blieb in der Mitte des Raums stehen und zückte seinen Dienstausweis.

»Alter, steck' dir mal eine an«, zischte die Frau in Richtung des Bärtigen, der sich daraufhin, ohne zu widersprechen erhob. »Nein, warte!« Sie nahm eine Tube von dem kleinen Beistelltisch neben ihrem Hocker und cremte dem Mann mit behandschuhten Fingern den Unterarm ein, den sie anschließend mit Klarsichtfolie straff umwickelte. Trotz seiner Wut beobachtete Strater gebannt, wie sie mit flinken Fingern ein Stück blaues Klebeband abriss und damit die Folie befestigte. »Hau jetzt ab, Mann. Wir machen den Rest morgen früh. Komm direkt um neun rüber.«

Damit wandte sie sich von dem Typen ab, der sich aus dem Stuhl zwängte und bemühte, sein T-Shirt überzustülpen, und musterte Strater mit verschränkten Armen.

Obwohl die Frau ihm höchstens bis zur Brust reichte, ging eine Autorität von ihr aus, die ihn einen winzigen Augenblick lang zögern ließ. Ihre dunklen, beinahe schwarzen Augen schienen seine zu durchbohren, aber er hielt ihrem Blick stand.

»Ist alles angemeldet. Ihr könnt mir gar nichts«, schossen ihm ihre Worte entgegen. In ihrem Rücken klingelte es, als die Tür hinter dem Bärtigen zufiel.

Mit einer beiläufigen Geste schob sie sich eine dunkle Haarsträhne aus ihrem Gesicht hinter das Ohr und Strater verkniff sich ein Grinsen. Einen kleinen Moment kostete er den Augenblick des Triumphs noch aus, die Verunsicherung, die sein Erscheinen offensichtlich in ihr ausgelöst hatte. Mit leisem Erstaunen registrierte er, dass seine Wut wie eine sanfte Woge einfach abgeebbt war.

»Ich komme nicht wegen des Studios«, sagte er schließlich mit ruhiger Stimme. Aus der Innentasche seiner Jacke zog er etwas umständlich den Zettel mit der Zeichnung und schob ihn der Frau entgegen. Darauf war ein kleines Tattoo-Motiv zu sehen, das vage an ein verschnörkeltes Rad erinnerte. Am Morgen hatten sie einen Zeitungsausträger aufgespürt, der zur vermeintlichen Tatzeit jemanden von Fenna Tütkens Grundstück hatte kommen sehen – allerdings nur kurz und nur von hinten. Er hatte die Person, die er für eine Frau gehalten hatte, als groß, mit breiten Schultern, hochgesteckten Haaren und einer Kopfbedeckung beschrieben. Auf ihrem Nacken war ihm allerdings rechts eine Tätowierung ins Auge gesprungen, die Strater ihn hatte aufzeichnen lassen.

Reglos blickte die Tätowiererin auf das Blatt zwischen seinen Fingern. »Was ist das?«

Strater drückte ihr den Zettel in die Hand und beobachtete, wie sie diesen betrachtete.

»Was soll ich damit?« Sie blickte auf und runzelte die Stirn. »Willst, dass ich dir ne Kinderzeichnung stech'? Dass du mal wieder zum Zug kommst bei deiner Alten, oder was?«

Strater warf ihr einen finsteren Blick zu, der sie augenblicklich zum Schweigen brachte. »Was ist das für ein Motiv und wer sticht so etwas?«, fragte er scharf.

Augenscheinlich widerwillig blickte sie erneut auf die Zeichnung hinunter. Als Strater das krakelige Bild zwischen ihren behandschuhten Fingern jetzt selbst noch einmal betrachtete, musste er unwillkürlich grinsen. Der Vergleich mit der Kinderzeichnung war nicht weit hergeholt.

»Was lachste so blöd?«, schoss es aus dem Mund der Tätowiererin, die sofort ein entschuldigendes »Sorry, Alter« hinzufügte. »Keine Ahnung«, sagte sie nach kurzem Zögern. »Ich hab echt keine Ahnung, wer so eine Scheiße tätowieren würde.« Sie zog ihre Handschuhe aus und warf sie in einen Mülleimer, der hinter ihr an der Wand stand. Dann lief sie zu einem Tresen hinüber, der sich gegenüber der Eingangstür befand, und verschwand dahinter. Als sie wieder auftauchte, fügte sie hinzu: »Ich jedenfalls nicht. Schau mal.«

Strater machte ein paar Schritte auf den Tresen zu und blieb auf der anderen Seite stehen. Sie streckte ihm mehrere Blätter entgegen, die Skizzen unterschiedlicher Motive zeigten. Er schaute die Zeichnungen durch. Die feinen Linien und zarten Schraffierungen zeugten von einer Präzision, die ihn beeindruckte. Anerkennend nickte er.

»Ich mach eigentlich fast alles. Außer Sterne.« Sie verdrehte verächtlich ihre Augen und fügte hinzu: »Die meisten wollen maritime Motive. Klar. Kante's Stechkogge und die ganze Aufmachung hier.« Sie deutete vage in Richtung des Raums. »Kommen auch viele Touris. Guck' mal.« Sie zeigte auf eines der Zeichenpapiere, die an der Wand rechts neben dem Tresen hingen und eine Reihe unterschiedlicher Seemannsmotive darstellten. »Anker.« Sie kicherte. »Oder anderes Old School-Zeug eben. Ich hab schon einen Haufen Stammkunden, die wollen aber meist Free Hand. Is' meine Spezialität, kannste so sagen. Meist düster, Totenköpfe mit Tintenfischbeinen, Oktopusse mit Klingen an den Tentakeln, verstümmelte Wasserleichen und so sickes Zeug. Maritimes eben.« Sie grinste. Nach einer kurzen Pause fügte sie hinzu: »Aber gerade im Sommer sind es meist Touris. Die wollen ihre Alte beeindrucken und kommen mir mit ihrem Scheiß an.« Sie lachte laut auf. »Aber Sterne und Schmetterlinge, so was mach ich echt nicht. Dann zeig ich eben die Premades hier, meine Ankerkollektion, klar die wandel' ich immer ein bisschen ab, soll ja jeder ein Unikat haben, oder Rosen und den ganzen Old School Kram. Das mach ich schon.«

»Also?« Strater blickte kurz auf seine Uhr. Es war mittlerweile kurz vor sechzehn Uhr und er hatte sich vorgenommen, das Paludarium noch aufzubauen, um es sich mit Saskia nicht vollends zu verscherzen. Bei dem Gedanken an ihr Gesicht, als Shredder sie mit joghurtverschmierter Schnauze aus dem Kühlschrank angestarrt hatte, entfuhr ihm ein gehässiges Grinsen. »Wer würde denn so ein Tattoo stechen? Sie kann ich ja offenbar schon mal ausschließen.«

Die Frau war im Begriff zu antworten, schien es sich dann aber anders zu überlegen und verschränkte stattdessen die Arme vor der Brust. »Von mir erfährste nix.«

Da war er wieder! Der latente Ärger in seinem Bauch, der nur darauf wartete, einen Anlass zu finden. Und davon hatte die kleine Tätowiererin ihm allmählich genug entgegen gerotzt. Er spürte, wie die Farbe in seine Wangen schoss, verengte seine Augen zu schmalen Schlitzen und wollte gerade zu einem Inferno ansetzen, als die Frau grinsend in Richtung eines Computerbildschirms rechts hinter dem Tresen deutete und sagte: »Aber der da, der kennt sie alle!«

4

Als Strater kurze Zeit später die Haustür aufschloss, musste er schmunzeln. *Antonella Lestrato* hatte auf ihrem Pass gestanden, den sie ihm nach einigem Protest schließlich über den Tresen geschoben hatte. Oder *Kante*, wie sie sich ihm zum Abschied vorgestellt hatte. Das Bild der zierlichen Frau, die ihn hinter dem Tresen aus ihren dunklen Augen angefunkelt hatte, über ihr Porträtabbildungen von Frauen in Seeräuberkleidung, von denen er eine als Mary Read, die andere als Anne Bonny zu identifizieren glaubte, gefiel ihm.

»Saskia?«, rief er in die Stille des Flurs und wunderte sich nicht, dass ihm niemand antwortete. Er entledigte sich seines Mantels und begab sich schnurstracks in den Keller, wo er die nächsten annähernd anderthalb Stunden damit verbrachte, das Paludarium aufzubauen. Dabei handelte es sich um eine Mischung aus einem Aquarium und Terrarium – ein Glaskasten mit einer Sumpflandschaft im Miniaturformat, zu deren ordnungsgemäßen Betrieb verschiedene Wasserfilter, Lüftungssysteme sowie eine spezielle Beleuchtung beitrugen. Vorerst verschönerten künstliche Wasserpflanzen das Behältnis, Robert nahm sich jedoch vor, auch noch einige echte Aquarienpflanzen zu besorgen, um ein natürliches Ambiente für Shredder zu schaffen. Die Aquaristik war ein aufwendiges Themenfeld, mit dem sich Strater mehr oder weniger gezwungenermaßen hatte auseinandersetzen müssen, nachdem ihr Sohn Christoph für sein Studium ausgezogen war und Shredder bei ihnen ließ. Christoph hatte die Schildkröte bekommen, als diese noch ein Baby gewesen war, und wie bei Kindern üblich, hatte die anfängliche Begeisterung für das Tier schnell nachgelassen und wich anderen Interessen. Dennoch hatte sich ihr Sohn bis zu seinem Auszug um die Schildkröte gekümmert, seitdem fiel jedoch Robert diese Verantwortung zu. Inzwischen fand er sogar Gefallen daran, auch wenn er manche Aufgaben, wie eben den Wiederaufbau des Paludariums in ihrem neuen Haus, gerne mal vor sich herschob.

Wenig später – Shredder war inzwischen vom Kühlschrank in sein neues Heim umgezogen – stand Robert unter der Dusche und ließ lauwarmes Wasser über seinen Körper prasseln. Seine Gedanken drifteten von der Schildkröte zu Saskia und er fragte sich unwillkürlich, was sie gerade trieb. Gleich darauf schwirrte das imaginäre Bild von Kante durch seinen Kopf, die irgendetwas an sich hatte, was ihn reizte. Schließlich dachte er an die alte Frau. Erdrosselt in ihrem schmalen Flur, die Augen starr vor Schreck. Er stellte das Wasser ab und schüttelte sich wie ein Hund, aber das Bild in seinem Kopf ließ sich nicht vertreiben. Er streckte seine Hand in Richtung Handtuchhalter neben dem Waschbecken aus, griff aber ins Leere. Saskia hatte das Handtuch, das er am Morgen benutzt hatte, offenbar in die Wäsche gegeben. Fluchend durchschritt er das weiß gefliste Tageslichtbad und holte sich ein frisches Tuch aus dem Schrank in der Ecke. Er begann sich abzutrocknen und sein Blick haftete sich unwillkürlich auf den Ganzkörperspiegel an der Wand. Strater hielt in der Bewegung inne, trat zwei Schritte vor und betrachtete sich genauer. Natürlich sah er sich morgens und abends im Badspiegel, auch unterwegs fing er hin und wieder sein Abbild auf, aber so gezielt hatte er sich schon länger nicht mehr begutachtet. Sein Bauch wölbte sich wie der einer Schwangeren vor und war, wie viele Stellen seines Körpers, von dichten schwarzen Haaren bedeckt, die seine käsig-weiße Haut kontrastierten. Lediglich dort, wo die Haare hingehörten, nämlich auf dem Kopf, wuchsen sie immer spärlicher. Er dachte an seinen Besuch in dem Tattoo Studio. In jungen Jahren hatte er öfter mit einer Tätowierung geliebäugelt, die Idee in Ermangelung eines passenden Motivs aber nie in die Tat umgesetzt. Einige der maritimen Illustrationen, die Kante ihm gezeigt hatte, fand er richtig ansprechend. Aber so ein kunstvoll ausgestalteter Anker auf seinem Körper? War das nicht lächerlich? Dafür sollte man schließlich einen halbwegs ansehnlichen Körper haben.

Er schüttelte resigniert den Kopf und fühlte sich seltsam unverbunden mit dem, was ihm da aus ungläubigen Augen aus dem Spiegel entgegenstarrte. Es passte nicht zu dem Strater von früher. Was war geschehen? War er zu sehr damit beschäftigt gewesen, Verbrechen aufzuklären und mit seinen Problemen klarzukommen, um davon Notiz zu nehmen? War das die Quittung? Der Zahn der Zeit, der unnachgiebig an einem nagte, bis er nichts als einen abgekauten Zombie zurückließ?

Sexy ist definitiv etwas anderes!

Das Ding im Spiegel sackte vor seinen Augen in sich zusammen. Kein Wunder, dass Saskia keine Lust mehr auf ihn hatte.

5

Am nächsten Morgen saß Strater schlecht gelaunt und müde hinter dem Schreibtisch in seinem Büro und wartete darauf, dass der Computer hochfuhr. Am Vorabend hatte er noch lange zu Hause in seinem Arbeitszimmer über den Fall gebrütet, bis er irgendwann auf der Couch eingeschlafen war. Saskia hatte er spätabends nach Hause kommen hören.

Als es klopfte, hob er träge den Kopf und beobachte, wie Gerald Zadel hereinkam, der leitende Kriminaldirektor des Polizeipräsidiums Norden mit dem silbergrauen Militärhaarschnitt. Zadel war ein kleiner, schlanker Mann Mitte sechzig und strahlte trotz seiner besonnenen Wesensart eine natürliche Autorität aus, um die Strater ihn an manchen Tagen beneidete. Mit seinem schwarzen Jackett über einem blütenweißen Hemd war er auch heute tadellos gekleidet.

»Moin Robert«, grüßte er. Nachdem Strater den Gruß erwidert hatte, irrte Zadels Blick, offenbar nach einer Sitzgelegenheit suchend, zwischen den mit Akten und Papieren überfüllten Besucherstühlen, dem überladenen Schreibtisch und den vollgestopften Regalen herum. Schließlich blieb er resigniert stehen.

»Ich war gestern in Hannover und hab das mit der ermordeten alten Frau deshalb nur am Rande mitbekommen. Was ist da passiert?« Zadel stellte sich mit dem Rücken zum Fenster und stützte sich mit den Händen auf einem Heizkörper ab. Strater lehnte sich in seinem Bürostuhl zurück und fasste die wesentlichen Informationen für ihn zusammen.

»Was denkst du, steckt dahinter?«

»Ich weiß es ehrlich gesagt noch nicht genau. Laut dem Sohn, der die Tote gefunden hat, hat der Täter eine silberne Brosche entwendet, die Fenna immer trug.«

»Also ein Raubmord?«

Strater schüttelte den Kopf. »Er war definitiv auch in ihrem Schlafzimmer und hat dort den Schrank mit ihrer Unterwäsche und ihren Strumpfhosen durchwühlt. Das Schmuckkästchen, das kaum zu übersehen auf einer Kommode stand, hat er jedoch unberührt gelassen. In einer Küchenschublade lag zudem Bargeld, das er ebenfalls nicht mitgenommen hat. Einbruchsspuren fanden sich auch keine und der Sohn beschrieb seine Mutter als vorsichtig und argwöhnisch, also hätte sie einen Fremden nicht ohne Weiteres hineingelassen.«

»Doch eher eine Beziehungstat?«, fragte Zadel.

»Es gab offenbar nicht viele Menschen, mit denen Frau Tütken Beziehungen pflegte. Viele ihrer Verwandten und Freunde sind bereits verstorben. Wir sind aber noch dabei, ihre Lebensumstände genauer zu durchleuchten.«

»Was ist mit dem Sohn, kommt der als Täter infrage?«

»Wenn mich mein Gespür nicht vollkommen täuscht, eher nicht. Seine Betroffenheit wirkte echt. Als ich ihn später nach seinem Alibi fragte, musste er allerdings passen. Er war bis siebzehn Uhr in seinem Büro und ist dann nach Hause gefahren, wo er allein lebt.«

»Was ist mit Zeugen?«

»Durch die Befragung in der Nachbarschaft sind wir auf einen Zeitungsausträger gestoßen, der zur vermeintlichen Tatzeit in dem Wohngebiet unterwegs war. Er hat jemanden, vermutlich eine Frau, in weißer Kleidung, wie bei einer Pflegerin, vom Grundstück der Ermordeten kommen sehen. Allerdings sah er sie nur von hinten – doch immerhin fiel ihm eine Tätowierung am Nacken ins Auge. Die Frau ist momentan unsere heißeste Spur.«

Zadel kniff sich in die Nasenwurzel. »Ich hoffe, dass wir den Fall schnell abschließen können, denn eine alte Frau, die bei uns hier in Norddeich so brutal in ihrem Zuhause ...«

Die Tür flog so heftig auf, dass Strater zusammenzuckte, und Enno Brunsen betrat mit einem Strahlen im Gesicht das Büro.

»Ich hab sie geschnappt!« Er klatschte beherzt in die Hände. »Ich wusste, dass ich sie eher früher als später kriegen würde, das hat mir mein kriminalistisches Gespür schon heute Morgen geflüstert.« Brunsen zwinkerte und blickte Beifall heischend zuerst zum Kriminaldirektor, dann zu Strater.

»Über wen reden wir?«, fragte Strater reserviert.

»Na, über die Apothekenangestellte! Sitzt unten im Vernehmungsraum, obwohl ich sie am liebsten direkt eingebuchtet hätte.«

Brunsen rieb sich die Hände. Mit seinen leuchtenden Bäckchen und dem pelikanfarbenen Jackett sah er aus, als sei er einer billigen Modezeitschrift entsprungen. Strater hob eine Augenbraue und tauschte mit Zadel einen vielsagenden Blick, dann stand er auf.

6

»Kaffee?«

»Verpiss dich, Alter.« Kante schob den Koloss, der ihr in der Nacht ein bisschen Spaß verschafft hatte, unsanft durch den Türrahmen und schloss hinter ihm ab. Durch die Scheibe vergewisserte sie sich, dass das Schild noch immer auf »Closed« gedreht war. Dann schlappte sie hinter die Theke und drückte eine Aluminiumkapsel in ihre Kaffeemaschine. Einmal hatte ein Kunde gemeint, sie belehren zu müssen. Die Dinger seien eine Umweltkatastrophe. Sie hatte ihn mit ihrem Blick niedergestochen und die Tür geöffnet. *Typen wie du sind eine Umweltkatastrophe.*

Sie lauschte dem monotonen Surren der Maschine, griff nach dem Espressotässchen, das die Form eines zusammengedrückten Plastikbechers hatte, und kippte die schwarze Flüssigkeit herunter. Dann stellte sie das Tässchen erneut unter die Maschine, drückte die alte Kapsel raus und schob eine neue hinterher. *Verpesten die Umwelt mit ihren beschissenen Sprüchen und ihrer Besserwisserei.* Sie musste an den Typen von gestern denken. Den Bullen mit den spießigen Halbschuhen. *Was für ein Spinner.* Kam mit einer dämlichen Kinderzeichnung an und wollte allen Ernstes von ihr wissen, wer so etwas stach. Sie lachte freudlos auf, nahm das dampfende Tässchen und setzte sich damit auf ihren Barhocker an die Theke. Die Zeit am Morgen gehörte ihr allein.

Früh genug würde die Klingel an der Tür den ersten Termin ankündigen. Sie blätterte durch ihren Kalender. Elf Uhr dreißig würde der erste Kunde erscheinen. Sie verschränkte die Arme hinter dem Kopf und seufzte wohlig. *Noch viel Zeit.* Sie schloss einen kurzen Moment die Augen und atmete den würzigen Kaffeeduft ein.

Da war doch noch etwas, waberte es dumpf durch ihren Kopf. *Scheiße!* Sie fuhr hoch. Der Dicke mit dem brennenden Dolch! Sie hatte ihn um neun herbestellt.

»Fuck«, grummelte sie und nahm einen weiteren Schluck. Immerhin war sie schon hier. Der *Camper,* wie sie den schrottreifen Transporter, in dem sie normalerweise pennte, spöttisch nannte, stand einige Meter vom Studio entfernt am Straßenrand und wartete auf seinen nächsten Einsatz. Sie hoffte inständig, dass er die dreihundert Kilometer zur nächsten Convention überstand. Noch bis vor wenigen Tagen hatte sie in dem Wagen auf einer wenige Hundert Meter entfernten kleinen Einfahrt vor einem zugewucherten Grundstück geschlafen. Sie wechselte ihren Schlafplatz häufig, da sie keine Lust auf Scherereien mit der Polizei hatte. Aber als die Scheiben innen komplett beschlugen und sie am frühen Morgen ihren Atem sehen konnte, hatte sie sich mit steifen Gliedern eingestehen müssen, dass es mittlerweile draußen zu kalt geworden war, um im Auto zu schlafen. Wie schon im letzten Jahr hatte sie kurzerhand ihr kleines Bündel geschnappt und es hinter die Ladentheke verfrachtet. Nachts pennte sie einfach auf der Tätowierliege. Das war nicht so bequem wie auf der Matratze auf der Ladefläche ihres *Campers,* aber es war ein Schlafplatz, und das allein zählte.

Sie drückte kurz auf die Seitentaste ihres Handys und das Display erhellte sich. Sieben Uhr fünfundvierzig. Sie atmete erleichtert auf. Der Dicke würde nicht viel sagen, sie würden einfach Musik hören. Aber spätestens am Nachmittag, wenn wieder ein Pulk nervtötender Touris hier rein marschierte, war es mit der Ruhe vorbei. Sie würde die Zähne aufeinanderbeißen und an die Kohle denken. Dafür würde sie das Geschnatter und Geblöke ertragen und ab und an einen Halbsatz herausquetschen. Aber jetzt war erst einmal Kante-Zeit!

Sie nahm noch einen Schluck von ihrem Espresso und wandte sich wieder ihrem Handy zu. *Mal gucken, was es heute wieder für krankes Zeug in den Nachrichten gibt.* Sie öffnete die App einer Lokalzeitung auf ihrem Handy, die sie sich kürzlich installiert hatte. Die Hauptschlagzeile ploppte auf, darunter ein Bild.

»Fuck!«, entfuhr es ihr. Das Handy fiel ihr vor Schreck aus der Hand. Sie bückte sich und griff mit zitternden Fingern erneut danach, drückte die Taste und wieder wurde das Display hell.

Erstarrt las sie die Schlagzeile unter dem Bild ein zweites Mal.

Rentnerin grausam erdrosselt in Wohnung aufgefunden.

Dann flog ihr Blick wieder zurück zu dem Foto. Das grün gestrichene Gartentor, das den Weg zu einem gepflegten Rasenstück freigab. Dahinter der rote Klinkerbau. Das war nicht möglich! Sie kniff die Augen zusammen und versuchte, das Bild größer zu zoomen. Ihr wurde kalt. Die letzte Ziffer der Hausnummer war nun zu erkennen. Mit einem dumpfen *Tok* landete das

Handy erneut auf dem Fußboden. Ein Kribbeln breitete sich in ihrem Kopf aus. Sie schüttelte sich, aber das Gefühl blieb. Das war nicht möglich. Es war schlicht nicht möglich! Sie hatte die alte Frau mit dem Rollator erst vor zwei Tagen getroffen. Sie hatten geschnackt, so wie oft abends, wenn sie sich trafen. Kante erinnerte sich noch genau an ihre erste Begegnung irgendwann im Winter. Sie war das kleine Küstensträßchen entlang geradelt, auf dem Weg zum Supermarkt. Es war bereits dunkel gewesen, doch wie immer hatte ihre Lampe am Rad nicht funktioniert, was sie zunächst nicht weiter gestört hatte, doch plötzlich war vor ihr in der Dunkelheit ein Licht aufgeblitzt. Sie hielt an aus Angst, jemanden zu überfahren. Der fahle Lichtschein pulsierte durch die Dunkelheit. *Ein. Aus.* Wie verirrt. Er kam näher, ganz langsam, beinahe wie in Zeitlupe. Auch wenn sie es nie zugegeben hätte – ihr rutschte an jenem Abend das Herz in die Hose und beinahe wäre sie vor Schreck umgedreht. Aber ihre Neugierde hatte letzten Endes gesiegt. Sie schwang sich wieder auf das Fahrrad und radelte in die Richtung des Irrlichts. Kurz bevor sie es erreichte, flackerte ein weißer Haarschopf hinter dem Licht auf und sie erkannte den Umriss eines Rollators. Von da an hatten sie und Fenna Tütken sich öfter auf der Küstenstraße getroffen. Sie hatte die Alte ins Herz geschlossen, genau dort, wo sie jetzt einen schmerzhaften Stich verspürte.

Was ist passiert? Noch nie zuvor hatte sie einen liebenswürdigeren Menschen als Fenna kennengelernt. Mit einem wehmütigen Lächeln dachte sie daran zurück, wie ihre Konversationen stets abgelaufen waren: Fenna hatte von ihrem Sohn Heiko gesprochen, von dem, was sie in der Zeitung gelesen oder was ihre Nachbarin erzählt hatte. Sie selbst hatte zustimmend genickt und von den abstrusen Wünschen ihrer Kunden oder von ihrem Kummer geredet. Sie hatte schnell kapiert, dass Fenna kein einziges Wort von dem verstand, was sie von sich gab. Wenn sie zum Beispiel gesagt hatte: *»Der Typ hat gequiekt wie ein Schweinchen, als ich die Tätowiermaschine noch nicht einmal angesetzt hatte«,* hatte diese geantwortet: *»Jaja, so ein schöner Tag.«* Und wenn sie ihr von einer der miserableren Nächte berichtet hatte, die sie mit einem der Holzköpfe verbracht hatte, hatte sie erwidert: *»Ich lese ja immer alles im Küstenkurier. Den mag ik an`n leifsten.«* Fenna war auch der Grund gewesen, warum sie sich diese dämliche Küstenkurier-App heruntergeladen hatte. Ein Klatschblättchen war es, nicht mehr. Dass ausgerechnet Fenna selbst irgendwann die Hauptschlagzeile liefern würde, damit hätte sie sicher im Traum nicht gerechnet.

Kante spürte ein salziges Brennen auf ihrer linken Wange und wischte sich die Träne aus ihrem Augenwinkel. Wann hatte sie zuletzt geweint? Es war irgendwie beruhigend gewesen, mit der alten Dame zu sprechen. Wenn sie nach Hause zurückkehrte, war es ihr stets leichter ums Herz gewesen. Das alles sollte nun vorbei sein? Fenna Tütken war tot? *Ermordet?* Durch den Tränenfilm hindurch versuchte sie, die Worte zu entziffern, aber irgendwie wollte es ihr nicht gelingen. Man hatte sie tot in der Wohnung gefunden. Mehr musste sie nicht wissen. Sie beendete die Handy-App, schlurfte zurück zur Tür und schloss diese vorsichtshalber von innen ab. Dann schleifte sie sich zur Liege und ließ ihren Körper auf das Lederimitat sinken. Sie würde heute für niemanden mehr aufstehen.

43

7

Die ehemals weißen Wände des fensterlosen Vernehmungsraums waren inzwischen cremefarben und fleckig. Eine nackte Glühbirne an der Decke warf ihr kaltes Licht auf einen am Boden festgeschraubten Tisch, auf dessen zerkratzter Platte die Apothekenangestellte augenscheinlich genervt mit den Fingern trommelte. Die kompakte Frau mit dem burschikosen Kurzhaarschnitt, die in weiß gekleidet war und ein Poloshirt mit dem Schriftzug der Nordsee-Apotheke trug, saß auf einem Stuhl, der, das wusste Strater, hart und unbequem war.

»Personalien?«, fragte er den neben ihm stehenden Enno Brunsen, ohne seinen Blick von der verspiegelten Wand zu nehmen. Aus dem Augenwinkel nahm er wahr, wie sein junger Kollege einen kleinen Notizblock aus der Brusttasche seines Jacketts zog. »Erika Franzen, einundfünfzig Jahre alt, geschieden, wohnhaft in Norden und seit zwei Jahren in der Nordsee-Apotheke in Norddeich angestellt.« Strater hatte Brunsen die Adresse eines Tätowierers gegeben, den Kante aufgespürt hatte. Dieser hatte das verschnörkelte Rad-Tattoo dieser Frau zuordnen können, die, wie Brunsen überprüft hatte, am Vorabend im Auftrag ihrer Apotheke Medikamente in der Wohngegend von Fenna Tütken ausgeliefert hatte.

Ohne zu antworten, riss Strater seinen Blick von der Scheibe los und trat hinaus auf den kargen Flur der Polizeibehörde. Brunsen folgte ihm. Kurz blieb er stehen und räusperte sich, dann stieß er die schwere Tür zum Vernehmungsraum auf. Er nickte der Frau knapp zu. Sie erwiderte seinen Gruß nicht, sondern starrte ihn unfreundlich an.

»Ich bin Hauptkommissar Strater, meinen Kollegen Kommissar Brunsen kennen Sie ja bereits.«

»Der aufgeblasene kleine …«

»Vorsicht, das ist Beamtenbeleidigung«, unterbrach Brunsen sie mahnend.

Strater machte sich nicht die Mühe, sein gehässiges Grinsen zu verbergen, während er auf einem der beiden Plastikstühle Platz nahm, die auf der gegenüberliegenden Seite des Tisches bereitstanden.

»Ich wurde abgeführt wie eine Schwerverbrecherin, die Leute müssen ja sonst was denken, und ich weiß bis jetzt nicht, was Sie von mir wollen.« Sie legte ihre Unterarme auf der Tischplatte ab und funkelte Strater angriffslustig an. »Mein Ex-Mann ist mit einem Anwalt befreundet, ich will auf der Stelle telefonieren!«, fügte sie mit einem Anflug von Überheblichkeit hinzu, der Strater gehörig gegen den Strich ging.

»Frau Franzen.« Strater ließ die beiden Worte zusammen mit dem Ärger aus seinen Lungen entweichen. Nach einigen Sekunden schlug er einen besänftigenden Tonfall an. »Vielleicht unterhalten wir uns erst mal in Ruhe.«

Erika Franzen verdrehte ihre großen braunen Augen, erwiderte jedoch nichts, was er als Zustimmung wertete. »Unseren Erkenntnissen zufolge waren Sie gestern gegen Abend bei Frau Fenna Tütken, deren Tod wir aktuell untersuchen. Ist das richtig?«

»Ach daher weht der Wind!«, sagte Erika Franzen mit ihrer Reibeisenstimme nach einem Moment der Stille. Sie verschränkte die fleischigen Arme vor der Brust.

Typische Abwehrgeste, schoss es Strater durch den Kopf.

»Ich wollte ihr ihre Medikamente bringen, aber es hat niemand aufgemacht. Ich hab mit dem Tod der Alten nichts zu tun.«

»Welche Medikamente und wie spät waren Sie bei ihr?«

»Welche Medikamente weiß ich gar nicht genau. Wir machen bei der Apotheke abends immer eine Rundtour und bringen die Arzneimittel, die nicht vorrätig sind und erst bestellt werden müssen, zu den Leuten nach Hause. Ich guck nicht jedes Mal genau hin, was die einzelnen Leute bekommen. Es müsste so gegen halb sechs oder sechs gewesen sein, als ich bei ihr war.«

»Und weiter?« Strater beugte sich zu ihr über die Tischplatte. »Ist Ihnen etwas Ungewöhnliches aufgefallen?«

»Kann ich vielleicht mal was zu trinken haben? Es ist total stickig hier drinnen.« Schweiß benetzte ihre Stirn und die feisten Wangen. Strater empfand es nicht als stickig, aber er warf Brunsen, der sich zu seiner Rechten an die Wand gestellt hatte, einen vielsagenden Blick zu.

»Herr Brunsen bringt Ihnen ein Glas Wasser.«

Brunsen schien protestieren zu wollen, setzte sich jedoch sichtlich zähneknirschend in Bewegung und verließ den Raum. Erika Franzen holte tief Luft. Demonstrativ krempelte sie ihren linken Ärmel hoch und warf einen Blick auf ihre Armbanduhr. Ein filigranes Tattoo blitzte auf ihrem Unterarm auf und einen Sekundenbruchteil dachte Strater an Kante. Das Motiv erinnerte an eine Raute mit zwei schräg stehenden Stativfüßen. Strater überlegte gerade, ob so ein minimalistisches Tattoo vielleicht etwas für ihn wäre, als die Frau hastig ihren Ärmel herunterschob, die Arme vom Tisch nahm und hinter dem Kopf verschränkte.

»Also ich habe zwei Mal geklingelt und als niemand aufgemacht hat, bin ich wieder gegangen. Aufgefallen ist mir nichts.«

Die Tür ging auf und Brunsen betrat mit einem Glas Wasser den Raum. Er stellte es vor Franzen auf den Tisch und nahm wieder seinen Platz an der Wand ein.

»Kannten Sie Frau Tütken?«

Franzen griff nach dem Glas und leerte es in einem Zug. »Nur vom Sehen, deswegen war mir ja auch nicht gleich klar, dass sie die Tote ist, von der in der Zeitung die Rede ist.«

»Ist Ihnen gestern in der Nähe des Hauses von Frau Tütken irgendjemand über den Weg gelaufen? Vielleicht ein Fremder?«

Erika Franzen betrachtete einen Moment lang die Wand und schüttelte dann den Kopf. »Kann ich mich nicht entsinnen.« Strater seufzte und kratzte sich am Ohr.

»Gut, Sie können gehen.«

»Aber ...«, echauffierte sich Brunsen aus der Ecke des Raums, doch Strater streckte die Hand in seine Richtung aus und schnitt ihm das Wort ab.

»Es kann sein, dass wir noch weitere Fragen an Sie haben, also halten Sie sich bitte zu unserer Verfügung.«

Franzen, die sofort aufgestanden war, nickte verkniffen, hielt ohne Verabschiedung auf die Tür zu und verließ den Raum.

»Warum hast du sie gehenlassen? Das sieht man doch, dass mit der was nicht stimmt. Wir hätten sie weichkochen sollen, dann wäre die ganz schnell eingeknickt.«

»Wir haben rein gar nichts gegen sie in der Hand«, erklärte Strater ohne Brunsen anzusehen und unterdrückte ein Gähnen. »Durchleuchte sie gründlich und wenn du etwas Substanzielles findest, sag Bescheid.«

Kurz darauf saß Strater wieder in seinem Büro und sann über den Fall nach, während er einen imaginären Punkt an der Wand taxierte. Er musste die Gerichtsmedizinerin anrufen und in Erfahrung bringen, ob sich bei der Obduktion neue Erkenntnisse ergeben hatten. Außerdem mussten sie mehr über das Leben des Opfers herausfinden. Was hatte den Täter zum Mord an einer alten Frau bewogen? Strater suchte immer noch nach dem Motiv. Ein Raubmord war einfach nicht stimmig, es sei denn, der Täter war überhastet vorgegangen oder gestört worden. Das würde erklären, warum er lediglich die Brosche entwendet hatte. Dieser Fall ging ihm schon jetzt gehörig gegen den Strich!

Ein Klopfen an der Tür unterbrach ihn in seinen Überlegungen. Er stöhnte entnervt auf. Er hatte für heute genug von seinem jungen Kollegen, diesem Papagei mit seinen dämlichen Schnellschuss-Reaktionen. Er würde jetzt nach Hause gehen, so wie Menschen, die einem normalen Beruf nachgingen, es um diese Uhrzeit tun würden. »Brunsen, ich hab' jetzt keine Zeit für deine ...«, donnerte er, doch weiter kam er nicht.

Die Tür wurde ruckartig aufgerissen und wieder zugeknallt. Eine zierliche Gestalt marschierte mit funkelnden Augen auf seinen Schreibtisch zu.

Perplex sah er zu, wie Kante nach dem Stapel Papiere griff, der den Besucherstuhl blockierte, und diesen auf seinen Schreibtisch pfefferte. Die ersten beiden Blätter segelten langsam zu Boden.

»Ich hab' einen wichtigen Hinweis für dich. Ich hab sie nämlich regelmäßig auf dem Weg zum Einkaufen getroffen und wir haben miteinander geschnackt.«

Sie setzte sich ihm gegenüber und bohrte ihren Blick in seinen. Strater war noch immer unfähig, sich zu regen.

»Frau Tütken. Die alte Frau ... der Mord«, schoss sie hinterher und verdrehte die Augen, als Straters Reaktion ausblieb. »Hör besser zu, Mann. Ich will dir helfen.«

Die Worte rissen ihn aus seiner Starre. »Auch das noch!«, ächzte er und rappelte sich auf. Heute war anscheinend sein Glückstag, und er hatte erstaunlich viele davon.

8

»Hörst du mir nicht zu? Haste den Kopf schon im Feierabendbier stecken, oder was?« Sie blickte demonstrativ auf die Wölbung, die sich unter seinem ausgeleierten Shirt abzeichnete, das unter dem zerknitterten Sakko hervorblitzte. »Sorry, Mann«, schob sie grinsend hinterher. Als der Polizist ihr noch immer nicht antwortete, wiederholte sie genervt: »Du musst diese Ölfirma mal genauer unter die Lupe nehmen. *Die Gauner haben mien Jung richtig zugesetzt*, hat Fenna zu mir gesagt.«

Sie registrierte, dass der Blick des Bullen wieder klar wurde. *Na endlich!* »Hab ich auch gelesen, in dem Schmierenblatt. Hab so ne Handy-App«, fügte sie nuschelnd hinzu. »Jedenfalls stand da, dass diese Dutch Oil Corp. irgendwo vor Norderney rumbohren will. Scheiß Fracking.« Sie unterdrückte den Impuls, neben sich auf den Boden zu spucken. Im Grunde scherte sie das ganze Umweltgelaber einen Scheißdreck, aber jetzt war es etwas Persönliches. Fenna war tot.

»Es gibt da irgendeine Umweltstudie, mit der Fennas Sohn Heiko zu tun hat. Wenn ich das richtig verstanden habe, sollte er ein Gutachten für die pfuschen. Weißt schon, schreiben, dass alles ökologisch total sauber ist und so. Sich nicht auf das Meer und die Inseln drum herum auswirkt. Aber das wollte er nicht, hat Frau Tütken mal durchklingen lassen. Springtide oder so. Wenn die Flut plötzlich einsetzt. Hat eigentlich was mit dem Stand von Sonne und Mond zu tun, so ganz genau weiß ich das auch nicht. Jedenfalls könnten solche Bohrungen wohl dafür sorgen, dass diese stärker ausfallen. Auch Flutwellen und so etwas können entstehen.«

Sie richtete ihren Blick wieder auf Strater, der sich am Kopf kratzte. *Verdammt!* Sie hätte früher kommen sollen, dann wäre der Typ vielleicht noch klarer im Kopf gewesen. Den ganzen Tag über hatte sie auf ihrer Liege herumgegammelt und sich selbst bemitleidet, während Kunden an ihre Tür geklopft hatten. Geld, das ihr durch die Lappen gegangen war. Sie konnte Fenna nicht zurückbringen, aber sie konnte, verdammt noch mal, dafür kämpfen, dass ihr Mörder gefasst wurde. Und das würde sie tun! Notfalls auch ohne diesen dumpfen Bullen.

»Können Sie sich noch an den genauen Wortlaut erinnern?«, fragte er, während er zwischen den Papieren auf seinem Schreibtisch herumwühlte und offensichtlich nach etwas suchte.

»Alter, ey! Hab ich doch gerade gesagt! Wundert mich nicht, dass du hier in Norden rumschimmelst, wenn du so deine Arbeit machst!«

Ein lauter Knall ließ sie zusammenzucken. Strater hatte seine Faust auf die Tischplatte geschlagen, die noch immer erzitterte.

»Schon gut«, nuschelte sie beschwichtigend, als sein Kopf eine ungesunde Rotfärbung annahm.

»Hör mal gut zu«, erwiderte er in schneidendem Ton, »du sagst mir jetzt noch einmal den genauen Wortlaut und erzählst mir alles, was die alte Tütken über die Firma und ihren Sohn gesagt hat, ist das klar? Und deine dummen Sprüche kannst du dir kleben.« Seine rechte Hand kam unter einem weiteren Papierstapel hervorgeschnellt und Kante sah, dass er nun einen Kugelschreiber darin hielt. Er griff wahllos nach einem der Papiere aus dem Stapel, drehte es auf die Rückseite und starrte sie an. »Ich höre ...«

***

Verächtlich spuckte Kante neben sich auf den Bürgersteig und trat schneller in die Pedale. *Schon wieder kommt mir dieser Penner mit so einem erbärmlichen Kindermotiv. Eine Raute mit zwei Strichen.* Den ganzen Nachhauseweg über ärgerte sie sich schon über ihren sinnlosen Besuch bei dem Bullen. Abrupt trat sie auf die Bremse und hielt an. Sie hatte ihm nicht alles gesagt! Kurz erwog sie, umzudrehen, entschied sich aber dagegen, denn die Art und Weise, wie er sie behandelt hatte, ging ihr gehörig gegen den Strich. Er war offenbar auch nur einer dieser aufgeblasenen Polizisten, von denen sie mehr als genug hatte. Hielten sich für die Superbullen, aber hatten in Wirklichkeit nicht mehr Durchblick als ein Glas Gurken. Sie schnaubte, stieg wieder auf ihr Rad und fuhr weiter in Richtung ihres Studios.

Vielleicht würde sie diese Information doch besser für sich behalten. Im Grunde war sie sich sowieso sicher, dass Heiko nichts mit dem Mord zu tun hatte. Er war schließlich Fennas Sohn, und sie hatte immer in den höchsten Tönen von ihm gesprochen. Wobei? Wer wusste das schon so genau. Es war natürlich seltsam, dass ein Hydro-Önologe, oder wie das hieß, seine Rentnermutter um Geld anpumpen musste. So ein Beruf wurde doch sicherlich gut bezahlt, oder? Sie musste an ihre eigenen Einnahmen denken, die mittlerweile ganz hinnehmbar waren. Seit sie sich dazu durchgerungen hatte, ihre Preise hochzuschrauben, war auch ihr Selbstbewusstsein gestiegen. Und die Kunden bezahlten. Vieles regelte sie außerdem an der Steuer vorbei, was sie im Grunde legitim fand. Immerhin arbeitete sie an manchen Tagen bis in die Nacht hinein. Die Schulden mussten schließlich irgendwann beglichen werden.

Der frische Nordseewind, der von der Küste herüberwehte, schnitt in ihre Wangen. Sie zog den Schal, den sie unter ihrer schwarzen Lederimitatjacke trug, ein Stückchen höher. Hatte Heiko eben Schulden. Machte ihn noch lange nicht zum Mörder. Sie fuhr schneller. Es musste diese Ölfirma sein. Der dumpfe Bulle würde dort aufschlagen und Nachforschungen anstellen, da war sie sich sicher. Vermutlich hatte er noch keine weiteren Hinweise. Dennoch – sie würde selbst auch ein bisschen was in Erfahrung bringen. Hauke wusste bestimmt mehr über diesen Ölkonzern. Sie musste grinsen bei dem Gedanken an den alten Seebären, der ihr, seit sie die *Kogge* eröffnet hatte, regelmäßige Besuche abstattete. Ein Tattoo hatte er nie gewollt, auch wenn sie ihm immer wieder anbot, die vermutlich selbstgestochenen Seemannsmotive *aufzuhübschen*. Er hatte immer nur gelacht und abgewinkt. Er kam zum Reden zu ihr, so wie viele ihrer Kunden. Manchmal hatte sie den Eindruck, dass ihr Studio eine Art Jugendzentrum für Erwachsene war, und sie die Sozialarbeiterin. Der Gedanke gefiel ihr auf eine Art. Auch wenn die meisten

Menschen sie für eine harte Nuss oder gar für gefühlskalt hielten – diejenigen, die sie ein bisschen kannten, wussten es besser. Das war auch der eigentliche Grund, warum die *Stechkogge* lief. Nicht nur wegen der Touris, deren Anwesenheit sie mehr oder minder stumm ertrug. Sie war gut, in dem, was sie machte, aber ihre Kundschaft kam vor allem, um mit ihr zu sprechen. Das hatte zur Folge, dass sie, was Norden und Norddeich betraf, stets bestens informiert war. Und für die sensibleren Informationen hatte sie ihre Informanten.

Sie schloss die Tür zum Studio auf und ließ sich mit ihren Schuhen auf die Liege fallen. Morgen würde Hauke ihr Informant sein.

9

Das *Haus des Gastes* war ein in maritimen Blautönen verglastes Gebäude am Norddeicher Strand, das mehrere gastronomische Betriebe beherbergte. Strater spazierte auf dem Deich in Richtung des architektonisch eigenwilligen Bauwerks. Ein kühler Wind schlug ihm entgegen und über ihm am Himmel kreischten einige zänkische Möwen. Am Strand leuchtete das Weiß zahlreicher Strandkörbe, dahinter erstreckte sich die blaugraue Nordsee bis zum Horizont. In der Ferne war ein Schiff als schmaler heller Streifen auszumachen. Strater passierte die blaue Fußgängerbrücke, die mit dem Gebäude verbunden war und schleppte sich die Stufen der Wendeltreppe hinauf, die zu einer Aussichtsplattform führte. Von dort offenbarte sich ein herrlicher Ausblick bis hin zu den Inseln Norderney und Juist. Einen kurzen Moment verweilte er dort, den schweren Körper gegen die mit Liebesschlössern behangene Metallbrüstung gelehnt und sog die salzige Luft tief in seine Lungen. Dann stieg er wieder zur Brücke hinunter und folgte dieser in Richtung des Restaurants.

Er betrat eine holzvertäfelte Bierbar und sah sich nach Heiko Tütken um, als er dessen weißen Haarschopf auch schon durch das Panoramafenster erspähte. Er hatte an einem Zweiertisch auf der Terrasse Platz genommen, auf der reger Betrieb herrschte, und nippte an einem Bier. Strater begrüßte den Mann per

Handschlag und setzte sich ihm gegenüber. Durch die gläserne Wand zu seiner Linken, die vor dem Wind schützte, konnte er auf den Strand und das Meer hinausschauen. Viele Spaziergänger waren unterwegs und einige Menschen in Badeklamotten trotzten der frischen Brise und genossen die Herbstsonne in einem Strandkorb. Ein junger Mann in einer schwarzen Kellnerkluft kam an ihren Tisch und fragte Strater, was er trinken wollte. Er bestellte eine Cola, korrigierte sich aber nach kurzem Nachdenken.

»Eine Cola Zero bitte.«

»Wir haben nur Cola light.«

»Dann halt die.« Er hatte den Unterschied dieser beiden Cola-Varianten nie kapiert, nach seinem Dafürhalten fehlte beiden die entscheidende Zutat.

»Wie geht es Ihnen heute?«, erkundigte sich Strater bei seinem ganz in Schwarz gekleideten Gegenüber, der deutlich gefasster wirkte als bei ihrer ersten Begegnung. Die geöffneten obersten Knöpfe seines schlichten Hemdes offenbarten eine dichte grauweiße Brustbehaarung. Die breite Uhr, die unter einem der gestärkten Ärmel hervorblitzte, wirkte teuer.

»Na ja, muss«, sagte Heiko Tütken. »Habe mich um die Beerdigung von Mama zu kümmern und bin noch gar nicht richtig zur Ruhe gekommen, um das alles zu begreifen.«

Strater nickte verständnisvoll. »Der Name Tütken klingt typisch ostfriesisch. Ihre Familie ist fest hier in der Region verankert, nehme ich an?«

Der Kellner brachte die Cola, in der Eiswürfel schwammen und die mit einer Limettenscheibe dekoriert war. Strater bedankte sich und trank einen Schluck des süßen Getränks.

»Ja, väterlicherseits. Mein Urgroßvater war Walfänger. Die Familie meiner Mutter ist jüdischer Abstammung. Mama kam mit ihrer Mutter, meiner Oma, nach dem Zweiten Weltkrieg aus Breslau an die Küste.« Heiko Tütken nahm einen Schluck Bier und rieb sich über seinen Schnurrbart. Seine gerötete Knollennase sprach dafür, dass er regelmäßig Alkohol konsumierte. Strater wartete, bis Tütken sein Bier wieder abgesetzt hatte. »Was hat Ihre Mutter früher beruflich gemacht?«, fragte er.

»Sie war als Rechtsanwaltsgehilfin in einer Kanzlei in Norden tätig, hat dann aber aufgehört, als mein Bruder und ich auf die Welt kamen.«

»Was ist mit Ihrem Bruder passiert?«

»Er ist vor drei Jahren an einem Herzinfarkt gestorben. War, soweit wir wussten, kerngesund und anders als ich nicht mal übergewichtig. So kann es gehen ...«

»Außer Ihnen gab es niemanden mehr, zu dem Ihre Mutter regelmäßigen Kontakt hatte?«

»Na ja, ganz hinterm Mond hat sie nun auch nicht gelebt. Die Frau Husmann von gegenüber hat ab und zu bei ihr nach dem Rechten gesehen und einmal die Woche war sie beim Strick- und Häkeltreff im Gemeindehaus. Dann war da noch diese junge Frau, die sie ab und an zum Kaffee besucht hat. Aber sonst wüsste ich niemanden .... Meine Tochter lebt mit ihrer Familie in Hildesheim, die schauen höchstens einmal im Jahr hier vorbei, dann haben sie aber natürlich auch Mama besucht.«

Das Bild von Kante, das kurz in Straters Kopf aufgestiegen war, wurde von dem Gedanken verdrängt, dass es sich bei Heiko Tütken um den Haupterben der alten Frau handelte. Auch wenn er den Mann nicht konkret verdächtigte, würde er diesen Aspekt nicht vollkommen außer Acht lassen. Immerhin schien die Tote nicht am Hungertuch genagt zu haben und Tütken hatte sie offenbar nach Geld gefragt, wenn man der kleinen Tätowiererin mit dem schrägen Kosenamen Glauben schenken konnte.

»Was machen Sie eigentlich beruflich?« Strater trank noch einen Schluck Cola und sah einen roten Flugdrachen durch die Luft sausen, den ein kleiner Junge am Strand steigen ließ. Ein Mann, vermutlich der Vater, kam dem Kind zur Hilfe, das bei dem starken Wind alle Mühe hatte, das Fluggerät festzuhalten.

»Ich bin Hydrogeologe.« Tütken schien Straters fragenden Blick zu bemerken und fuhr fort: »Vorrangig untersuche ich die Auswirkungen auf das Grundwasser, die Aktivitäten wie Bauarbeiten, Bergbau oder Ölbohrungen nach sich ziehen. Das funktioniert überwiegend über eine Analyse der Böden und Gesteinsschichten.«

»Klingt komplex«, merkte Strater an und Tütken reagierte mit einem verhaltenen Nicken. Strater dachte daran, was Kante ihm außerdem erzählt hatte. »Gab es in jüngster Zeit hinsichtlich Ihrer beruflichen Tätigkeit irgendwelche besonderen Vorkommnisse oder … Bedrohungen?«

Tütken schaute ihn verdutzt an, bevor er den Blick senkte und sich in die Nase kniff. »Sie meinen doch nicht ...«, platzte es aus ihm heraus, aber Strater zuckte nur mit den Schultern. »Mir fällt da nichts ein«, nuschelte Tütken.

»Keine Probleme mit irgendwelchen Ölfirmen?« Strater fixierte sein Gegenüber.

»Ach so ... Woher wissen Sie davon?«

»Wir haben unsere Quellen«, sagte Strater lapidar.

»Ich arbeite zurzeit an einer Umweltverträglichkeitsstudie mit, die das Wirtschaftsministerium in Hannover in Auftrag gegeben hat. Eine niederländische Ölfirma hat eine Bohrlizenz für ein riesiges Erdgasfeld beantragt, das irgendwo im Wattenmeer rund fünfzehn Kilometer von Norderney entfernt liegt.« Tütken deutete vage in Richtung Nordsee. »Die möchten es von einer Förderplattform aus mit Horizontalbohrungen und eventuell auch Fracking erschließen.«

»Moment, was ist Fracking genau? Da werden Chemikalien eingesetzt, oder?«

»Ganz genau. Mithilfe eines Chemikaliengemisches, das als eine Art Lösungsmittel dient, werden tief liegende Gesteinsschichten aufgebrochen, um die Bohrlöcher zu vergrößern und das Gas leichter fördern zu können. Das sogenannte unkonventionelle Fracking ist in Deutschland verboten, aber die Studie bezieht sich auch erst einmal nur auf die Errichtung der Förderplattform. Doch allein der Bau der Plattform und herkömmliche Fördermethoden können Auswirkungen auf die Meeresumwelt und das sensible Wattenmeer haben. Außerdem kann es durch die Bohrungen zu Grundwasserverschmutzungen kommen. Der Meeresboden könnte absinken, dadurch steigt wiederum die Flutgefahr und es werden höhere Deiche benötigt. Solche menschlichen Eingriffe in fragile Ökosysteme können schnell eine Kettenreaktion mit einer ganzen Reihe von unliebsamen Folgen auslösen. Doch anders als noch vor einigen Jahren sind in Folge des Ukraine-Krieges auch viele Menschen dafür, um die Energieversorgungssicherheit in Deutschland zu gewährleisten. Wenn wir mithilfe von Fracking alle heimischen Schiefergas-Vorkommen anzapfen würden, könnten wir uns hierzulande über Jahrzehnte selbst mit Gas versorgen.«

»Ich verstehe.« Strater rieb sich das Kinn. »Inwiefern kam es zu Drohungen gegen Sie?«

»Das Ölunternehmen ...« Tütken verstummte, griff nach seinem Bierglas und richtete den Blick in das bernsteinfarbene Getränk.

»Um welches handelt es sich?«

»Die Dutch Oil Corporation. Die haben ein bisschen Druck gemacht, dass ich in meinen Ausführungen für die Studie der Errichtung der Förderplattform nicht entgegenwirken sollte. Außerdem gab es anonyme Drohanrufe. Ich weiß allerdings nicht sicher, dass diese Firma dahintersteckt. Sie meinen doch nicht, dass das mit Mama ... So weit würden die doch nicht gehen, oder?« Heiko Tütken schüttelte sichtlich mitgenommen den Kopf, trank sein Bier aus und rief den Kellner herbei, um ein neues zu bestellen.

»Man muss kein Experte in dem Metier sein«, sagte
Strater, als dieser sich wieder entfernt hatte, »um zu er-
kennen, dass es hier um viel Geld geht. Um sehr viel
Geld. Dafür würden manche über Leichen gehen.«

10

Nachdem er sich von Heiko Tütken verabschiedet hatte, begab Strater sich zu seinem Wagen, der auf dem Parkplatz in der Deichstraße stand, und startete mithilfe seines Smartphones eine Internetrecherche zu der Dutch Oil Corporation. Schnell brachte er in Erfahrung, dass es sich bei dem Unternehmen um einen Big Player auf dem weltweiten Mineralöl- und Erdgasmarkt handelte. Überrascht las er, dass die Firma, deren Hauptsitz in Amsterdam lag, ein Büro in Norden unterhielt. Kurzerhand beschloss er, ihnen einen Besuch abzustatten. Die Erfahrung hatte ihn gelehrt, dass es sich manchmal lohnte, im vermeintlichen Trüben zu fischen. Einerseits erschien es ihm abwegig, dass ein Unternehmen wie die Dutch Oil hinter dem Mord an einer alten Dame steckte. Warum auch? Schließlich wollten sie Heiko Tütken für ihre Zwecke instrumentalisieren. Drohungen waren eine Sache, aber ein Mord als unmissverständliche Botschaft? Das schien ihm dann doch zu radikal. Andererseits galt das, was er Heiko auch gesagt hatte – es ging um eine Menge Geld und da war manchen nun mal jedes Mittel recht.

Auf dem Weg zum Gewerbegebiet Legemoor, wo sich das Büro der Ölfirma befand, genoss er den Ausblick über die endlos erscheinenden grünen Felder, die jedes Mal ein Gefühl der Freiheit in ihm hervorriefen. Schließlich näherte er sich seinem Ziel und passierte verschiedene Betriebsgebäude, Lagerhäuser und Geschäfte, die sich in großzügigem Abstand zueinander verteilten.

Die Zweigstelle des Ölkonzerns war ein moderner anthrazitfarbener Bürowürfel, zu dem mehrere unförmige Nebengebäude und Lagerhallen gehörten. Er legte sich im Geiste ein Konzept zurecht, wie er auftreten wollte, als ihm unter den drei Autos, die vor dem Gebäude parkten, ein weißer BMW Vierer Coupé ins Auge fiel, der dem seiner Frau ähnelte. Es *war* der Wagen seiner Frau, stellte Strater fest, als er das Nummernschild sah. Was will Saskia denn hier?, schoss es durch seinen Kopf.

Instinktiv fuhr er an den drei Wagen vorbei neben das Bürogebäude, wo es weitere Parkplätze gab, und stellte sein Auto auf einem davon ab. Unschlüssig blieb er einen Moment sitzen, bevor er über sich selbst den Kopf schüttelte.

Dann laufen wir uns eben mal während des Tages über den Weg, wenn wir uns schon zu Hause nur noch sporadisch sehen. Er nahm einen tiefen Atemzug und stieg aus. Kurz verharrte er vor dem Wagen und nahm mit einem Anflug von Ärger seine eigene Anspannung wahr. Dann richtete er seinen Oberkörper auf und setzte sich in Bewegung. Gerade bog er um die Ecke der fensterlosen Längsseite des Gebäudes, als er das unverkennbare raue Lachen von Saskia vernahm.

»Wir telefonieren«, hörte er sie sagen. Er zuckte zurück und drückte sich an die Wand. Für einen kurzen Moment hatte er sie gesehen, ihr wallendes Haar und das dunkelblaue Business-Kostüm mit dem aufreizend kurzen Rock. Jetzt vernahm er das Klackern ihrer Absätze und das Zuschlagen einer Autotür. Der Motor startete und der Wagen rauschte vom Parkplatz.

Was war das denn gewesen? Hatte sie geschäftlich hier zu tun, oder kannte sie jemanden aus dem Unternehmen näher? Er atmete tief durch und registrierte mit erneut aufwallendem Ärger, dass er wieder die Zähne aufeinandergepresst hatte. Schließlich schüttelte er sich, schob sich um die Ecke und betrat das Bürogebäude.

Der cremefarbene Marmorboden, die hellgrauen Wände und die weiße Empfangstheke, die von drei horizontal verlaufenden türkis leuchtenden LED-Streifen durchzogen war, erzeugten zusammen mit den Panoramafenstern, die reichlich Tageslicht hereinließen, ein gediegenes und freundliches Ambiente. Hinter der Theke saß eine füllige Mittvierzigerin mit einem trendigen Kurzhaarschnitt, die Strater ein strahlendes Lächeln schenkte. Er streckte ihr seinen Dienstausweis entgegen.

»Strater, Kripo Norden. Ich würde gerne einen der Verantwortlichen sprechen.«

Augenblicklich verblasste das Lächeln auf den Lippen der Rezeptionistin. »Einen Moment«, sagte sie kühl mit niederländischem Akzent. Sie griff zum Telefon und nach ein paar Sätzen in ihrer Landessprache legte sie wieder auf und teilte Strater mit, dass er voraus in das linke Büro gehen sollte.

An der rückwärtigen Wand waren zu beiden Seiten identische Türen in die Holzvertäfelung eingelassen. Linker Hand führte eine Wendeltreppe in das Obergeschoss. Strater klopfte an die Bürotür und trat ein, ohne eine Reaktion abzuwarten. Große Fensterfronten, Glastüren und teuer wirkende Büromöbel in Schwarz und Weiß ließen auch hier auf den ersten Blick erkennen, dass ein hochklassiger Innenarchitekt mit großzügigem Budget am Werk gewesen war. Gerahmte Schwarz-Weiß-Bilder an den Wänden, die verschiedene Bohrplattformen im Meer zeigten, rundeten die Einrichtung ab. Hinter einem formschönen Schreibtisch saß ein Mann um die vierzig. Straters Blick blieb an dem leuchtend weißen Hemd haften, das direkt aus einer Waschmittelwerbung hätte stammen können.

Der Mann legte einen Kugelschreiber zur Seite, mit dem er gerade etwas in ein Notizheft geschrieben hatte, und erhob sich mit einem selbstbewussten Lächeln. »Mathijs De Jong, Moin!«, stellte er sich mit deutlich niederländischem Akzent vor.

Strater zückte seine Dienstmarke und nannte seinen Namen. »Bitte.« De Jong deutete auf einen der beiden mit Leder bezogenen Freischwinger, die vor seinem Schreibtisch standen und setzte sich. Strater nahm Platz, ohne seinen Blick von De Jong abzuwenden. Trotz seiner zurückweichenden Haarlinie mit den kurzen dunklen Stoppeln, strahlte er mit seinem gebräunten Teint, der sportlichen Figur und den wachen dunklen Augen Vitalität und Tatkraft aus. *Kennt Saskia diesen Typen?* Verärgert nahm er den erneuten Anflug von Eifersucht wahr, der sich in ihm breitmachte.

»Was ist der Anlass für den Besuch der Kriminalpolizei?«, fragte De Jong freundlich.

Strater schlug die Beine übereinander und räusperte sich. »Wir sind am Rande einer Ermittlung auf den Namen Ihres Unternehmens gestoßen und ich war einfach neugierig. Sie verdienen Ihr Geld also mit der Förderung von Erdöl und Erdgas«, sagte er bemüht gelassen.

»Die Exploration und Förderung von Erdöl und Erdgas ist einer unserer Geschäftsbereiche. Darüber hinaus kümmern wir uns um den Vertrieb dieser Rohstoffe. Das ist aber noch nicht alles, wir sind außerdem in der Petrochemie tätig und natürlich sind die erneuerbaren Energien ein wichtiges Betätigungsfeld für uns.«

Strater schmunzelte und wandte den Blick ab.

»Was erheitert Sie?«, fragte De Jong sichtlich irritiert.

»Ein weltweit agierender Ölkonzern, der viele Jahrzehnte ohne Rücksicht auf Verluste überall nach Öl und Gas gebohrt hat, bewirbt sein Engagement im Bereich der erneuerbaren Energien auf seiner Webseite mit sattgrünen Feldern und Schlagworten wie *Klimaschutz* und *Nachhaltigkeit*. Das entbehrt nicht einer gewissen Ironie und ist Greenwashing in Reinkultur, meinen Sie nicht?« Strater spürte einen Moment dem befriedigenden Gefühl nach, das Gegenüber mit seinen Worten aus dem Konzept gebracht zu haben.

»Nun, wir sind in diesem Sektor wirklich sehr aktiv, deswegen haben wir hier in Norden ja auch ein Büro eröffnet.« De Jong presste seinen Mund zu einem schmalen Schlitz zusammen.

»Das mag sein und weil Sie bei Norderney nach Erdgas bohren wollen, richtig?«, setzte Strater nach.

»Dort befindet sich ein riesiges Erdgasfeld mit etwa sechzig Milliarden Kubikmeter vermutetem Gesamtvolumen. Wir haben eine Bohrlizenz beantragt und möchten dort eine Bohrinsel errichten.«

»Das ist sicher ein aufwendiges und teures Vorhaben, oder nicht?«

»Die Ölförderung in der Nordsee ist generell kompliziert und kostenintensiv. Das Wetter ist sehr instabil, es ist häufig stürmisch, Orkanböen über einhundertfünfzig Stundenkilometer sind draußen auf dem Meer keine Seltenheit. Offshore-Bauarbeiten können daher nur im Sommer durchgeführt werden und das Material muss sehr widerstandsfähig sein, um den zum Teil extremen Witterungsbedingungen trotzen zu können. Das kostet natürlich«, De Jong blickte kühl auf Strater hinab, »aber als multinational agierender Konzern ist das kein Problem für uns.«

»Das denke ich mir. Wenn das Gas erst mal gefördert wird, bewegen sich Ihre Umsätze sicher in Größenordnungen, die für Normalbürger kaum zu begreifen sind.«

»That's Business«, sagte De Jong und Strater verspürte den starken Drang, seinem Gegenüber eine reinzuhauen. »Zumindest ein Teil davon.«

Strater ließ seinen Blick über die Wandbilder mit den Förderplattformen bis zu der hohen Grünpflanze in der Ecke des Büros wandern. *Was hat Saskia mit diesem blasierten Affen zu tun?* »Da wäre es natürlich ärgerlich, um nicht zu sagen inakzeptabel, wenn irgendein Geologe dieses Bombengeschäft mit seinem Gutachten durchkreuzen würde.«

»Worauf wollen Sie hinaus?«

»Kennen Sie den Hydrogeologen Heiko Tütken?«

»Ach so. Ja, selbstverständlich kennen wir uns.«

»Meine Quellen haben mir zugetragen, dass Sie ihm ziemlich zugesetzt haben, Ihrem Bohrvorhaben nicht im Wege zu stehen.«

De Jong lachte und lehnte sich selbstgefällig zurück. »So kann man das nicht sagen.«

»Wie kann man es denn sagen?« Strater bohrte den Blick in sein Gegenüber.

»Ich habe ihn aufgesucht, ihm unsere Pläne vorgestellt und dafür geworben. Sehen Sie, bei der Errichtung einer Bohrplattform ist es ähnlich wie beim Hausbau. Wenn Sie die billigste Baufirma beauftragen und bei Heizung, Dämmung und Dach die günstigsten Lösungen wählen, kommt am Ende etwas heraus, das Sie gar nicht gewollt haben. Vielleicht kennen Sie das ja«, sagte er provokativ. »Sie können sich stattdessen bei allen Elementen auch für die beste Möglichkeit entscheiden. Unser Unternehmen hat viel Erfahrung, bedient sich fortschrittlicher Technik und arbeitet nur mit den kompetentesten Firmen auf ihrem jeweiligen Gebiet zusammen. Deswegen würden wir eine Plattform bauen, die hinsichtlich ihrer Qualität und Umweltverträglichkeit höchste Anforderungen erfüllt. Das ist also völlig anders zu bewerten, als wenn irgendeine unerfahrene Firma mit begrenzten finanziellen Mitteln so ein Vorhaben umsetzen will, und das muss Herr Tütken für eine objektive Beurteilung natürlich auch berücksichtigen.«

»Selbst, wenn der Bau der Plattform einigermaßen sauber abläuft – Sie wollen mithilfe von umweltschädlichem Fracking Gas fördern!« Strater würde sich von diesem Lackaffen bestimmt nicht die Butter vom Brot nehmen lassen.

De Jong verschränkte die Arme vor der Brust. »Nur, wenn das in Ihrem Land dann auch erlaubt ist, selbstverständlich. Außerdem, auch das habe ich Herrn Tütken vorgetragen, obwohl er das durch seinen Beruf selbst weiß, ist Fracking besser als sein Ruf.«

Strater lächelte müde und blickte demonstrativ auf seine Armbanduhr.

»Machen Sie sich schlau, Herr Kommissar. Die unabhängige Expertenkommission Fracking der Bundesregierung kam kürzlich zu dem Schluss, dass sich die technologischen Verfahren beim Fracking unkonventioneller Lagerstätten in letzter Zeit deutlich weiterentwickelt haben und sich die Umweltrisiken durch eine angepasste Steuerung und Überwachung der Arbeiten minimieren lassen.«

»Aha«, sagte Strater nur.

»Deswegen sind wir auch zuversichtlich, dass das Fracking-Verbot in Deutschland fällt. Seit des Ukraine-Kriegs finden sich immer mehr Befürworter für diese Fördermethode und die Politiker sollen schließlich das Volk repräsentieren. Deutschland wäre mit einem Schlag alle Energiesorgen los und günstige Energie- und Gaspreise bei gleichzeitig minimalen Umweltrisiken befürworten sicher viele Ihrer Mitbürger.«

»Ich kann mir kaum vorstellen, dass es so einfach ist, und Heiko Tütken scheint da ja auch noch so seine Bedenken zu haben. Deswegen haben Sie den Druck auf ihn massiv erhöht, nicht wahr?«

»Was meinen Sie damit?« De Jong runzelte die Stirn.

»Nun, er hat Drohanrufe bekommen und seine Mutter ist vor zwei Tagen umgebracht worden.«

De Jongs Gesichtsausdruck entgleiste. »Sie meinen doch nicht … Ich muss doch sehr bitten! Das ist vollkommen absurd.«

»Ist es das?«

»Ich … Wir haben damit nichts zu tun. Ich wusste nicht einmal … Wir würden niemals zu solchen Mitteln greifen! Wie können Sie es wagen?« De Jong rang sichtlich um Fassung. »Außerdem entscheidet Herr Tütken nicht allein über die Durchführung oder Nichtdurchführung des Projekts«, fügte er erregt hinzu, »da werden die Meinungen von einer Reihe von Experten eingeholt.«

»Nicht zu solchen Mitteln? Wenn ich richtig informiert bin, hat Ihr Konzern für die Ölförderung einst in Nigeria massenweise Menschen vertrieben und Proteste mithilfe krimineller Militärregime niedergeschlagen. Oder bin ich hier falsch informiert? Mag sein, dass Tütken nicht allein entscheidet, aber seine Stimme hat Gewicht. Wer hat denn noch etwas zu sagen?«

»Da müssen Sie Heiko Tütken fragen, er ist der Projektleiter.«

»Wo waren Sie vorgestern zwischen halb sechs und halb acht abends?« Strater beugte sich ein Stück nach vorne und fixierte De Jong. Er wusste selbst, dass er gerade übers Ziel hinausschoss. Natürlich hatte er nach wie vor nichts gegen das Unternehmen in der Hand, aber er genoss das Gefühl, den Mann vor ihm ins Schwitzen zu bringen.

De Jong lachte, aber die unübersehbare Röte, die seine gebräunte Gesichtshaut überlagerte, verriet, dass er

keinen Spaß hatte. »Bis halb sieben war ich hier im
Büro, anschließend bin ich in meine Wohnung gefahren«, sagte er mit belegter Stimme.

»Kann das jemand bestätigen?«

»Die Sekretärin war noch im Büro. In meiner Wohnung lebe ich allein, ich bin ja nur unter der Woche
hier. An den Wochenenden bin ich in Amsterdam.«

»Ach so«, sagte Strater reserviert, um De Jong zu verstehen zu geben, dass dieser kein Alibi hatte und erhob
sich. »Danke für Ihre Zeit. Ich melde mich wieder«.

Und mach einen Bogen um meine Frau, fügte er gedanklich hinzu.

11

»Nee, das kann ich dir nicht sagen.« Hauke nahm einen tiefen Zug von seinem Stumpen und schloss dabei genüsslich die Augen. Er wandte den Kopf und ließ den Rauch entweichen, hustete vier Mal und blickte Kante eindringlich an. »Aber ich weiß, wo die Dööskoppen ihr Büro eingerichtet haben!«

Er zwinkerte ihr verschwörerisch zu und Kante grinste.

Das war doch mal ein Anfang. »Und wo genau ist das?«, fragte sie.

»Im Gewerbegebiet Legemoor.« Hauke nahm einen weiteren Zug. »So, kleene Krööt«, sagte er und nickte ihr zu. »Ich geh jetzt.« Er erhob sich ächzend und stützte sich dabei mit der linken Hand auf der Stuhllehne ab. Kante beobachtete, wie er leicht gebückt zur Tür wankte. »Ey Hauke, was'n los?«

Ein breites Grinsen durchzog das gebräunte Gesicht, in das Wind und Salz tiefe Furchen gekerbt hatten. Die breite Narbe unter seiner linken Braue tanzte einen Moment über sein Gesicht, als er sich zu ihr umdrehte. »Mi sitt dat Wäder in de Knaken. De Störm treckt up.« Sein kehliges Lachen ging in ein heiseres Husten über. Dann steckte er sich den Stumpen in den Mund zurück, hob die Hand zum Abschied und verschwand durch die gläserne Eingangstür der Kogge in die Dunkelheit.

Kante hatte sich noch immer nicht die Mühe gemacht, das Schild auf *Open* zu drehen.

Sie ließ sich auf einen der chrombeinigen Barhocker vor dem Tresen fallen und stützte ihren Kopf mit den Händen ab. *Hauke.* Der Alte war so etwas wie ein wandelnder Seismograf, oder wie die Dinger hießen. Wetterfühlig würden es manche Menschen vermutlich nennen, aber sie wusste, dass es den Kern der Sache nicht traf. Wenn Hauke *de Störm* in seinen Knochen spürte, verhieß das nichts Gutes. Sie stierte gegen die Wand und zog ihre Augen mit Daumen und Zeigefinger beider Hände weit auseinander. Als sie blinzeln musste, richtete sie sich mit einem Ruck auf.

Dann würde sie eben selbst nachforschen. Dieser stumpfsinnige Bulle hatte seine vergammelten Halbschuhe vermutlich noch keinen Millimeter aus dem Kommissariat hinausbewegt. Industriegebiet Legemoor. Die Firma würde sie schon finden. Norden war schließlich nicht Hamburg. *Oder Bochum.* Mit voller Wucht stieß sie ihren Fuß gegen die Ladentheke und wimmerte vor Schmerz auf. *Drecks Bochum.* Sie sprang vom Barhocker, durchquerte den Raum und schaltete das Licht aus. Als sie die Tür von außen verschloss und auf das Schild blickte, meldete sich einen winzigen Moment das schlechte Gewissen in Form imaginärer Euroscheine in ihr zurück. Sie hätte die *Kogge* zumindest drei, vier Stunden lang öffnen sollen. Nicht für den Fetten mit dem Dolch. Der konnte warten. Aber das Touristengeschäft durfte sie sich eigentlich nicht entgehen lassen.

Mit zusammengekniffenen Augen wandte sie sich um und marschierte in Richtung des Campers. Ob der frühe Vogel einen Wurm oder sonst ein Mistvieh fing, interessierte sie einen Scheiß. Sie würde jedenfalls das erste Tageslicht abpassen und die Straßen abfahren. Wenn sie diese Drecksfirma gefunden hatte, würde sie dort einen unauffälligen Posten beziehen und beobachten, wer da so ein- und ausging. Bis zum Abend würde sie so die wichtigsten Personen und Abläufe kennen. *Easy.*

Sie zupfte den Schal zurecht und ignorierte den schneidenden Wind. Es würde kalt werden, aber sie hatte schon bei ganz anderen Temperaturen in der Karre gepennt. Nur nicht so verweichlichen.

Sonst wirste irgendwann wie der Superbulle, fügte sie gedanklich hinzu und spuckte auf das Trottoir. Mit schnellen Schritten bog sie um die Ecke und kämpfte sich nach wenigen Hundert Metern durch eine Hecke. Sie vermied es, stets von der gleichen Seite aus zu ihrem Auto zu laufen, um unliebsame Begegnungen, allen voran mit der Polizei, zu vermeiden. Aber auch mit Anwohnern hatte sie in der Vergangenheit ihre Erfahrungen gemacht und sie hatte keine Lust mehr auf weitere. Sie schlich durch ein verwildertes Gartengrundstück und erreichte den rostigen Transporter nach wenigen Metern. Nach einigem Rütteln am Schloss ließ sich die Tür schließlich öffnen. Sie nahm auf dem Sitzkissen Platz, mit dessen Hilfe sie mühelos über das Lenkrad blicken konnte. Nach den vielen Nächten im Studio hätte sie beinahe vergessen, wie weich es sich anfühlte. Kurz drehte sie sich in ihrem Sitz herum und blickte hinter sich auf die Ladefläche. Über der Matratze lag noch immer die schwarzgemusterte Patchwork-Decke, die sie vor vielen Jahren selbst genäht hatte. *Damals.* Schnell verwarf sie diesen Gedanken und ließ den Blick über den behaglichen Kissenberg schweifen. Sie würde sich unter die Decke kuscheln und direkt schlafen. Die hübschen Lichterketten, die die Innenseiten des Wagens säumten, würde sie nicht anmachen, denn sie waren zu auffällig. Der Transporter hatte hinten zwar nur ein kleines Fensterchen, der Lichtschein könnte aber dennoch Aufmerksamkeit erregen. Sie atmete tief ein und spürte ein kleines Prickeln. Patschuli und ein Hauch Vanille. So hatte es immer gerochen. *Zu Hause.*

12

Strater stand in seinem Hobbykeller vor dem Paludarium und beobachtete Shredder, der den Kopf in seinen Panzer eingezogen hatte und auf dem sandigen Boden schlief. Über die nächsten Wochen hinweg würde Strater das Licht und die Temperatur in dem Behältnis schrittweise reduzieren und dann die Fütterung einstellen, um die Schildkröte auf die Winterstarre vorzubereiten.

»Du hast es gut.« Strater seufzte sehnsuchtsvoll beim Anblick des reglosen Tieres. »Monatelang nur daliegen und schlafen, so ein Lotterleben.« Er zog den Plastikdeckel von dem Joghurtbecher, den er in der Hand hielt, tauchte einen Löffel hinein und aß genüsslich davon. »Dafür hab ich hier feinen Stracciatella-Joghurt. Mhhmmmm Shredder, der würde dir auch schmecken, mein kleines Leckermäulchen.«

Ein Klingeln ertönte und lockte Strater auf die gegenüberliegende Seite des Hobbykellers zu seinem Sofa. Auf dem Weg dorthin streifte sein Blick die angestaubten Hanteln in der Ecke und seine innere Stimme schlug ihm vor, sich körperlich mal wieder so richtig auszupowern. *Bald*, verscheuchte er den Gedanken und gähnte herzhaft.

Er fläzte sich aufs Sofa, stellte den Joghurtbecher auf einem kleinen Beistelltisch ab und nahm das Tablet in die Hand. Der Klingelton stammte von der Online-

Schach-Plattform, auf der er bereits seit einigen Jahren regelmäßig aktiv war, wenn man das so nennen konnte. Der Blick auf das Display bestätigte ihm, dass sein Gegner den nächsten Zug getätigt hatte.

Die folgenden Minuten brütete er über der Stellung, in der er zu seinem Leidwesen unterlegen war, dann entschied er sich für einen Zug mit seiner Dame. Anschließend loggte er sich aus, damit das ständige Gebimmel seine Ruhe nicht weiter beeinträchtigen konnte.

Er breitete sich auf dem Sofa aus und schloss die Augen. Die Müdigkeit übermannte ihn und er war dabei in den Schlaf zu driften, als sich seine Narbe rechts am Bauch mit einem schmerzhaften Pochen in Erinnerung rief. Hin und wieder tat sie das noch. Nicht besorgniserregend, meinten die Ärzte.

Er wälzte sich auf die linke Seite und dachte an die Morde in Hamburg zurück, die während eines Zeitraums von anderthalb Jahren an vier blutjungen Frauen aus Myanmar verübt worden waren und ihm den Schlaf geraubt hatten. Wie Vieh waren sie an ihren Peiniger verhökert worden, bevor ihre misshandelten Leichen letzten Endes in der Elbe auftauchten. Der Täter war ein sadistischer Arzt gewesen, dem es sexuelle Lust bereitet hatte, die Frauen zu quälen und sie anschließend zu töten. Strater war eines Nachts im Alleingang in die noble Villa im Stadtteil Blankenese eingedrungen. Die herzzerreißenden Schreie des fünften Opfers hatten ihm den Weg zu einer Dachkammer gewiesen. Schwaches Licht war aus der spaltbreit geöffneten Tür in den dunklen Flur hinausgedrungen. Mit vorgehaltener Waffe stürmte er in den Raum, wo sich ihm ein entsetzlicher Anblick bot. Die Asiatin lag nackt auf einer Pritsche in der Ecke, ihre Arme am Kopfteil gefesselt, Blut quoll aus mehreren Wunden. Neben ihr kniete der Arzt auf dem Boden, nur mit einer Jogginghose bekleidet, und penetrierte sie mit einem Gegenstand. Es war alles noch da. Er erinnerte sich an jedes Wort, an jede Geste, als wäre es gestern gewesen. Die Szene hatte sich in seinem Kopf eingebrannt und lief dort in einer Endlosschleife.

»Aufhören und die Hände hoch!«, blafft Strater. Der Mann hält in der Bewegung inne, hebt die Hände und wendet sich ihm langsam zu. In seiner Hand hält er einen blutgetränkten Schraubenzieher. »Fallenlassen und mit dem Rücken an die Wand!« Er wartet nur darauf, dass der Typ ihm einen Anlass gibt, ihn auf der Stelle abzuknallen. Doch dieser grinst kalt, lässt den Schraubenzieher zu Boden poltern, steht langsam auf und stellte sich vor die Wand. Mit schnellen Schritten ist Strater hinter ihm. »Hände hinter den Rücken, du Arschloch!«

Als er dem Arzt die Handschellen anlegte und das klägliche Wimmern der Frau die Kammer erfüllte, hatte er gewusst, dass dieser Moment seinen Kopf nicht mehr verlassen würde. Aber auf das, was folgte, war er nicht gefasst gewesen. Er hatte einen brennenden Schmerz in seiner Seite gespürt und in demselben Moment den wutverzerrten Schrei gehört. Immer wieder war er die Szene im Kopf durchgegangen. Der Bruchteil einer Sekunde hatte alles entschieden: Er war herumgewirbelt und hatte abgedrückt. Die Gestalt vor ihm war sofort in die Knie gegangen. Aber ihr hasserfüllter Blick hatte sich tief in seine Seele gebohrt. Es hatte lange gedauert, zu akzeptieren, dass die Gattin des Arztes ihm bei seinen abscheulichen Taten behilflich gewesen war. Etwas in Strater hatte es geahnt, wurde ihm viel später klar, als er mit letzter Kraft sein Handy hervorgeholt und den Notruf gewählt hatte, bevor die Schwärze ihn komplett verschluckte. Es folgten eine Notoperation, Bluttransfusionen, ein vorübergehender künstlicher Darmausgang und ein mehrwöchiger Aufenthalt auf der Intensivstation.

Ein eindringliches Klingeln ließ ihn hochschrecken. Er schnappte nach Luft und benötigte einen Moment, um sich zu orientieren. Schließlich wandte er sich um, angelte das Handy vom Tisch und ging dran. »Ja?«

»Was'n das für ne Scheiße?«, röhrte es von der anderen Seite der Leitung. »Hast etwa geschlafen, Alter? Es ist zwanzig Uhr, Mann.« *Antonella. Kante.* Stöhnend rappelte er sich auf. Die fehlte ihm gerade noch. Sein Mund fühlte sich pelzig an und eine widerliche Übelkeit plagte ihn, die ihn jedes Mal überkam, wenn er unsanft aus dem Schlaf gerissen wurde – war es durch den Wecker oder durch Saskia, die ihm stets vorwarf, morgens ein regelrechtes Scheusal zu sein. Aber was zu viel war, war zu viel.

»Dieses *Alter* kannst du dir kneifen«, donnerte er. »So hat mein Sohn in der Pubertät geredet und selbst dem war es irgendwann peinlich.«

Einen Augenblick lang herrschte Stille in der Leitung. »Wow, so viel Temperament hätte ich dir gar nicht zugetraut.«

Strater schwang die Beine über die Sofakante und rieb sich die Augen. »Was willst du?«

»Zuerst mal ein bisschen Höflichkeit.«

Strater meinte ihr spöttisches Grinsen geradezu hören zu können. »Schließlich mache ich hier gerade deine Arbeit.«

Als Strater schwieg, fuhr sie fort: »Das Zeichen, Mann!«, sagte sie, als sei er schwer von Begriff. »Die Tätowierung. Das ist die Othala-Rune.«

»Was ist das?«, fragte Strater, dem es langsam dämmerte, warum sie angerufen hatte.

»Eine urgermanische Rune, die, und jetzt kommt es, ein Symbol des Nationalsozialismus ist. Wurde von der Hitler-Jugend verwendet, vom Rasse-Amt und von irgendeiner SS-Gebirgsdivision. Wurde allerdings minimal abgewandelt und nannte sich Odal-Rune. Später hat das rechte Dreckspack diese wieder ausgegraben. Wiking-Jugend sagt dir vielleicht was? Die scheiß Rune ist bis heute in der Neonazi-Szene verbreitet. Wird übrigens auch von der NSM verwendet.«

Noch bevor Strater antworten konnte, fuhr sie fort: »National Socialist Movement. Eine der größten Neonazi-Vereinigungen in den USA. Der Ku-Klux-Klan ist dir ja garantiert ein Begriff. Oder die Aryan Nations. Zählen alle zu den White Nationalists. Bist du überhaupt noch dran?«

Strater hörte, wie die Tätowiererin am anderen Ende der Leitung auf den Boden spuckte und fragte sich, wo sie sich gerade herumtrieb. »Ja, ich hör zu.«

»Könntest dich zumindest mal bedanken, wenn ich hier schon deine Arbeit mache, während du pennst.«

»Ja, danke und auf Wiederhören!« Strater drückte das Gespräch genervt weg. *Othala-Rune.* Er machte sich eine Notiz auf seinem Handy, hielt dann aber mitten in der Bewegung inne. Die Apotheken-Angestellte Erika

Franzen hatte ein nationalsozialistisches Tattoo auf dem Arm und Fenna Tütken war jüdischer Abstammung. Schlagartig war er hellwach und tippte hektisch auf seinem Handydisplay herum.

»Robert? Was verschafft mir die späte Ehre?«, tönte es aus seinem Handy und augenblicklich bereute er seinen Anruf bei Brunsen.

»Hast du die Franzen schon näher überprüft?«, rang er sich dennoch durch, zu fragen.

»Selbstverständlich, ich hab ja gleich gewusst, dass die nicht ganz sauber ist. Wenn es nach mir ...«

»Ja, ich weiß«, schnitt er dem jungen Kollegen das Wort ab. »Sag mir lieber, was du rausgefunden hast!«

»Mehrere Vorstrafen wegen Körperverletzung, zwei Mal eine Geldstrafe deswegen und eine Bewährungsstrafe. Zwei Mal ist sie mit Kollegen aneinandergeraten, ein Mal hat sie jemandem bei einem Streit um einen Parkplatz ins Gesicht geschlagen.«

»Darf sie mit diesen Vorstrafen in einer Apotheke arbeiten?«

»Da habe ich mich natürlich auch erkundigt. Als PTA muss sie kein Führungszeugnis vorlegen, das gilt nur für sensible Berufe wie Lehrer, Pfleger und einige andere. Wenn du mich fragst ...«

»Tu ich nicht. Was hast du noch herausgefunden?«

»Das reicht doch wohl«, antwortete Brunsen, ohne sich von seiner rüden Unterbrechung beirren zu lassen. »Das zeigt doch, was das für eine ist. Die hat die alte Tütken abgemurkst, hatte ich gleich im Gespür.«

»Grab noch tiefer. Finde heraus, wer die Opfer bei den Körperverletzungen waren und guck, ob sie irgendwelche Verbindungen zur rechten Szene hat. Schau auch, was sie in ihrer Freizeit so treibt.«

»Rechte Szene? Wie kommst du darauf?«

Strater stöhnte. Er hatte keine Lust, das Gespräch unnötig in die Länge zu ziehen. »Das erklär ich dir ein anderes Mal. Und kümmere dich um Konteneinsicht bei Heiko Tütken. Er ist schließlich der Erbe, wir müssen da auf jeden Fall einen Blick drauf werfen.«

»Glaubst du doch, dass der etwas ...«

»Wir müssen alle Möglichkeiten prüfen. Bis dann.« Strater drückte das Gespräch weg, stand ächzend auf und ging die Treppe hoch. Im Wohnzimmer traf er auf Saskia, die in Sportklamotten auf der Couch saß und eine Fernsehserie schaute.

»Na, Feierabend?«, fragte er bemüht freundlich.

»Hallo Robert. Wie man es nimmt. Ich will gleich noch ins Fitnessstudio.« Sie musterte ihn kurz. Auch wenn sie sich Mühe gab, sich nichts anmerken zu lassen, blieb ihr Blick einen Hauch zu lange auf seinem Oberkörper haften, bevor sie wieder betont entspannt in Richtung Fernseher schaute. Er trug ein schwarzes Achselhemd und entweder war ihr der Aufzug nicht schick genug oder sie hielt es für seine Figur nicht für angemessen, womöglich auch beides. Aber Herrgott noch mal, er war hier zu Hause, da konnte und wollte er herumlaufen, wie es ihm gefiel. Reichte ja schon, dass die cremefarbenen Wohnzimmermöbel anmuteten wie frisch aus dem Design-Outlet und man Hemmungen hatte, sie überhaupt zu nutzen. Absichtlich schwungvoll ließ er sich Saskia gegenüber in den Sessel plumpsen. Dann warf er ihr einen unauffälligen Seitenblick zu. Es war nach acht. So spät war sie noch nie ins Fitnessstudio gegangen.

»Wie war dein Tag? Wo hattest du heute zu tun?«, fragte er betont beiläufig und guckte zum Fernseher.

»Ich war heute fast den ganzen Tag in Aurich, da will ein veganes Restaurant aufmachen und ich habe den Inhabern einige Objekte gezeigt. Und deiner?« Sie beugte sich vor und nahm einen kleinen Teller in die Hand, auf dem Gemüsestreifen lagen. Einen davon dippte sie in den Kräuterquark am Rand des Tellers. »Auch was?« Sie deutete mit einem Nicken auf das Gemüse.

»Lass mal.« Der Gedanke an sein Schokoriegel-Versteck entlockte seinem Magen ein freudiges Knurren. Er würde abwarten, bis Saskia gegangen war und sich einen Riegel gönnen. Den hatte er sich heute schließlich verdient. »Ich untersuche den Mord an einer alten Dame, die hier in Norddeich umgebracht wurde.«

»Oh, wie schrecklich.« Für einen Moment sah sie ihn an und wirkte ehrlich betroffen. Sie drehte sich ein Stück zu ihm. »Ich habe davon gehört. Hast du schon etwas herausfinden können?«

»Noch nichts Konkretes. Ihr Sohn ist Geologe und er ist an einer Umweltstudie beteiligt. Er entscheidet mit, ob hier bei Norddeich Ölbohrungen stattfinden dürfen.« Die Worte waren ganz unschuldig von seinen Lippen gekommen, aber er beobachtete ihre Reaktion genau. *Nichts.* Saskia war wie eine Wand. Unbeteiligt blickte sie zum Fernseher und steckte sich einen weiteren Gemüsestick in den Mund.

»Und was soll das mit der alten Frau zu tun haben?«

»Das Ölunternehmen hat den Sohn ziemlich unter Druck gesetzt, in ihrem Sinne zu agieren, und vielleicht wollten sie den Druck noch erhöhen oder sie hatten Streit mit ihm, weil er ihre Pläne durchkreuzen wollte.«

»Klingt ein bisschen weit hergeholt, meinst du nicht?«

»Na ja, wir stehen noch am Anfang der Ermittlungen, es gibt noch einige weitere Ansatzpunkte. Ich werde mir mal etwas zu essen machen.« Er stand auf und bewegte sich in Richtung Küche. Ärger kochte in ihm hoch.

»Mach das. Ach, Robert?«, rief sie ihm hinterher.

An der Türschwelle drehte er sich um. »Ja?«

»Hast du meinen Stracciatella-Joghurt genommen? Im Kühlschrank ist nur noch Zitronenjoghurt und den mag ich nicht, wie du weißt.«

»Nein. Vielleicht hast du den falschen mitgebracht?«

»Ja, möglich«, sagte Saskia zerstreut, während sich Strater wieder abwandte und grinste. Er wusste genau, dass seine Frau bei so etwas Banalem wie Einkaufen nie ganz bei der Sache war. Nicht umsonst bat sie ihn ständig, dieses oder jenes mitzubringen, was sie beim Wocheneinkauf vergessen hatte. Einen Augenblick kostete er den stillen Triumph über sie aus, dann ging er in Richtung Schokoriegel.

13

»Fuck!«, entfuhr es Kante. Mit einem Ruck richtete sie sich auf. Sie hatte den verfluchten Wecker nicht gehört. Sie riss sich die Patchwork-Decke von den Beinen und spähte durch das kleine Fenster auf der Rückbank, durch das grelles Sonnenlicht das Wageninnere flutete. *Wie spät mochte es sein?* Das verdammte Runenmotiv hatte ihr keine Ruhe gelassen und selbst nach ihrem Anruf bei dem Kommissar hatte sie noch lange wach gelegen. Im Nachhinein ärgerte sie sich darüber, den verdammten Idioten überhaupt informiert zu haben. Er würde doch sowieso keinen Finger rühren.

Anstatt sich müde in ihre Decke zu kuscheln, hatte sie nach dem Telefonat den Motor der Karre angelassen und war ins Gewerbegebiet gefahren, um dort bereits Stellung für den nächsten Tag zu beziehen. Keine fünfzehn Fahrminuten später hatte die röhrende alte Kiste Legemoor erreicht und mithilfe der Navigations-App auf ihrem Handy hatte sie den futuristisch anmutenden Klotz, bei dem es sich um das Firmengebäude der Ölfirma handelte, trotz der Dunkelheit schnell gefunden. Der Parkplatz vor der Firma war ihr zu auffällig erschienen für ihr Ansinnen. Stattdessen hatte sie auf der gegenüberliegenden Straßenseite Stellung bezogen, bei einem Gebäudekomplex, neben dem eine Reihe ausrangierter Autowracks auf ihre Verschrottung zu warten schienen. Zufrieden hatte sie endlich die Augen geschlossen, nachdem sie sich davon überzeugt hatte, dass sie das Firmengebäude von hier aus gut im Blick hatte, ohne selbst Gefahr zu laufen, entdeckt zu werden.

Sie hatte die Hand bereits nach dem Handy ausgestreckt, um nach der Uhrzeit zu sehen, als in ihrem Blickfeld die Silhouette einer korpulenten Frau mit dunklem Kurzhaarschnitt auftauchte. *Eine Mitarbeiterin?* Mit Erleichterung beobachtete sie, wie die Frau die Tür zum Gebäude aufschloss. Offenbar ging die Arbeit dort gerade erst los. Mit einem tiefen Seufzer ließ sie sich gegen die Rückwand des Wagens auf einen Stapel Kissen sacken und schloss kurz die Augen. Sie brauchte dringend einen Kaffee. Im Stillen verfluchte sie die Tatsache, dass sie die Wagentür nicht öffnen konnte, ohne womöglich entdeckt zu werden. Auch wenn sie den Transporter liebevoll als *Camper* bezeichnete, enthielt er bis auf eine durchgelegene Matratze und eine selbst gezimmerte Holzfläche keinerlei Einrichtungsgegenstände. Immerhin hatte sie einen Campingkocher, auf dem sie Kaffee oder Nudeln kochen konnte. Aber mit geschlossener Tür war die Nutzung des Gaskochers zu gefährlich. In Gedanken ging sie gerade ihre Möglichkeiten durch, wie sie zu ihrem Kaffee kommen konnte, als sie aus dem Augenwinkel eine Bewegung wahrnahm. Schnell kroch sie näher zu der kleinen Autoscheibe, die lediglich als Ausguck diente, sich jedoch nicht öffnen ließ, und sah, wie ein athletisch gebauter Mann mittleren Alters ebenfalls das Gebäude betrat. An der Türschwelle drehte er sich um und blickte geradewegs zu ihr herüber. Vor Schreck duckte sie sich nach unten, hob aber sofort wieder den Kopf, als ihr klar wurde, dass der Mann sie eigentlich nicht sehen konnte. Er war bereits im Inneren des Gebäudes verschwunden.

Kante wartete eine geschlagene Stunde, in der zu ihrer Verwunderung nichts passierte. Sie hatte mit einer Vielzahl von eintrudelnden Mitarbeitern gerechnet, doch vor dem Firmengebäude regte sich nichts. Dann fiel ihr ein, dass Hauke erzählt hatte, dass es noch nicht absehbar war, ob die Firma tatsächlich ihre Fracking-Scheiße durchbekommen würde. Sie dachte an das Gutachten, mit dem Heiko Tütken beauftragt worden war und stieß mit ihrem Fuß gegen die Wand, was der Wagen mit einem Schaukeln quittierte.

Fenna. Sie vermisste die alte Frau. Diese Wichser würde sie drankriegen! Je weniger Mitarbeiter, desto weniger Gefahr, entdeckt zu werden.

Sie wartete noch eine weitere Stunde, dann beschloss sie, aus ihrem Versteck zu kommen und irgendwo einen Kaffee aufzutreiben. Vage erinnerte sie sich daran, an einer Tankstelle vorbeigefahren zu sein. *Kaffee von der Tanke. Perfekt.* Bemüht, so wenig Lärm wie möglich zu machen, öffnete sie die Wagentür und glitt aus dem Transporter. Das laute Schleifgeräusch der Schiebetür, gefolgt von dem dumpfen *Tok* als die Tür einrastete, ließ sie einen Moment erstarren. *Viel zu laut, verdammt!* Hektisch blickte sie sich nach allen Seiten um und huschte auf die Rückseite des Gebäudes, neben dem die Schrottautos standen. Sie atmete tief durch und schlich an der Fassadenwand entlang, in deren oberen Bereich große blickdichte Fensterreihen eingelassen waren. Eine Autowerkstatt, wie sie vermutete. Ihr Verdacht bestätigte sich, als sie um die Ecke bog und das Gebäude umrundete. *KFZ Service Peters.* Das Firmenlogo flackerte wild auf einer riesigen Fahne vor dem Eingang. Um nicht unnötig Aufmerksamkeit zu erregen, drehte sie wieder um und lief über versteckte Trampelpfade durch das Gewerbegebiet, bis sie sich schließlich auf die Straße traute und sich auf die Suche nach der Tankstelle machte.

***

Als Kante etwa eine halbe Stunde später die Wagentür hinter sich zuzog, ließ sie sich zufrieden gegen die Rückwand sacken und zog die prall gefüllte Papiertüte hervor. Sie biss genüsslich in das erste Brötchen und griff nach einem der gekühlten Kaffeebecher. An der Tanke hatte sie sich einen Espresso genehmigt, aber der würde sie nicht lange bei Laune halten. Sie blickte aus dem Fenster und überlegte gerade, ob es wohl ein Fehler gewesen war, ihren Posten zu verlassen, als die Eingangstür der Firma geöffnet wurde und der Typ vom Morgen erschien. Eiligen Schrittes begab sich der Mann neben das Gebäude und verschwand damit aus ihrem Sichtfeld. Kante hechtete zum Fenster und konnte gerade noch so eben erkennen, wie der Mann in einen weißen BMW einstieg, der kurz darauf losbrauste. Umständlich kramte sie das Handy aus ihrer Umhängetasche. *Zwölf Uhr fünfunddreißig.* Vermutlich machte der Typ jetzt Mittag. Ihr ursprünglicher Plan lautete, das Gebäude bis zum Abend zu beschatten, aber die Vorstellung, noch länger reglos in dem kalten Wagen auszuharren, reizte sie wenig. Daran würden auch die trockenen Brötchen und die überzuckerten Kaffeegetränke nichts ändern. Allerdings hatte sie nicht damit gerechnet, dass sich offenbar lediglich zwei Personen in den Büroräumen befanden. Und die Frau würde sicherlich ebenfalls bald in die Mittagspause gehen. Sie hatte den Gedanken noch nicht zu Ende gedacht, als sich die Eingangstür erneut öffnete und die Mitarbeiterin mit dem Pagenschnitt erschien. Kante beobachtete, wie sie die Tür abschloss und zu Fuß in die entgegengesetzte Richtung verschwand. Einen Moment verharrte Kante noch reglos, dann stahl sich ein breites Grinsen auf ihr Gesicht und sie richtete sich auf. Je schneller sie das Ganze hinter sich brachte, desto besser.

Sie glitt aus dem Wagen und zog die Schiebetür so geräuscharm wie möglich hinter sich zu. Anschließend presste sie ihren Rücken einen Augenblick lang gegen den Transporter und spähte in alle Richtungen, doch es war kein Mensch zu sehen. Sie löste sich vom Wagen und lief einige Schritte parallel zur Straße, überquerte diese dann und spurtete an der Längsseite des Gebäudes entlang, das hier wegen der fehlenden Fenster den Charme eines Bunkers aufwies. Wie sie diese seelenlosen Drecks-Häuser hasste! Immerhin würde man sie nicht entdecken, sollte sich doch jemand im Gebäude befinden. Der Eingang war bestimmt gesichert, aber wenn sie Glück hatte, gab es auf der Rückseite ein geeignetes Fenster. Sie drückte sich um die Ecke und stellte mit einem Anflug von Ärger fest, dass sich hier offenbar der Mitarbeiterparkplatz der Firma befand, der von einer Hecke eingegrenzt wurde. Die beiden Fahrzeuge mit den gelben Nummernschildern gehörten garantiert dem Typen und seiner brünetten Mitarbeiterin. Sie spuckte in Richtung des schwarzen Mercedes S-Klasse und schlenderte die Gebäudefassade entlang, bis sie auf eine dunkelblaue Feuertür stieß. *Der Notausgang!* Sie ließ ihren Blick nach oben schweifen und entdeckte die Überwachungskamera sofort. *Scheiße!* – und nicht ein einziges verficktes Fenster! Nachdem sie sich im Schutz der angrenzenden, etwa achtzig Zentimeter hohen, Buchsbaumhecke an der gegenüberliegenden Fassadenseite vorbeigeschlichen hatte, erkannte sie, dass auf dieser Gebäudeseite riesige Fenster eingelassen waren. Ihr Ärger wuchs jedoch mit jedem Schritt, den sie in geduckter Haltung unter den Fenstern entlanglief. Vermutlich blieb ihr nicht mehr viel Zeit und diese verdammten dreifachverglasten Dinger ließen sich sicherlich nicht so einfach einschlagen. Sie ohrfeigte sich innerlich für ihre naive Vorstellung, durch irgendein altes Klofensterchen einbrechen zu können. Das hier war das Firmengebäude eines internationalen Ölkonzerns und nicht irgendein räudiges Vereinshäuschen! Sie war bereits drauf und dran, die Flinte ins Korn zu werfen, als sie etwas sah.

»Nicht euer Ernst«, entfuhr es ihr leise. Dann stützte sie sich am Sims ab und hievte sich durch das spaltbreit geöffnete Fenster ins Innere des Gebäudes.

Mit angehaltenem Atem verharrte sie einige Sekunden und blickte sich um, doch es war kein Mensch zu sehen. Ein breites Grinsen stahl sich auf ihr Gesicht bei dem Gedanken daran, wie leichtsinnig die beiden Mitarbeitenden gewesen waren. Einen kurzen Augenblick verharrte sie noch lauschend, dann setzte sie sich in Bewegung.

Keine zwei Minuten später hatte sie gefunden, was sie suchte.

»Hauke, du Teufelskerl«, wisperte sie in Richtung des überdimensionierten Schreibtischs, der keinen Zweifel daran aufkommen ließ, wem er gehörte. Rechts vor dem riesigen Monitor entdeckte sie eine Namensliste. Daneben lag noch ein anderes Dokument. Ein leises Knacken ließ sie herumwirbeln. *Verdammt!* Sie waren zurück! Panisch glitt ihr Blick in Richtung Fenster, doch es war zu weit entfernt. Ihrem ersten Impuls folgend, duckte sie sich unter den Schreibtisch. Laute Schritte klackerten über das dunkle Parkett. *Tack tack tack tack.* Stille. Kante hielt unwillkürlich den Atem an. Es war vorbei. Ein Rascheln direkt über ihr ertönte. Jemand schien etwas auf dem Schreibtisch zu suchen. »Ach da ist es ja«, drang eine weibliche Stimme zu ihr durch. Dann setzten sich die Stöckelschuhe wieder in Bewegung, das dumpfe Tackern entfernte sich in Richtung Eingang. Mit einem gedämpften Klack fiel die Tür ins Schloss und wenige Sekunden später erhob sich Kante aus ihrer Deckung. »Fuck!«

Sie atmete einmal tief durch, dann kramte sie ihr Smartphone hervor und machte mit zitternden Fingern einige Aufnahmen der Dokumente. Immer wieder glitt ihr Blick zur Tür zurück. Sie bezweifelte, ein zweites Mal so viel Glück zu haben. Eilig steckte sie ihr Smartphone zurück und spurtete zum Fenster.

Nachdem sie sich erneut durch die Öffnung gehievt und durch die Buchsbaumhecke gekämpft hatte, stand sie schließlich mit klopfendem Herzen vor ihrem Transporter, entriegelte die Tür und ließ sich mit einem gefälligen Grinsen auf das Sitzpolster fallen. Bei dem Gedanken daran, was sie auf dem Schreibtisch des Typen entdeckt hatte, wurde ihr Grinsen noch breiter. Sie widerstand dem Drang, das Smartphone zu zücken und sich die Fotos direkt anzusehen, die sie von den Dokumenten gemacht hatte. Alles zu seiner Zeit. Jetzt sollte sie erst mal schleunigst von hier verschwinden. Sie ließ den Schlüssel ins Zündschloss gleiten, drehte diesen herum und lauschte dem Röhren des Motors. Als sie gerade die Handbremse lösen wollte, erschütterte ein dumpfer Schlag die Karosserie und ihre Autotür wurde aufgerissen. Ein feistes Männergesicht erschien vor der Frontscheibe, während jemand anderes ihren Arm packte und sie aus dem Wagen zerrte.

Unsanft landete sie auf dem Boden und wurde sofort an beiden Schultern nach oben gezogen.

»Wen haben wir denn da? Einen beschissenen kleinen Junkie, der sich hier die Nadel setzen will ... eine kleine Hure, die sich auf meinem Parkplatz auspennt oder doch eine Einbrecherin, die sich Zugang zu privatem Eigentum verschaffen will? Na? Welche Version wäre dir lieber, wenn ich gleich die Bullen rufe?«

»Nimm deine scheiß Griffel von mir, Alter!«, zischte sie zu dem Typen hinter sich, der ihre Schultern noch immer fest umgriffen hielt. Sie schüttelte seine Hände ab, doch er packte erneut ihren Arm.

Der zweite Mann mit dem feisten Gesicht, der vor ihr stand, verengte seine Augen zu Schlitzen und machte einen Schritt auf sie zu. In der Hand hielt er irgendein Werkzeug, eine Ratsche, oder was auch immer. Jedenfalls musste er mit dem schweren Eisenwerkzeug ihrer Karosserie einen heftigen Hieb verpasst haben.

»Du hältst dich offenbar für ganz schlau, du kleiner Mistkäfer. Meinst, dich sieht keiner, wenn du hier stundenlang auf meinem Grundstück rumstehst mit deinem Dreckskübel.« Seine fleischigen Backen näherten sich ihrem Gesicht. »Glaubst, du kannst mal eben so bei den Ölmultis einsteigen? Meinst, da liegen die Geldscheine auf den Schreibtischen herum, ja?«

Der Typ, der hinter ihr stand, lachte ihr gehässig ins Ohr. Sie riss erneut vergeblich an ihrem Arm und presste einen Fluch durch ihre Zähne.

»Und, was gefunden?« Der fette Typ, wahrscheinlich einer der Mechaniker der Kfz-Werkstatt, tatschte nach ihrer Tasche und sie wich instinktiv zurück. Sofort bereute sie die unwillkürliche Bewegung, denn der Körper des Mannes hinter ihr war nun noch dichter an ihrem und mit Schrecken spürte sie, wie er seine freie Hand über ihren Hintern gleiten ließ. Augenblicklich drehte sie sich herum und spuckte ihm ins Gesicht. Vor Schreck ließ er ihre Hand los und taumelte zurück, fasste sich jedoch augenblicklich wieder, packte ihre Arme und riss diese mit einem Ruck nach hinten. Vor Schmerz schrie Kante auf.

»Ach so, ist das! Die Süße zeigt den Inhalt ihrer Tasche lieber der Polizei! Die fragen bestimmt ganz nett, oder Reik?«

Dicht an ihrem rechten Ohr hörte sie das raue Lachen des Typen, der ihre Arme noch immer fest nach hinten drückte und spürte mit Ekel, wie er seinen Körper gegen ihren presste.

»Fick dich!«, spie sie.

»Ja, ist gut. Ich habe sowieso anderes zu tun, als mich stundenlang mit einer kleinen Nutte wie dir zu beschäftigen«, sagte der Typ mit der Ratsche vor ihr.

Kante sah, wie er das Werkzeug sinken ließ, stattdessen sein Handy zückte und eine Nummer wählte.

»Stopp!«, rief sie. Er grinste und nahm das Gerät vom Ohr. »Ruf die Kripo in Norden an. Verlang Strater! Wir sind Kollegen.«

Der Mann sah sie einen Moment unschlüssig an, dann brach er in schallendes Gelächter aus.

14

»Und das da«, die Augen in seinem aufgedunsenen Gesicht verzogen sich zu Schlitzen, »ist deine Kollegin, ja?«

Der andere Typ hatte sie im selben Moment losgelassen, als Strater aus seinem Wagen gestiegen war. Jetzt standen die beiden Männer unschlüssig neben dem Kommissar und sahen abwechselnd zwischen Strater und ihr hin und her. Kante reckte das Kinn, wagte jedoch nicht, den Polizisten anzuschauen. Innerlich bebte sie, aber einen Scheißdreck würde sie sich anmerken lassen! *Na los, sag' was!*

»Meine Kollegin Scheffert.« Er nickte nur knapp in ihre Richtung, aber seine Augen blitzten den Bruchteil einer Sekunde bedrohlich auf.

Einen Moment lang war es still, dann räusperte sich der dicke Mechaniker. »Alles klar«, presste er zwischen den Zähnen hervor, rührte sich jedoch nicht.

»Wir gehen jetzt.« Strater gab ihr mit einem weiteren Nicken zu verstehen, dass sie sich in Bewegung setzen sollte. »Entschuldigen Sie die Unannehmlichkeiten.«

»Pah, diese dämlichen …«, setzte Kante wütend an, spürte jedoch augenblicklich Straters Hand in ihrem Rücken, die sie unsanft nach vorne schob. »Au!«

»Halt den Mund und lauf«, zischte er ihr zu und nahm ihr jede Möglichkeit, sich noch einmal zu den Bastarden umzudrehen.

Als sie an Straters Wagen angekommen war, öffnete er die Tür und schob sie unsanft auf den Beifahrersitz.

»Scheffert. Wie kreativ«, sagte Kante verächtlich und blickte zu dem Kommissar, der sich neben ihr auf den Fahrersitz fallen ließ.

»Halt deinen Mund, habe ich gesagt.« Er steckte den Schlüssel ins Zündschloss.

»Wohin fahren wir?«

»*Ich* fahre ins Büro, arbeiten. So wie anständige Leute, die ihre Nase nicht in Angelegenheiten stecken, die sie nichts angehen.«

»Stimmt. Ich hatte ganz vergessen, dass der Herr Kommissar seinen Kopf lieber auf den Bildschirm richtet und in seinen Sessel furzt, als einen Mordfall zu lösen! Und was ist mit mir?«

»Hör mal gut zu ...« Strater packte sie abrupt am Handgelenk. »... wenn du meinst, dass ich nichts Besseres zu tun habe, als eine abgelebte Göre aus der Scheiße zu reiten, die sich aus Frust über ihr miserables kleines Leben mit der abgebrochenen Schulkarriere und den zerplatzten pinken Seifenblasen für eine Privatdetektivin hält, dann hast du dich tief geschnitten!« Er funkelte sie an. Einen winzigen, unpassenden Moment dachte Kante an die raue, undurchdringliche Nordsee, die sie in keinem Moment mehr in ihren Bann zog, als wenn der Wind über ihre Wellen peitschte. »Fick dich«, sagte sie.

Strater drehte den Schlüssel und der Motor dröhnte auf.

»Was ist mit meiner Karre?«

»Welche Karre?«

»Na, was meinst du, von wo aus ich das dämliche Scheiß-Gebäude observiert habe?«

»Observiert?« Strater stellte den Motor wieder ab und blickte sie verächtlich an.

Ohne darauf einzugehen, zeigte Kante in Richtung des Parkplatzes, wo ihr Transporter zwischen einer Reihe weiterer Rostlauben auf seine Verschrottung zu warten schien. Die beiden Mechaniker waren verschwunden. »Da. Mein Camper.«

»Camper, aha«, sagte Strater tonlos und hob eine Braue. »Das Ding da?« Nach einer kurzen Pause hörte sie ihn hinzufügen: »Hätte ich mir eigentlich denken können.«

»Was soll denn das jetzt heißen?« Kante richtete sich in ihrem Sitz auf. *Arroganter Bullen-Wichser!* »Hast ein Problem damit? Meinst deine Familienpritsche ist geiler, oder was? Lass mich raten: Wenn ich aussteige und auf deine Heckscheibe schaue, dann finde ich einen *Lena und Thorben an Bord*-Aufkleber, oder? Und daneben einen regenbogenfarbenen Fisch. Verfickte Spießerkarre!«

Ein dumpfer Schlag ließ sie zusammenzucken und einen Moment schaukelte der Wagen. Der Kommissar hatte seine Faust gegen das Lenkrad gedonnert und rieb sich jetzt die Hand. Unwillkürlich schossen Kantes Finger zum Türöffner, aber Strater packte sie.

»Welches Auto ich fahre, was auf der Heckscheibe klebt – und überhaupt meine Familie – geht dich einen Scheiß an!« Seine Stimme war nicht mehr als ein bedrohliches Raunen, als er hinzufügte: »Du hast ein Auto? Umso besser. Steig aus und verschwinde! Wenn du noch was Sinnvolles zu sagen hast, ruf mich auf dem Kommissariat an. Ansonsten fährst du jetzt zu deinem Piratenspielplatz zurück und lässt andere Leute ihre Arbeit machen. Du kannst von Glück reden, dass du keine Anzeige bekommst! Und jetzt hau ab!«

Er ließ ihr Handgelenk los, beugte sich ein Stück zu ihr herüber und öffnete die Beifahrertür von innen. »Raus!«, brüllte er, als sie sich nicht rührte.

»Willst du gar nicht wissen, was ich da drin gefunden habe?« Kante drehte sich in ihrem Sitz zu ihm, sodass sich ihre Nasenspitzen beinahe berührten.

Unwillkürlich zuckte Strater zurück. Kante fischte ihr Handy aus der Tasche und hielt ihm die Aufnahmen hin, die sie gemacht hatte. Er zog ihr das Gerät aus der Hand und fingerte eine Weile daran herum. Fasziniert beobachtete Kante, wie über sein markantes Gesicht ein Sturm hinweg zog. Er drückte einige Tasten, dann legte er ihr das Handy in die Hand zurück und schob sie aus der Tür. »Raus!«

»Alter, was soll das? Hast du es nicht gesehen?«, stammelte sie irritiert und stolperte aus dem Wagen. Sie hörte, wie Strater hinter ihr die Tür zuknallte und der Motor aufdröhnte.

»Verfluchtes Arschloch!«, schrie sie entgeistert den Rücklichtern hinterher, wandte sich jedoch schnell um und rannte in Richtung ihres Transporters. Sie hatte keine Lust auf ein Wiedersehen mit den beiden Dreckskerlen.

Als sie den Wagen zwanzig Minuten später zwischen den wilden Hecken in der Nähe ihres Studios parkte, schloss sie einen Augenblick die Augen und atmete tief durch. Dann griff sie nach ihrem Handy, das auf dem Beifahrersitz lag. Was hatte den Bullen nur so wütend gemacht? Sie wischte mit dem Finger über das Display, um die Fotos, die sie in der Firma gemacht hatte, näher zu betrachten und wurde stockstarr. Der Wichser hatte sie gelöscht!

15

»Fahr doch, du dämliches Verkehrshindernis!«, brüllte Strater gegen die geschlossenen Autoscheiben. *Mutterschiff*, las er ein weiteres Mal kopfschüttelnd die Aufschrift des Aufklebers, der auf der Heckscheibe des neuwertigen VW-Busses prangte. »Was will man dazu noch zu sagen?«, stöhnte er. Seit gefühlten Stunden tuckerte er schon hinter dem überdimensionierten Gefährt her, in dem nur eine einzige Person saß und darauf zu warten schien, dass sich die Straßenkreuzung auf magische Weise aller weiteren Autos von selbst entledigte.

Meinst deine Familienpritsche ist geiler, oder was? Lass mich raten: Wenn ich aussteige und auf deine Heckscheibe schaue, dann finde ich einen »Lena und Thorben an Bord«-Aufkleber, oder? Und daneben einen regenbogenfarbenen Fisch. Verfickte Spießerkarre!, hörte er Kante in seinem Kopf schimpfen. Erneut wallte die Wut in ihm auf und er versetzte dem Lenkrad einen kräftigen Stoß. Hinter ihm hupte es.

»Schon gut«, stieß er hervor und trat das Gaspedal wieder durch. Das Mutterschiff war endlich losgefahren. *Diese verfluchte Göre!* Was bildete die sich eigentlich ein? Spielte hier Miss Marple auf Koks und stieg mir nichts dir nichts in das Büro eines Ölkonzerns ein! Kurz musste er grinsen bei dem Gedanken daran, dass es ihr tatsächlich gelungen war, sich beinahe unbemerkt Zutritt zu verschaffen, wären da nicht diese Dünnbrettbohrer von der Autowerkstatt aufgetaucht. *Hätte sie nicht, wie eine blutige Anfängerin, ihren Wagen auf einem Werkstattgrundstück geparkt*, korrigierte er sich. Jedenfalls musste er zugeben, dass die kleine Tätowiererin ihm ein paar nützliche Informationen zugespielt hatte. Dass sich die beiden Schwachköpfe an die Firma wenden und den Einbruch melden würden, bezweifelte er. Er versuchte, den Gedanken an das Foto von dem Dokument zu verdrängen, unter dem er eine allzu vertraute Unterschrift erkannt hatte, aber es gelang ihm nicht.

»Dämliche Tussi!«, brüllte er erneut gegen die Scheiben, aber das Mutterschiff kroch beharrlich mit Tempo siebzig vor ihm her. Was, verflucht noch mal, hatte Saskia mit diesem reichen Arschloch zu schaffen und warum konnte sie ihre verdammten Geschäfte nicht *einmal* auf angemessene Art und Weise erledigen? Seit sie die Maklerinnenstelle in Norden angenommen hatte, war der Gedanke an Geldscheine offenbar der Einzige, der ihre Augen zum Funkeln bringen konnte. Vor ihm leuchtete das Blinklicht des Mutterschiffs auf und Strater drückte das Gaspedal durch.

***

Das Büro von Heiko Tütken entsprach nicht dem, was er sich unter dem Arbeitsplatz eines Wissenschaftlers vorgestellt hatte. Auf dem aufgeräumten Schreibtisch stand ein riesiger Monitor, davor eine Tastatur und ein Mousepad mit einem Korallenbild. Weder Fotos noch leere Kaffeetassen oder persönliche Gegenstände verrieten etwas über das Seelenleben der Person, die hier einen großen Teil ihrer Zeit zubrachte. Ernest Petry, der junge Mitarbeiter mit der verkümmerten Version eines Kaiser-Wilhelm-Barts, hatte ihm bereits an der Tür mitgeteilt, dass Tütken sich für den heutigen Tag für Vorbereitungen im Zusammenhang mit dem bevorstehenden Begräbnis freigenommen hatte. Der dritte Projektmitarbeiter war laut Petry vorwiegend im Homeoffice tätig.

»Und was ist Ihre Aufgabe?«, fragte Strater und wischte beiläufig mit der Handfläche über den Schreibtisch. Nicht ein einziges Staubkorn.

»Ich habe hier eine Qualifizierungsstelle«, ereiferte sich Petry und machte einige Schritte auf Strater zu, der noch immer vor Tütkens Schreibtisch stand.

»Aha«, sagte Strater, ohne aufzublicken. »Und das heißt?«

»Ich bin Doktorand bei Professor Tütken.«

»Ich wusste nicht, dass Heiko Tütken eine Professur innehat. Davon hat er nichts erwähnt.« Straters Interesse war geweckt.

»Doch natürlich«, sagte Petry und nickte eifrig. »Abteilung Meeresforschung. Er leitet unser Projekt.«

Als Strater keine Regung zeigte, fügte er hinzu: »Forschungsinstitut Senckenberg am Meer in Wilhelmshaven. Unser Projekt ist Teil eines größeren Forschungsvorhabens. Wir beschäftigen uns mit biologischen und geologischen Fragestellungen rund um das Wattenmeer der Nordsee. Daneben haben wir auch internationale Verbundprojekte im Nordatlantik und

Mittelmeer«, ratterte es aus Petry hervor. Strater fragte sich, wie oft er diesen Text bereits abgespult hatte.

»Wir haben sogar wattfähige Arbeitsboote und einen eigenen Forschungskutter am Institut. Wir sind also nicht nur hier in diesem Büro«, er ließ seinen Arm in Richtung Fensterscheibe wandern, »sondern quasi täglich vor Ort«, fügte er sichtlich stolz hinzu.

»Schon gut.« Strater winkte ab. Das Gehabe des Doktoranden ging ihm allmählich gehörig auf die Nerven. »Euer Institut betätigt sich ja offenbar auch an lukrativeren Dingen, wie der Zusammenarbeit mit der Dutch Oil Corporation«, versuchte er den aufgeregt mit den Augen zuckenden jungen Mann stattdessen aus der Reserve zu locken.

»Nein, nein, das verstehen Sie falsch!«, entgegnete dieser und verlagerte sein Gewicht auf den anderen Fuß. Strater entgingen die roten Flecken nicht, die sich auf dem Hals seines Gegenübers ausbreiteten.

»Wir befassen uns natürlich auch mit aktuellen Themen im Zusammenhang mit der Meeresspiegelentwicklung und dem Küstenschutz. Dabei spielt nicht nur der Klimawandel eine Rolle, sondern natürlich auch die zunehmende wirtschaftliche Nutzung der Nordsee durch Schifffahrt, Tourismus und Windparks – und natürlich ist das Thema Ölbohrungen ein neuer Forschungsbereich, der uns umtreibt.« Der Mann leckte sich über die dünnen Lippen, sodass der kümmerliche Bartansatz zu wippen begann. »Und die Frage, welche Auswirkungen Bohrungen in der Nordsee haben, ist natürlich bereits seit einiger Zeit virulent. Wir arbeiten nicht im Auftrag der Dutch Oil, wenn Sie darauf anspielen wollen. Ganz im Gegenteil! Wir sind ein unabhängiges Forschungsinstitut und fühlen uns der Wissenschaft und dem Schutz der Umwelt verpflichtet. Tiefsee-Bergbau kann die Artenvielfalt bedrohen und birgt auch für den Menschen Gefahren. Wir müssen verstehen, welche Auswirkungen die Nutzung von Rohstoffen aus der Nordsee mit sich bringt. Ich spreche hier dezidiert auch von nachwachsenden Rohstoffen wie Manganknollen, Kobaltkrusten und Massivsulfiden. Öl und Gas sind ja nicht die einzigen Güter, die aus den Tiefen geborgen werden können. Aber der weltweite Rohstoffbedarf steigt und wir müssen Möglichkeiten der umweltverträglichen Förderung suchen. Das Problem gibt es ja nicht erst seit jüngster Zeit.«

»Jaja.« Strater erhob sich und umrundete den Schreibtisch. »Und mit was genau befassen Sie sich derzeit, wenn ich fragen darf?« Er durchschritt den Raum und trat hinter den Arbeitsplatz des Doktoranden, der dem von Tütken gegenüberlag.

»Das wissen Sie doch sicher bereits von Herrn Professor Tütken. Wir befassen uns mit den geologischen Auswirkungen von Tiefseebohrungen. Letztlich geht es natürlich auch um die Frage, ob sich durch den erwarteten wirtschaftlichen Erfolg die Folgen davon rechtfertigen lassen.« Der junge Mann eilte hinter Strater her und schien besorgt, dass dieser etwas auf seinem ebenfalls penibel aufgeräumten Schreibtisch in Unordnung bringen könnte.

Strater griff nach der Maus und schob diese ein paar Mal hin und her. Der Bildschirm vor ihm leuchtete hell auf und er runzelte die Stirn angesichts der in Spalten untereinander angeordneten Zahlen und des kleinen

Fensters, auf dem irgendeine seltsame Abbildung zu sehen war. Kleine Rechtecke, von denen oben und unten Striche abgingen, die an den Enden von Balken begrenzt wurden. »Was ist das?«

»Das da«, der Doktorand tippte mit seinem Finger auf eines der Gebilde, »ist ein Boxplot-Diagramm. Daran sehen wir, in welchem Bereich die Daten liegen und wie sie sich über diesen Bereich verteilen.«

»Aha«, unterbrach Strater den jungen Wissenschaftler, aus Angst, eine Einweisung in die Datenanalyse zu erhalten. »Und was haben Sie bereits herausgefunden? Ich meine in Bezug auf die geplanten Bohrungen?«

»Ich bin nicht befugt, Ihnen dazu etwas zu sagen.«

Strater drehte sich um und sah, wie sich der Mund des Mannes zu einem dünnen Strich zusammengepresst hatte, was den irrwitzigen Bart darüber noch stärker zur Geltung brachte.

»Wie Sie wollen«, entgegnete Strater gelassen. »Dann sehen wir uns morgen früh in meinem Büro. Sagen wir, neun Uhr? Ach ja – und seien Sie so freundlich und bringen Sie doch den Herrn Hanke, Ihren Kollegen aus dem Homeoffice mit, ja? Der ist bestimmt befugt dazu, nehme ich an. Brauchen Sie das schriftlich durch die Staatsanwaltschaft oder reicht Ihnen meine freundliche Einladung?«

»Die reicht«, presste der Doktorand zwischen den Zähnen hervor.

Pfeifend schlenderte Strater durch die Tür und in Richtung Parkplatz. War ja doch noch ein schöner Tag geworden.

16

Keine zwei Stunden später war Straters Stimmungshoch bereits wieder verpufft. Er stand in seinem Hobbykeller und warf die wenigen Pfeile, deren Spitzen nicht verbogen waren, auf eine Dartscheibe. Sie landeten allesamt weit entfernt vom Bullseye, dem roten Mittelpunkt, den er stets anpeilte. *Egal*, dachte er. Sein tägliches Sportprogramm hatte er für heute absolviert.

Im Haus herrschte Stille. Saskia hatte ihm am Morgen gesagt, dass sie nach der Arbeit wieder ins Fitnessstudio wollte. *Wenn es wirklich das Fitnessstudio ist, wo sie sich ständig herumtreibt,* fügte er gedanklich hinzu und spürte, wie sich seine Muskulatur verkrampfte.

Er trat vor das Paludarium und augenblicklich stahl sich ein Lächeln auf sein Gesicht. Shredder machte sich bereits über die Rucola-Blätter her, die er ihm mitgebracht hatte. Es würde eine der letzten Mahlzeiten der Schildkröte vor der herannahenden Winterstarre sein. Etwa eine Woche vorher durfte das Reptil nicht mehr gefüttert werden und Strater würde darauf achten müssen, dass es sich noch entleerte. Als wisse Shredder das ganz genau, kaute er, den olivfarbenen Schädel keck erhoben, den Salat mit einer Inbrunst, als würde es kein Morgen mehr geben. Die zahnlosen Kiefer zermalmten den Rucola mit maschineller Effizienz, dabei blähten sich die mit gelben Flecken bedeckten Wangen in einem schnellen Takt auf. Stück für Stück verschwand das Salatblatt im Maul des Reptils. Es hatte etwas Meditatives der Schildkröte beim Mampfen zuzuschauen, dachte Strater und entspannte sich zusehends.

In Gedanken ging er die übrigen Ereignisse des Tages durch. Nach dem Besuch bei dem Doktoranden war er auf dem Präsidium gewesen, wo Zadel ihn gehörig unter Druck gesetzt hatte. Der Kripo-Chef verlangte konkrete Ergebnisse im Fall Fenna Tütken, die Strater jedoch bislang nicht vorweisen konnte.

»Schmeckt's?«, fragte Strater mit aufgesetzt hoher Stimme in Richtung Shredder, der bereits das nächste Salatblatt vertilgte. Er hatte keine Lust mehr, sich weiter aufzuregen. Stattdessen konzentrierte er sich auf den Anblick des fressenden Tieres, bevor er sich seufzend abwendete und auf dem Sofa Platz nahm. Sein Magen grummelte noch immer. In der Küche hatte er dem Drang widerstanden, nach dem Riegel zu greifen. Er nahm sein Smartphone zur Hand und öffnete eines der Fotos, das Kante bei ihrem Einbruch im Büro der Dutch Oil Corporation gemacht hatte. Bei dem Dokument, das seine Frau hinter dem Kürzel i.A. unterschrieben hatte, handelte es sich um eine Mietaufhebungsvereinbarung, die an das Pflegeheim *Wattkieker* adressiert war. Als er den Namen der Einrichtung sah, der ihm vorhin auf die Schnelle gar nicht aufgefallen war, dämmerte es ihm allmählich.

Er hatte vor einigen Wochen in der Zeitung aufgeschnappt, dass das in Norddeich direkt am Strand stehende Heim vorhatte zu schließen, um andernorts in Norden neu aufzumachen. Das neue Gebäude war jedoch noch gar nicht errichtet, was bedeutete, dass die

Heimbewohner vorübergehend auf andere Einrichtungen in der Region verteilt werden sollten. Das hatte zu einer massiven Empörung unter den Heimbewohnern und ihren Angehörigen geführt, was Strater bei genauerem Nachdenken gut nachvollziehen konnte.

Einen alten Baum verpflanzt man nicht, dachte er. Zumal die Heimbewohner sich nicht nur auf eine neue Umgebung, sondern auch auf andere Pflegekräfte einstellen mussten, die sie womöglich auch noch stiefmütterlich behandelten, weil sie nur vorübergehend dort sein würden und unwillkommene Mehrarbeit bedeuteten. Über die Gründe für den Umzug hüllte sich die Pflegeheimleitung laut der Zeitung in Schweigen und nun tauchte eine Kopie dieser Mietaufhebungsvereinbarung ausgerechnet auf dem Schreibtisch einer Ölfirma auf. Strater hatte keine Mühe, eins und eins zusammenzuzählen. Der Ölkonzern wollte das Grundstück haben, wahrscheinlich um die Infrastruktur für die geplanten Ölbohrungen bei Norderney direkt am Meer bereitstellen zu können. Vermutlich hatten sie der Heimleitung jede Menge Geld dafür geboten, den Wisch zu unterschreiben. Und seine liebe Saskia hatte dieses Geschäft arrangiert, das zumindest moralisch höchst zweifelhaft war.

Strater öffnete das andere Dokument, bei dem es sich um eine Unterschriftenliste handelte, die zu einer von der Schutzstation Wattenmeer initiierten Petition gegen die Ölbohrungen gehörte. Offenbar war der Konzern dieser Liste habhaft geworden, um zu verhindern, dass sie bei den zuständigen Ämtern und Behörden eingereicht wurde. Die beiden Dokumente bewiesen, dass das Unternehmen auch vor illegalen Machenschaften nicht zurückschreckte. Vielleicht hatten sie auch Fenna Tütken beseitigen lassen, um ihren Sohn gefügig zu machen. Allerdings hätte die alte Frau dafür jemand Fremdes ins Haus lassen müssen, dabei war sie als argwöhnisch und vorsichtig beschrieben worden. Strater kratzte sich am Nacken und kam zu dem Schluss, dass fast jeder die Tür öffnete, wenn er durch eine kluge List dazu verleitet wurde. Jemand brauchte sich nur einen Karton unter den Arm zu klemmen und sich als Paketbote auszugeben und die meisten Leute würden aufmachen. Als Paketbote hätte der Täter auch die perfekte Tarnung, denn davon schwirrten heutzutage so viele durch die Gegend, dass sie zum Alltagsbild gehörten. Oder hatte Fenna Tütken die Tür geöffnet, weil ihr Sohn, der scharf auf ihr Erbe war, davorgestanden hatte oder die Apotheken-Angestellte, die keine Juden mochte? Die weitere Überprüfung von Erika Franzen hatte bisher nichts Neues ergeben, aber Strater würde sie noch mal in die Mangel nehmen. Eine verlockende Stimme flüsterte ihm zu, dass diese Angelegenheit auch Zeit bis Morgen hatte, doch sein Pflichtgefühl hielt dagegen. Es ärgerte ihn, dass er nicht richtig vorankam und dass seine Frau mit diesem aalglatten Holländer hinter seinem Rücken mauschelte, machte ihn maßlos wütend. Wenn da nicht sogar mehr lief zwischen den beiden.

Wieder lauschte er in die Stille. Saskia war offenbar noch immer nicht zurückgekehrt. Er hatte durchaus bemerkt, dass sie in letzter Zeit noch mehr unterwegs war als sonst. Wütend dachte er an das Kommunikationsfragment, das er zwischen dem Holländer und ihr aufgeschnappt hatte. Vertraut hatte es gewirkt. *Zu* vertraut. Oben« wurde jetzt die Haustür geöffnet und Saskias Schritte tackerten über das Parkett. *Ist sie etwa in Stöckelschuhen ins Fitnessstudio gegangen?*

Hellwach kämpfte sich Strater vom Sofa, dabei knackten seine Knochen. Er winkte Shredder zu und stapfte die Treppe hoch. In der Küche traf er auf Saskia, die sich an den Tisch gesetzt hatte und sich gerade einen Apfel nahm.

»Hey«, grüßte er und schaute verdrießlich in den Obstkorb. Sofort meldete sich sein Magen zurück. Aber während seine schlanke Frau an einem Apfel knabberte, würde er sich sicherlich nicht die Blöße geben, sich den ersehnten Schokoriegel einzuverleiben. Stattdessen griff er nach einer Banane.

»Hallo Robert«, erwiderte Saskia, ohne den Blick von irgendwelchen Papieren abzuwenden, die vor ihr auf dem Tisch lagen. Anstelle eines Sportoutfits trug Saskia einen cremefarbenen Hosenanzug. Der offene Blazer gab den Blick frei auf eine markante Goldkette und ein tief ausgeschnittenes Top. Strater lehnte sich mit dem Rücken gegen die Anrichte und schälte die Banane.

»Mein geschätzter Kollege Brunsen hat mir vorhin ganz aufgelöst von seiner Mutter berichtet, die im Pflegeheim Wattkieker untergebracht ist. Die wollen das Heim kurzfristig schließen und die Bewohner müssen woanders untergebracht werden, bis ein neues Gebäude errichtet wird. Das gefällt dem Brunsen gar nicht, seine Mama tut sich so schwer mit Veränderungen und macht nun vor lauter Sorge jede Nacht ins Bett. Ich dachte, als Maklerin weißt du vielleicht etwas von der Sache.« Er hatte kein schlechtes Gewissen, dass er sich die Story lediglich ausgedacht hatte. Sie machte sich ja noch nicht einmal die Mühe, ihm zu sagen, was sie den ganzen Tag über getrieben hatte. Natürlich kannte er Brunsens Mutter nicht und hatte auch keine Ambitionen sie kennenzulernen. Auf Saskias Reaktion war er allerdings gespannt.

Sie wandte den Blick von der Akte ab und starrte auf einen imaginären Punkt auf der Tischplatte. »Nein, keine Ahnung«, sagte sie mit ruhiger Stimme und schüttelte leicht den Kopf. Ihre von reichlich Mascara betonten Augen hefteten sich einen Lidschlag lang auf ihn, bevor sie sich wieder ihren Papieren widmete. »Kann viele Gründe haben, was die Heimleitung dazu veranlasst hat.«

Warum lügst du mich an?, dachte Strater und schluckte ein weiteres Stück Banane herunter.

»Hast du mittlerweile nach meinem Auto gesehen?«

»Noch nicht, immerhin leite ich gerade eine Mordermittlung.« Es gelang ihm nicht, den bissigen Unterton zu unterdrücken, aber Saskia quittierte die Antwort nur mit einem stummen Nicken. Das machte ihn nur noch wütender. Kräftiger als nötig trat er auf die Taste des Abfalleimers in der Ecke und schleuderte die Bananenschale genau daneben.

»Hast du meinen Rucola-Salat geöffnet?«, fragte Saskia, während er die Schale wütend in den Eimer beförderte.

»Ja, hab Shredder ein paar Blätter gegeben.«

Saskia lachte gekünstelt. »Jetzt wird die Kröte schon mit meinem Salat verköstigt.«

»Die paar Blätter wirst du wohl entbehren können«, presste Strater noch hervor, bevor er mit wildem Zorn die Küche verließ.

»Verschließ die Packung nächstes Mal wenigstens wieder richtig«, hörte er seine Frau hinter ihm herrufen, als er sich seinen Mantel vom Garderobenhaken schnappte. Er verließ das Haus und zog die Tür kraftvoll hinter sich zu. Ein Blick auf sein Handy verriet ihm, dass es bereits nach zweiundzwanzig Uhr war. Wütend stapfte er durch die Dunkelheit. Einmal um den Block. Vorher würde er kein Auge zumachen können. Wenn er Glück hatte, war Saskia dann bereits im Bett und er könnte den Küchenschrank plündern.

17

Die Nordsee-Apotheke befand sich in einem unscheinbaren zweistöckigen Gebäude an der Norddeicher Straße zwischen einem Hotel und einem Eiscafé. Der hell gestaltete Verkaufsraum wurde von Regalen mit allerlei Arzneimitteln und Beauty- und Pflegeprodukten gesäumt. In der Luft lag der typische, leicht süßliche und würzige Apothekengeruch, der vom Duft nach Medikamenten, Kräutern und Desinfektionsmitteln herrührte. Eine Woche war seit dem Mord an Fenna Tütken vergangen, als Strater die Apotheke betrat und sich dem Verkaufstresen näherte. Ein Pappaufsteller fiel ihm ins Auge, von dem ihm eine junge Frau in Sportklamotten entgegen lächelte. Das dazugehörige Nahrungsergänzungsmittel versprach ein deutliches Plus an Vitalität und Energie.

»Moin«, schallte es beherzt durch den Raum. »Das Zeug ist wirklich gut. Ich spreche aus Erfahrung.« Eine freundlich wirkende Frau um die fünfzig trat hinter dem Verkaufstresen hervor und zwinkerte Strater zu. Unter ihrer weißen Kleidung verbarg sich eine stämmige Figur mit ausgeprägten Rundungen. Die aschblonden Haare waren zu einer akkuraten Pagenfrisur geschnitten, hinter einer markanten Brille mit schwarzem Gestell funkelten aufgeweckte blaue Augen.

»Da ist Maca drin«, fuhr sie fort, als Strater sich gerade vorstellen wollte. »Das Gold der Anden. Diese Heilpflanze wird seit über zweitausend Jahren in den Höhenlagen der Anden angebaut und trotzt dort den widrigsten Bedingungen. Manche unserer Kunden sind bei pflanzlichen Inhaltsstoffen skeptisch, ob sie wirklich etwas bringen. Das liegt daran, dass diese bei den Produkten in Drogerien und Supermärkten meist viel zu schwach dosiert sind. Aber das ist echte Apothekenqualität, Sie merken schnell eine Verbesserung der körperlichen Leistungsfähigkeit und psychischen Belastbarkeit.«

Ehe er sich versah, hielt Strater eine kleine Packung des Produkts in der Hand.

»Kann ja nicht schaden«, murmelte er und das Lächeln der Apothekenangestellten wurde breiter.

Er räusperte sich. »Kripo Norden, Hauptkommissar Strater, ich wollte Frau Franzen sprechen.«

Sofort verschwand das Lächeln der Frau und sie nickte beflissentlich. »Ich hole sie«, sagte sie und trat schwungvoll durch einen Durchgang.

Eine halbe Minute später kehrte sie mit Franzen im Schlepptau zurück. Ihre Kollegin war sichtlich wenig erfreut, als sie den Kommissar erblickte. »Was wollen Sie denn schon wieder?«, fragte sie mit ihrer Reibeisenstimme. »Ich hab doch schon alles gesagt.«

»Bitte folgen Sie mir einen Augenblick vor die Tür. Ich habe noch ein paar Fragen an Sie«, sagte er in gedämpftem Ton.

In diesem Moment vibrierte sein Handy in der Hosentasche. Er wandte sich ab, holte es hervor und nahm den Anruf entgegen. »Verdammt«, entfuhr es ihm, nachdem er einen Moment zugehört hatte. »Wir müssen das Ganze verschieben, ich komme wieder auf Sie zurück«, sagte er zu Erika Franzen und ging in Richtung Ausgang, wo er beinahe über einen blondhaarigen Jungen stolperte, der gerade eintrat.

»Hallo?«, hörte er ihre Kollegin rufen. »Sie haben das Maca noch nicht bezahlt!«

18

Zuvor

Die kleine Robbe lag beinahe reglos auf der Steinböschung einige Kilometer außerhalb von Norddeich. Es war kein Heuler – so nannte man nur die von der Mutter verlassenen Jungtiere aufgrund ihrer herzzerreißenden Klagerufe –, sondern ein halbstarker Seehund von etwa achtzig Zentimetern Länge. Nur die gelegentlichen Kopfbewegungen verrieten Elma Klaaßen, dass das Tier noch lebte. Da es aber nicht die typische Entspannungshaltung der sogenannten Bananenstellung einnahm, bei der Kopf und Hinterteil angehoben waren und der stromlinienförmige Körper die Form einer Banane aufwies, hatte die erfahrene Wattjagdaufseherin sofort gemutmaßt, dass etwas nicht stimmte.

Wattjagdaufseher waren ehrenamtliche Seehundretter, die entlang der niedersächsischen Küste hilfsbedürftige Seehunde, und manchmal auch Kegelrobben, aufsammelten und in die Seehundauffangstation Norddeich brachten, wo sie für die Wiederauswilderung aufgepäppelt wurden. Um das verantwortungsvolle Amt auszuüben, musste man einen mehrtägigen Lehrgang absolvieren und anschließend erfolgreich eine Prüfung bestehen. Das meiste Wissen hatte sich Elma Klaaßen allerdings während ihrer nunmehr annähernd zehnjährigen Praxiserfahrung angeeignet.

Seit ihrer Pensionierung vor sieben Jahren gehörten die täglichen Erkundungsfahrten, bei denen sie nach notleidenden Seehunden Ausschau hielt, fest zu ihrer Alltagsroutine. Sie fürchtete die Zeit, wenn sie nicht mehr rüstig genug sein würde, um dieser Arbeit gewissenhaft nachzugehen. Noch war sie allerdings, abgesehen von den Tagen, an denen die Schwermut wie eine zentnerschwere Last auf sie drückte, einigermaßen fit.

Elma stemmte sich gegen den starken Wind an, der Gerüche nach Tang und Seegras mit sich trug und stieg vorsichtig die abschüssige Steinböschung hinunter. Dahinter breitete sich das dunkelgraue Wattenmeer wie eine endlose Wüstenlandschaft aus, über der sich der wolkenverhangene Himmel spannte. Die Robbe starrte sie stumm aus ihren großen dunklen Augen an, als Elma sich zu ihr hinunterbeugte und sie genauer begutachtete. An der Seite machte sie zwischen dem dunkelgrauen Fell eine mehrere Zentimeter große blutverkrustete Wunde aus. Womöglich hatte das Tier sich diese an einem scharfkantigen Felsen zugezogen, mutmaßte sie. Vielleicht handelte es sich auch um eine Bisswunde, doch Robben hatten in der Nordsee kaum natürliche Feinde, denn Orcas und Haie tummelten sich hier nur selten.

»Das wird schon wieder«, murmelte Elma und bückte sich noch tiefer, um das Tier unter ihren behandschuhten Fingern hochzuheben. Die Robbe fiepte kurz, bevor Elma sie vor Anstrengung ächzend die Böschung hinauftrug und zu ihrem VW-Touareg brachte, dessen Kofferraum sie schon vorsorglich geöffnet hatte. Das Tier war schwer und zwei Mal hätte sie es beinahe ablegen müssen. Mit einem Kraftakt hievte sie die Robbe in eine eigens für den Transport zur Auffangstation vorgesehene Kiste und atmete tief durch. Fünfundzwanzig bis dreißig Kilogramm brachte der Seehund bestimmt auf die Waage.

»Bald wirst du wieder gesund«, sprach sie dem Tier gut zu, das als Antwort darauf ein weiteres Fiepen von sich gab.

Elma schloss vorsichtig den Kofferraum, um die Robbe nicht zu erschrecken, und drehte sich um, als ihr Blick in einiger Entfernung auf dem grasbewachsenen Deich eine Gestalt ausmachte. Diese stand zu weit entfernt, um Details oder gar das Geschlecht erkennen zu können, aber Elma kam es so vor, als starrte sie genau zu ihr herüber. Instinktiv hob sie zaghaft eine Hand zum Gruß, nur um sich direkt im Anschluss ziemlich blöd wegen dieser Geste vorzukommen. Doch irgendwie verunsicherte sie die ganze Situation. Die Person erwiderte den Gruß nicht, sondern stand weiterhin wie festgefroren da. Elma wurde noch unbehaglicher zumute. Sie blinzelte. *Vielleicht schaut die- oder derjenige gar nicht zu mir, sondern beobachtet etwas auf dem Meer.* Das Fernglas fiel ihr ein, das sie bei ihren Erkundungsfahrten immer dabei hatte, um Seehunde am Strand oder auf Sandbänken genauer inspizieren zu können. Sie trat vor die Beifahrertür, öffnete diese und klaubte es vom Sitz. Mit wachsender Neugier hielt sie es vor ihre Augen und schaute zu der Stelle, wo die Person gestanden hatte, doch sie war verschwunden. Elma suchte den Deich nach ihr ab, erblickte jedoch keine Menschenseele.

»Komisch«, murmelte sie und schüttelte den Kopf, während sie um ihren Wagen herum zur Fahrerseite lief. Mit einem mulmigen Gefühl stieg sie ein und fuhr sofort los.

Die Seehundstation Norddeich war in einem roten, einstöckigen Backsteingebäude mit großen modernen Glasfronten untergebracht, das, von unförmigen Anbauten umgeben, in einer gepflegten Parkanlage in unmittelbarer Nähe des Strandes stand. Zu den öffentlich zugänglichen Bereichen der Einrichtung gehörten mehrere interaktive Ausstellungen, die auf abwechslungsreiche Art und Weise Wissenswertes über den Nationalpark Wattenmeer, seine tierischen Bewohner und die Aufgaben der Station vermittelten. Hauptsächlich kümmerte sich die Station um die Rehabilitation und Aufzucht verwaister Jungtiere, die mit viel Hingabe durch menschliche Helfer auf das Leben in freier Wildbahn vorbereitet wurden. Natürlich konnten die Besucher die Seehunde auch beobachten, was bei Groß und Klein gleichermaßen gut ankam und die Anlage zu einem beliebten Familienausflugsziel machte.

Elma Klaaßen fuhr rückwärts an den Hintereingang der Station heran und stieg aus ihrem Wagen. Die Tierpflegerin Wiebke Albers kam heraus und begrüßte Elma lächelnd. Wie alle Mitarbeiter trug sie Dienstkleidung, bestehend aus einer dunkelblauen Hose und einem weißen Poloshirt, auf dem das Logo der Einrichtung prangte.

»Na, wen hast du uns denn heute mitgebracht?«

Die beiden Frauen traten vor den Kofferraum und nachdem Elma diesen geöffnet hatte, zeigte sie Wiebke die Robbe und deren Verletzung.

»Oh, das sieht nicht schön aus. Bringen wir dich erst mal rein.« Die Pflegerin hob die Robbe aus der Kiste und trug sie in einen Raum mit gefliestem Boden und weiß gekachelten Wänden, der Tische und Schränke aus Edelstahl sowie verschiedene Apparaturen enthielt. Auf einem der Tische hielt ein Tierpfleger gerade eine zappelnde Robbe fest, die einen lang gezogenen Klageruf ausstieß. Mühsam versuchte der Mann, eine Nahrungssonde in das Maul des Tieres einzuführen.

»Welcher Tierarzt hat aktuell Dienst?«, fragte Elma, während Wiebke den Neuankömmling zu einem Tisch auf der anderen Seite brachte.

»Doktor Schünemann schaut sie sich gleich an«, sagte sie an Elma gewandt.

»Gut, dann gebt mir anschließend kurz Bescheid, was los ist, ja?«

»Machen wir«, versprach die Pflegerin, die ihre strohblonden Haare zu einem Zopf gebunden hatte.

Elma verabschiedete sich und machte sich auf den Heimweg. Sie lebte nur einige Hundert Meter von der Station entfernt in einem schnuckeligen Rotklinkerhaus mit Satteldach, das sich nahtlos in das malerische Ortsbild einfügte. Sie parkte ihren Wagen vor der angebauten Garage, da sie gleich noch einkaufen wollte, und ging über den Pflasterweg zur weißen Eingangstür. Dabei inspizierte sie kritisch, aber zufrieden ihren kleinen, penibel gepflegten Garten mit den geharkten Blumenbeeten.

Kaum war sie eingetreten und hatte die Tür wieder hinter sich verschlossen, kam Moritz aus dem Wohnzimmer gesaust. Der Kater strich um ihre Beine und miaute anklagend.

»Ist ja gut, mein Liebling. Ich mach dir was zu essen.«
Sie kraulte ihn kurz, durchquerte vor sich hin summend die Diele und betrat die zweckmäßig eingerichtete Küche. Moritz folgte ihr maunzend. Elma klaubte den Katzennapf vom Boden, stellte ihn auf die Anrichte und schnappte sich einen Löffel aus der Schublade. Sie nahm eine der am Rande der Anrichte gestapelten Schalen Katzenfutter zur Hand, öffnete diese und füllte den Inhalt in den Katzennapf. Die Lachsstücke in Gemüsesoße zählten zu Moritz' Lieblingsspeisen. Glücklich beobachtete Elma, wie der Kater sich darüber hermachte, als die Türklingel ertönte.

Überrascht über den späten Besuch legte sie den Löffel ins Waschbecken. Seit ihr Jochen verstorben war, kamen nur noch wenige Personen bei ihr vorbei. *Vielleicht ein Staubsaugervertreter*, überlegte sie, *oder die Zeugen Jehovas?* Hoffentlich nicht.

Sie ging zurück in die Diele und sah die Umrisse des Besuchers schemenhaft durch das Türfenster. Einen Moment zögerte sie, dann öffnete sie und blickte die Person fragend an. Ehe sie reagieren konnte, drückte der ungebetene Gast kraftvoll die Tür auf, sodass sie erschrocken zurück stolperte.

Was geht hier vor sich?, schoss es durch ihren Kopf, dann fühlte sie die Hände des Eindringlings auf ihrer Kehle und sie wurde hart gegen die Wand gestoßen. Panikartig versuchte sie, die Hände wegzureißen, die ihr die Luft abdrückten. Als sich der kalte Blick des Gegenübers in ihren bohrte, wusste sie, dass es vorbei war. Der Eindringling löste eine Hand und wandte sich um, während er mit der anderen weiter ihre Kehle zudrückte und sie an der Wand fixierte. Etwas polterte lautstark zu Boden. Abrupt wurde sie nach vorne gerissen und auch die zweite Hand löste sich von ihrem Hals. Elma japste verzweifelt nach Luft, doch schon im nächsten Moment spürte sie, wie etwas um ihren Hals geschlungen wurde.

Mit letzter Verzweiflung griff sie an ihre Kehle und befingerte die Schnur, die ihr die Luft abschnürte. Die Person stand hinter ihr und zog die Schnur so brutal zurück, dass ihre Füße beinahe die Bodenhaftung verloren. Sie versuchte zu atmen und strampelte panisch mit den Füßen. Aus weiter Ferne nahm sie seltsam deutlich das letzte Licht des Tages wahr, das sich durch das Fensterchen am anderen Ende des Ganges drängte und eine Träne rann über ihre trockene Wange. *Warum?*, hallte es durch ihren Kopf, als ihre Bewegungen erschlafften und die erlösende Schwärze sie in ihre Arme nahm.

19

Mit seiner roten Klinkerfassade, dem charakteristischen Giebel und dem gepflegten Garten versprühte das kleine Einfamilienhaus eine Wohnidylle, in der die uniformierten Polizisten und in weiße Schutzanzüge gehüllten Kriminaltechniker wie Invasoren wirkten. Beinahe hätte Strater einen der Kollegen ermahnt aufzupassen, nicht in das geharkte Blumenbeet neben der strahlend weißen Haustür zu treten, deren Rahmen wie auch die der Fenster in einem maritimen Türkis gestrichen war.

»Was erwartet mich da drin?«, fragte Strater, während er sich die Plastiküberzieher, die Brunsen ihm gereicht hatte, über die Schuhe streifte.

»Kein schöner Anblick«, sagte Enno Brunsen, der heute einen marineblauen Blazer trug und seine Sonnenbrille in die blonde Föhnfrisur geschoben hatte. Einmal mehr dachte Strater, dass sein Kollege sich bestimmt als moderne Version von Sonny Crockett sah, dem von Don Johnson verkörperten Detective aus der TV-Serie *Miami Vice*.

»Der Name der Toten ist Elma Klaaßen, vierundsiebzig Jahre alt, eine pensionierte Floristin. Sie war ehrenamtlich als Wattjagdaufseherin für die Seehundstation Norddeich tätig, hat also hilfebedürftige Seehunde dorthin gebracht. Gefunden hat sie eine Tierpflegerin der Station, sie sitzt hinten in der Küche. Sie hat Frau

Klaaßen heute Mittag noch lebendig angetroffen. Sie kann also noch nicht lange tot sein.«

Elma Klaaßen. Der Name kam Strater bekannt vor. »Okay, schnapp dir einen der Kollegen und hör dich in der Nachbarschaft um. Anschließend finde heraus, welche Überwachungskameras es hier im Umkreis gibt und lass die Aufnahmen durchsehen.«

»Geht klar«, erwiderte Brunsen. Strater holte tief Luft, bevor er sich über die Türschwelle schob und das Haus betrat. Trotz Brunsens Vorwarnung erschütterte Strater der Anblick der kleinen grauhaarigen Frau, die mit gespreizten Armen und Beinen tot auf den beigefarbenen Fliesen lag. Sie hatte ihren Mund wie zu einem stummen Schrei aufgerissen, ihre schreckgeweiteten grünen Augen schienen ihn anklagend anzustarren. Wie ein grauenvolles Halskorsett war das Telefonkabel mehrfach um ihre Kehle gewickelt worden und hatte ihren Hals zu einem schmalen Schlauch aus faltiger Haut zusammengeschnürt. Am Ende des Kabels baumelte die Ladestation, das schnurlose Telefon war in die Ecke des kleinen Flurs geschlittert. Die Seniorin trug eine blaue Jeans, einen schlichten dunkelgrünen Pullover und graue Halbschuhe, an denen Strater Spuren von Sand und Erde bemerkte. Die verhüllten Kriminaltechniker wuselten um sie herum und fotografierten sie aus unterschiedlichen Positionen.

Strater trat einen Schritt zurück und ließ die Szenerie auf sich wirken. Offenbar hatte sich die Tat ähnlich abgespielt wie bei Fenna Tütken. Vor seinem inneren Auge wurde die Tür geöffnet. Eine Gestalt attackierte die Seniorin sofort nach Betreten des Hauses, griff nach dem Telefonkabel und erdrosselte sie. Strater ließ seinen Blick zu dem antik aussehenden Telefontischchen schweifen, das im Gang stand und auf dem sich das Mordwerkzeug befunden hatte. »Du nimmst dafür, was du gerade findest«, murmelte er.

In gebührendem Abstand zur Leiche schritt er durch den Flur und trat durch einen offenstehenden Durchgang in eine kleine Küche. Am Tisch saßen sich ein junger Streifenpolizist und eine dunkelblonde Frau um die Dreißig gegenüber, bei der es sich um die Tierpflegerin handeln musste, die die Frau gefunden hatte. Sie schniefte in ein Papiertaschentuch und kraulte eine schwarze Katze, die neben ihr auf der Sitzbank lag. Ihre Augen waren stark gerötet und ihre Haut wirkte beinahe wächsern. Sie schien unter Schock zu stehen. Strater ging einige Schritte auf sie zu, begrüßte sie freundlich und stellte sich vor. Dann vergrößerte er den Abstand wieder und bezog vor der Küchenzeile Stellung, wo er sich gegen die Spüle lehnte.

»Wann haben Sie die Tote gefunden und in welchem Verhältnis stehen Sie zu ihr?« Er beugte sich ein Stückchen nach vorne und blickte sie eindringlich an. *Das Spiel aus Nähe und Distanz.*

»Kurz nach sechzehn Uhr. Elma hat uns heute Mittag gegen ein Uhr einen angeschlagenen Seehund in die Station gebracht und darum gebeten, dass wir ihr Bescheid geben, was bei der Untersuchung herauskommt. Ich habe sie gegen drei Uhr versucht anzurufen, aber nur die Mailbox erreicht. Als ich Dienstschluss hatte, bin ich dann kurzerhand bei ihr vorbeigefahren. Da habe ich sie hier ge...« Ihre Stimme brach. Strater wartete, bis sie sich geschnäuzt hatte und sie fortfuhr.

»Mein Gott, sie war so eine liebe Frau. Ich kann einfach nicht begreifen, was passiert ist.« Ihr lang gezogener Schluchzer erfüllte den Raum und Strater räusperte sich.

»Wie sind Sie ins Haus gekommen?«

»Die Tür war nicht richtig zu. Nachdem ich geklingelt habe, sah ich sie durch das Türfenster im Flur liegen. Ich bin rein und da hab ich ihren Hals gesehen. Den Anblick werd ich nie vergessen.« Sie sog tief Luft ein und vergrub ihr Gesicht zwischen den Händen. Strater beobachtete verblüfft, wie der Kater aufsprang, sein Köpfchen an ihrem Arm rieb und herzzerreißend miaute. *Du weißt ganz genau, was hier los ist*, dachte er und sah sich einmal mehr in seiner Vermutung bestätigt, dass die kognitiven und empathischen Fähigkeiten von Tieren maßlos unterschätzt wurden. *Oder kennst du die Frau*, schoss plötzlich ein anderer Gedanke durch seinen Kopf.

»Kannten Sie Frau Klaaßen näher?«, fuhr er schließlich fort.

Die Tierpflegerin hob den Kopf. »Sie arbeitet seit Langem ehrenamtlich für die Seehundstation. Länger als ich, ich bin seit drei Jahren dort. Sie bringt uns regelmäßig hilfebedürftige Seehunde, na ja und hin und wieder unternehmen wir im Kollegenkreis etwas zusammen, da war Elma auch immer dabei. Ein paar Mal hat sie das Team auch zu sich zum Kaffee eingeladen, daher wusste ich, wo sie wohnt.«

»Lebt sie allein? Hat sie Familie?«

»Ihr Mann ist vor einigen Jahren gestorben, aber sie hat mal etwas von einer Tochter erzählt. Genau weiß ich es aber nicht.«

»Danke, das war es fürs Erste. Es kann aber sein, dass wir noch mal auf Sie zurückkommen, falls sich weitere Fragen ergeben.« Er stieß sich schwungvoll von der Küchenzeile ab und war gerade im Begriff sich abzuwenden, als die Tierpflegerin ihn zurückhielt. »Was passiert mit dem Kater?«, fragte sie.

»Wir werden ihre Tochter benachrichtigen und dann muss sie darüber entscheiden.«

»Ich kann ihn erst mal mit zu mir nehmen«, schlug sie vor.

»Dagegen spricht nichts, denke ich. Ich werde die Tochter informieren.« Strater nickte ihr und dem Streifenpolizisten zu und begab sich wieder zur Haustür.

Nach einem letzten Blick auf die Tote trat er ins Freie, wo ihm die Rechtsmedizinerin Doktor Rosenfeldt entgegenkam, die bereits einen Schutzanzug übergezogen hatte.

»So schnell wollte ich Sie eigentlich nicht wiedersehen.« Sie ließ ihren Goldzahn aufblitzen.

»Tja, hoffentlich wird es nicht zur Gewohnheit«, sagte Strater, war sich da jedoch nicht so sicher. Die zweite Tote ließ Übles befürchten.

»Sie kriegen so schnell wie möglich meinen Bericht.« Die Pathologin streifte sich eine medizinische Maske über den Mund und betrat das Haus.

Strater sah Brunsen auf den Pflasterweg zum Haus einbiegen und ging ihm entgegen. »Finden Sie alles Wissenswerte über die Tote heraus und schauen Sie vor allem nach Gemeinsamkeiten mit Fenna Tütken. Ich will wissen, ob sich die beiden Frauen kannten und was sie gegebenenfalls verband.«

»Das wird wohl gar nicht mehr nötig sein.« Brunsen grinste selbstgefällig. »Ich habe nämlich eine Augenzeugin aufgetan.« Er trat zur Seite und gab den Blick frei auf eine blasse blonde Frau, die ein kleines Mädchen von vielleicht drei Jahren an der Hand hielt. Mit der alabasterweißen Haut, den langen blonden Haaren und den auffallend blauen Augen sah das schmächtige Kind wie eine Puppe aus.

»Sie wohnen direkt gegenüber und die kleine Olga hat oben aus dem Fenster geguckt.« Brunsen deutete auf das Haus auf der gegenüberliegenden Straßenseite, das hinter einer mannshohen Hecke aufragte. »Das ist der Onkel Strater, der ist wie ich bei der Polizei. Sag dem Onkel, was du gesehen hast.«

Strater warf Brunsen einen irritierten Blick zu, schließlich räusperte er sich und begab sich in die Hocke, um mit dem Kind auf Augenhöhe sprechen zu können.

»Sag Onkel Strater ...«

»Brunsen, ist gut«, fuhr Strater dazwischen. »Hallo Olga, ich heiße Robert«, sprach er das Mädchen an, das ihn zugleich schüchtern und neugierig beäugte. »Hast du vorhin jemanden gesehen, der hier gewesen ist?«

Das Mädchen nickte ernst. »Weiß«, sagte sie, gefolgt von irgendetwas auf Russisch oder Ukrainisch. Dann deutete sie auf einen der in weißen Schutzanzügen bekleideten Kriminaltechniker.

Die Frau, offenbar ihre Mutter, meldete sich zu Wort: »Sie sagt, sie hat jemand weiß Gekleideten ins Haus gehen sehen.«

»Moment mal, meint sie vielleicht unsere Kriminaltechniker?«

Die junge Frau, die kaum über zwanzig sein mochte, schüttelte den Kopf. »Das hat sie mir schon gesagt, bevor die vielen Leute hier erschienen sind.«

»War es eine Frau oder ein Mann?« Straters Blick huschte zwischen Mutter und Kind hin und her.

Die Frau fragte ihre Tochter etwas, die daraufhin antwortete. »Sie weiß es nicht sicher.«

»Ich habe es ja immer gewusst«, meldete sich Brunsen zu Wort. »Die Franzen ist es, das ist doch offensichtlich.« Strater warf seinem Kollegen einen strafenden Blick zu und stand ächzend auf. Seine Gelenke schmerzten. Das Mädchen war nicht gerade die beste Augenzeugin, aber er konnte ihre Beobachtung nicht ignorieren. Erika Franzen war ungefähr zu der Zeit, als Fenna Tütken ermordet wurde bei ihr gewesen und nun war wieder eine weiß gekleidete Person am Tatort gesehen worden. Zufall? Im Fall Tütken hatte die Frau jedenfalls ein Motiv. Verband sie auch etwas mit dem zweiten Opfer? »Befrag sie noch mal und bring in Erfahrung, wo sie zur Tatzeit gewesen ist«, sagte er zu Brunsen und wandte sich ab.

20

»Ich will auf der Stelle hier raus! Ich werde Sie verklagen, zuallererst diesen aufgeblasenen Gockel!« Erika Franzen war hinter dem festgeschraubten Tisch aufgesprungen und warf Enno Brunsen, der neben Strater den Vernehmungsraum betreten hatte, einen vernichtenden Blick aus ihren braunen Augen zu, die beinahe aus dem feisten Gesicht zu springen drohten. Strater dachte, dass die Einundfünfzigjährige, die erneut ihre weiße Dienstkleidung trug, durchaus eine einschüchternde Erscheinung abgab. Ihr überschüssiges Gewicht verteilte sich gleichmäßig auf ihre kräftige Statur und in einer ähnlichen Gemütsverfassung wie gerade konnte sie garantiert nicht nur mit alten Frauen kurzen Prozess machen.

Strater gab sich von ihrem Ausbruch unbeeindruckt und nahm ihr gegenüber Platz. Brunsen bezog rechts von ihm an der Wand Stellung. »Setzen Sie sich bitte«, sagte er in ruhigem Tonfall.

»Ich sage kein Wort ohne meinen Anwalt.«

»Der ist bereits unterwegs, soweit ich informiert bin, also bitte.« Franzen funkelte ihn wütend an, ihr Kopf hatte eine ungesunde hochrote Gesichtsfarbe angenommen. Sie schnaufte ungehalten, setzte sich aber schließlich.

Strater klappte die Akte auf, die er mitgebracht und sich auf den Schoß gelegt hatte. »Sie tragen die Othala-

Rune, auch Odal-Rune genannt, auf Ihrem Arm, ein Symbol der Neonazi-Szene.«

»Na und?«, schnauzte Franzen. »Mein Körper, meine Haut, meine Sache.«

Strater schürzte die Lippen. »Nun ja, das Symbol ist verboten und zumindest eine öffentliche Zurschaustellung ist strafbar. Darum geht es uns im Augenblick aber nicht. Viel mehr interessiert mich die Gesinnung, die dahintersteckt. Sie haben schon einige Vorstrafen wegen Körperverletzung angesammelt.« Strater blätterte in der von Brunsen zusammengestellten Akte. »Einmal haben Sie einem jungen Mann nichtdeutscher Herkunft beim Streit um einen Parkplatz eine auf die Nase gehauen.«

»Zurecht, ich war nämlich zuerst da. Wir sind hier nicht in Bangladesch, oder wo der herkam. Hier gibt es Straßenregeln.«

»Pakistan. Der Mann hatte damals als Gaststudent der Universität Oldenburg an einem Forschungsprogramm teilgenommen.« *Biodiversitäts- und Meeresforschung*, fügte er in Gedanken hinzu. Verrückter Zufall.

»Zwei weitere Male sind Sie mit Kolleginnen aneinander gerasselt, eine davon mit Migrationshintergrund, die andere ohne deutschen Pass. Zufall, nehme ich an?«

Franzen blickte ihn hochmütig an und schwieg.

»Kommen wir zunächst zu etwas anderem.« Er klappte die Akte zu und sah Erika Franzen direkt an. »Wo waren Sie heute Mittag, sagen wir zwischen eins und drei?«

»Bei der Arbeit, bei der Sie mich vorhin selbst angetroffen haben.«

»Sie hat von halb zwei bis halb drei Mittagspause gemacht«, schaltete sich Brunsen ein. »In dieser Zeit hat sie keiner ihrer Kollegen gesehen.«

Strater stützte den Kopf auf seinen Händen ab und beugte sich ein Stück nach vorne, gespannt auf Franzens Reaktion. Bereits vor der Vernehmung hatte Brunsen ihm gesteckt, dass die Frau kein Alibi für die mutmaßliche Tatzeit hatte.

»Ich hab mich mal ein Stündchen zurückgezogen, ich muss doch nicht die ganze Zeit über mit den Leuten zusammen hocken. Oder ist das auch verboten?« Ihre filigranen Silberohrringe, die nicht so recht zu ihrer Gesamterscheinung passten, glitzerten im künstlichen Licht der Deckenlampe.

Fasziniert von der Regungslosigkeit ihres Ausdrucks setzte Strater nach. »Wo waren Sie in dieser Zeit?« Als Kriminalbeamter war er geschult in Körpersprache. Die Erfahrung hatte ihn gelehrt, dass im Zuge von Vernehmungen selbst unschuldige Personen häufig äußerst auffällig agierten und eine Reihe von Beruhigungsgesten abspulten. Erika Franzen hingegen zeigte sich selbstsicher.

Die Finger auf die Tischplatte aufgestützt, das Kinn nach vorne gereckt, antwortete sie: »Ich bin auf dem Deich spazieren gegangen und habe etwas gegessen.«

»Kann das jemand bezeugen? Der Verkäufer des Essens womöglich?«

»Ich habe eine Stulle gegessen, die ich mir selbst mitgebracht habe. Ist schließlich alles teuer genug.«

Strater kratzte sich im Nacken und dachte daran, dass jeden Moment ihr Anwalt auftauchen konnte. Wenn er etwas erreichen wollte, dann jetzt. »Sie waren ungefähr zu dem Zeitpunkt, als Fenna Tütken ermordet wurde, bei ihr, das haben Sie selbst eingeräumt.«

»Um ihr ihre scheiß Medizin zu liefern«, fuhr Franzen ihn an.

Strater hob eine Hand, um sie zum Schweigen zu bringen. Ihr aufbrausendes Wesen trat erneut zum Vorschein. *Mord im Affekt vielleicht?*

»Fenna Tütken war Jüdin, jedenfalls hatte sie eine jüdische Mutter. Das dürfte Ihnen nicht besonders gefallen haben, spekuliere ich jetzt einfach mal. Sie scheinen ein aufbrausendes Temperament zu haben, wenn Sie etwas ärgert. Machen wir mal ein kleines Gedankenspiel. Frau Tütken kommt Ihnen doof, vielleicht ist sie auch richtiggehend unfreundlich zu Ihnen. Aus irgendeinem Grund jedenfalls fühlen Sie sich von ihr provoziert. Sie gehen auf die alte Frau los. Plötzlich laufen die Dinge aus dem Ruder und Sie sehen rot. Auf einmal hört die alte Frau auf zu atmen und regt sich plötzlich nicht mehr.« Strater beugte sich tief zu ihr über die Tischplatte und sah sie eindringlich an. »Es war eigentlich mehr ein Unfall. Sie hatte sie provoziert. Habe ich recht, Erika?«

Erika Franzen sprang vom Stuhl und riss ihre Augen weit auf. »Sie haben Sie doch ...«

Die Tür wurde aufgerissen und ein hagerer Mann im Anzug mit spärlichem weißem Haar und Oberlippenbart trat ein.

»Carl Westerhoff«, stellte er sich näselnd vor. »Ich möchte mich jetzt erst einmal allein mit meiner Mandantin austauschen.«

Strater sackte im Stuhl zusammen, kniff sich mit geschlossenen Augen in die Nasenwurzel und nickte langsam. *Verdammte Scheiße!*

Während er aufstand, schnappte sich der Anwalt den Stuhl neben ihm und trug ihn auf die andere Seite des Tisches, wo er sich neben Erika Franzen niederließ. Strater verließ den Raum zusammen mit Brunsen. Im Hinausgehen hörte er, wie Erika Franzen ihm hinterherrief: »Ich wusste noch nicht mal, dass die Alte Jüdin war!«

Der abgedunkelte Raum, den Strater und sein Kollege betraten, wurde vom Nebenzimmer durch eine riesige Spiegelwand getrennt. Sie nahmen Platz und beobachteten das Geschehen auf der anderen Seite. Wie erwartet, hatten Franzen und der Anwalt bereits die Köpfe zusammengesteckt und flüsterten. Natürlich wusste der Jurist, dass sie beobachtet wurden.

»Vielleicht solltest du mich mal ranlassen, Robert«, sagte Brunsen.

»Und was soll das bringen?«, fragte Strater genervt.

»Nun, ich habe einen anderen ...«

In diesem Moment ging die Tür auf und der Kripo-Chef Gerald Zadel kam herein. Nach einem kurzen Blick in den Vernehmungsraum wandte er sich an Strater: »Haben Sie etwas für mich?«

Strater seufzte. »Leider nicht wirklich, aber wir sind mit ihr noch nicht fertig.« Er deutete mit dem Kopf in Richtung Erika Franzen.

Zadel nickte, zog sein Smartphone aus der Hose und hantierte daran herum. Dann hielt er es Strater hin. Auf dem Display war eine groß aufgemachte Headline zu sehen.

Der Oma-Killer geht um.

Nur unwesentlich dünner darunter stand:

Serienmörder holt sich unsere Großmütterchen.

Strater verdrehte die Augen. Platter und effekthaschender hätte der *Küsten-Kurier* – er erkannte die Zeitung anhand des Layouts – nicht titeln können.

»Ich muss nachher vor die Presse«, sagte Zadel ruhig. »Was soll ich denen sagen?«

»Die üblichen Floskeln. Dass wir vielversprechenden Spuren nachgehen und so weiter und so fort. Entspricht ja auch der Wahrheit.«

Zadel seufzte resigniert. »Halten Sie mich auf dem Laufenden und sagen Sie mir sofort Bescheid, sobald sich neue Erkenntnisse ergeben.«

Strater nickte knapp und erhob sich. »Also gut. Mach du jetzt hier weiter«, sagte er zu Brunsen, der sich daraufhin straffte wie ein Musterschüler, der gerade eine besondere Auszeichnung erhalten hatte.

Dieses Mal bezog Strater an der Wand Stellung, während Brunsen sich Franzen und ihrem Anwalt gegenübersetzte. Franzen war nicht die Mörderin, glaubte Strater. Was sie hier taten, war daher schlicht Zeitverschwendung.

»Ich verlange, dass Sie meine Mandantin sofort gehen lassen«, sagte der Anwalt. »Sie haben nichts gegen sie in der Hand.«

»Einen Moment noch.« Brunsen schlug ein Bein über das andere und faltete die Hände im Schoß. »Kannten Sie Elma Klaaßen?«

»Ja«, antwortete Erika Franzen unwirsch. »Wir kennen uns aus dem Schützenverein. Warum?«

»Sie waren also nicht heute Nachmittag bei ihr?«

»Nein, verdammt noch mal. Ich habe Ihnen doch gesagt, wo ich war!«

»Wären Sie dann bereit, eine DNA-Probe abzugeben?«

Strater wusste, worauf Brunsen hinauswollte und stöhnte innerlich auf. Natürlich würden die Kriminaltechniker an dem Mordopfer Haare, Fasern oder Hautschuppen unbekannten Ursprungs finden. Sollte die DNA-Analyse ergeben, dass diese von Erika Franzen stammten, wäre der Fall so gut wie abgeschlossen. Er bezweifelte jedoch stark, dass Erika Franzen freiwillig einwilligen würde. Ihrem Anwalt dürfte die Taktik der Ermittler, eine freiwillige Abgabe zu forcieren, unter dem Vorwand sich ansonsten verdächtig zu machen, ohnehin bekannt sein.

»Nein«, sagte sie resolut und Strater lachte auf.

»Das sollten Sie sich besser noch mal überlegen, denn so machen Sie sich noch verdächtiger«, entgegnete sein Kollege wie erwartet und plusterte sich auf. Das Bild eines Kakadus zog vor Straters innerem Auge vorbei.

»Außerdem können wir Sie zur Abgabe durch einen richterlichen Beschluss auch zwingen. Das dauert nur etwas.«

»Dazu haben Sie viel zu wenig in der Hand«, konterte der Anwalt unbeeindruckt.

Straters Handy vibrierte. Nach einem Blick auf die Nummer ging er vor die Tür und nahm das Gespräch entgegen. »Hauptkommissar Strater? Ceylin hier, aus der Abteilung IT und Technik. Ich habe etwas Interessantes gefunden, was Sie sich mal ansehen sollten.«

Kurzerhand verließ Strater die Vernehmung, denn hier kamen sie sowieso nicht weiter, und fuhr mit dem Fahrstuhl in den Keller. Er betrat einen Raum von der Größe eines Wohnzimmers, der nur vom Licht mehrerer Videomonitore erhellt wurde. An einem Arbeitsplatz in der Ecke saß Ceylin Mostafa, eine junge Kriminalmeisterin syrischer Nationalität, die ihr Haar unter einem mitternachtsblauen Kopftuch verborgen hatte.

»Was wolltest du mir zeigen?«, fragte Strater.

Ceylin deutete auf den Monitor links von ihr, der nach einem Mausklick das Video einer Überwachungskamera abspielte. Ein weißer Lieferwagen fuhr an eine Zapfsäule.

»Das ist die Überwachungskamera der Esso-Tankstelle, die nur wenige Hundert Meter von Elma Klaaßens Wohnort entfernt ist«, erklärte Ceylin.

Jemand, der komplett in Weiß gekleidet war, stieg aus dem Lieferwagen und tankte. Der Statur nach schien es sich um einen Mann zu handeln. Er trug eine Baseballkappe und wurde von der Kamera bislang nur von der Seite und von hinten erfasst. Nach etwa einer halben Minute hängte der Mann den Tankschlauch wieder in die Zapfsäule, wandte sich um und ging auf die Kamera zu, ohne den Blick zu heben. Als er aus dem Bild verschwand, hielt Ceylin das Video an. »Mehr hab ich nicht. Aber die Uhr unten rechts zeigt dreizehn Uhr zweiunddreißig an, das würde etwa zum Tatzeitpunkt passen, deshalb dachte ich, ich zeig dir das lieber.«

»Sehr gut, Ceylin. Kannst du mir den Mann noch mal deutlich im Standbild fokussieren?«

Ceylin spulte zurück und einige Tastenklicks später präsentierte der Monitor den Mann in der Frontalen.

Die Kriminalmeisterin zoomte noch etwas heran, dann lehnte sie sich auf ihrem Stuhl zurück. »Besser krieg ich es nicht hin.« Das Gesicht des Mannes war nicht zu erkennen, dafür sah man auf seiner Baseballkappe aber die Aufschrift *DRK*.

»Hast du das Kennzeichen des Lieferwagens kontrolliert?«, fragte Strater, ohne den Blick von der weißen Gestalt zu lösen. Ein Gedanke nahm in seinem Kopf langsam Form an.

»Habe ich, es ist gefälscht.«

So könnte er es gemacht haben, dachte Strater. Der Mann sah mit seinem weißen Outfit und der Kappe des Roten Kreuzes wie irgendein Bediensteter des Gesundheitswesens aus. So jemandem würden vermutlich einige Menschen die Tür öffnen. Schon aus Neugierde, vielleicht auch aus einer unterschwelligen Angst heraus, es könnte etwas passiert sein, einem Nachbarn vielleicht oder einem Familienangehörigen. Hatten Fenna Tütken und Elma Klaaßen diesen Mann und damit ihren Tod hereingelassen? Einige Augenblicke hing er seinen Gedanken nach.

Mit einem plötzlichen Ruck richtete er sich auf. »Das gibt es doch nicht!«, entfuhr es ihm.

Elma Klaaßen. Warum war ihm nicht eher eingefallen, woher er diesen Namen kannte?

21

Kante zog den Schal etwas höher, um ihren Hals vor dem kühlen Wind zu schützen. Einige Augenblicke verharrte sie auf der Mole und ließ ihren Blick über die bunten Krabbenkutter schweifen, die in den sanften Wogen des Norddeicher Fischereihafens schaukelten. Sie musste grinsen, als sie Haukes knallrot gestrichenen Kutter entdeckte, der zwischen den anderen Booten hervorstach wie ein exotischer Vogel. Mit seinen Masten und Spieren, an denen normalerweise die Baumkurren, die typischen, beutelartigen Schleppnetze für den Fang von Nordseegarnelen und Plattfischen befestigt wurden, war er deutlich als Wattenmeer-Krabbenkutter zu erkennen.

Aber Hauke war Nostalgiker, kein Fischer. Nicht mehr. Seit seiner Frühverrentung vor etwa zwanzig Jahren hatte er sich dem Kampf gegen die Fischerei verschrieben. Gekämpft hatte er ohnehin genug in seinem Leben. Vermutlich stand er ihr aus diesem Grund näher als die meisten Menschen, die sie in ihrem Leben kennengelernt hatte. Hauke Spiekdahl hauste nach wie vor auf seinem gedienten Garnelenkutter, inmitten einer Armada aus Fischereibooten, und Kante war sich sicher, dass es für den alten Seebären auf diesem ganzen verfluchten Planeten keinen besseren Ort zum Leben gab.

Die lang gezogenen Schreie zweier Möwen durch-
schnitten die Ruhe, die Kante wieder und wieder um
diese Uhrzeit an die Mole führte. Die Sonne ging allmählich unter und mit ihr schien der Hafen zu neuem
Leben zu erwachen. Einige Meter von Haukes Boot entfernt legte ein größerer Fischkutter ab und setzte sich
langsam in Bewegung, gefolgt von einer Möwenschar.

»Ihr Biester wisst ganz genau, dass es gleich Abendbrot gibt«, nuschelte sie in ihren Schal hinein. Sie
dachte an die unzähligen Lebewesen, die sich in den
riesigen Netzen verfingen. Hauke hatte es ihr erzählt.
Wie so viele andere Dinge über das Meer und die Menschen. Sein vielleicht letzter Kampf galt der Ausbeu-
tung der Nordsee. Er mochte keine Kriegsflotte haben,
aber er war nicht allein.

Kante ahnte, dass Hauke Spiekdahl nicht bloß Unterschriften für seine Petitionen sammelte oder Reden vor
den *Wattredders*, seinen Mitstreitenden schwang, die
sich dem Schutz der Nordsee verschrieben hatten.
Nein, Kante mutmaßte, dass es einen äußerst handfes-
ten Grund gab, warum er inmitten der Fischer lebte, deren zerstörerische Fangmethode er scheinbar bis ins
Mark hinein verabscheute. Die Fischer hier hatten
trotz aller Widrigkeiten bis heute durchgehalten, obwohl die tradierte Fischereimethode schon in der Vergangenheit von zahlreichen Umweltschutzorganisationen aufs Schärfste kritisiert worden war. Die Krabbenfischer hielten dagegen, der Beifang würde zurück ins
Meer geworfen.

Die Möwenschar, die dem großen Kutter folgte, der
inzwischen Fahrt aufgenommen hatte, schien sich laut

keifend um den besten Platz dicht an den Baumkurren zu zanken.

Das Argument der Fischer war Schwachsinn, hatte Hauke ihr erklärt, denn der *Beifang* war dem Tod geweiht. Die Fische wurden im Netz schlichtweg von den anderen Tieren zerquetscht und ihre Schwimmblase platzte. Eine Tonne Shrimps, fünfzehn Tonnen Beifang. Das sagte die Statistik. Anstatt Krabben und Plattfische schreckten die beschwerten Netze, die über den Meeresboden pflügten und dabei Erschütterungen auslösten, Organismen jeder Art auf, töteten und zerstörten Lebensraum.

Einen Augenblick noch genoss sie das Kitzeln der salzigen Meeresbrise in ihrer Nase, ließ den Blick über die Nordsee gleiten, die sich unter dem wolkenverhangenen Himmel hinter der Mole ausbreitete und sog das Keifen der Möwen tief in sich auf. Das Meer hatte ihm alles genommen. *Schuld.* Er hatte das Wort nur ein einziges Mal ausgesprochen. Seither aber wusste sie, dass Haukes Kampf nicht den Fischern galt, sondern sich selbst. Er konnte das Meer nicht bekämpfen, aber all das, was er daran liebte. Die Fischerei war Hauke, sie war seine Existenz. Kante straffte die Schultern und machte sich auf den Weg zur Anlegestelle.

»Antonella, mien Tüüt!«

Seine rauchige Stimme schallte über das Wasser und Kante musste grinsen, als die bärige Gestalt des alten Mannes hinter dem Aufbau auftauchte. Sie überwand die letzten Meter und ergriff die Pranke, die er ihr entgegenstreckte, um sie an Deck zu ziehen.

»Wo geiht die dat?«, donnerte Hauke.

»Ik bün good tofree«, röhrte Kante zurück und grinste. Sie liebte die plattdeutschen Floskeln, die Hauke ihr von Zeit zu Zeit antrainierte. *Ich bin gut zufrieden.* Die trockene friesische Art hatte sie sofort ins Herz geschlossen.

»Dat is hunnert!«, dröhnte es aus Haukes Richtung und Kante lachte glücklich auf. *Das ist prima.*

Hauke bedeutete ihr, ihm ins Innere zu folgen.

»Sett die hen!«, sagte er mit einem Nicken in ihre Richtung und sie ließ sich auf die hölzerne Eckbank mit den dunkelblauen Kissen fallen, die der maritimen Kajüte eine Gemütlichkeit verlieh, die Kante nicht hätte in Worte fassen können.

Hauke hantierte vor der kleinen Küchenzeile herum und kam kurze Zeit später mit zwei dampfenden Tassen Tee zurück. Er stellte sie auf dem abgewetzten Holztisch ab und ließ sich ihr schräg gegenüber auf die Eckbank plumpsen.

»Bi'n good Koppke Tee mutt de Kluntje d'r boven herutkieken«, sagte er und schob Kante die Dose mit den Kluntje hinüber, aus denen sie sich mit dem Finger zwei Stücke herausfischte und in die Tasse fallen ließ. Sie hielt die Nase darüber, atmete den süß-herben Dampf ein und spürte, wie sich der feuchte Dunst auf ihren Nasenflügeln absetzte.

Kurz und bündig fasste sie für Hauke ihre Ermittlungsergebnisse zusammen. Das Wort *Ermittlungsergebnisse* benutzte sie ihm gegenüber zwar nicht, aber im Stillen gefiel ihr die Vorstellung, sich auf ihre Weise an der Aufklärung des Mordfalles zu beteiligen. Seit ihrem Einbruch bei der Ölfirma vor einigen Tagen brannte ihr das unter den Nägeln. Mehrfach hatte sie dem Drang widerstanden, den Typen von der Kripo anzurufen. Aber allein der Gedanke an den spießigen Idioten ließ ihr die Zornesröte ins Gesicht steigen. Die Art, wie er mit ihr sprach, gelangweilt und überheblich, mit einer Attitüde, die sie nur zu gut kannte von seinesgleichen.

»Sexuell frustrierter Lappen«, schoss es zwischen ihren Lippen hervor und Hauke hob erstaunt die Augenbraue. »Sorry, ich mein' nicht dich«, stammelte sie entschuldigend und verfluchte einmal mehr ihr impulsives Wesen. Dass der Vollidiot die Bilder von ihrem Smartphone gelöscht hatte, machte sie noch immer rasend vor Wut.

»Kleene Kröt!« Hauke schien sich sichtlich zu amüsieren über Kantes geglückten Einbruch in das Bürogebäude des Ölkonzerns. »Scheint doch ein anständiger Kerl zu sein, dieser Strater«, fügte er hinzu. »Dass er dich tatsächlich für seine Kollegin ausgibt. Ich mein, wer hätte das schon gemacht?«

Anstatt zu antworten, setzte Kante die heiße Tasse an ihre Lippen und nahm einen Schluck von dem kräftigen Friesentee, was sie allerdings sofort bereute. »Au, ist der heiß, Mann!«

Hauke hatte recht. Sie hatte sich das eingestehen müssen, als sie die halbe Nacht wach gelegen und über die Ereignisse des Tages nachgedacht hatte. Er hätte sie genauso gut anzeigen können. Aber irgendwie hatte sie gewusst, dass er sie nicht hängenlassen würde. Zumal sie ihm entscheidende Hinweise geliefert hatte.

»Mich würde mal interessieren, wie diese vermaledeite Firma an die Unterschriftenliste gekommen ist«, stieß Hauke plötzlich energisch hervor und fischte in seiner blauen Leinenjacke fahrig nach einem Stumpen.

Schweigend beobachtete sie, wie er das Ende anzündete und Rauch in den kleinen Raum blies. Sein Wesen war wie die Nordsee selbst. Das hatte sie ihm einmal gesagt und er hatte nur gelacht. Rau und doch bedächtig, so erschien das Wasser die meiste Zeit über, durchzogen von kleinen Wogen und sanften Wellen, die Bewegung in die Oberfläche brachten, bis es sich schließlich zurückzog. Doch im nächsten Moment konnte die Flut mit einer Wucht zurückströmen, die einen vollkommen unvorbereitet überraschte. Selten nur setzte ein tobender Sturm ein, der echte Brecher gegen die umliegenden Klippen schleuderte und wilde Gischt versprühte. Dann aber, das wusste Kante, war es Zeit, Land zu gewinnen. Die entwendete Petition der *Wattredder* gegen Ölbohrungen in der Nordsee hatte das Potenzial für ein Unwetter.

»Hauke, ich mach mich auf«, sagte sie schließlich, erhob sich und lief in Richtung der kleinen Holztür.

»Warte noch einen Augenblick«, hielt Hauke sie zurück. »Was war mit dem zweiten Dokument, das du auf dem Schreibtisch gefunden hast«?

Kante drehte sich um und erzählte ihm knapp, was es damit auf sich hatte.

»Das ist ja allerhand!«, rief er. »Mietaufhebungsvertrag, sagst du? Erinnerst du dich an den Namen der Person, die unterzeichnet hat?«

»Darauf hab ich nicht geschaut. Aber auf dem Briefkopf stand der Name von irgendeiner Immobilienfirma. Sudenkopf, Sudkopf, so was in der Art.«

»Siedenkamp?«

»Ja, kann sein. Kennst du die?«

Hauke schnaubte. »Mach mal deine kleinen Glubscher auf, Tüütje, wenn du das nächste Mal durch Norden läufst.«

»Ich fahr Fahrrad«, nuschelte Kante.

»Dann steigste besser mal ab, in der Nähe vom Bahnhof. Riesiger weißer Neubautempel. Die schwarzen Lettern sind so groß, die siehst du vermutlich noch vom All aus«, feixte er.

»Brauch ich nicht.« Kante kramte in ihrer Tasche nach dem Handy. Wenige Augenblicke später pfiff sie verblüfft durch die Zähne. »Du kleine Ratte«, nuschelte sie in Richtung Tür. »Jetzt verstehe ich, warum du meine Bilder gelöscht hast.« Triumphierend machte sie zwei Schritte zu Hauke zurück und drehte das Display in seine Richtung. »Saskia Strater. Wenn das mal nicht die Olle vom Kriminalbeamten ist!«

***

Kante beschloss, doch noch einen kleinen Abstecher nach Norden zu machen, um sich das Gebäude der Immobilienfirma genauer anzusehen. Es war tatsächlich nicht schwierig, das Architekturmonster ausfindig zu machen, und sie wunderte sich darüber, dass es ihr zuvor noch nie aufgefallen war. Im Stadtteil Süderneuland gab es einige Läden, die sie hin und wieder aufsuchte, allen voran den Baumarkt, dem sie immerhin einen Teil der selbstgezimmerten Einrichtung zu verdanken hatte. Die zahlreichen *Besuche* der Arbeitsagentur, die sie in ihrer Anfangszeit in Norden, vor der Er-

145

öffnung der *Stechkogge*, begleitet hatten, vergaß sie hingegen nur allzu bereitwillig. Vermutlich war das auch der Grund, warum sie das benachbarte Protzgebäude am *Norder Tief*, dem Gewässer, das unter dem Burggraben floss, bisher nicht wahrgenommen hatte.

Auf der gegenüberliegenden Straßenseite stellte sie ihren *Göppel* ab, wie sie das rostbraune Gestell aus den frühen Neunzigern nannte, mit dem sie stur den E-Bikes trotzte, die sie von allen Seiten überholten. Nie im Leben würde sie sich auf eines dieser Dinger setzen. Sie hatte schließlich so was wie Selbstrespekt. Außerdem kosteten die Teile ein Vermögen. Und von ihrem Sparkurs würde sie die nächsten Jahrzehnte wahrscheinlich nicht abweichen können.

Sie lief einige Schritte den Gehweg auf und ab und betrachtete das Gebäude. Es erweckte den Eindruck, als ob das Geschäft gut lief. Richtig gut. Sie zückte erneut ihr Handy und rief die Website der Immobilienfirma auf. Nach kurzem Suchen ploppte das Foto von Saskia Strater auf. Kante erstarrte. Eine verdammt schöne Frau. Zarte Fältchen rahmten die ozeanfarbenen Augen ein, die unter kastanienbraunem Haar funkelten wie Edelsteine. Die etwas zu breite Nase machte ihr Gesicht nur noch interessanter und verlieh ihr Charakter. Allein ihr schmaler Mund, mit dem sie ein leichtes Lächeln andeutete, verriet deutlich die Entschlossenheit der gewieften Geschäftsfrau. »Strater, du Hund«, murmelte Kante. »Die hätte ich dir gar nicht zugetraut.«

Sie steckte das Handy in die Tasche zurück und überquerte die Straße, um einen Blick auf die Türschilder zu werfen, die sie von hier aus nicht lesen konnte. Schließlich überflog sie die Namen der Firmen, die in dem mehrstöckigen lang gezogenen Gebäude offenbar ebenfalls untergebracht waren: Management- und Unternehmensberatung, Webdesign, irgendeine Firma, die sie nicht einordnen konnte und ein Orthopäde. Sie wollte sich gerade abwenden, als die Tür geöffnet wurde und ein adrett gekleideter Mann mit gebräunter Haut und eine Brünette im Business-Kostüm das Gebäude verließen. Perplex blieb Kante stehen und starrte die beiden an. Der Blick der Frau blieb einen Moment an ihrem haften, dann glitt er ihre Lederjacke hinab zu ihren abgewetzten Stiefeln und wieder zurück, bevor er sich achtlos von ihr abwendete. Erstarrt verharrte Kante an Ort und Stelle und sah den beiden hinterher. Die Stiletto-Absätze der Frau klackerten über den Asphalt und verstummten kurz darauf. Der Anzugträger öffnete eine Wagentür und sie stieg ein. Dann setzte sich die Mercedes S-Klasse in Bewegung.

Kante schaute dem gelben Nummernschild hinterher, bis das Dämmerlicht der Straße es irgendwo in der Ferne verschluckte und spürte, wie die Schamesröte in ihrem Gesicht aufstieg. Saskia Strater, die kleine Mistkröte, hatte sie taxiert.

22

Strater saß in der Küche und nahm ein spätes Abendessen zu sich, das aus einem Leberwurstbrot, einigen Gewürzgurken und einem Früchtetee der Sorte *Schwedische Blaubeere* bestand. *Alter Schwede*, dachte er passend dazu, als er über die neuesten Erkenntnisse in seinem Fall nachsann. Der Name Elma Klaaßen hatte ganz oben auf der von Kante entdeckten Unterschriftenliste gestanden, die sich gegen das Bohrvorhaben bei Norderney richtete. Beide ermordeten Frauen standen also in indirekter Verbindung mit der Dutch Oil Corporation, mit deren Geschäften auch seine Frau zu tun haben schien. Bei dem Gedanken daran verging ihm fast der Appetit und er hatte Mühe, den Bissen Wurstbrot hinunterzuschlucken.

Erika Franzen hatten sie gehenlassen. Zum Abschied hatte die Apotheken-Angestellte noch einmal bekräftigt, ihn und Brunsen verklagen zu wollen, doch das kümmerte ihn wenig. Viel mehr interessierte ihn, wer der weiß gekleidete Typ mit der DRK-Kappe war. Er hatte veranlasst, alle Halter von weißen Volkswagen T6 Transportern in der Region zu ermitteln, und hoffte, dass sie so die Identität des Mannes herausfinden würden. Allzu viel versprach er sich von der Maßnahme allerdings nicht, denn wenn der Kerl mit gefälschten Kennzeichen unterwegs war, würde er vermutlich auch darauf achten, nicht über die Zulassung seines

Fahrzeugs ausfindig gemacht werden zu können. *Hatte er die alten Frauen auf dem Gewissen?* Vielleicht handelte er ja im Auftrag der Ölfirma, denn Strater konnte sich kaum vorstellen, dass sich der geschniegelte Holländer, der die Außenstelle des Unternehmens leitete, selbst die Hände schmutzig machte.

Strater spülte gerade den letzten Bissen seines Wurstbrots mit einem Schluck Tee hinunter, als ihm die Maca-Kapseln einfielen, die er auf den Küchentisch gelegt hatte. Er schaute kurz nach der empfohlenen Verzehrempfehlung und nahm zwei davon ein.

Nachdem er das Geschirr in die Spüle gestellt hatte, schlenderte er ins Wohnzimmer, wo Saskia, die nackten Beine lässig auf den Couchtisch gelegt, auf dem Sofa saß und mit einem Lächeln im Gesicht auf ihr Handy starrte. Sofort schnellte Straters Puls in die Höhe. Ihm gegenüber war sie die meiste Zeit über missmutig und kühl, aber irgendeine ihrer Bekanntschaften – womöglich der Holländer – entlockte ihr offenbar ein Strahlen.

»Robert, setz dich doch kurz«, sagte sie freundlich. Strater schluckte seine Überraschung hinunter und nahm neugierig, mit etwas Höflichkeitsabstand, neben ihr Platz. Ihre glatten, gebräunten Beine und die femininen Füße mit den rot lackierten Zehennägeln sahen sexy aus, gestand er sich eher widerwillig ein. Überhaupt gab sie mit ihrem gut gefüllten Dekolleté, der schlanken Figur und ihrem hübschen Gesicht einen betörenden Anblick ab.

»Chris hat endlich eine vernünftige Wohnung gefunden«, sagte sie begeistert. Ihr Sohn Christoph, der seit der Kindheit auf einen Rollstuhl angewiesen war, studierte an der Universität in Bielefeld und hatte zuletzt notgedrungen in einer heruntergekommenen Wohngemeinschaft gehaust. Die Zustände dort und der Mangel an Privatsphäre hatten ihn zunehmend belastet, doch es hatte sich als nicht so einfach herausgestellt, eine barrierefreie und vor allem bezahlbare Wohnung zu finden.

Strater räusperte sich. »Tatsächlich?« Er spürte den Anflug eines schlechten Gewissens gegenüber Saskia, weil sie sich für ihren Sohn freute und gar kein anderer Mann Anlass ihrer guten Laune war.

»Fünfundvierzig Quadratmeter, vierhundertfünfzig Euro warm, nicht weit von der Uni entfernt.«

»Das hat doch einen Haken, sonst wäre die Wohnung nicht so günstig.«

»Chris sagt, es gibt keinen Haken. Er hat mir Fotos geschickt, zeig ich dir gleich mal. Möchtest du auch ein Glas Wein?«

»Ja klar, warum nicht.«

Saskia stand auf und tippelte zum Schrank, wo sie zwei bauchige Weingläser, eine Flasche Rotwein und einen Korkenzieher hervorholte. »Schenk schon mal ein, ich bin gleich wieder da.« Sie stellte die Sachen auf den Tisch und verschwand in Richtung Toilette.

Verdutzt über ihre so plötzliche Umgänglichkeit, blieb er einen Moment reglos sitzen, bevor er sich daranmachte, die Flasche zu entkorken. Natürlich freute er sich für seinen Sohn. Dennoch spürte er einen kleinen Stich bei dem Gedanken daran, dass seine Frau ihm gegenüber schon lange kein freundliches Wort mehr verloren hatte. *Sei´s drum*, dachte er und füllte die beiden Gläser mit dem Rotwein auf.

Brunello di Montalcino von Val di Suga, las er auf dem Etikett. *Jahrgang 2018.* Jetzt erinnerte er sich daran, dass sie den Wein vor drei Jahren aus ihrem letzten gemeinsamen Urlaub mitgebracht hatten. Sofort nahm er den süßen Geruch eines Pinienwaldes wahr und sah in sanfte Sonnenstrahlen getauchte Weinreben und Olivenbäume vor sich. Damals, als sie eine Woche in einem Ferienhaus bei Montalcino in der Toskana verbracht hatten, war es noch gut gelaufen mit Saskia. Sie hatten jeden Tag bis mittags geschlafen, in urigen Tavernen kulinarische Köstlichkeiten wie Panzanella und Cacciucco genossen, romantische Weingüter besichtigt und sich in den lauen Sommernächten auf der Terrasse geliebt.

Die nostalgischen Gedanken lösten sich auf, als sein Blick auf ihr Handy fiel, das in Griffweite auf dem cremefarbenen Leder des Sofas lag. Es würde nur einen Augenblick dauern nachzusehen, ob der Holländer ihr schrieb. Allein der Gedanke an den Idioten ließ erneut die Hitze in ihm aufwallen.

Nein!, hielt er sich innerlich zurück, bevor er die Hand nach dem kleinen Gerät ausstrecken konnte. Ein solcher Vertrauensmissbrauch verstieß eindeutig gegen seine Prinzipien.

»Was guckst du da?«, fragte Saskia und Strater zuckte unwillkürlich zusammen.

»Nichts, ich war nur in Gedanken. Die Arbeit ...«

»Gibt es neue Erkenntnisse?«

»Ja, aber lass uns jetzt nicht darüber reden.« Er rang sich ein Lächeln ab, nahm sein Glas vom Tisch und wartete, bis Saskia es ihm gleichgetan hatte. Das würzige Bouquet des Weins verwöhnte die Nase mit fruchtigen Aromen. *Oregano und Thymian*, schoss es durch seinen Kopf und unwillkürlich musste er grinsen. Er hatte noch nie verstanden, wie es manchen selbst ernannten Weinkennern scheinbar mühelos gelang, die irrwitzigsten Nuancen aus dem Gesöff herauszuschmecken. Insgeheim war er sich sicher, dass das nichts als Hochstapelei war. Ein Önologe lernte die Terminologie vermutlich während seines Studiums auswendig und konnte im Anschluss sicherlich selbst Jauche vermarkten. Bei dem Gedanken lachte er schallend auf. *Ein Anklang von Beeren und Mokka vollendet das sanfte Tabakbouquet, herb-fruchtige Note im Abgang ...*

»Zum Wohl!«, unterbrach Saskia seine Gedanken und er erhob grinsend das Glas. Der erste Schluck fühlte sich wie immer pelzig auf seiner Zunge an, aber schon beim zweiten Schlückchen genoss er den etwas aromatischen, nicht zu süßen Geschmack. Augenblicklich breitete sich eine angenehme Wärme in seinem Inneren aus. Im Abgang meinte er sogar tatsächlich Kirschen herauszuschmecken.

Während sie ihre Gläser leerten, zeigte Saskia ihm einige Bilder von Christophs neuer Wohnung, die zumindest auf den ersten Blick tatsächlich grundsolide wirkte, und sie unterhielten sich über ihren Sprössling, der ihnen das Leben, wie wohl die meisten Kinder ihren Eltern, nicht immer einfach gemacht hatte. Der Wein lockerte Straters Stimmung und er erinnerte Saskia daran, wie sie Christoph einmal als Teenager, als sie unverhofft nach Hause kamen, bei der Selbstbefriedigung erwischt hatten. Saskia lachte ausgelassen bei der Erinnerung daran. Strater wusste gar nicht, für wen die Situation damals peinlicher gewesen war. Hinterher hatten alle so getan, als wäre gar nichts passiert.

Ziemlich abrupt stellte Saskia ihr noch immer halbgefülltes Glas auf den Tisch und stand auf. »Ich werde schlafen gehen. Gute Nacht, Robert.«

Die plötzliche Reserviertheit, die scheinbar aus dem Nichts gekommen war, verunsicherte ihn zutiefst.

»Nacht«, nuschelte er, um seine Enttäuschung zu verbergen. Sein Blick heftete sich auf ihre schlanke Taille und die wohlproportionierten Rundungen ihres Hinterns, während ihn eine seltsame Sehnsucht überkam ... nach den Zeiten, als noch alles in Ordnung zwischen ihnen gewesen war und er sich als glücklich oder zumindest zufrieden mit seinem Leben bezeichnet hatte.

Alles fließt, nichts bleibt, hatte mal irgendein schlauer Philosoph gesagt. *Apropos fließen* – Strater seufzte, füllte sein Weinglas nach und kippte sogleich einen großen Schluck hinunter. Der Wein schmeckte ihm immer besser und er genoss das behagliche Gefühl, das er in ihm entfachte. Als ob er sein Inneres in eine kuschelige Wolldecke hüllen könnte, jeden Zweifel einfach fortspülte. Mit jedem Schluck fühlte er sich besser und mehr und mehr verloren die Gedanken an Saskia oder den Mordfall an Bedeutung.

Nachdem er das Glas ausgetrunken hatte, stellte er enttäuscht fest, dass die Flasche leer war. Ohne zu überlegen, griff er nach Saskias Glas und kippte es in einem

Zug hinunter. Dann stand er auf, um eine neue Flasche zu holen.

Bereits im Flur drehte sich alles in seinem Kopf. Kurz musste er sich an der Holzkommode abstützen, um die Balance zu bewahren. In der Küche kam er zu dem Schluss, dass er genug gehabt hatte. Er trank nur selten Alkohol und eine zweite Flasche, so klar konnte er noch denken, würde ihm am nächsten Morgen die größten Probleme bescheren. Stattdessen schenkte er sich ein Glas Wasser ein und trank es langsam aus.

Wieder sicherer auf den Beinen ging er zurück ins Wohnzimmer, schaltete das Licht der Stehlampe in der Ecke aus, steuerte im Dunkeln auf die Wendeltreppe zu und begab sich nach oben.

Dort angekommen betrat er das von einer Nachttischlampe beleuchtete Schlafzimmer, als Saskia überrascht zu ihm herumfuhr. Sie stand rechts der Tür vor dem Kleiderschrank und trug lediglich einen Slip. Unwillkürlich sah er auf ihre birnenförmigen Brüste, die vom sanften Licht umspielt wurden.

»Da bist du ja schon. Ich wollte gerade duschen«, sagte Saskia, die ein frisches T-Shirt in der Hand hielt.

Noch immer haftete sein Blick auf dem Körper seiner Frau und löste eine Begierde in ihm aus, die er schon lange nicht mehr in dieser Intensität gespürt hatte. Als ob der Alkohol die unbändige Lust durch seinen Körper bis in seine Lenden flutete.

Mit ein paar schnellen Schritten stand er vor Saskia, umfasste ihr Gesicht und küsste sie stürmisch. Einen Herzschlag lang schien sie sich auf den Kuss einzulassen, ihre Lippen öffneten sich leicht, doch im nächsten

Moment entzog sie sich ihm entschieden und trat zurück. Von der Vehemenz ihrer Reaktion überrascht, torkelte Strater zwei Schritte ins Leere.

»Was machst du da?«, fragte Saskia, als wäre es ungehörig, dass er seine eigene Frau küssen wollte. »Ich bin müde und du stinkst nach Alkohol.« Ohne ihn anzusehen, drängte sie sich an ihm vorbei in Richtung Tür.

Die aufwallende Wut übermannte ihn mit einer ungeahnten Heftigkeit. Er verstellte ihr den Weg und packte sie am Arm.

»Woher kennst du diesen Mathijs de Jong?«

»*Was*?«, fragte Saskia verblüfft.

»Du weißt ganz genau, von wem ich spreche! Diesen Holländer von der Dutch Oil Corporation.«

»Ich weiß nicht, was du meinst.«

Ihre offensichtlichen Lügen machten ihn noch zorniger. »Ich habe deine Unterschrift auf so einem Wisch gesehen, der dieser scheiß Firma das Grundstück des Pflegeheims sichern soll, und mir hast du gesagt, du weißt davon nichts.«

Die Überraschung in ihren Augen wich schnell Trotz und noch etwas anderem, das er nicht genau benennen konnte. Sie schüttelte seinen Arm ab, streifte sich mit entschlossenen Bewegungen das T-Shirt über, das sie noch immer in der Hand hielt und stemmte die Hände in die Hüften. »Es gibt auch in meinem Beruf so etwas wie Verschwiegenheitsvereinbarungen.«

»Aber nicht, wenn es um Mordfälle geht. Ich kann dich auch offiziell aufs Revier vorladen und dich da befragen.«

»Mach das, wenn du dich traust!« Aus wilden Augen funkelte sie ihn herausfordernd an. »Das kommt sicherlich besonders gut an bei den Kollegen.«

Strater ignorierte den Seitenhieb. »Diesen Holländer kannst du bald im Knast besuchen, der ist nämlich in beiden Fällen verdächtig«, sagte er stattdessen.

»Mathijs? Der hat damit doch nichts zu tun.«

»Ach, kennst ihn wohl doch näher, was?«

Saskia presste die Lippen aufeinander und wich seinem Blick aus. »Lass mich jetzt sofort durch, ich will duschen!«

Einen Augenblick verharrte er noch, dann trat er widerwillig zur Seite. »Ich schlaf heute unten.«

»Mach das, Robert«, sagte Saskia gleichgültig und verließ den Raum.

Wütend klaubte Strater das Bettzeug von seiner Seite und stapfte in den Hobbykeller hinunter. Dort pfefferte er es auf die Couch und lief aufgebracht hin und her, während sein Puls im Takt eines Techno-Beats hämmerte. Mit der Faust schlug er einige Male gegen die Betonwand, bis seine Fingerknöchel schmerzten.

»Verdammte Scheiße!«, entfuhr es ihm mit Tränen in den Augen. Er stützte sich erschöpft an der Wand ab und blickte zu Shredder hinüber, der in seinem Paludarium schlief. »So geht es doch nicht weiter«, flüsterte er schließlich und fuhr sich mit der Hand durch die Haare, als könne er sich durch die Geste selbst beruhigen.

23

Mit einem Becher dampfendem Kaffee in der Hand stand Strater im schmucklosen Konferenzraum des Polizeikommissariats Norden am Fenster und blickte auf den Marktplatz hinaus. Wie immer montags hatten die Händler ihre Stände errichtet, um Handwerksprodukte und Lebensmittel wie Wurst, Käse, Gewürze und frischen Fisch feilzubieten. Das Kopfsteinpflaster des rechteckigen Platzes glänzte nass vom anhaltenden Regen. Am Rande von Straters Sichtfeld ragte die evangelisch-lutherische Ludgeri-Kirche auf, die sich aus drei unterschiedlich geformten hohen Baukörpern zusammensetzte. Daneben stand eine prächtige Kastanie, deren Blätter in schillernden Herbstfarben leuchteten und die vom Wind ordentlich durchgeschüttelt wurde.

Strater trank einen Schluck Kaffee und hoffte, dass das Koffein ihm half, die anstehende Besprechung zu meistern. Er war nicht richtig bei der Sache, weil er kaum geschlafen hatte und ihm der Streit mit Saskia noch nachhing. Wie ein Schiff auf unheilvolle Felsen steuerte seine Ehe konsequent dem Ende entgegen und es schien keine Möglichkeit zu geben, das Ruder noch herumzureißen. Wahrscheinlich auch deswegen, weil er viel zu lange gar nicht versucht hatte, den Kurs zu ändern.

»Guten Morgen«, begrüßte ihn eine sanfte weibliche Stimme. Strater wandte sich um und sah in die freundlichen dunklen Augen von Ceylin Mostafa, die heute ein hellblaues Kopftuch zu ihrem schwarzen Business-Kostüm trug. Strater erwiderte den Gruß und zwang sich zu einem Lächeln, als Enno Brunsen den Raum betrat. Offenbar nahm der Kollege an, Strater wäre über seine Ankunft erfreut, denn er grinste breit und schmetterte ein enthusiastisches »Moin« in den Raum. »So ein Schietwetter heute, was? Doch davon lassen wir uns nicht die Laune vermiesen.«

»Das sieht man«, entgegnete Strater trocken und spielte auf Brunsens knallgelbes Outfit an, das ihn unwillkürlich an einen Kanarienvogel denken ließ. Auch Kriminaldirektor Gerald Zadel, der mit seinem grauen Anzug im Gegensatz zu Brunsen geschmackvoll gekleidet war, kam jetzt herein. Der Kripo-Chef grüßte förmlich und schloss die Tür hinter einem Mann, den Strater auf Mitte sechzig schätzte und den er noch nie gesehen hatte. Mit den zu langen grauweißen Haaren, dem wettergegerbten Gesicht und dem abgewetzten rotbraunen Sakko, das perfekt mit seinen Lederstiefeln harmonierte, erinnerte er an eine Mischung aus einem gealterten Cowboy und einem schrulligen Professor. Nachdem sich alle an den Konferenztisch gesetzt hatten – Strater nahm am Kopfende Platz, Zadel ihm gegenüber, am anderen Ende – ergriff der Kriminaldirektor das Wort und deutete auf den Unbekannten zu seiner Rechten.

»Das ist Jochen Herrmann von der OFA-Einheit des Landeskriminalamts. Ich denke, er kann uns bei unseren aktuellen Problemen behilflich sein. Wir müssen endlich Ergebnisse liefern! Die Presse ist wie versessen auf das Thema und der Bürgermeister hat mich allein heute schon zwei Mal angerufen, weil er befürchtet, dass die Herbstsaison Schaden nimmt. Norddeich ist schließlich gerade bei älteren Touristen beliebt und da ist es nicht förderlich, dass hier jemand die Senioren erdrosselt.«

»Schönen guten Morgen«, sagte Herrmann mit tiefer, rauer Stimme und nickte jedem Anwesenden ernst zu. »Ich würde mir erst einmal einen Überblick verschaffen wollen und dann stehe ich Ihnen gerne mit meiner Expertise beratend zur Seite, sofern Sie das wünschen.« Dem Fallanalytiker haftete eine gewisse Distinguiertheit an. Strater versuchte, seinen Unmut mit einem Schluck aus seinem Kaffeebecher zu ersäufen. Der Gedanke daran, dass Zadel ihm allen Ernstes einen Profiler vor die Nase setzte, wurmte ihn. Er wusste, dass der OFA-Einheit nur die besten Fallanalytiker angehörten, die bei schwerwiegenden ungeklärten Verbrechen mit neuen Ermittlungsansätzen für Fortschritte sorgen sollten. Doch dass Zadel so schnell diese Karte ausspielte, wertete er als persönlichen Affront. So lief es eben im Leben. *Wenn du nicht konsequent funktionierst und die Erwartungen anderer erfüllst, wirst du beruflich wie privat ganz schnell ausgewechselt.* Dabei konnte man ihm bei dem Doppelmord kaum vorwerfen, dass sie in den wenigen Tagen noch keinen Durchbruch erzielt hatten. Schließlich gingen sie verschiedenen Spuren nach und es lag nicht offen auf der Hand, wer für den Tod der alten Frauen verantwortlich war.

»Ich schlage vor, wir starten mit dem aktuellen Ermittlungsstand, dann ist auch Herr Herrmann schon mal grob im Bilde«, sagte Zadel.

»Enno, wärst du so nett, die bisherigen Ermittlungsergebnisse kurz zusammenzufassen?«, fragte Strater seinen Kollegen mit aufgesetzter Freundlichkeit. Noch bevor Brunsen seinen eifrig vorgetragenen Bericht beendet hatte, wurde er von Zadel unterbrochen. »Was wurde eigentlich bei den kriminaltechnischen Untersuchungen gefunden?«

Brunsen griff mit glühenden Wangen nach den beiden Akten, die Strater beim Betreten des Raums auf den Tisch gelegt hatte, und blätterte darin. »An der Kleidung beider Mordopfer wurden Haare unbekannten Ursprungs gefunden, die wir zur DNA-Analyse ins Labor geschickt haben. Die Kleidung selbst ist im Kriminaltechnischen Institut und wird dort auf Hautabriebspuren untersucht. Das dauert aber leider alles, wie Sie wissen.«

Strater streckte sich. Während solche Ergebnisse in Fernsehkrimis oftmals nach wenigen Stunden vorlagen, sah die Realität anders aus. Sämtliche Kleidungsstücke der Mordopfer wurden Millimeter für Millimeter unter dem Stereomikroskop untersucht. Selbst ein mit bloßen Augen kaum wahrnehmbares Hautschüppchen musste in ein Plastikgefäß gegeben, gereinigt und maschinell vermehrt werden, um am Ende eine brauchbare DNA-Analyse durchführen zu können. Neben dem zeitaufwendigen Prozedere an sich sorgten begrenzte Kapazitäten dafür, dass es selbst bei Mordfällen, die oberste Priorität hatten, zu längeren Wartezeiten kam. Das hatte er im Laufe seiner Dienstjahre leider nur allzu häufig erlebt.

»Was ist mit Fingerabdrücken?«

»Der Mörder hat Handschuhe getragen«, sagte Brunsen. »Das geht auch aus dem Obduktionsbericht von Frau Doktor Rosenfeldt hervor. Es hätte sonst unweigerlich Fingerabdrücke am Hals gegeben.«

»Und was hat es mit den entwendeten Sachen auf sich?«

Bei Fenna Tütken hatte der Mörder eine silberne Brosche mitgenommen, bei Elma Klaaßen ein besonderes Schnapsglas aus Bleikristall, das zusammen mit einem weiteren Glas zu einer kleinen hölzernen Schnapsbank gehörte, die der Ermordeten und ihrem Mann zur Silberhochzeit geschenkt worden war. Darauf hatte sie die Tochter der Toten inzwischen hingewiesen. Ihrer Mutter habe das Geschenk viel bedeutet und die Frau hatte daher vehement ausgeschlossen, dass das Glas anderweitig abhandengekommen sein könnte. Ob sonst noch etwas in dem Haus fehlte, hatte die Tochter allerdings nicht sagen können.

»Das könnten Souvenirs für den Mörder sein oder es dient zur Ablenkung«, sagte Strater, dem es allmählich gehörig gegen den Strich ging, wie ihm die Kontrolle über das Gespräch entzogen wurde.

»Wie meinen Sie das?«, fragte Zadel.

»Um die wahren Hintergründe zu verschleiern und uns zu verwirren, nimmt der Mörder einfach irgendetwas mit. Um den Wert der Gegenstände geht es ihm offenbar nicht, sonst würde er mehr mitnehmen und kein Geld liegen lassen.«

In knappen Sätzen legte Strater die indirekte Verbindung beider Mordopfer zur Dutch Oil Corporation dar. Beruhigt darüber, dass Zadel nicht nachhakte, wie er an die Unterschriftenliste mit Elma Klaaßens Namen gekommen war, beendete er seinen Bericht. »Und Sie meinen das Unternehmen würde solche extremen Maßnahmen ergreifen, um zwei alte Frauen loszuwerden?« Zadel rümpfte die Nase.

»Die Verbindung darf zumindest nicht außer Acht gelassen werden. Für die Ölfirma geht es um sehr viel Geld.«

»Was ist mit dieser Erika Franzen?«, fragte Zadel, ohne darauf einzugehen.

»Die mussten wir vorerst gehenlassen, aber ...«, setzte Brunsen an, doch Strater unterbrach ihn.

»Ich denke nicht, dass sie etwas damit zu tun hat. Ich habe heute Morgen die familiären Hintergründe von Elma Klaaßen überprüft. Die ganze Familie ist seit Generationen fest in Ostfriesland verankert und es gibt keine Anhaltspunkte darauf, dass Erika Franzen von Fenna Tütkens jüdischem Hintergrund wusste. Für ein rechtsextremistisches Motiv gibt es aus meiner Sicht keine Hinweise. Vielversprechender ist der weiß gekleidete Lieferwagenfahrer – den könnte das kleine Mädchen vor Frau Klaaßens Haus gesehen haben. Wir arbeiten mit Hochdruck daran, ihn aufzuspüren.«

»Wir können mit unseren LKA-internen Massendatenanalysten helfen«, bot Jochen Herrmann an.

Wir kommen schon allein klar, wollte Strater bissig entgegnen, besann sich im letzten Moment aber eines Besseren. »Das ist sehr freundlich. Ceylin, was meinst du?«

»Wir sind dünn besetzt, mit ein paar helfenden Händen und Augen kommen wir sicher schneller voran«, sagte die junge Polizistin.

»Wenn Sie über die Zulassung des Lieferwagens ein paar Verdachtspersonen ermittelt haben, können unsere Experten für Geoinformationssysteme und Funkzellenvermessung überprüfen, ob deren Handydaten zum Tatzeitpunkt in der Nähe erfasst wurden«, sagte Hermann.

»Das ist eine gute Idee, Jochen«, lobte ihn Zadel.

Alter Schwede, dachte Strater, das wäre ohnehin der nächste logische Schritt gewesen. *Darauf wäre ich auch ohne einen Profiler gekommen.* Strater griff nach seinem Kaffeebecher und stellte fest, dass er leer war. Er sehnte sich nach etwas Hochprozentigem darin, um das ganze Elend gleichmütiger ertragen zu können.

24

Krachend flog die Tür auf und Strater zuckte jäh zusammen.

»Verdammt«, keuchte er, als die drahtige Gestalt geradewegs auf seinen Schreibtisch zustürmte.

»Sag' mal Alter, willst du mich eigentlich verarschen?«, schnauzte Kante. Ihr Blick brannte sich in seinen.

Strater brauchte einen Augenblick, um sich zu fassen. Dann spürte er, wie die Wut in ihm hochkochte. Es reichte offenbar nicht aus, dass Zadel ihm diesen Profiler aufs Auge drückte, der aussah, als wäre er einem billigen Western entsprungen. Um den Tag zu komplettieren und noch eins obendrauf zu setzen, strafte ihn das Schicksal heute also auch noch mit der kleinen Furie. Was für ein grandioses Finale!

»Hast du das Schild vor dem Eingang nicht gelesen?«, schoss er ihr aus zusammengekniffenen Augen in die Parade und genoss den kurzen Triumph, der Kleinen für einen Augenblick den Wind aus den Segeln genommen zu haben.

Erwartungsgemäß runzelte Kante die Stirn. »Was für 'n Schild?«

Strater lehnte sich zurück und verschränkte die Arme hinter dem Kopf. Deutlich hörte er das Blut durch seinen Kopf rauschen, aber die kleine Boshaftigkeit erfüllte ihren Zweck dennoch und ein Grinsen schlich sich auf sein Gesicht. »Hunde müssen leider draußen bleiben«, steht da. »Das gilt auch für kleine Giftköter wie dich.«

Einen Augenblick lang war es still im Raum, dann brach das Inferno über ihn herein.

Ihre ausgespienen Flüche und Verwünschungen veranlassten Strater dazu, sich in einem dümmlich-sinnlosen Anflug von Schutzbedürfnis ein Stück unter den Schreibtisch zu ducken.

»Du Aas von einem Bullen«, schloss sie ihre Schimpftirade, »deckst deine Alte!«

Strater erstarrte. Dann hämmerte es lautstark gegen die Tür. Einen kurzen Moment herrschte Stille, dann wurde diese aufgerissen und ein quietschgelber Brunsen mit Pomaden-Tolle stürmte in das Büro hinein.

»Alles in Ordnung, Kollege?« Brunsen ließ den Blick zwischen Kante und ihm hin und her schweifen, als sondiere er die Lage. Schließlich straffte er die Schultern, reckte entschlossen das Kinn nach vorne und sagte zu Kante: »Wenn Sie mir bitte zum Ausgang folgen würden.«

»Verpiss dich.«

»Wie bitte?« Brunsens Gesicht entgleiste.

Straters Laune, die eben noch auf einem Tiefpunkt angelangt war, begann sich zu heben. Mit Wohlgefallen richtete er sich wieder in seinem Schreibtischstuhl auf und wartete gebannt auf das Schauspiel, das sich gleich zwischen seinem Kollegen und Antonella abspielen würde.

»Das ist, äh …«, stotterte Brunsen.

»Ja? Was denn?«, fuhr Kante ihn an.

»Das, äh, ist Beleidigung von Beamten während der Dienstausübung und ...«

»Und *was*?« Kante drehte sich ganz zu Brunsen herum und machte einen Schritt auf ihn zu. Unwillkürlich wich der Polizist zurück und Strater unterdrückte ein Lachen. Brunsens Kopf nahm innerhalb von Sekundenbruchteilen eine Farbe an, die dem Gelb seines Aufzugs wenig schmeichelte.

»Danke, Brunsen. Mach Feierabend. Ich komme hier allein klar.«

Mit hochgezogenen Schultern stakste Enno Brunsen zur Tür und ließ diese wortlos hinter sich zufallen.

»Was war denn das für ein Vogel?«

Kante hatte sich wieder zu ihm umgedreht und machte einen Schritt auf seinen Schreibtisch zu. Dann blieb sie stehen und ihre Blicke trafen sich. Die stillschweigende Übereinkunft, die darin lag, entlockte ihm ein kleines Lächeln und er registrierte das warme Funkeln in Kantes Augen.

»Also«, sagte er nach einer kurzen Pause, »was willst du?«

»Eine Zusammenarbeit«, sagte sie, ohne zu zögern.

Strater lehnte sich zurück und musterte sie. Ihre Aggression war ebenso schnell verpufft wie seine eigene und auf seltsame Art und Weise fühlte er sich der kleinen Frau mit dem Temperament eines Vulkans plötzlich näher als zuvor. In ihren Augen las er eine Entschlossenheit, die ihn beeindruckte.

»Eine Zusammenarbeit?«, fragte er, mehr um Zeit zu gewinnen, als aus Neugierde. Es war ihm längst klar, dass sie ein sehr persönliches Interesse an der Lösung des Falls hatte. Fenna Tütken schien ihr viel bedeutet zu haben. *Zusammenarbeiten* würde er natürlich nicht mit ihr, aber es konnte nicht schaden, wenn er über ihre weiteren Züge informiert war. Schließlich hatte er weder Zeit noch Lust, ihr ein weiteres Mal aus der Patsche zu helfen – auch wenn ihm im Grunde noch immer nicht ganz klar war, warum er das überhaupt getan hatte.

»Du informierst mich über den Stand der Ermittlungen, ich gebe dir die Informationen, die dir fehlen.«

»So so«, sagte Strater, ohne seine Augen von ihr abzuwenden. »Und welche Informationen wären das zum Beispiel? Nur, damit ich weiß, ob sich diese *Zusammenarbeit* für mich auch lohnt.« Die Ironie in seinem Lächeln versuchte er erst gar nicht zu verbergen.

»Immer langsam«, sagte Kante. »Die Informationen bekommst du früh genug. Und die *Zusammenarbeit*«, sie griff den spöttischen Unterton auf, den er in das Wort gelegt hatte, »lohnt sich für dich schon deshalb, weil ich davon ausgehe, dass es im Kollegium nicht gut ankommen würde, wenn herauskäme, dass die Frau vom Kommissar mit dem Hauptverdächtigen im aktuellen Mordfall gemeinsame Sache macht – und der Herr Kommissar mögliche Beweismittel verschwinden lässt.«

Strater erstarrte. »Das sind keine Beweismittel gewesen.«

»Ach nein?«, entgegnete Kante. »Das könnten die Kollegen aber anders sehen. Immerhin stand unter dem Mietaufhebungsvertrag, von dem ich mal ein Foto *hatte*«, das letzte Wort betonte Kante, »der Name deiner Frau. Die macht mit dieser dreckigen Ölfirma offenbar gemeinsame Sache – und du deckst das Ganze! Selbst, wenn sie mit dem Mord nichts zu tun hat, lässt dich das nicht in dem besten Licht erstrahlen. Außerdem«, Kante ließ sich auf den leeren Besucherstuhl fallen und beugte sich zu Strater über den Schreibtisch, »kannte ich Fenna Tütken vermutlich besser als ihr eigener Sohn. Und ich werde nicht lockerlassen, ihren Mörder zu finden. Mit oder ohne dich.«

25

»Scheiß Wecker!« Kantes Hand schnellte zwischen den Kissen hervor und schleuderte den würfelförmigen Radiowecker aufs Geratewohl in den Laderaum. Ein dumpfer Aufprall, gefolgt von der plötzlich verzerrten Stimme des Moderators, dann war endlich wieder Ruhe. Sie drehte sich einmal mit der gesamten Decke, die sie wie ein überdimensionierter Kokon umschloss, um und schlief weiter.

Das penetrante Gedudel ihres Handys riss sie erneut aus dem Tiefschlaf. *Wie lange bimmelte das verdammte Ding schon?* Mit geschlossenen Augen tasteten ihre Finger die Matratze ab, bis sie endlich die Störquelle gefunden hatte, aufs Display tippte und sich das Gerät ans Ohr hielt.

»Mmhhhhmm?«

»Wo steckst du, verdammt noch mal? Ich warte schon seit zehn Minuten auf dich! Pünktlich um acht, hatte ich gesagt. Es gibt schließlich Menschen, die arbeiten!«

Kante drückte das Gespräch weg. Einen kurzen Augenblick erwog sie, dem verlockenden Drang nachzugeben, sich noch einmal umzudrehen und weiterzuschlafen.

Dann fuhr sie jäh hoch. »Scheiße, verdammt!« *Das Treffen!*

Fluchend schälte sie sich aus der Patchwork-Decke und zerwühlte die Matratze auf der Suche nach den

Kleidungsstücken vom Vortag. Kalt war es hier drin. Ihr Blick fiel auf die Fensterscheiben des Transporters, die wie jeden Morgen in letzter Zeit beschlagen waren. Wasserschlieren tropften auf die verdreckte Ladefläche.

Sie fand die schwarze Jeans im Spalt zwischen Autotür und Matratze und schlüpfte hinein. Nach weiterem Wühlen kam ihr dunkles Langarmshirt zu Vorschein. Sie roch kurz daran, verzog das Gesicht, streifte es sich aber über. Fluchend kramte sie nach dem Instantkaffee, den sie schließlich auf der vorderen Sitzbank fand, löffelte sich einen Hub in einen der benutzten Becher, besann sich dann eines Besseren, stellte ihn weg und fuhr sich zwei Mal mit den Fingern durch die Haare. Hoffentlich würde der verdammte Bulle nicht versuchen, sie zu linken. Jedenfalls hatte er sich vorerst auf ihren Kuhhandel eingelassen. Offenbar ging er davon aus, dass sie ihm wirklich weitere Informationen liefern konnte. »Scheiße«, stieß sie erneut hervor. Sie hatte keine Ahnung, was sie ihm gleich sagen sollte.

Sie öffnete die Schiebetür, ließ sich bäuchlings auf die Matratze nieder und fischte darunter mit einer Hand nach ihren Schuhen, die sie irgendwo auf der Bodenfläche unter sich vermutete.

Aus dem Augenwinkel sah sie ein in Cordhosen gekleidetes Beinpaar an der geöffneten Autotür vorbei schlurfen, das kurz stehenblieb und schließlich weiter trottete. Erleichtert atmete sie auf. Sie hatte jetzt keine Zeit für Auseinandersetzungen.

Entgegen ihrer Vorsichtsmaßnahmen hatte sie am Vorabend entschieden, den Wagen in Strandnähe zu parken, um dort zu übernachten. Dass Strater sie bereits um acht Uhr in der Frühe treffen wollte, machte sie noch immer wütend. Sie brauchte ihren Schlaf. Sie hatte die letzten Tage wieder Kundentermine bis in den späten Abend hinein gehabt und die Sessions schlauchten sie.

Es gibt schließlich Menschen, die arbeiten. Wut flackerte in ihr auf. Die fehlende Anerkennung für ihre Arbeit war noch immer ein wunder Punkt bei ihr. Offenbar hatten die meisten Menschen schlicht keine Vorstellung davon, was es hieß, sich als Tätowiererin selbstständig zu machen. Tätowieren war sowohl ein kreativer als auch ein handwerklicher Beruf, der äußerste Präzision erforderte. Was sie jedoch am meisten anstrengte, war die Selbstbeherrschung im Umgang mit ihrer Kundschaft. Wie oft hatte sie sich einen bissigen Kommentar verkneifen müssen oder zähneknirschend nach dem Befinden ihrer Kunden gefragt? Auch wenn sie zu ihren Stammkunden ein ausgesprochen gutes Verhältnis pflegte, immer wieder betraten Touristen und andere seltsame Menschen die *Kogge* und forderten ihren guten Willen heraus. Wegen der kurzzeitigen Schließung ihres Studios nach Fennas Tod hatte sie einige Termine zusätzlich nachzuholen, die sie auf den späten Abend gelegt hatte. Hinzu kamen ihre kleinen Recherchen zu dem Mordfall, mit denen sie beschäftigt war. Seit mehreren Tagen schon hatte sie ihr Studio immer erst gegen zwei Uhr nachts abschließen können und war sofort auf der Tätowierliege eingeschlafen. Um vor dem Treffen mit Strater etwas länger schlafen zu können, hatte sie sich bereits am Vorabend einen

Platz für die Nacht in Strandnähe gesucht und im Camper übernachtet. Der Parkplatz am *Strandpadd* war nahezu ideal gewesen. Allerdings stellte sie jetzt fest, dass hier bereits geschäftiges Treiben herrschte.

Endlich fand sie auch den zweiten Stiefel, zog diesen an, schnappte sich die Kunstlederjacke, die sie irgendwo hinter dem Fahrersitz fand, und stieg eilig aus. Nachdem sie den Transporter abgeschlossen hatte, eilte sie den asphaltierten Weg in Richtung Strand entlang, vorbei an einem Spielplatz, von dem wildes Geschrei ertönte. Aus dem Augenwinkel sah sie, wie bereits zu dieser frühen Stunde dick eingewickelte Zwerge vor dem Klettergerüst herumtobten.

»Meine Fresse, müsst ihr nicht in die Schule oder in den Kindergarten?«, grummelte sie und überholte eine Passantin mit ihrem Zwergspitz.

Zunächst würde sie Strater erzählen, wie sie Fenna kennengelernt hatte. Der Gedanke an die funkelnden Augen, mit denen Fenna sie stets angesehen hatte, traf sie wie ein Peitschenhieb und ließ sie aufschluchzen. Ein älteres Ehepaar drehte sich zu ihr um und blickte sie neugierig an. Kante beschleunigte ihre Schritte und durchquerte den Kurpark.

Fenna war neben Hauke eine ihrer ersten Bekanntschaften in Norden gewesen. Wehmütig dachte sie an ihre erste Begegnung und unterdrückte ein schniefendes Lachen bei dem Gedanken an das kleine Irrlicht auf der Strandpromenade, das ihr im ersten Moment einen gehörigen Schrecken versetzt hatte. In der Folgezeit waren sie sich oft begegnet. Anfangs hatte sich Kante gewundert, dass die alte Frau mit ihr so offenherzig über ihre Vergangenheit, ihre Wehwehchen und Gedanken plauderte. Doch irgendwann hatte sie begriffen, dass dies an der Unverbindlichkeit ihrer Treffen, dem großen Altersunterschied und der Tatsache, dass sie zumindest anfangs zwei Fremde waren, gelegen hatte. Irgendwann hatte auch sie sich Fenna gegenüber geöffnet, wie kaum jemandem zuvor. Es war eine stille Übereinkunft gewesen: Was gesprochen wurde, blieb zwischen ihnen. Sie seufzte. *Einige deiner Geheimnisse, meine liebe Fenna, werde ich lüften müssen, um deinen Tod sühnen zu können. Die anderen bleiben sicher bei mir verwahrt.*

Sie ließ das Haus des Gastes zu ihrer Rechten liegen und eilte am Deich entlang in Richtung des Hundestrands. Bereits aus der Ferne erkannte sie Straters leicht gedrungene Gestalt auf der Dachterrasse eines kleinen Strandcafés mit Blick auf die Nordsee.

Kante nahm die letzten beiden Stufen, die sich an der Außenseite der gediegenen Container-Bar mit den großen, weiß umrahmten Fenstern und der modernen grauen Holzfassade nach oben wanden, und setzte sich in einen der Rattan-Sessel gegenüber der Balustrade, an der der Kommissar noch immer lehnte. Sie schlang fröstelnd die Arme um ihren Körper. Immerhin waren sie zu so früher Stunde die einzigen Gäste hier oben. Vermutlich war das auch der Grund, warum Strater sie nicht im Inneren des Cafés empfing.

»Sorry, Mann, für die Verspätung.« Sie lehnte sich zurück und hatte das Gefühl, in den Tiefen der Sitzgelegenheit zu versinken, während Strater ihr gegenüber Platz nahm. »Keine Zeit zum Rasieren gehabt?«, fragte sie mit einem spöttischen Grinsen.

»Du hast auch schon frischer ausgesehen«, konterte Strater. »Ich hoffe, das Warten hat sich gelohnt. In zwanzig Minuten muss ich zur Dienststelle. Also schieß los.«

»Nicht so eilig. Ohne Kaffee geht gar nichts!« Fieberhaft ging sie ihre Optionen durch. Wenn sie den Eindruck erweckte, keine brauchbaren Informationen in petto zu haben, war der Kommissar schneller weg, als sie Piep sagen konnte. So viel war klar. Doch sie musste, verdammt noch mal, herausfinden, was Fenna zugestoßen war! Immerhin hatte sie eine Vermutung. Und mit ihrer Intuition lag sie oft gar nicht weit daneben.

»Was willste trinken? Ich hol' uns was.«

Fünf Minuten später jonglierte Kante das Tablett die Treppe zur Dachterrasse hinauf und stellte es auf dem Tisch ab. Strater nahm den Tee dankend entgegen. Sie beobachtete, wie er zwei Stücke Kandis in den Friesentee gleiten ließ und akribisch in der Tasse rührte. Dann glitt seine Hand zu dem Sahnekännchen mit der winzigen Schöpfkelle, hielt aber abrupt inne und schob die dampfende Tasse von sich weg, als enthalte sie Gift.

»Is was mit dem Tee?« Einen Moment lang kniff sie die Augen zusammen, irritiert von dem seltsamen Verhalten des Kommissars, dann dämmerte es ihr. »Mann, hat dich deine Alte etwa auf Diät gesetzt?«

»Also?«, fragte Strater, ohne auf ihre Frage einzugehen. Sein kalter Blick ließ sie zusammenzucken.

»Fennas Sohn hatte Schulden«, spielte sie, ohne zu zögern, ihren Joker aus und betete im Stillen, dass Strater den Köder schlucken würde.

Das Gesicht des Kommissars blieb ausdruckslos. »Und?«

»Alter! Heiko Tütken müsste doch eigentlich Geld wie Heu haben als Meereshydrologe.«

»Geologe.«

»*Was?*«

»Heiko Tütken ist Hydrogeologe.«

»Jedenfalls soll er ein Gutachten schreiben, das diesem Ölkonzern ziemlich in die Quere kommen könnte.«

»Was du nicht sagst«, entgegnete Strater gelangweilt.

»Fenna hat mir aber auch erzählt, dass Heiko eine Professur innehat und in zig Gremien und was weiß ich noch sitzt. Und wenn mich nicht alles täuscht, dann müsste sein Gehaltszettel doch ordentlich Plus abliefern, oder nicht?«

»Bezüge.«

»Hä?«

»Als Professor wird er vermutlich verbeamtet sein und Bezüge erhalten.«

Mit einem Satz schnellte sie aus ihrem Sessel hoch und reckte drohend den Zeigefinger in Straters Richtung. »Jetzt hör' mir mal gut zu, du arroganter Bullenschnösel! Es ist mir scheißegal, ob das jetzt Gehalt oder Bezüge heißt. Viel wichtiger ist doch, herauszufinden, warum Heiko Tütken seine alte Mutter mit ihrer mickrigen Rente anpumpen musste. Schalt mal dein Hirn an und mach deine Arbeit!«

Penner!, fügte sie in Gedanken hinzu. *Da kennste dich aus, was? Nur weil du deinen verbeamteten Bullenarsch über die staatliche Kloschüssel hängst, bist noch lange nichts Besseres!* Alles musste man sich nicht bieten lassen.

»Okay«, sagte Strater schließlich. »Das ist interessant. Was hast du sonst noch?«

Kante ballte die Fäuste unter dem Tisch. Es würde härter werden, als vermutet. Aber sie war gewappnet. *Zeit, einige Geheimnisse zu lüften,* dachte sie und lehnte sich zu Strater über die Tischplatte.

»Ruhig, Brauner«, sagte sie gedehnt und grinste. Einen kurzen Moment verfing sie sich in dem neugierigen Blick seiner grauen Augen, die dem unrasierten Gesicht eine seltsame Würze verliehen. *Steht ihm gar nicht schlecht, der Bart, schoss es durch ihren Kopf.* Schnell schaute sie zur Seite und sog die sanften Wellen in sich auf, die die Tide immer näher in Richtung Strand warf.

»Ich musste Fenna oft aufbauen«, sagte sie mit abgewandtem Kopf und starrte in die Ferne, wo die Nordsee mit dem bleigrauen Horizont verschmolz. »Ich habe ihr gesagt, dass sie nicht schuld ist, aber sie hat sich immer wieder Vorwürfe gemacht. Es hätte jedem passieren können. Aber sie wollte davon nichts wissen. *Es ist meine Schuld und irgendwann werde ich sie begleichen müssen.* Das hat sie wieder und wieder gesagt. Ich weiß nicht, was genau sie damit gemeint hat. Es war ein Autounfall gewesen. Er war noch ein Kind, hat sie erzählt. Sie wollte nur kurz nach Norden zum Einkaufen fahren und hat ihn nicht gesehen. So etwas kommt vor. Es muss kurz hinter dem Ortsschild gewesen sein, wo er stand. Es muss stark geregnet haben, war, glaube ich, irgendwann im Herbst gegen späten Nachmittag. Vermutlich war es schon am Dämmern. Sie hat ihn einfach nicht gesehen, Mann.« Kante drehte ihr Gesicht wieder zu Strater.

»Was ist denn passiert?«

»Ich weiß es nicht genau. Sie hat mir die Geschichte nur ein einziges Mal erzählt und an dieser Stelle hat sie abgebrochen. Aber sie hat immer wieder von dem Jungen geredet. Vielleicht solltet ihr mal in dieser Richtung ermitteln.«

»Wie lange liegt das zurück?«

»Auch das weiß ich nicht. Ich vermute aber, schon einige Jahre. Fenna hat immer wieder gesagt, dass sie sich danach nie wieder hinters Steuer gesetzt hat. Verständlich, irgendwie.«

Kante sah wieder auf das Meer hinaus. Der lang gezogene Schrei einer Möwe verschmolz in der Ferne mit dem sanften Rauschen der Wellen. »Immer wieder hat sie die Erinnerung überrannt«, sagte sie schließlich. »Ich habe es in ihrem Blick gesehen. Manchmal hat sie etwas wie „der Junge“ gesagt und ich habe es verstanden. Sie hat mir nicht zugehört, wenn ich ihr gesagt habe, dass sie keine Schuld trifft. Sie war dann nicht mehr zugänglich. Hat lediglich ihr Pillendöschen hervorgeholt und irgendwelche Medikamente genommen.«

»Heiko Tütken hat kein Wort davon erwähnt.«

»Pah«, spie Kante aus, »der hat sich doch einen Scheißdreck für seine Mutter interessiert! Der wollte doch nur ihre Kohle!«

»Was weißt du darüber?« Strater beugte sich zu ihr vor.

»Nicht viel, aber ich kann eins und eins zusammenzählen! Fenna hat immer in den höchsten Tönen von ihm gesprochen, war stolz wie Oscar auf den Typen.«

Die Wellen hatten sich dem Strand weiter genähert. Bald würde der höchste Wasserstand erreicht sein. Sie wandte sich wieder dem Kommissar zu. »Einmal, als ich bei ihr zum Teetrinken eingeladen war, ist der Kerl bei ihr aufgeschlagen, hat ein bisschen herum geheuchelt, ob es ihr gutginge, das übliche Blabla. Dann hat er sie zur Seite genommen, manchmal hat er auch versucht, mich rauszuschicken. Ich hab' mitbekommen, wie er sie angeschnorrt hat. Irgendwann habe ich seine Scheißkarre mal vor einem dieser Casinos in Norden-Neustadt entdeckt. Ich vermute, der hat seine ganze Kohle dort verzockt!«

Sie beobachtete, wie Strater sich über die Bartstoppeln fuhr und einen Moment zu überlegen schien. Dann hob er den Arm, blickte auf seine Armbanduhr und stand ruckartig auf.

»Ich muss los!« Sein Stuhl schabte über den Boden. Eiligen Schrittes durchquerte er die Dachterrasse, drehte sich an der Treppe noch einmal kurz um und hob seine Hand zum Abschied. »Danke!«

Im nächsten Augenblick war der Kommissar aus ihrem Sichtfeld verschwunden und sie stöhnte verärgert auf.

»Lief ja super, unser erstes Treffen«, grummelte sie. »Genau so habe ich mir das vorgestellt.«

26

Ich mag euer Haus. Mit der Klinkerfassade und dem Reetdach ist es traditionell, es hat Stil. Ich mag auch die Lage, wie es einsam im Schatten einiger Bäume steht, die ausschauen, als hätten sie zu eurem Ehren ein herbstliches Farbkleid angelegt. Ringsherum das sich kilometerweit erstreckende Marschland, in dem nur hie und da ein paar Baumgruppen oder Windräder aufragen. Nein, über mangelnde Ruhe könnt ihr beiden euch nicht beschweren. Der bleigraue Himmel verfinstert sich zunehmend, bald geht es los.

In der Küche geht das Licht an! Jan Carstensen, siebenundsechzig Jahre alt. Unternehmer. Du trägst wieder den weinroten Pullover mit dem weißen Kragen, beginnst den Tisch für das Abendbrot zu decken. Holst Besteck, zwei Tassen und zwei Teller aus der Vitrine. Arrangierst alles an gegenüberliegenden Plätzen am Esstisch. Lebensmittel wie Wurst, Käse und Butter folgen. Genauso wie gestern. So wie auch die beiden Tage zuvor. Ihr habt Routine, ihr beiden. Das gefällt mir. Routine ist gut. So kann ich besser planen. Jetzt füllst du den Wasserkocher, löffelst losen Tee in das Sieb eurer Teekanne. Das Glück, wenn es so etwas gibt, ist in jede deiner bedächtigen Bewegungen eingeschrieben. Deine gesamte Körpersprache zeugt von Zufriedenheit und innerer Ruhe. Mit deiner robusten Statur, der gebräunten Haut und dem vollen weißen Haar siehst du vital und gesund aus.

Da bist du ja, Mareeke! Ich habe dich bereits vermisst. Warte, lass mich schnell näher heranzoomen. Mit Zehnfachzoom entgeht mir nicht eine einzige Strähne deiner rotbraunen Lockenpracht, Mareeke Carstensen. Du erinnerst mich an Sophia Loren. Kein Mensch würde glauben, dass du die Siebzig bereits hinter dir gelassen hast, mit deinem makellosen Teint, deiner schlanken Silhouette, die noch nicht einmal diese grässliche Strickjacke verbergen kann. Aber was könntest du schon vor mir verbergen? Ich weiß so einiges über dich. Dass du früher Theater gespielt, sogar kleinere Fernsehrollen besetzt hast. Ja, es gibt gewisse Parallelen zwischen der Loren und dir.

Meine Glieder schmerzen allmählich, ich muss das Fernglas einen Moment ablegen, mein Körpergewicht verlagern. Aber ist es ein Wunder? Schließlich liege ich hier, in diesem flachen Graben, gar nicht weit von euch. Ist es nicht verrückt, dass in all der Zeit nicht ein einziges Fahrzeug den Wirtschaftsweg zu meiner Linken genutzt hat? Auch von der Landstraße vernehme ich nur gelegentlich das gedämpfte an- und wieder abschwellende Rauschen eines vorbeifahrenden Autos. Ansonsten ist nur das entfernte Wummern der Windräder und der Wind selbst zu hören, der leise über die Felder pfeift. Ich muss mich kurz strecken, gestattet mir die Unaufmerksamkeit. Aber seht ihr, schon bin ich euch wieder ganz nah, liege wieder in meiner Position, beobachte euch beim Essen. Ein bisschen muss ich an das

letzte Abendmahl denken und zugegeben, es verursacht mir ein heißes Kribbeln im Körper. Ihr müsst
euch allerdings noch etwas gedulden. Schließlich ist es
noch nicht richtig dunkel. Auch wenn ich das Risiko
für gering erachte, hier gesehen zu werden, werde ich
lieber noch etwas warten. Unterhaltet euch ruhig noch
ein bisschen. Es hat beinahe etwas Rührendes, wie ihr
in eurer Landhausküche sitzt, für die ihr wahrlich
schönes Holz verwendet habt. Was ist das? Kiefer oder
Birke? Ich habe den Unterschied nie erkennen können.
Mein Blick gilt mehr den Menschen als den Möbeln.

Aber ich sehe, ihr habt eure Mahlzeit beendet. Begebt
ihr euch schon nach oben? Euer Wohnzimmer ist nur
spärlich beleuchtet, ich habe daher etwas Mühe, zu erkennen, was ihr macht.

Die kümmerlichen Reste des Tageslichts stammen
von einem winzigen grauen Band am Horizont. Das
Marschland ist bereits in Dunkelheit gehüllt. Für euch
beide gibt es allerdings keinen Silberstreifen der Hoffnung mehr, denn es ist Zeit.

Einen letzten Blick noch will ich euch durch das Fernglas hindurch schenken, dann werde ich zu euch kommen. Aber – was, zum Henker? – das Licht auf der Ve-
randa geht an! Was macht ihr da? Verflucht, warum
verlasst ihr das Haus? Warum eilt ihr zu eurer Garage
– ihr werdet doch nicht etwa in den Mercedes steigen?
Ihr fahrt davon, ich sehe nur noch die roten Rücklich-
ter, die sich auf der Straße verlieren.

Zur Hölle mit euch! Aber ich komme wieder, denn
Zeit spielt keine Rolle für mich. Eure aber, Mareeke und
Jan, eure läuft ab. Die Verzögerung ist nur eine Galgen-
frist.

27

Nach dem Treffen mit Kante im Strandcafé hatte sich Straters Stimmung zumindest kurzzeitig aufgehellt. Die salzhaltige Meeresluft tat ihm gut und auf seltsame Weise galt das auch für die Gesellschaft des kleinen Temperamentbündels, von dem er tatsächlich interessante Informationen erhalten hatte. Leider gab es bei der Suche nach dem weiß gekleideten Lieferwagenfahrer noch keine Fortschritte zu verzeichnen. Das hatte er gerade von Enno Brunsen erfahren. Sie hatten alle vorbestraften Halter weißer VW T6 Multivans in der Region überprüft und keiner von ihnen schien der Typ mit der Baseballkappe zu sein. Jetzt mussten sie die Suche ausweiten, bei der Vielzahl von Zulassungen dieses Fahrzeugtyps standen sie vor einer äußerst schwierigen Herausforderung. Außerdem war Strater auf dem Flur der Polizeidienststelle dem Fallanalytiker Jochen Herrmann über den Weg gelaufen. Auch wenn sie sich respektvoll gegrüßt hatten, ließ sich das zunehmende Gefühl, gehörig unter Druck zu stehen, nicht abschütteln.

Der Profiler ist nicht das Problem, dachte Strater. Er griff nach seiner Kaffeetasse, nippte an der lauwarmen Plörre und verzog das Gesicht. Jochen Herrmann wollte und konnte ihm nicht den Job wegnehmen, er war nur unterstützend tätig und nach diesem Fall würden sie sich wahrscheinlich nie wieder begegnen. Dennoch fühlte er sich wie ein ehemaliger Starspieler – da er einige Jahre lang die beste Aufklärungsquote im Hamburger Morddezernat vorzuweisen gehabt hatte, ging der Vergleich durchaus in Ordnung –, der nach einer schwerwiegenden Verletzung aufs Abstellgleis geraten und von einem großen Verein zu einem Provinzklub gewechselt war. Damit konnte er gut leben, er hatte es schließlich nicht anders gewollt, aber er war davon ausgegangen, die Führungsrolle zu übernehmen, und nun bewies ihm der Trainer bei der ersten echten Bewährungsprobe, dass er ihm nur wenig vertraute, indem er einen weiteren Spieler auf der Schlüsselposition einwechselte. Das ging ihm gehörig gegen den Strich. Dennoch konnte er schlecht zu Zadel ins Büro marschieren und sich darüber beschweren, dass ein renommierter Profiler ihnen dabei half, die Verbrechen aufzuklären. Nein, er musste stattdessen Ergebnisse liefern und den Fall selbst aufklären. Anschließend könnte er mit breiter Brust zu Zadel gehen und sich verbitten, dass ihm künftig irgendwelche externen Mitarbeiter vor die Nase gesetzt wurden. Der Stress mit Saskia nagte zusätzlich an ihm. Seit ihrer Abweisung im Schlafzimmer hatten sie sich kaum eines Blickes gewürdigt und nur das Allernötigste miteinander geredet. Gedankenversunken spielte er mit einem Kugelschreiber und ließ diesen durch seine Finger kreisen. Eine plötzliche Eingebung veranlasste ihn dazu, einige Begriffe in die Suchmaschine seines Browsers zu tippen. Wenige Klicks später erhob er sich, leerte seinen Kaffeebecher mit einem Zug und eilte hinunter in die IT und Technik, wo er Ceylin an ihrem Arbeitsplatz vorfand.

»Hey Ceylin!«

Sie schaute ihn freundlich aus ihren großen braunen Augen an. »Hauptkommissar Strater.«

»Nenn mich bitte Robert.« Strater zog sich vom freien Nebenplatz einen Stuhl heran. »Kannst du mir noch einmal das Video von dem Lieferwagen an der Tankstelle zeigen?«

Mit ein paar routinierten Klicks und Tastatureingaben startete Ceylin das Video und Strater starrte konzentriert auf den Monitor. »Stopp mal kurz«, sagte er irgendwann und das Bild, das den Fahrer neben dem Lieferwagen beim Tanken zeigte, wurde eingefroren. »Die Stoßstange des Wagens ist schwarz. Ich habe im Internet gesehen, dass es auch weiße Bullis gibt, bei denen sie nicht komplett schwarz ist.«

»Das habe ich schon bedacht«, sagte Ceylin. »Es gibt den T6 in verschiedenen Modellvarianten, außerdem bekam er vor einigen Jahren ein Facelift. In der Fahrzeugbeschreibung, die wir in der Fahndung nutzen, ist explizit von der schwarzen Stoßstange die Rede.«

»Ach so, gut. Kannst du mal näher an das Fahrzeug heran zoomen und die Aufnahme in Zeitlupe weiterlaufen lassen?«

Ceylin führte die Instruktionen aus und Strater kniff die Augen zusammen und betrachtete hoch konzentriert den frontal in Schwarzweiß gezeigten Lieferwagen. Irgendetwas daran erregte seine Aufmerksamkeit, aber er kam nicht darauf, worum es sich handelte. Der Wagen sah aus, wie solch ein Fahrzeug eben aussah, es gab keine besonderen Verschmutzungen, Beulen oder Modifikationen. Strater senkte den Kopf, schloss die Augen und massierte seine Schläfen. Plötzlich durchfuhr ihn eine Euphorie-Welle. Er schnippte mit den Fingern und riss die Augen wieder auf. »Der rechte Seitenspiegel fehlt! Normalerweise hat der Transporter auf beiden Seiten einen Spiegel.«

Ceylin schaute verblüfft auf den Monitor, dann lächelte sie breit. »Bingo!«

»Das Nummernschild kann er immer wieder ändern«, sagte Strater, »aber anhand des fehlenden Spiegels können wir das Fahrzeug leicht identifizieren. Gib das sofort an die Kollegen raus.«

***

Als er auf dem Weg zurück zu seinem Büro war, traf er auf dem kargen Behördenflur auf Enno Brunsen. Der Kollege musterte ihn so aufmerksam, als wäre er ein spannendes Museumsexponat. Er trug heute einen marineblauen Zweireiher, der beinahe stilvoll anmutete.

»Heute Nacht schlecht geschlafen, Robert?«

»Nee, warum?« Brunsen rieb sich theatralisch über die Wange, als würde er ein Hündchen streicheln. »Die Bartstoppeln. Dachte, du hättest keine Zeit mehr zum Rasieren gefunden.«

»Ach das ...« Strater grinste. »Solltest du auch mal probieren, Brunsen. Ein markanter Bart als Kontrast zu deinem jugendlichen Gesicht – da kommt das Outfit doch erst richtig zur Geltung.«

»Äh, ich habe nur spärlichen Bartwuchs und sehr hellen.«

»Viel Eiweiß essen und einfach färben.« Strater setzte sich wieder in Bewegung und schmunzelte über Brunsens Gesichtsausdruck. Der hatte auf seine Unterlippe gebissen und ausgesehen wie ein kleiner Junge, der über einer Matheaufgabe brütete. Wahrscheinlich

185

dachte er jetzt für den Rest des Tages darüber nach, ob ein Bart seinen Miami-Vice-Look krönen könnte.

Zurück im Büro wühlte Strater auf seinem mit Akten und Papieren überfüllten Schreibtisch herum, bis er gefunden hatte, wonach er suchte. Bisher hatte er auf die Kontoauszüge von Heiko Tütken nur einen kurzen Blick geworfen und nichts Ungewöhnliches festgestellt. Das Girokonto wies ein Guthaben von zweitausenddreihundertsechsundfünfzig Euro auf, was nicht von Reichtum zeugte, aber auch nicht besorgniserregend war, schließlich gingen wie bei den meisten Menschen über den Monat verteilt etliche Beträge ab. Bei Heiko Tütken waren das unter anderem Zahlungen für ein Immobiliendarlehen und die üblichen Posten für die Krankenkasse, allerlei weitere Versicherungen, den Stromanbieter und einiges mehr. Hauptarbeitgeber des Hydrogeologen war die Universität Oldenburg, bei der Tütken eine W-3-Professur innehatte und weiterhin in der Lehre tätig war. Zusätzlich zu den saftigen Bezügen, bei denen Strater sich kurz schütteln musste, kamen verschiedene Beraterhonorare. Bei genauerer Überprüfung fiel Strater auf, dass Tütken trotz seines sehr guten Einkommens, immer wieder, meistens alle zwei, drei Tage, höhere Abhebungen vornahm. Vierhundert Euro hier, siebenhundert Euro da, zwei Tage später schon wieder vierhundert Euro. Plötzlich fiel Strater eine Überweisung ins Auge, die rund drei Wochen zurücklag.

Verdammt! Das ist ja ein Ding. Irgendeine *URF Limited* hatte Tütken fünfundzwanzigtausend Euro überwiesen, die sofort am nächsten Tag abgehoben worden waren. Strater googelte den Namen, fand aber lediglich den Handelsregistereintrag eines zypriotischen Unternehmens. Auch nach mehreren Minuten intensiver Recherche gelang es ihm nicht, in Erfahrung zu bringen, welcher Art von Geschäften dieses nachging. Strater rieb sich sein kratziges Kinn. Er schrieb den Namen der Firma auf ein Notizblatt und verbrachte die folgende Zeit damit, das Internet nach Heiko Tütken zu durchforsten. Wesentlich neue Informationen förderte er dabei nicht zutage. Neben der Webseite seines Büros gab es einige Berichte über seine beruflichen Tätigkeiten, das übliche LinkedIn-Profil und Erwähnungen auf Universitäts-Seiten. In einer alten Ausgabe des Küsten-Kuriers war Tütken mit Uniform und Zylinder als strahlender Schützenkönig zu sehen.

Interessant, dachte Strater, auch das zweite Mordopfer Elma Klaaßen war im Schützenverein gewesen. Allerdings musste das nicht viel zu bedeuten haben, denn hier im ländlichen Niedersachsen war fast jeder mit ein wenig Gemeinschaftssinn in einem solchen Verein. Die Mitgliedschaft zeugte eher vom Interesse an regelmäßigen fröhlichen Besäufnissen als am Schießsport oder an Waffen. Auch Saskia hatte Strater damit in den Ohren gelegen, in den hiesigen Schützenverein einzutreten, um Kontakte zu knüpfen und ihr soziales Ansehen zu stärken. Strater hatte sich allerdings mit Händen und Füßen dagegen gewehrt – wie jeder Polizist trug er eine Dienstwaffe und er hatte sie in Hamburg auch schon einige Male einsetzen müssen, aber dennoch, oder gerade deswegen, würde er nicht in einen Verein eintreten, bei dem die vornehmlich älteren Herrschaften sich bei ständigen Festivitäten mit Vergnügen selbst abschossen – und zwar mit Bier und Schnaps. Außerdem konnte er sich nicht vorstellen, eine Schützenuniform zu tragen und mit Zylinder und Gewehr zu Blasmusik durch die Straßen zu marschieren. Nein, das war einfach nicht sein Ding. Man konnte sich auch ohne so einen Zirkus mit anderen Menschen treffen. Treffen musste er sich auch mit Heiko Tütken, denn es wurde Zeit, den Mann ernsthaft in die Mangel zu nehmen. Während er darüber nachsann, ob er Tütken zur Vernehmung aufs Revier bestellen sollte, klingelte sein Telefon. Ein Streifenpolizist namens Dennis Adrian informierte ihn darüber, dass sie den weißen Lieferwagen gefunden hatten.

»Das ging ja schnell«, sagte er und spürte, wie das Adrenalin durch seinen Körper schoss. »Ich komme sofort.«

28

Kante ließ sich vom Trott ihrer Füße über den Asphalt tragen und spürte, wie sich ihre Gedanken mit jedem Meter im Morgendunst aufzulösen schienen. Ihr Blick schweifte über die graublaue Weite des Meeres, über dem gespensterhafte Nebelschwaden waberten, während einige Möwen zeternd über ihren Kopf hinwegflogen. Bald schon hatte sie die steinerne Landzunge hinter sich gelassen, die sich weit ins Meer hineinzog. Die Tide hatte sie fast vollständig geschluckt und würde sie erst wieder in etwa sechs Stunden ausspucken.

An der Hafenstraße musste sie einen Augenblick warten und die Autos an sich vorbeiziehen lassen, die entweder den Parkplatz oder den Fährhafen ansteuerten, um die Insel Norderney zu erreichen – die neben Borkum einzige ostfriesische Insel, auf der Autos zugelassen waren. Sie selbst hatte die Fähre bisher nur ein einziges Mal genutzt ... mit Einar. Ein Grinsen schlich sich auf ihr Gesicht, als sie an die nicht ganz legale Aktion zurückdachte. Ein ICE rauschte heran und hielt an der Haltestelle Norddeich Mole.

Sie lief unterhalb des Deichs vorbei, passierte das Fischlokal, das sich weiter unten direkt an den Hafen schmiegte und erreichte nach einigen Metern den kleinen Fischereihafen. Haukes *Ida* schaukelte trotz des Hochwassers nur unmerklich in der windgeschützten Bucht.

»Hauke, alter Seehund, komm raus!«, schmetterte Kante schon von Weitem in Richtung des roten Kutters und kurz darauf tauchte die gedrungene Gestalt des Mannes vor den Schiffsaufbauten auf.

»Kleene Kröt'«, dröhnte es über den Landungssteg und Kantes Anspannung wich vollends.

Als die beiden Minuten später auf Haukes Holzbank saßen und Tee tranken, war der Ärger über das Treffen mit Strater beinahe verflogen und ihre Gedanken klarer. »Ich frage mich, ob Heiko in der Lage gewesen wäre, seine eigene Mutter umzubringen«, sagte Kante.

»Du meinst, um an ihr Geld zu kommen?«

»Wäre doch zumindest möglich. Wie ich diesen Widerling verabscheue! Professor für Meereshydrologie oder so. Jedenfalls verdient der sicher nicht schlecht. Trotzdem hat er seine Mutter schamlos angepumpt, und das bei ihrer kümmerlichen Rente.«

»Weißt du das genau?«

»Wie meinst du das?«

»Ich meine, warst du über die Finanzen der Frau im Bilde?«

»Natürlich nicht«, schnaubte Kante.

»Ich mein ja nur, vielleicht hat die alte Tütken einen finanziellen Rückhalt gehabt, von dem du nichts weißt.«

»Die war doch Witwe und hat bestimmt von ihrer Witwenrente gelebt. Aber sicher weiß ich das nicht.«

»Das wird die Polizei schon überprüfen.«

»Da bin ich mir nicht so sicher«, murmelte sie und versuchte, den Unmut über den Kommissar weit von sich zu schieben. »Penner!«, entfuhr es ihr dennoch.

»Tüütje, ich sag dir was. Zumindest besaß deine Fenna ein Häuschen mitsamt Grundstück in einem der beliebtesten Urlaubsorte an der Nordsee. Also hatte ihr Sohn schon ein Motiv. Ich vermute trotzdem etwas anderes. Ich hab da so ein Gefühl, was die Ölfirma betrifft. Die schrecken nicht davor zurück, einen Seniorenstift kurzerhand umzusiedeln und unsere Petition verschwinden zu lassen. Du kannst mir glauben, die Unterschriften krieg ich schneller wieder zusammen, als die Piep sagen können. Aber ich sag dir noch was ...« Er beugte sich weit über den Tisch zu ihr herüber und seine Augen schimmerten wie der Ozean zwischen den tiefen Furchen, die seine Haut wie eine Landkarte zeichneten. »... wenn die Frau vom Kommissar wirklich mit drinhängt, dann wird dein Herr Strater einen Teufel tun, um den Mord aufzuklären. Wenn mich meine Nase nicht trügt, und die trügt mich selten, hat die Firma was mit dem Tod von Fenna Tütken zu tun und ihr Sohn ist der Schlüssel dazu.«

Hauke hielt kurz inne und blickte aus dem Fensterchen. »De nich will dieken, mutt wieken«.

»Was soll das denn heißen?« Kante runzelte die Stirn.

Hauke wendete sich ihr wieder zu und blickte sie finster an. »Wer nicht deichen will, muss weichen. Das ist ein alter Rechtssatz, aus dem Spadelandesrecht. Die Schutzdeiche mussten von den Landnutzern instandgehalten werden. Das wurde streng bewacht. Wer das nicht gemacht hat, dem wurde das Land weggenommen. Als sichtbares Zeichen dafür hat man einen Spaten in den entsprechenden Deichabschnitt gesteckt. Das Land ist dann an denjenigen übergegangen, der den Spaten herauszog.«

»Was meinst du damit?«, fragte Kante. Mit einer Hand schob sie ein Stück des Fischernetzes, das über ihr hing und das Hauke als hängende Schlafstätte diente, hinter ihren Kopf und klemmte es zurück in die gezimmerte Halterung. Sie hatte jetzt keinen Nerv auf Haukes Seemannsgarn.

»Tüüt, brauchst nicht so zu gucken. Hör lieber mal zu, was ich dir jetzt sage. Vielleicht ist der Mord an deiner alten Fenna als Zeichen zu verstehen, dass jemand seinen Pflichten nicht nachgekommen ist.«

»Und wer soll das sein?«

»Wenn mich meine Nöös nicht trügt, dann hat die Firma was mit dem Tod von Fenna Tütken zu tun und ihr Sohn ...«

»... sollte das Gutachten für die Firma schreiben«, beendete sie den Satz. »Meinst du, dass die Firma Heiko unter Druck gesetzt hat, und er nicht nachgegeben hat?« Sie spürte, wie sich ein Kribbeln über ihrem Körper ausbreitete. Wenn Hauke recht haben sollte und dieser verdammte Ölkonzern nicht davor zurückschreckte, eine alte Frau zu töten, was würde als Nächstes geschehen? War Heiko bereits eingeknickt? War er vielleicht sogar in Gefahr? Sie versuchte, das Gefühl der Abneigung zu unterdrücken, das sie dem Mann gegenüber empfand. Ein anderer Gedanke drängte sich nun dazwischen. *Strater und seine Frau, die Mistkröte!* Hatte dieser verdammte Bulle die Fotos deshalb von ihrem Handy gelöscht, um sie zu decken? »Scheiße!«, entfuhr es ihr. Und ausgerechnet sie hatte ihm weitere Informationen geliefert! »Was soll ich jetzt machen, Hauke?«, presste sie hervor.

Haukes Augen funkelten. »Noch einen Tee, Tüti?«

29

Die Adresse, die ihm der junge Kollege genannt hatte, führte Strater in Begleitung von Brunsen in die Ligusterstraße in Norden zu einem kleinen, gepflegten Einfamilienhaus mit roter Klinkerfassade und anthrazitfarbenem Walmdach. Als Strater am Straßenrand hinter dem Streifenwagen parkte, sah er bereits einen weißen Transporter vor der Garage stehen. Davor parkte ein schwarzer Renault Megane in der gepflasterten Hofeinfahrt, die von einem Zaun und hohen Bäumen vom Nachbargrundstück abgegrenzt wurde. Strater stieg aus. Er störte sich nicht an dem Regen – inzwischen war er es gewohnt, dass das Wetter an der Nordsee ständig wechselte –, vielmehr freute er sich, dass er selbst entscheidend dazu beigetragen hatte, den gesuchten Wagen ausfindig zu machen.

»Das ist er«, verkündete Brunsen mit Blick auf die rechte Seite des Transporters, wo tatsächlich der Seitenspiegel fehlte. Strater inspizierte das Fahrzeug aus der Nähe und sah sich das Nummernschild an, das nicht mit dem auf dem Tankstellenvideo übereinstimmte. Es würde allerdings kein Problem für den Halter dargestellt haben, das Kennzeichen hier, geschützt vor neugierigen Blicken, mit ein paar Handgriffen auszutauschen.

Überzeugt davon, den richtigen Transporter gefunden hatten, begab er sich zu einem Nebeneingang an der Seitenfassade des Hauses und klopfte an die Scheibe. Durch die Gardine vor dem Türfenster konnte er eine Bewegung ausmachen, gleich darauf öffnete eine dunkelhaarige Frau um die dreißig die Tür, deren stark gewölbter Bauch von einer fortgeschrittenen Schwangerschaft zeugte. Sie blickte ihn aus großen dunklen Augen an, die von einem herzförmigen Gesicht mit hohen Wangenknochen gerahmt wurden und ihrem Erscheinen einen dramatischen Ausdruck verliehen.

»Was wollen Sie alle hier?«, fragte sie mit einem leichten Akzent. »Wir haben nichts getan.«

Er zeigte seine Dienstmarke vor. »Ich bin Hauptkommissar Strater von der Kripo Norden, das ist mein Kollege Enno Brunsen.« Er deutete mit dem Kopf zu seiner Linken, wo Brunsen sich beim Klang seines Namens unwillkürlich straffte. »Sie sind Frau Achmatowa?«

»Ja«, sagte die Frau und reckte stolz ihr Kinn.

»Wären Sie so freundlich, uns zu den Kollegen zu bringen?« Sie wandte sich ohne ein weiteres Wort ab und Strater folgte ihr durch die Waschküche und einen Flur in eine geräumige Küche, in der sich der verführerische Geruch eines deftigen Eintopfs, wie Strater vermutete, mit Tabakrauch vermischte. Aus einem großen Kochtopf auf dem Herd strömte feiner Dampf. Zwei uniformierte Kollegen standen um den Esstisch herum, an dem ein blonder Mann um die dreißig mit Bürstenhaarschnitt auf einer Eckbank saß und mit hektischen Bewegungen eine Zigarette rauchte. Deutliche Muskeln zeichneten sich unter seinem engen schwarzen T-Shirt ab.

»Hauptkommissar Strater?« Ein Polizist mit kurzen schwarzen Haaren kam ihm entgegen. »Das ist Valentin Achmatowa, ihm gehört der Lieferwagen neben dem Haus.«

»Was wissen wir sonst über ihn?«

»Er ist zweiunddreißig, verheiratet, kommt aus Russland, lebt aber schon lange hier und hat eine Niederlassungserlaubnis. Er arbeitet beim Autohaus Tecklenburg als Mechaniker, ist aber momentan krankgeschrieben.«

»Gute Arbeit, wir übernehmen jetzt, Sie können gehen«, sagte Strater. Der Uniformierte nickte ihm zu und verließ gemeinsam mit seiner jungen Kollegin die Küche. Strater wandte sich dem Mann am Esstisch zu und stellte sich und Brunsen vor. »Wir haben ein paar Fragen an Sie, Herr Achmatowa.«

»Ich hab Ihren Kollegen bereits alles gesagt«, sagte der Mann akzentfrei. Er zog an seinem Glimmstängel wie ein Taucher in Atemnot am Mundstück seines Sauerstoffgeräts, bevor er ihn in einem Aschenbecher ausdrückte, in dem bereits zahlreiche Kippen lagen.

»Wo waren Sie am Samstag gegen halb zwei?« Strater trat vor das Fenster neben der Eckbank und sah hinaus auf ein Stück Rasen, das von einer Hecke eingerahmt war. Am Rand stand eine mit Ästen und Laub gefüllte Schubkarre.

»Samstag war ich zu Hause. Natalia kann das bezeugen.« Er starrte Strater aus stechend blauen Augen an, bevor er den Blick auf seine Frau richtete, die neben der Tür Stellung bezogen hatte. »Wir haben lange geschlafen und waren dann einkaufen und haben noch ein paar Kleinigkeiten am Haus gemacht.«

»Sie waren also nicht mit ihrem weißen VW Transporter in Norddeich und haben dort an der Esso-Tankstelle getankt?«

»Was soll ich denn in dem Küstenkaff?«, fragte der Russe lauter als nötig und angelte nach seiner Zigarettenschachtel.

»Wir ermitteln in zwei Mordfällen und haben Ihren Transporter auf den Bändern einer Überwachungskamera gesehen«, sagte Strater und öffnete ungefragt das Fenster auf Kipp, nachdem sich der Russe eine weitere Zigarette angesteckt hatte.

»Sie sollten besser kooperieren.« Brunsen positionierte sich mit in die Hüften gestemmten Händen vor dem Tisch. »Sonst drohen Ihnen eine Gefängnisstrafe und der Verlust der Aufenthaltserlaubnis, und in Russland ist es nicht angenehm in diesen Tagen.«

Strater warf seinem Kollegen einen vernichtenden Blick zu.

»Sagen Ihnen die Namen Fenna Tütken und Elma Klaaßen etwas?«, fragte er. Valentin Achmatowa schüttelte vehement den Kopf und blies Rauch durch die Nase aus. Das Verhalten des Mannes strapazierte Straters Nerven. Schwungvoll trat er vom Fenster zurück und wandte sich an dessen Frau. »Entschuldigen Sie, dürfte ich mal kurz Ihre Toilette benutzen?«

Strater entging das Misstrauen nicht, das in Natalia Achmatowas dunklen Augen lag, mit denen sie ihn einen Moment fixierte, doch schließlich nickte sie. »Die nächste Tür rechts.«

Strater trat in den Flur hinaus und ging in die entsprechende Richtung, während er sich aufmerksam umsah. Gegenüber der Toilette hing ein Ganzkörperspiegel an der beigefarbenen Wand, daneben stand eine Garderobe mitsamt Schuhregal. Strater verharrte vor der Toilettentür und spähte zurück zur Küche, aus der er Brunsens Stimme vernahm. Schließlich widmete er seine Aufmerksamkeit den Garderobenhaken, an denen neben diversen Jacken auch einige Baseballkappen und Wollmützen hingen. Er trat näher, nahm eine schwarze Baseballkappe mit dem Wappen eines vermutlich russischen Vereins vom Haken und erspähte eine weiße Kappe, auf der, wie er bei genauerer Betrachtung feststellte, die roten Buchstaben *DRK* prangten. *Sehr schön!* Eine erneute Welle der Euphorie erfasste ihn. *Hatte er den Fall gerade gelöst?* Auf das Gesicht, das der Profiler machen würde, wenn er wieder abreisen durfte, freute er sich schon jetzt.

Strater hängte die schwarze Kappe zurück an den Haken und kehrte in die Küche zurück. Dort stand Brunsen jetzt beim Fenster und redete vehement auf den Russen ein, wobei er ständig mit dem Zeigefinger auf ihn deutete. Achmatowa starrte angesäuert zu Straters Kollegen hoch.

»Es wird kein Zuckerschlecken für Ihre Frau, das Kind ganz allein großzuziehen«, sagte Brunsen gerade.

»Herr Achmatowa«, ging Strater dazwischen. »Jetzt mal Klartext. Ich habe im Flur eine Baseballkappe gefunden, die Sie auf den Bildern der Überwachungskamera tragen. Wir können also zweifelsfrei ...« In diesem Moment sprang der Mann explosionsartig auf. Die Eckbank knarrte, der Tisch schabte lautstark ein Stück über den Fliesenboden. Strater zuckte zurück und sah, wie Achmatowa einen seiner Schraubstockarme um Brunsens Hals legte. Dessen Füße verloren sofort die

Bodenhaftung und er strampelte hilflos mit den Beinen. Ehe Strater sich versah und zu irgendeiner Reaktion fähig war, hielt Achmatowa ein Küchenmesser in
der freien Hand.

Seine Frau schrie erschrocken auf.

30

Auf den letzten Metern zum Wagen beschleunigte Kante. Das verdammte Loch im Asphalt sah sie bereits im Fallen. Gerade noch gelang es ihr, die Hände schützend vor den Rumpf zu halten, dann knallte sie auch schon auf den Gehweg vor dem Parkplatz.

»Scheiße!« Einen winzigen Augenblick überlegte sie, einfach liegenzubleiben, dann rappelte sie sich fluchend auf. Die linke Hand blutete leicht aus einer kleinen Schürfwunde. »Alles noch dran«, murmelte sie, kramte den Schlüssel aus ihrer Kunstlederjacke und öffnete die Wagentür.

Sie ließ sich von ihrer Intuition leiten und hatte keinen konkreten Plan. Ihre Füße bearbeiteten abwechselnd Gaspedal und Bremse, ihre Finger glitten nervös über das Lenkrad. An zwei, drei Ampeln musste sie warten. Hatte Hauke recht? Konnte es sein, dass Heiko Tütken von der Ölfirma unter Druck gesetzt worden war, das Gutachten in ihrem Sinne anzufertigen? Hatte er sich womöglich geweigert? War das Grund genug, eine alte Frau umzubringen?

De nich will dieken, mutt wieken – Wer nicht deichen will, muss weichen. Wieder kreisten ihre Gedanken um Fenna. Die einzige Freundin, die sie in Norddeich gefunden hatte. *Freundin.* Wenn man das so nennen konnte. Sie beide hatte immerhin ein halbes Jahrhundert getrennt. *Verrückt.*

Vor der nächsten Ampel bremste sie wieder ab. Sie griff neben sich in die Getränkeablage und zog den schwarzen Fächer mit den hübschen Intarsien hervor, den sie vor Jahren auf irgendeinem Flohmarkt gekauft hatte. *Damals in Bochum.* Sie fächelte sich Luft zu, ließ ihre Hand aber sofort wieder sinken. Als ob sie mit dem Fächer die düsteren Gedanken vertreiben könnte – lächerlich! Die Ampel schaltete auf Grün und Kante drückte das Gaspedal durch.

An der nächsten Kreuzung sah sie sein Auto. Auch dieses Mal stand der kompakte silberfarbene Audi auf dem Parkplatz am Hinterausgang des Casinos. Sie schnaubte verächtlich. Wer sich wohl sonst um diese Uhrzeit hinter irgendeinen Spielautomaten klemmte und seine Familie ruinierte? Sie hatte es selbst erlebt und während sie die Bitterkeit hinunterschluckte, lenkte sie den Wagen im Rückwärtsgang auf einen der freien Parkplätze und wartete. Sie würde die *Kogge* heute Nachmittag öffnen, dann hatte sie die nächste Session eingeplant. Nicht früher, denn jetzt gab es Wichtigeres.

***

Mit einem Ruck richtete sie sich auf. Fast wäre sie eingenickt, ihr Körper war bereits ein Stückchen den Fahrersitz hinuntergeglitten. Heiko Tütken verließ gerade die Hintertür der Spielhölle und er war nicht allein.

Unwillkürlich ließ sie sich wieder den Sitz hinab gleiten und spähte durch die Windschutzscheibe. Die beiden Männer schienen sich zu kennen, sie sprachen aufgeregt miteinander. Bemüht, möglichst kein Geräusch zu verursachen, kurbelte sie langsam die Fensterscheibe auf der Fahrerseite ein Stück hinunter.

»... dass du das getan hast!«, hörte sie die aufgebrachte Stimme des Typen neben Tütken. Dann packte dieser Heikos Arm. »Ich werde das ...« Er beugte sich dicht zu Tütken hinüber und redete unter drohenden Gesten auf ihn ein.

Verflucht. Kante konnte nichts mehr verstehen. Gebannt beobachtete sie, wie sich Heiko Tütken dem Typen entwand, zu seinem Auto eilte und losfuhr. Der Mann blieb noch einen kurzen Augenblick auf dem Parkplatz stehen und steuerte dann ebenfalls auf seinen Wagen zu. *Jetzt geht's los*, wisperte Kante und schaltete die Zündung ein.

31

»Natalia, pack schnell das Allernötigste und dann geh zum Auto.« Die Russin schien wie erstarrt, dann spie sie ihrem Mann eine aufgeregte Tirade in ihrer Landessprache entgegen.

»Los, mach schon!«, schrie Valentin Achmatowa, während Brunsen in seinem Würgegriff zappelte wie eine außer Kontrolle geratene Marionette. Die Frau stürmte aus der Küche. Strater hatte inzwischen seine Dienstwaffe – die kompakte Selbstladepistole HK SFP Neun von *Heckler & Koch* – aus dem Schulterpolster gezogen und zielte damit auf den Russen. Das Adrenalin, das plötzlich durch seine Venen schoss, sorgte dafür, dass ihm schwindelig wurde. Die Hand, mit der er die Waffe hielt, zitterte leicht.

»Weg mit der Waffe oder ich schlitz ihm die Kehle auf!« Der Russe fuchtelte mit dem langen Küchenmesser vor Brunsen herum, der ihn wie ein Schutzschild verbarg und so heftig zuckte und mit den Füßen strampelte, dass Strater unmöglich einen sicheren Schuss abgeben konnte.

Er nahm daher die Hände hoch, ging in die Hocke und legte die Pistole auf dem Boden ab. »Machen Sie keine Dummheiten, Achmatowa. Denken Sie an Ihre Frau und an Ihr ungeborenes Kind. Die Sache lässt sich doch vernünftig regeln.« Strater erhob sich langsam wieder.

»Schnauze!«, blaffte der Russe, dessen flackernder Blick zwischen Strater und der Tür hin und her flog. »Auf die Bank!« Er deutete mit dem Kopf zu der Eckbank. »Los!« Er presste seinen Unterarm in Brunsens Kehle und zog ihn so heftig zurück, dass die Füße seines Kollegen, der klägliche erstickte Laute ausspie, wieder die Bodenhaftung verloren. Strater setzte sich auf die Eckbank, den Blick starr auf Achmatowa gerichtet, dessen Arm seinem Kollegen die Luftzufuhr abklemmte. Achmatowa schob sich, ohne Brunsen loszulassen, in Richtung Tür. Seine Frau rief irgendetwas auf Russisch aus dem Flur heraus, woraufhin sich ein aufgeregtes Wortgefecht zwischen den Beiden entwickelte. Die Russin erschien auf der Türschwelle zur Küche und zog den Schlüssel ab. Achmatowa bewegte sich mit Brunsen im Würgegriff weiter auf die Tür zu, wobei er Strater nicht aus den Augen ließ.

»Bleib hier! Wenn du uns folgst, stech ich dich ab!« Abrupt ließ Achmatowa von Brunsen ab und hämmerte ihm seinen Ellenbogen auf den Hinterkopf. Die Küchentür flog zu und Strater hörte, wie sie abgeschlossen wurde. Brunsen sackte benommen auf die Knie. Strater sprang von der Eckbank auf, um den Sturz seines Kollegen abzufangen, aber Brunsen hatte sich bereits mit den Händen auf den Fliesen abgestützt. Strater umfasste den jungen Mann mit beiden Händen an den Schultern und suchte seinen Blick. »Alles gut«, presste dieser hervor und gab ihm mit seinem entschlossenen Blick zu verstehen, dass er keine Hilfe benötigte. »Schnapp ihn dir!«

Strater reagierte mit einer Geistesgegenwart, die ihn selbst überraschte. Er klaubte seine Pistole vom Boden auf und trat vor das Küchenfenster. Während er das gekippte Fenster komplett aufriss, fegte er mit dem Unterarm der anderen Hand eine Topfpflanze von der Fensterbank. Keramikscherben klirrten, als Strater sich ächzend hochstemmte und ungelenk durch das Fenster kletterte. Einen Moment hockte er auf dem Sims wie ein Rodeoreiter auf dem Stier, dann schwang er das linke Bein auf die andere Seite und sprang in den Garten. Instinktiv rannte er nach rechts, öffnete eine hölzerne Gartentür und fand sich vor der Garage wieder, vor der der weiße Transporter parkte. Mit ausgerichteter Waffe schob er sich an der Karosserie entlang, als er den Russen erblickte, der vom Haus zur offenstehenden Fahrertür des Renault spurtete. Strater drückte mit dem Daumen gegen den Entriegelungshebel am Lauf der Dienstwaffe und zielte, zögerte dann aber kurz. Nein, der Typ durfte nicht entkommen. Strater schoss. Ein lauter Knall ertönte, gefolgt von einem Schmerzensschrei. Durch das Fenster der Fahrertür sah er, wie der Russe zu Boden ging. Gleich darauf war er bei ihm und richtete die Waffe auf den sich am Boden windenden Mann.

»Gehen Sie ins Haus und keine Dummheiten mehr«, blaffte Strater die Russin an, die sich über den Beifahrersitz zu ihrem Mann gebeugt hatte und mit schreckgeweiteten Augen auf dessen Wade starrte. Blut tränkte den Jeansstoff an der Stelle, wo die Kugel das Bein des Mannes getroffen hatte. Strater steckte seine Waffe zurück ins Holster und holte stattdessen sein Smartphone hervor, um einen Krankenwagen und Verstärkung anzufordern.

***

Der Mann, der in Begleitung von Heiko Tütken gewesen war, setzte den Blinker und bog in irgendein Wohngebiet ab, in dem ein Haus dem anderen glich: roter Klinker, mit Zierkraut bepflanzte Vorgärten, akkurat geschnittene Hecken. Die übliche Wohnidylle an der Küste. Keine graffitibeschmierten Baracken, die zu längst verlassenen Bergbauschächten führten – wie in Bochum. Der Wagen des Typen, ein dunkelblauer Polo, kam am Randstein neben einem der spießigen Häuser zum Stehen. Kante verlangsamte ihr Tempo auf Schrittgeschwindigkeit und stellte das Fahrzeug in einigem Abstand am Straßenrand ab. Sie beobachtete, wie er das Auto abschloss, die wenigen Stufen zur Eingangstür nahm und im Inneren des Einfamilienhauses verschwand.

Und jetzt? Was genau war ihr Plan? Sollte sie klingeln und »*Hallo, ich bin eine alte Freundin von Fenna Tütken und würde gerne wissen, ob Heiko schuld daran ist, dass seine Mutter abgemurkst wurde*« sagen? Sie grinste. *Warum eigentlich nicht?* Sie schnallte sich ab und riss die Wagentür auf. Vor dem Haus angekommen, sah sie sich gerade nach der Klingel um, als die Eingangstür aufgerissen wurde und der Typ mit wütender Miene heraustrat und sie am Jackenkragen packte. »Ich kann es gar nicht leiden, wenn man mich verfolgt.«

32

Valentin Achmatowa war in die *Ubbo-Emmius-Klinik* gebracht worden, die sich unweit seines Wohnsitzes befand. Etwa zweieinhalb Stunden nach seinem Schusswaffengebrauch schlurfte Strater über den grauen Linoleumboden des Krankenhausflurs, auf dem es nach Essen, Putz- und Desinfektionsmitteln roch, auf ein Zimmer zu, vor dem ein Streifenpolizist Wache hielt. Strater fühlte sich ausgelaugt. Die letzten Stunden hatten Kraft gekostet. Dennoch freute er sich darauf, dem Typen ein Geständnis zu entlocken und den Fall abzuschließen – ganz ohne die Hilfe irgendeines hochgelobten Profilers. Bald schon würde an der Küste wieder Ruhe herrschen.

Strater nickte dem Kollegen zu, riss, ohne anzuklopfen, die Tür des Krankenzimmers auf und trat ein. Der karge Raum enthielt zwei Betten, das vordere war von einer transparenten Plastikfolie bedeckt, im hinteren saß Valentin Achmatowa und sah ihm finster entgegen. Sein aus der Decke ragendes linkes Bein war dick bandagiert.

»Ich möchte jetzt unsere Unterhaltung fortführen, die Sie mit Ihrer unnötigen Aktion unterbrochen haben.« Strater stützte sich mit den Händen an der Fensterbank ab und sah den Mann an.

»Sie haben auf mich geschossen!« Der anklagende Tonfall des Mannes ließ einen winzigen Moment Wut in Strater auflodern. »Das wird schon wieder«, entgegnete er stattdessen kühl. »Sie haben einen Polizisten mit dem Messer bedroht, ihn niedergeschlagen und sich einer polizeilichen Vernehmung entzogen.«

»Der blonde Lackaffe hat mich provoziert!« Achmatowa fixierte Strater mit seinen stechend blauen Augen. »Als Sie auf der Toilette waren, hat er davon gefaselt, dass ich nach Russland zurückmuss und Putin mich an die Front schickt. Hat gemeint, mein Kind würde mich niemals kennenlernen und lauter solche Sachen. Da ist mir eine Sicherung durchgebrannt.«

Strater seufzte. Dass Brunsen sich bei der Vernehmung alles andere als vorbildlich angestellt hatte, wusste er selbst. Sein Kollege war ohne jegliches Fingerspitzengefühl vorgegangen und das bei einem Mann, dessen Nervenkostüm offenbar am seidenen Faden hing. Dazu passte auch, dass sie im Haus der Achmatowas *Haloperidol* gefunden hatten, ein hochpotentes Neuroleptikum, das vorzugsweise gegen aggressive Erregungszustände verschrieben wurde. Andererseits rechtfertigte Brunsens Verhalten in keiner Weise Achmatowas Angriff auf ihn.

»Ein Steckschuss. Die Schwester meinte, die Kugel wurde ohne Komplikationen entfernt. Das ist Ihr geringstes Problem. Spätestens nach dieser Aktion stehen Sie auf unserer Liste der Verdächtigen in Bezug auf den Mord an Fenna Tütken und Elma Klaaßen ganz oben. Was war eigentlich der Grund? Hatten Sie Wertgegenstände im Haus erwartet? Hatten Sie die Kontrolle über sich verloren, nachdem Sie nicht fündig wurden?« Strater drückte sich von der Fensterbank weg und näherte sich der Krankenliege. »Ist Ihnen auch dabei die Sicherung durchgebrannt? Oder warum mussten die beiden Frauen sterben?«, fragte er und beugte sich zu Achmatowa hinunter.

»*Was?*« Achmatowa schüttelte ungläubig den Kopf und starrte hoch zur Zimmerdecke. »Ich habe niemanden umgebracht.«

»Sie sind zum Zeitpunkt der Ermordung von Elma Klaaßen in unmittelbarer Nähe ihres Hauses an der Tankstelle in einem weißen Outfit gefilmt worden, eine Zeugin hat eine weiß gekleidete Person bei Frau Klaaßen ins Haus gehen sehen und Ihre Gewaltbereitschaft haben Sie uns vorhin eindrucksvoll demonstriert. Außerdem waren Sie mit gefälschten Kennzeichen unterwegs. Das reicht vorerst für eine Untersuchungshaft. Sie wandern von hier direkt in den Knast.«

»Ich kann das alles erklären«, sagte Achmatowa leise, beinahe resignierend, ohne Strater anzuschauen.

»Ich höre.«

»Ich war in einem dieser protzigen Neubauten in Norddeich als Maler und Lackierer tätig.«

»Ich denke, Sie sind Mechaniker?«

»Ja, eben drum, bin ich auch. Freundschaftsdienst, Sie wissen schon.« Den letzten Satz nuschelte Achmatowa verlegen.

»Schwarzarbeit und Krankengeldbetrug, verstehe«, sagte Strater. Die Wut kam augenblicklich zurück.

»Deswegen auch das Outfit. Das mit den gefälschten Kennzeichen habe ich gemacht, damit niemand von der Werkstatt meinen Wagen erkennt.«

»Ich wusste gar nicht, dass eine Kappe vom Roten Kreuz zu einem Maleroutfit gehört.«

»Ach, das war nur irgendeine Kappe, die ich mal beim Blutspenden bekommen habe.«

»Trotzdem könnten Sie die alten Frauen umgebracht haben.« Strater hörte den Trotz aus seiner eigenen Stimme heraus. So schnell würde er den Typen noch nicht vom Haken lassen. Zumal er ihm in den letzten Stunden eine Menge Nerven gekostet und Scherereien verursacht hatte. Und wofür das alles? Er spürte, wie die Glut in seinem Körper aufstieg. Für nichts und wieder nichts, die heiße Spur schien sich gerade im Sande zu verlaufen. Ein winziger Lufthauch würde ausreichen, um die Flammen zum Lodern zu bringen.

»Ich murks doch nicht irgendwelche Omas ab«, echauffierte sich Achmatowa und wollte gerade nachsetzen, aber Strater unterbrach ihn. »Wir werden das überprüfen.«

Er wandte sich von Achmatowa ab und steuerte resigniert die Zimmertür an. Die Wut brachte ihn nicht weiter. Achmatowa sagte die Wahrheit, dessen war er sich mittlerweile sicher. Was bedeutete, dass er keinen Schritt weiter war. Stattdessen würde er sich bei seinem Chef rechtfertigen müssen. Er atmete tief aus und drehte sich auf dem Absatz noch einmal um. »Sollten wir herausfinden, dass Sie doch etwas mit der Sache zu tun haben sollten, dann machen Sie sich auf etwas gefasst!«

33

Zurück in seinem Büro saß Strater gerade an seinem Bericht über die vorangegangenen Ereignisse, als es an der Tür klopfte und Kriminaldirektor Gerald Zadel eintrat. Die beiden Männer begrüßten sich und Zadel nahm ihm gegenüber auf dem Besucherstuhl Platz. Strater dachte daran, wie Kante einen Stapel Papier von dem Stuhl genommen und auf seinen Schreibtisch gepfeffert hatte. Zadel, der sonst mit einem tadellosen Erscheinungsbild glänzte, sah heute ungewohnt mitgenommen aus. Sein weiß-blau gestreiftes Hemd war knittrig, als hätte er darin die Nacht verbracht, und die tiefen Furchen unter seinen braunen Augen kündeten von Stress und Müdigkeit.

»Ich habe gehört, was passiert ist, aber bitte schildern Sie mir die Ereignisse noch einmal aus Ihrer Sicht, Robert.«

Strater legte den Kugelschreiber weg und lehnte sich in seinem Bürosessel zurück, bevor er dem Kripo-Chef in einer Kurzfassung von den letzten Stunden berichtete.

»Enno Brunsen hat zu Protokoll gegeben, dass die Situation eskaliert ist, als Sie zur Toilette gegangen sind.«

So wie Zadel das sagte, klang es, als habe er seinen Kollegen im entscheidenden Moment allein gelassen. Die Situation war eskaliert, weil Brunsen die Empathie eines Nilpferds besaß und den überreizten Russen unnötig provoziert hatte. Er versuchte, den aufwallenden Ärger herunterzuschlucken, denn letzten Endes trug er die Verantwortung für den Einsatz und er war niemand, der Kollegen anschwärzte.

»Ich war nicht auf der Toilette, sondern habe nach Beweismitteln Ausschau gehalten und dabei die DRK-Kappe gefunden, die der Mann auf den Bildern der Überwachungskameras trug«, erklärte er stattdessen.

Zadel nickte bedächtig. »Das Problem ist, wie Sie sicher selbst wissen, Ihr Schusswaffengebrauch. Sie hätten stattdessen den Kollegen das Nummernschild und die Fahrzeug-und Personenbeschreibung des Flüchtenden durchgeben können. Er wäre nicht allzu weit gekommen. Sie hätten auch einen Warnschuss abgeben können. Auf einen Unbewaffneten zu schießen, ist nicht verhältnismäßig. Nicht in Hamburg und schon gar nicht in Norden«, fügte er überflüssigerweise hinzu.

Strater seufzte. Wie so vieles im deutschen Behördendschungel war auch der Schusswaffengebrauch bei der Polizei strengstens reglementiert. Das war im Grunde genommen sinnvoll, fand Strater, denn auf einen anderen Menschen zu schießen, sollte die Ultima Ratio sein. Allerdings mussten Polizeibeamte eine Situation oft in Sekundenbruchteilen einschätzen und eine Entscheidung treffen. Wenn der Staat ihnen eine Waffe anvertraute, sollte er ihnen auch ein wenig Ermessensspielraum zugestehen.

»Es bestand Fluchtgefahr. Ich konnte nicht wissen, ob sich im Auto Waffen befanden, die er gegen uns zum Einsatz hätte bringen können. Achmatowa hat einem

Polizisten ein Messer an die Kehle gehalten und gedroht, sowohl ihn als auch mich umzubringen. Er hat Brunsen beinahe erdrosselt. Zum Zeitpunkt des Vorfalls hatte ich außerdem allen Grund anzunehmen, dass er die beiden alten Frauen getötet hat. Ich habe bewusst auf die Wade gezielt, wo Kugeln mit einem normalen Neunmillimeter-Projektil in der Regel steckenbleiben und keine schwerwiegenden Verletzungen hervorrufen.«

»Er war in vollem Lauf, sagten Sie. Sie hätten daher auch leicht wichtige Gefäße erwischen oder seine Kniescheibe zertrümmern können. Waren Sie eigentlich schon mal auf dem Schießstand, seit Sie bei uns in Norden sind?«

Strater pustete unwillkürlich die Backen auf und kratzte sich zunehmend genervt am Hinterkopf. »Soweit ich weiß, wurde das letzte polizeiliche Schießtraining aufgrund von irgendwelchen Sparmaßnahmen abgeblasen.«

Zadel nickte zerstreut. »Jedenfalls kennen Sie das Prozedere. Es wird eine Untersuchung geben und was dabei herauskommt, liegt nicht in meiner Hand.«

Strater wusste, dass jeder abgegebene Schuss untersucht wurde, und zwar von einer anderen Behörde, als der am Einsatz beteiligten. Deswegen war auch die Kriminaltechnik zum Haus des Russen angerückt und hatte genau dokumentiert, wie es zur Schussabgabe gekommen war.

Ohne etwas zu sagen, starrte Strater an seinem Chef vorbei auf die karge Wand seines Büros. Plötzlich war er es, der auf der Anklagebank saß. Womöglich hätte er den Russen auch anders aufhalten können, aber er stand zu seiner Entscheidung. Zum ersten Mal seit seiner Versetzung nach Norden dachte er mit Bedauern an seinen alten Chef Thomas Brückner zurück – der hatte sich stets hinter seine Leute gestellt.

»Ich will darauf auch gar nicht weiter herumreiten«, sagte Zadel. »Mir bereitet vielmehr Sorgen, dass die ganze Sache umsonst war. Unser Mörder läuft immer noch dort draußen herum und steht vielleicht kurz davor wieder zuzuschlagen.«

»Wir mussten der Spur mit dem weiß gekleideten Lieferwagenfahrer nachgehen. Ich konnte das schlecht ignorieren«, erwiderte Strater ungehalten.

»Brauchen Sie weitere Unterstützung? Ich könnte in Aurich anfragen. Oberkommissar Heidbrenner ist ja verreist, ich habe schon überlegt, ob ich ihn zurückbeordern soll.«

Strater spürte, wie Übelkeit in ihm aufstieg. »Ich komme klar«, sagte er mit belegter Stimme und erntete einen skeptischen Blick.

»Morgen früh um zehn Uhr ist ein Meeting mit unserem Fallanalytiker vom LKA, vielleicht bringt uns das voran. Ich gehe von Ihrer vollständigen Kooperation aus. Mir wird von verschiedenen Seiten Druck gemacht, Robert, ich brauche schnellstmöglich Ergebnisse.« Zadel erhob sich und nickte ihm ernst zu.

Als er das Büro verlassen hatte, stand Strater abrupt auf, ging zum Fenster und riss es auf. Frische Herbstluft strömte herein und milderte die Kopfschmerzen, die ihn erfasst hatten. Die braunen Blätter der Bäume, die die Straße vor der Polizeistelle säumten, wiegten sich im Wind. Ein Sonnenstrahl stach durch die Baumkronen und wärmte sein Gesicht. Er atmete ein paar Mal tief durch und kehrte auf seinen Bürosessel zurück. Mit hinter dem Kopf verschränkten Armen und geschlossenen Augen dachte er eine Weile nach, dann nahm er sein Smartphone zur Hand und rief Mechthild Klaaßen an, die Tochter des zweiten Mordopfers. Die Frau, die mit ihrer Familie in Bremen lebte, hatte ihm gegenüber bereits angekündigt, so schnell wie möglich nach Norddeich zu kommen. Das hatte sie ihm mitgeteilt, als er ihr die Nachricht von dem Tod ihrer Mutter überbracht hatte. Wie sie ihm jetzt verriet, war sie mittlerweile vor Ort. Strater verabredete sich mit ihr in einer halben Stunde. Er musste mehr über die getöteten Frauen erfahren und konnte nur hoffen, dem Täter auf diese Weise näher auf die Spur zu kommen. Als ein Windstoß ein paar Blätter Papier von seinem Schreibtisch fegte, widerstand er dem plötzlich aufkommenden aggressiven Drang, die Computertastatur zu Boden zu schmettern.

Du musst kämpfen, Robert, insistierte eine leise innere Stimme, *bevor dir alles noch weiter entgleitet.*

34

Das Hotel *Regina Maris* war ein flaches Gebäude mit roter Klinkerfassade, raumhohen Fenstern und einer verglasten Terrasse, das direkt hinter dem Deich stand. Als Strater auf der autofreien Kurpromenade auf das Vier-Sterne-Hotel zusteuerte, streifte sein Blick die Friesen-Eisdiele, wo auch heute etliche Touristen anstanden, um sich das seiner Meinung nach beste Eis in der Region schmecken zu lassen. Eigentlich könnte er hier nach dem Treffen mit Mechthild Klaaßen einkehren, denn nach diesem stressigen Tag hatte er sich das mehr als verdient. Friesisches Joghurteis mit karamellisierten Zwetschgen und Keksbröseln, dazu eine frischgebackene Waffel. *Vergiss es!*, maßregelte er sich selbst. Die großzügig bemessene Kugel mit den Beigaben würde seine Abnehm-Ambitionen torpedieren. *Willkommen in der Realität*, sinnierte er, *da bin ich den ganzen Tag von Idioten umgeben und die kleinen Freuden des Lebens muss ich mir auch noch verkneifen.*

»Kommissar Strater?«, fragte eine kleine blonde Frau um die fünfzig, die eine Brille und eine rote Regenjacke trug. Offenbar sah man ihm an, dass er Polizist war.

»Der bin ich.«

»Ich bin Mechthild Klaaßen.« Sie gaben sich die Hand und Strater sprach ihr noch einmal von Angesicht zu Angesicht sein Beileid aus. »Ich dachte mir, wir nutzen vielleicht das gute Wetter aus und setzen uns draußen hin.« Sie deutete auf eine Ruhebank hinter dem Deich und sie nahmen darauf Platz. Ein böiger Küstenwind wehte, die Sonne strahlte von einem blauen Himmel, über den nur ein paar Wolken wie überdimensionierte Wattebäusche trieben. Über die Promenade und den Deich schlenderten sonnenhungrige Menschen. Kindergeschrei war zu hören, ein Hund bellte und irgendwo über ihren Köpfen kreischte eine Möwe.

»Ich kann einfach nicht … in dem Haus, in dem Mama …« Frau Klaaßen stockte die Stimme. »Ich kann da nicht schlafen, deswegen habe ich mir hier ein Zimmer genommen.« Sie deutete mit dem Zeigefinger hinter sich auf das Hotel.

»Das kann ich gut verstehen.« Strater räusperte sich. »Danke, dass Sie sich Zeit für mich nehmen. Ich möchte für unsere Ermittlungen noch mehr über Ihre Mutter erfahren. Zu wem hatte sie engeren Kontakt? Gab es Menschen, die ihr nicht wohlgesonnen waren? Vielleicht erzählen Sie mal ein bisschen, alles kann wichtig sein.«

Mechthild Klaaßen beugte sich nach vorne und schüttelte den Kopf. »Ich kann das einfach nicht begreifen. Meine Mama ist«, sie schniefte, »*war* ein besonnener, hilfsbereiter Mensch und eigentlich überall beliebt. Vorrangig hat sie die Natur und die Tiere geliebt, so viele engere Kontakte zu Menschen hatte sie gar nicht, soviel ich weiß. Wobei sie sich in letzter Zeit zunehmend einsam gefühlt hat, mein Papa ist ja schon eine Weile tot, und deswegen auch mehr unternahm.«

»Wie war Ihr Verhältnis zu Ihrer Mutter?«, fragte Strater.

»In den letzten Jahren wieder gut. Zuvor war es etwas problematisch. Papa und mein Mann kamen nicht gut miteinander aus. Papa hielt Helmut für einen Taugenichts, ich habe zu meinem Mann gehalten und Mama saß stets zwischen den Stühlen. Aber zuletzt war das Verhältnis wieder unbeschwert, auch wenn wir uns nicht so oft sahen. Telefoniert haben wir aber regelmäßig, oder uns per Handy ausgetauscht.«

»Hatte Ihre Mutter einen Freund oder Verehrer?«

Mechthild Klaaßen lehnte sich wieder zurück und sah Strater erstaunt an. »Nein, also nicht, dass ich wüsste, dazu hat sie zu sehr an meinem Papa gehangen.«

»Na ja, aber Sie sagten gerade, sie fühlte sich zunehmend einsam und mit vierundsiebzig ist man ja nun auch noch nicht unbedingt zu alt für eine neue Partnerschaft.«

»Schon, aber diesbezüglich hat sie zumindest nie etwas erwähnt.«

»War Ihre Mutter in irgendwelchen Vereinen oder Interessengemeinschaften, zum Beispiel Umweltschutzorganisationen?«

»Sie war im Schützenverein und hat ehrenamtlich für die Seehundstation gearbeitet, das wissen Sie ja bereits. Ansonsten hat sie öfter mal erwähnt, dass sie Spenden an Natur- und Tierschutzorganisationen überwiesen hat, aber aktives Mitglied war sie meines Wissens in solchen Vereinigungen nicht.«

»Haben Sie sich schon genauer im Haus Ihrer Mutter umgesehen?«

»Nur kurz, als ich schauen sollte, ob etwas fehlt.«

Strater nickte bedächtig. »Wieso sind Sie sich so sicher, dass dieses Schnapsglas entwendet wurde? Ihre Mutter könnte sich doch auch ein Schlückchen gegönnt und es dabei fallenlassen haben. Vielleicht ist es kaputtgegangen oder sie hat es verloren.«

Mechthild Klaaßen schüttelte energisch den Kopf. »Die kleine Holzbank mit den Schnapsgläsern war ein Silberhochzeitsgeschenk und stand immer auf dem Regal. Als mein Vater noch lebte, haben meine Eltern die Gläser öfter benutzt, aber nachdem er starb, meinte Mama, dass sie ihm zu Ehren auch ihres nicht mehr anrühren würde.«

»Ich verstehe. Tun Sie mir den Gefallen und sehen Sie sich im Haus Ihrer Mutter noch einmal genauer um. Da Sie Ihre Mutter kannten, können Sie besser einschätzen, was ungewöhnlich sein könnte und was nicht. Vielleicht erfahren Sie von irgendwelchen regelmäßigen Kontakten oder Aktivitäten, von denen Sie bisher nichts wussten.« Er selbst würde sich in den Häusern der ermordeten Frauen noch einmal genauer umsehen, Mechthild Klaaßen fand unter Umständen aber schneller etwas, das ihm weiterhalf.

»Wenn es dazu beiträgt, dieses Scheusal zu fassen.« Sie schluchzte und Strater legte ihr behutsam eine Hand auf den rechten Oberarm.

»Eine Kollegin Ihrer Mutter aus der Seehundstation hat die Katze übrigens vorübergehend aufgenommen.«

»Ich weiß, das hat mir einer Ihrer Kollegen schon gesagt und ich war bereits in der Einrichtung und hab mit ihr gesprochen. Wenn ich wieder fahre, nehme ich die Katze mit zu uns.«

Wenig später verabschiedete sich Strater und machte sich auf den Weg zu seinem Auto, das er ein Stück abseits der Kurpromenade abgestellt hatte. Als er die Eisdiele passierte, erfüllte ihn ein beinahe schmerzhaftes Verlangen nach der süßen Versuchung, aber er blieb standhaft.

35

Strater stand vor der Anrichte in der Küche und bereitete sich ein Käsebrot zu. Er begnügte sich mit einer Scheibe Emmentaler und statt Butter nahm er etwas von Saskias Halbfettmargarine. Die Scheibe Graubrot sollte er künftig besser durch Vollkornbrot ersetzen, das sättigte länger, hatte er gehört. Dazu würde er aber erst einmal einkaufen gehen müssen. Er seufzte. Eine gesunde Ernährung war eine Wissenschaft für sich. Er musste einen Doppelmörder fangen und sollte jetzt auch noch ständig Kalorienfallen entlarven? Strater schnappte sich eine Tomate aus dem Obstkorb, hielt sie kurz unter den Wasserhahn und legte sie zu seinem Abendbrot. Damit begab er sich an den Küchentisch. Eine Tasse Schwarztee hatte er zuvor schon zubereitet, allerdings ohne das Brimborium der ostfriesischen Teezeremonie. Einen Schuss Kondensmilch und eine Süßstofftablette dazu – fertig. Er spülte eine Maca-Tablette mit einem Schluck Tee hinunter und schnitt die Tomate gerade in mundgerechte Stücke, als Saskia hereinkam. Sie trug einen schwarz-weißen Trainingsanzug, der ihre schlanke Figur betonte, und hatte ihre Haare zu einem Zopf gebunden.

»Hey«, grüßte sie ihn und schenkte ihm tatsächlich den Anflug eines Lächelns.

»Hallo«, erwiderte Strater überrascht. Sie hantierte an der Küchentheke herum und setzte sich mit einem Glas Gemüsesaft ihm gegenüber an den Tisch.

»Wie läuft´s bei der Arbeit?«

»Es wird zumindest nicht langweilig.« Er ließ sich Zeit, sein Käsebrot zu Ende zu kauen und beschloss, sich auf die Unterhaltung einzulassen. In wenigen Sätzen berichtete er von seiner Begegnung mit Valentin Achmatowa und deren Folgen.

Saskia hob die Augenbrauen. »Macht dir das zu schaffen, auf ihn geschossen zu haben? Ich weiß ja, dass du die Waffe früher schon eingesetzt hast, aber auf einen Menschen zu schießen, ist doch sicher nichts, woran man sich gewöhnt, oder?«

Strater wiegelte ab. »Er hat einen Polizisten mit dem Messer bedroht und war ein potenzieller Mörder. Ich wollte ihn nicht töten. Aber es wird dennoch eine Untersuchung geben wegen des Schusswaffengebrauchs. Muss ich mich auch noch mit so einem Mist auseinandersetzen!«

Saskia nickte scheinbar verständnisvoll und trank einen Schluck Gemüsesaft. »Bei dem Doppelmord musst du jetzt wieder bei null anfangen, oder wie?«

»Nicht ganz, wir haben die eine oder andere Spur.«

»Und die Dutch Oil Corporation ist eine davon, wie du neulich meintest?« Saskia betrachtete ihn interessiert, über ihrer Oberlippe mit dem ausgeprägten Amorbogen in Form einer Herzkontur prangte ein Tropfen Gemüsesaft. Strater ertappte sich bei dem Verlangen, diesen mit seiner Zunge aufzufangen.

»Nun, sie hat zumindest indirekt mit beiden Toten zu tun. Die Klaaßen hat irgendeine Petition gegen die geplanten Ölbohrungen angeleiert und bei der Tütken könnte es mit ihrem Sohn zusammenhängen, einem Geologen, der eine Umweltverträglichkeitsstudie zu den geplanten Bohrungen schreiben soll. Vielleicht haben sie ihn erpresst und als er sich nicht fügte, ein deutliches Zeichen setzen wollen.«

Saskia leckte sich über die Lippen, der Gemüsesaft verschwand. Sie schaute auf einen imaginären Punkt auf dem Küchenboden und biss sich auf die Unterlippe. Strater kannte diesen Ausdruck, sie wägte ihre Worte genau ab. »Aber du hast nichts Konkretes gegen das Unternehmen in der Hand, oder?« Plötzlich dämmerte es ihm. Sein Puls schoss augenblicklich in die Höhe, während er sich beinahe an seinem Käsebrot verschluckte. »Sag mal, führen wir dieses Gespräch nur, weil du herausfinden willst, wie viel ich über den Holländer und seine Ölfirma weiß?«

Saskia schüttelte vehement den Kopf, schaute ihm aber nicht in die Augen.

»Natürlich ist das so«, sagte er lauter als gewollt. Er lehnte sich zurück und schloss kurz die Augen. »Mir ist immer noch nicht klar, was du eigentlich mit dieser dubiosen Firma zu schaffen hast«, presste er schließlich hervor.

»Was soll ich mit denen zu schaffen haben? Ich bin Immobilienmaklerin und sie haben mich beauftragt.« Jetzt sah sie ihn doch an.

»Mit diesem De Jong scheinst du dich ja ausgesprochen gut zu verstehen«, sprudelte es aus Strater heraus.

Er war wütend und hatte keine Lust mehr, das zu verbergen. Nach diesem beschissenen Tag versuchte ihn seine eigene Frau auszuhorchen und er war tatsächlich so naiv gewesen, zu glauben, dass sie sich aus Interesse und dem Wunsch nach einer Annäherung zu ihm gesetzt hatte. »Der gefällt dir sicher, während du deinen Ehemann abblitzen lässt«, schoss er hinterher.

Saskia schürzte die Lippen, lehnte sich zurück und verschränkte die Arme vor der Brust. »Ganz ehrlich, Robert, seit diesem Vorfall in Hamburg hast du dich verändert, ja regelrecht gehenlassen. Da musst du dich nicht wundern, wenn das Verlangen irgendwann auf der Strecke bleibt.«

»Einen Vorfall nennst du das?« Eine unsichtbare Faust schien sein Herz mit solcher Kraft zusammenzuquetschen, dass er kurz nach Luft rang. »Ich war dem Tod näher als dem Leben! So ein Erlebnis hinterlässt nun mal Spuren! Ich musste sehen, wie ich damit zurechtkomme und als ich dich am dringendsten gebraucht habe, hast du dich immer mehr zurückgezogen!«

»Das ist nicht fair, Robert. Ich habe versucht, für dich da zu sein und war sofort bereit mit dir an die Nordsee zu ziehen, schon als das erste Mal davon die Rede gewesen ist. Ich habe meine Freundinnen und Familie für dich zurückgelassen.«

Strater lachte spöttisch auf, während die Wut immer heftiger durch seine Venen pulsierte und den Schmerz beinahe überlagerte. »Du warst sofort dazu bereit, weil du hier am Meer noch lukrativere Geschäfte gewittert hast und an deine oberflächlichen *Freundinnen*«, er betonte das Wort sarkastisch, »aus der gehobenen Hamburger Gesellschaft hast du seitdem sicher keinen einzigen Gedanken mehr verschwendet. Du kannst sie ja mal einladen, wenn du sie so sehr vermisst. Und das mit der Familie ist der größte Witz, du bist doch heilfroh, aus Margots Einflussbereich entkommen zu sein!« Margot, seine Schwiegermutter, hatte ihn von Anfang an ins Herz geschlossen, während sie mit ihrer Tochter ein eher ambivalentes Verhältnis verband. Spätestens, als die Probleme zwischen ihm und Saskia anfingen, war seine Frau zunehmend genervt davon gewesen, dass ihre Mutter sich so gut mit ihm verstand.

»Du drehst dir alles so, wie es dir gerade passt. Ich habe jetzt keine Zeit mehr, ich muss zum Sport.« Saskias Stuhl schabte über die Fliesen und sie stand auf.

»Mit De Jong? Der trainiert doch sicher auch. Nachdem er den ganzen Tag in seinem Designerbüro hockt und die Umwelt ruiniert.«

»Immerhin achtet er auf sich«, murmelte Saskia beim Hinausgehen aus der Küche und kurz darauf hörte er, wie die Haustür zufiel.

Strater erhob sich schwerfällig und fegte das noch halb gefüllte Glas Gemüsesaft in einem weiteren Anflug von Wut und Bitterkeit vom Tisch. Scherben klirrten und die Spritzer des roten Getränks erzeugten ein Panorama auf dem Boden, das an ein blutiges Massaker erinnerte. Erschrocken über den Anblick und sich selbst atmete er ein paar Mal tief durch, bevor er anfing, die Sauerei zu beseitigen.

Später stand er geduscht und in alte Klamotten gehüllt in seinem Hobbykeller vor dem Paludarium und starrte auf Shredder, der den Kopf in seinen Panzer gezogen hatte. Vielleicht sollte er es ihm gleichtun. Sich zurückziehen. Alles hinschmeißen ... seinen Beruf und seine Ehe. Aber tief in ihm drin war die ganze Zeit noch etwas anderes gewesen. So etwas wie ein Funke, der in den letzten Tagen eine Flamme entfacht hatte. Er wollte den alten Frauen Gerechtigkeit widerfahren lassen. Das war das eine. Und er wollte es allen zeigen. Ihnen beweisen, dass sie ihn noch nicht abschreiben durften. Er wollte es auch Saskia zeigen, wenngleich er sich nicht mehr sicher war, ob diese Ehe noch eine Zukunft hatte. Wenn er es sich recht überlegte, war es nur gut gelaufen zwischen ihnen, solange er in allen Bereichen funktioniert hatte. Aber welchen Wert hatte eine Partnerschaft, wenn man nicht auch in Krisenzeiten auf den anderen bauen konnte, dann, wenn man ihn am nötigsten brauchte?

Strater wandte sich von dem Paludarium ab und als sein Blick auf die Hanteln in der Ecke des Raums fiel, beschloss er zu trainieren. Sofort bombardierte sein Kopf ihn mit unzähligen Argumenten, warum er das nicht tun sollte.

Keine fünf Minuten später saß er auf einem schlichten Holzstuhl und führte unter Stöhnen und Ächzen Bizeps-Curls aus, indem er den Ellenbogen auf die Innenseite des Oberschenkels abstützte und die mit fünfzehn Kilogramm beschwerte Kurzhantel in seiner Hand wiederholt anhob und absenkte. Sein Kopf und sein Körper rebellierten vor Widerwillen, aber er zog die Übung eisern durch, bevor er zum anderen Arm wechselte. So schnell würde er nicht klein beigeben. Er würde den

Fall lösen und sein Leben wieder in den Griff bekommen.

36

»Moin, Helge«, rief er in Richtung eines der Fischer-
boote.

»Hauke«, dröhnte es von der anderen Seite und er hob
die Hand zum Gruß. Er ließ den Fischereihafen hinter
sich, überquerte die Straße, auf der die Anzahl der Autos, die in Richtung Fähranleger fuhren, von Tag zu Tag
geringer wurde, und lief den Deich entlang. Sein Blick
schweifte über den bleiernen Horizont, der sich im
Grau des Meeres aufzulösen schien. Einige wenige Touristen wateten durch das Watt auf der Suche nach Mu-
scheln. Zwei kleine Jungen stierten in den matschigen
Grund und kreischten aufgeregt. Einen Moment blieb
er stehen und beobachtete, wie einer der beiden seinen
roten Plastikeimer abstellte und sich bückte, während
der andere nach seinem Papa rief.

Hauke kramte in den tiefen Taschen des dunkelblauen Parkas nach seinen Zigarren. Er hatte das Klei-
dungsstück aus nostalgischen Gründen gekauft, da gab
es nichts abzustreiten. Der dicke Canvas-Stoff war von
ähnlicher Beschaffenheit wie der Arbeitskittel, den er
früher tagein tagaus getragen hatte. Früher, als er noch
in See gestochen war, vor der Dämmerung seine Netze
ausgeworfen und Mathilde bei seiner Rückkehr die
schönsten Krabben mitgebracht hatte. Er steckte sich
eine Zigarre in den Mund. Mathilde, die von ihm gegan-

gen und doch stets da war, wie das Meer selbst. Mathilde hatte ihrem Leben ein Ende gesetzt und nichts auf der Welt hätte diesen Entschluss verhindern können. Er wusste das, so sicher, wie er wusste, dass die Flut einsetzen würde. Sie war über ihm zusammengebrochen und hatte ihn in die Tiefe gerissen. Über ihm hatte sich so etwas wie das Leben abgespielt, aber er hatte in seiner nicht enden wollenden Trauer und Verzweiflung nur den dumpfen Druck der Wassermassen auf sich lasten gespürt, die seinen Körper fest nach unten drückten, bis auf den Grund. Seine Ohren waren taub, sein Blick verschwommen. Hier unten war kein Leben möglich. Das Meer hatte ihn nie freigegeben. Es hatte ihm alles genommen und doch würde es ihn niemals ziehen lassen. Wie Ebbe und Flut, die ihren Wettstreit unter dem Mond bis in die Ewigkeit austragen würden, war er selbst ein Teil des Meers geworden.

Er kramte das Feuerzeug aus der Tasche. Hob schützend seine Hand davor, entzündete es, sog an dem Stumpen und hustete. Der Vater kam zu den beiden Jungen und beugte sich ebenfalls über den Fund. *Was mochte es sein? Ein verendeter Taschenkrebs oder einer der unzähligen Wattwürmer?* Das entzückte Gekreische der Kinder entlockte Hauke ein kurzes Lächeln. Wie sehr wünschte er sich einen einzigen Moment dieser unbeschwerten Freude zurück, die ein unbedeutender Wattwurm hervorrufen konnte.

Er solle gehen, hatte man ihm gesagt, wieder und wieder. Aber was wussten sie schon vom Meer? Er sog erneut an seiner Zigarre und richtete seinen Blick auf das Watt, über dem die dünnen Füßchen von Möwen um die wenigen Gummistiefel staksten und nach Futter suchten. Das Wattenmeer, das so trügerisch sanft unter dem Himmel lag, während seine tödlichen Priele sich unbemerkt mit Wasser füllten. Er würde die Nordsee niemals verlassen, denn er hatte sich dem Kampf verschrieben. Die wenigen Fischer, die ihn noch grüßten, redeten hinter seinem Rücken, er wusste es sehr wohl. Der ehemalige Fischer, der sich gegen seine eigenen Leute gewandt hatte und die alte Fischfangmethode bekämpfte, die ihm einst als Lebensgrundlage gedient hatte. Sie verstanden nicht, dass der Kampf, den er austrug, eigentlich ein anderer war. Er setzte sich wieder in Bewegung und zog hin und wieder an seiner Zigarre. Anfangs hatten sie versucht, ihn loszuwerden. Er dürfe nicht auf dem Fischereihafen wohnen. Irgendwann hatten sie aber verstanden, dass er immer wieder zurückkehren würde. So wie die Gezeiten.

***

Heiko Tütken wohnte in einem modernen weißen Friesenhaus mit Reetdach *Am Süderschloot* in Norden. Strater parkte neben einem halbhohen weißen Holzzaun, hinter dem sich ein gepflegtes Gartenstück erstreckte, und schleppte seinen müden Körper zu einer darin eingelassenen Pforte. Über einen mit Schieferplatten ausgelegten Weg ging er zum Haus und klingelte. Die granitfarbene Haustür wurde von zwei quadratischen Kübeln flankiert, die mit jeweils einem Buchsbaum bepflanzt waren. Heiko Tütken öffnete, begrüßte Strater mit einem knappen »Moin« und bat ihn, hereinzukommen. Strater erwiderte den Gruß und betrat einen weiß gefliesten Flur, durch den Tütken ihn in ein geräumiges und im modernen Landhausstil eingerichtetes Wohnzimmer führte. Der rustikale Holzboden im Used-Look und die weißen Wände wurden durch grobe Holzbalken an der Decke und Vintage-Möbel ergänzt. Tütken deutete auf ein dunkelbraunes Chesterfield-Sofa, das zusammen mit einem Ohrensessel um einen hölzernen Couchtisch gruppiert war. Hinter dem Sofa schmückte ein großes Stück Treibholz die Wand, das von einer Lichterkette umwickelt war, deren warm-weiße Beleuchtung das gemütliche Ambiente noch verstärkte.

»Für den Großteil der Einrichtung war meine verstorbene Frau verantwortlich«, sagte Tütken, dem augenscheinlich nicht entgangen war, dass Strater sich anerkennend umschaute. Neben einem deckenhohen Kamin in der Ecke – einem Ungetüm aus Chrom und Stahl – hing ein ausgestopfter Hirschkopf mit einem prächtigen Geweih.

»Möchten Sie einen Kaffee?«, fragte Tütken, der einen grau melierten Pullover mit weißem Kragen und eine dunkle Cordhose trug. Strater nahm das Angebot dankend an, bevor er sich begleitet von einem unterdrückten Stöhnen auf das bequeme Sofa sinken ließ. Er fühlte sich, als hätte ihn eine Planierraupe überrollt – sämtliche Muskeln und Gelenke schmerzten von seinem gestrigen Training. Plötzlich verstand er die Plattitüde *Sport ist Mord* nur allzu gut.

Wenig später kehrte Heiko Tütken mit einem Tablett zurück, auf dem sich zwei Tassen Kaffee, Milch, Zucker und eine Schale mit Butterkeksen befand. Tütken setzte sich Strater gegenüber in den Ohrensessel und forderte ihn auf sich zu bedienen. Nachdem er seinen Kaffee, in den er lediglich einen Schuss Milch gab, vor sich auf dem Couchtisch stehen hatte, räusperte sich Strater. »Ich wäre gerne bei der Beerdigung Ihrer Mutter gewesen, aber wie Sie vielleicht gehört haben, gab es kürzlich ein weiteres Mordopfer.«

Tütken nickte und pustete auf seinen Kaffee, bevor er daran nippte. »Mama wollte eine Seebestattung, jetzt ist sie ein Teil der Nordsee, die sie so geliebt hat.«

Strater dachte an die Gedenkstätte am Norddeicher Hafen, die er einmal bei einem Spaziergang entdeckt hatte, und die aus mehreren Granit-Stelen bestand, auf denen Plaketten mit den Daten der Verstorbenen angebracht waren. Vermutlich würde man dort jetzt auch den Namen Fenna Tütken finden. Strater trank einen Schluck Kaffee und musterte sein Gegenüber. Mit seinen weißen Wuschelhaaren, dem Schnauzbart und dem Wohlstandsbauch sah Heiko Tütken wie ein gemütlicher älterer Herr aus. Dunkle Ringe unter seinen glanzlosen Augen zeugten von seiner Trauer oder einer langen Nacht. Keineswegs würde man ihm den brutalen Mord an seiner eigenen alten Mutter zutrauen, aber Strater wusste, dass der äußere Schein manchmal trog.

»Herr Tütken, wieso haben Sie uns nicht erzählt, dass Ihre Mutter vor einigen Jahren einen Unfall verursacht hat, bei dem ein junger Mann schwer zu Schaden gekommen ist?«

Tütken, der betrübt in seine Tasse gestarrt hatte, blickte überrascht auf. »Weil ich gar nicht mehr daran gedacht habe, das ist acht, neun Jahre her.«

»Nun ja, wenn ein Kind wegen so etwas im Rollstuhl landet, könnte das durchaus ein Motiv für den Mord an Ihrer Mutter sein.« Strater dachte an seine eigene ohnmächtige Wut zurück, als ihm und Saskia damals von einem blondgelockten Schnösel von Arzt mitgeteilt wurde, dass Christoph hinsichtlich seiner Mobilität dauerhaft auf Hilfsmittel angewiesen sein würde. Er drängte den Gedanken beiseite und konzentrierte sich auf Tütken.

»Man konnte Mama keine Schuld nachweisen. Es war diesig und dämmrig, plötzlich war der Junge auf der Straße, hat sie gesagt, und dann war es schon zu spät.«

»Hat Ihre Mutter später noch etwas von dem Jungen oder dessen Angehörigen gehört?« Strater hatte Brunsen auf die Sache angesetzt, nachdem Kante ihm davon erzählt hatte, aber dann war der Achmatowa-Vorfall dazwischengekommen. Er hoffte, dass sich sein Kollege inzwischen von dem Angriff des Russen erholt hatte und der Sache nachging.

»Nein, der kam nicht von hier und seine Familie hat Mama die Kontaktaufnahme untersagt. Dabei hätte Mama sich so sehr gewünscht, die Sache in irgendeiner Form wieder gutmachen zu können. Das hat sehr an ihr genagt und sie hat sich große Vorwürfe gemacht, obwohl sie nichts dafürkonnte, wenn Sie mich fragen. Sie hätte ihm gerne etwas Geld zukommen lassen, aber die Familie wollte wie gesagt nichts mit ihr zu tun haben.«

»Apropos Geld«, sagte Strater. »Wir haben uns Ihre Konten angesehen und einige auffällige Aktivitäten entdeckt.«

Tütken nestelte an seinen Fingern herum und runzelte die Stirn, wobei sich seine buschigen Augenbrauen aufeinander zubewegten.

»Sie haben kürzlich fünfundzwanzigtausend Euro von einer *URF Limited* aus Zypern überwiesen bekommen, wofür war das?«

»Ach so das«, brummte Tütken. »Da ging es um ein geplantes Bauvorhaben einer ausländischen Firma in Brandenburg, das in den Grundwasserhaushalt eingreift. Ich habe deswegen ein hydrogeologisches Gutachten erstellt.«

»Fünfundzwanzigtausend Euro für ein Gutachten, das ist ganz schön teuer.«

Tütken blinzelte einige Male und zögerte mit der Antwort. »In solch einem Gutachten steckt viel Arbeit.« Er lehnte sich zurück und verschränkte die Hände vor der Brust. »Wissenschaftlich fundierte Arbeit. Und natürlich steht eine hohe Verantwortung dahinter, wenn ich attestiere, dass die Baumaßnahmen für das Grundwasser vertretbar sind.«

Strater nippte an seinem Kaffee und ließ sich das Gesagte durch den Kopf gehen. »Außerdem tauchen immer wieder Abhebungen von mehreren Hundert Euro auf Ihrem Konto auf, teilweise alle zwei, drei Tage.«

Tütken wendete den Blick ab und schüttelte den Kopf. »Ja, es ist alles teuer geworden. Ich gehe gern essen, wie man sicher sieht, und das kostet nun mal.« Er kratzte sich am Hinterkopf.

Strater nickte knapp und stand ächzend auf. Langsam durchschritt er das riesige Wohnzimmer. Plötzlich hielt er inne und sah den Professor direkt an. »Wissen Sie was?«

Heiko Tütken blickte argwöhnisch zu ihm auf.

»Ich glaube Ihnen das nicht.« Er hielt den Blick seines Gegenübers fest. Das unmerkliche Zucken um seine

Augenwinkel zeugte von Stress. Das allein reichte zwar nicht aus, aber die Beruhigungsgesten, wie das Kratzen am Hinterkopf, oder das Kopfschütteln während seiner Antwort, als wolle er sich damit selbst widersprechen, bestätigten seine Vermutung, dass Tütken nicht die Wahrheit sagte. »Wenn Sie nicht wollen, dass ich Sie aufs Revier mitnehme, sollten Sie mir lieber die Wahrheit sagen.«

Tütken sah ihn einen Moment stumm an, dann blickte er in seinen Kaffee und blies die Backen auf. »Ich spiele«, murmelte er nach einigen Sekunden kleinlaut. »Das Geld, das ich abhebe, geht größtenteils im Casino drauf.«

»Jetzt kommen wir der Sache näher.« Strater setzte sich wieder und behielt Tütken genau im Auge. »Sie haben Ihre Mutter öfter nach Geld gefragt, ist das richtig?«

Tütken sah sichtlich erschrocken auf und es wirkte, als wollte er es abstreiten, aber irgendetwas in Straters Blick schien ihn davon abzuhalten. »Ja, das kam schon mal vor.«

Strater senkte seine Stimme und gab ihr einen freundlichen, mitfühlenden Klang. »Und neulich wollte sie Ihnen nichts geben, oder hatte nichts da, und es ist zum Streit gekommen. Dann sind die Dinge irgendwie eskaliert – Sie wollten das alles nicht, habe ich Recht, Heiko?«

Tütkens Augen weiteten sich. »*Was*? Nein! Ich habe Mutter nicht umgebracht. Das hätte ich nie gekonnt. Davon abgesehen hatte sie doch eh nicht viel.«

Strater schürzte die Lippen. »Wie man es nimmt. Sie erben jetzt sicher ihr Haus und ihr Grundstück hier in einem beliebten Urlaubsort. Wenn Sie da ein Ferienhaus einrichten, wirft das jeden Monat reichlich Spielgeld ab.«

Tütken schüttelte den gesenkten Kopf.

»Was ich nicht verstehe, Heiko, wieso haben Sie überhaupt Ihre Mutter angepumpt? Sie leben hier in einem schicken Haus, allein das Sofa, auf dem ich sitze, ist bestimmt ein kleines Vermögen wert.«

»Das hier ist alles mit der Erinnerung an meine Moni verbunden, das könnt ich nicht so einfach verschachern. Außerdem ist das mit dem Spielen nicht so einfach. Ich weiß, es ist eine Sucht, ich kenne mein Problem. Und dann mache ich mir wieder vor, dass es nicht so schlimm ist, ich jederzeit damit aufhören kann«. Er vergrub sein Gesicht in den Händen und Strater hörte ihn schnaufen.

Um Tütken zu überrumpeln, wechselte er abrupt das Thema. »Kennen Sie Elma Klaaßen?«

Tütken blinzelte einige Male in schneller Abfolge. »Nur entfernt vom Sehen, sie war auch im Schützenverein soweit ich weiß.« Schweiß glänzte in seinem geröteten Gesicht.

»Wo waren Sie am Samstag gegen halb zwei?«

Tütken schien zu überlegen. »Bis zwölf war ich im Büro, dann bin ich nach Hause gefahren.«

Also kein Alibi. Strater griff nach seiner Kaffeetasse und trank den letzten Schluck des aromatischen Gebräus. Es würde nichts bringen, Tütken mit aufs Revier zu nehmen, solange sie ihn nicht näher mit Elma Klaaßen in Verbindung bringen konnten. Strater bezweifelte, dass er die Frauen umgebracht hatte, hundertprozentig sicher war er sich jedoch nicht. Der

Mann kokettierte mit seinem Gemütlicher-Onkel-Charme, dahinter lagen allerdings auch andere Facetten verborgen. Er erhob sich. »Wir haben Sie im Visier. Wenn Sie mir noch etwas zu sagen haben, sollten Sie das tun. Ich werde die Wahrheit in diesen Fällen nämlich ans Licht bringen.« Tütken nickte nur stumm, ohne ihn anzusehen. »Ich finde allein raus, danke für den Kaffee.«

37

In seinem dunkelblauen Satin-Pyjama betrat Jan Carstensen leise vor sich hin summend die Küche, öffnete den Kühlschrank und entnahm diesem ein kleines Fläschchen Kräuterlikör. Der Verschluss knackte, als er die Flasche aufdrehte. Jan kippte das braune Gebräu in einem Zug hinunter, verzog aufgrund des Brennens in seiner Kehle das Gesicht und ließ ein lang gezogenes »Ahhh« folgen. Solch ein Absacker vor dem Schlafengehen gehörte für ihn einfach dazu, diese Gewohnheit hatte er von seinem Vater übernommen.

Er schloss den Kühlschrank und warf das leere Fläschchen in einen mit weiterem Altglas gefüllten Korb neben dem Abfalleimer. Während der Schnaps eine wohlige Wärme in ihm entfachte, freute er sich auf sein Bett und den morgigen Tag. Seine Ärztin hatte ihm erst heute bescheinigt, dass er mit seinen siebenundsechzig Jahren, von ein paar Kleinigkeiten abgesehen, kerngesund war. Nun konnte er morgen ungetrübt seinen nagelneuen Audi Q8 e-tron beim Autohaus abholen und diesen ausgiebig austesten. Auch wenn er es sich seiner Mareeke gegenüber nie anmerken lassen würde, konnte die Vorstellung vor Krankheiten und deren Folgen ihn regelrecht in Schrecken versetzen.

Er ging hinüber ins Wohnzimmer, wo noch eine Stehlampe brannte. Die Fliesen fühlten sich kalt unter seinen nackten Füßen an. Mareeke hatte ihm wie so oft seine Hausschuhe hingestellt, aber er hatte wieder vergessen, sie anzuziehen. Hoffentlich war das kein Hinweis auf eine sich einschleichende Demenz. Jan schmunzelte, als er bemerkte, dass er sich schon wieder um seine Gesundheit sorgte, und schaltete das Licht aus. Der Mond ergoss seinen silbernen Schimmer in den Raum und schälte die Konturen der Möbel aus der Dunkelheit. Jan trat an ein Fenster und schaute an den schwarzen Silhouetten einiger Bäume vorbei auf das nächtliche Marschland hinaus. Er und seine Frau liebten die ländliche Ruhe, die die abgeschiedene Lage ihres Hauses mit sich brachte. Kein Verkehrslärm und keine nervigen Nachbarn oder andere Menschen, deren Geräuschen man ausgesetzt war – einfach herrlich! Das war einer der Hauptgründe gewesen, warum sie das hübsche Reetdachhaus gekauft hatten. Plötzlich verspürte Jan ein Kribbeln im Nacken und das irrationale Gefühl beobachtet zu werden. Er wandte sich um und ging auf die gegenüberliegende Seite des Wohnzimmers, wo sein Blick aus dem Fenster, über das in milchiges Mondlicht getauchte Flachland glitt. Grinsend schüttelte er den Kopf. Die Einzigen, die ihn hier womöglich beobachteten, waren neugierige Feldhasen und Füchse. Auf einmal durchbrach ein leises Rattern die Stille.

»Na, Rudi, ausgeschlafen?« Jan schaute in die Ecke, wo sich die Umrisse eines Käfigs abzeichneten, der auf einer Kommode stand. Der Hamster hatte offenbar gerade das Laufrad betreten, um sein allabendliches Bewegungsprogramm zu absolvieren. Jan gähnte herzhaft. Das hatte er bereits hinter sich. Ein ausgedehnter

Strandspaziergang war nämlich ein fester Alltagsbestandteil von ihm und Mareeke. »Viel Spaß, Kleiner, ich geh in die Falle.« Er tippelte gerade in Richtung Flur, als irgendetwas im Augenwinkel seine Aufmerksamkeit erregte und er seinen Kopf zum Fenster drehte. Ihm kam es so vor, als hätte er eine Bewegung wahrgenommen. Stirnrunzelnd trat er erneut vor das Fenster, ging mit dem Gesicht ganz nah an die Scheibe heran und schaute hindurch. Das Mondlicht glänzte auf dem kleinen Stück Rasen vor dem Haus wie Raureif. Dahinter wiegten sich die Blätter der Bäume langsam im Wind. Vermutlich war es das gewesen, was er gesehen hatte.

Es war ein langer Tag gewesen und es wurde Zeit fürs Bett, dachte Jan und ging in den Flur zur Treppe. Als er die Stufen gerade zur Hälfte hinaufgestiegen war, hörte er Mareeke seinen Namen rufen. »Komme schon!«

»Wo bleibst du denn solange?«, fragte sie.

»Bin ja schon da.« Er betrat das Schlafzimmer und lächelte seine Frau an, die auf ihrer Seite des Boxspringbetts lag und im sanften Licht einer Nachttischlampe ein Buch las. Irgendein düsterer skandinavischer Thriller, von denen sie einen nach dem anderen verschlang.

»Ich bin sehr erschöpft.« Sie klappte das Buch zu, nahm ihre Lesebrille ab und legte beides auf den Nachttisch. Jan begab sich zu ihr unter die Decke, als sie das Licht ausmachte und sich an ihn schmiegte. Er drehte seinen Kopf zu ihr und sie gaben sich einen Gute-Nacht-Kuss, wie sie es in den vierunddreißig Jahren ihrer Ehe immer getan hatten. »Schlaf schön«, sagte sie.

»Gute Nacht, Liebste. Kommst du morgen Nachmittag mit das Auto abholen?«

»Da ist das Treffen meiner Theatergruppe, ich lerne dein neues Spielzeug ja noch früh genug kennen.«

»Na gut.« Jan genoss den vertrauten Geruch seiner Frau, in dem der Duft einer wohlriechenden Nachtcreme mitschwang. Mareeke investierte viel Zeit in ihre Schönheitspflege, nicht umsonst beneideten sie manche zwanzig Jahre jüngere Frauen um ihr Aussehen. Jan empfand Geborgenheit und Wohlbefinden, er schloss die Augen und machte sich bereit, langsam in den Schlaf abzudriften, als ein entferntes Klirren ertönte und die Alarmanlage los schrillte.

Abrupt schnellte Mareeke hoch und setzte sich auf. »Da ist jemand im Haus, Jan«, stieß sie hervor.

Jan schlug die Decke zurück, schwang seine Beine über die Bettkante und setzte sich hin, während er die Nachttischschublade öffnete und ihr eine kompakte Selbstladepistole vom Typ Glock 26 entnahm. »Ruf die Polizei«, sagte er eindringlich zu ihr, stand auf und begab sich zur Tür.

»Ich habe mein Handy im Wohnzimmer gelassen«, sagte Mareeke.

»So ein Mist«, murmelte Jan, dessen eigenes Handy in seinem Büro lag.

»Bleib hier, ich regele das.«

»Geh nicht«, flehte Mareeke ängstlich. Doch Jan zog die Schlafzimmertür, die einen Spaltbreit offenstand, da seine Frau keine geschlossenen Räume mochte, weiter auf und spähte nach rechts den dunklen Flur entlang. Drei Meter entfernt führte die Treppe auf der linken Seite ins Erdgeschoss. Jan schlich mit der ausgerichteten Pistole darauf zu. Das eindringliche Jaulen der Alarmanlage erfüllte weiterhin das ganze Haus.

Vielleicht wäre es doch besser gewesen, ein Gerät zu wählen, das im Alarmfall eine automatische Nachricht an eine Notrufleitstelle versandte. Jan hatte darauf verzichtet, weil er es für unnötig hielt. An der Wand neben dem Treppenabsatz befand sich das quadratische Bedienteil der Alarmanlage. Er betastete es im Dunkeln und drückte den Knopf rechts oben, woraufhin der Alarm verstummte. Die plötzliche allumfassende Stille war gespenstisch. Jan lauschte. Nicht das geringste Geräusch drang aus dem Erdgeschoss zu ihm hoch, auch Rudi hatte seine Leibesertüchtigungen offenbar eingestellt. Ein nervöses Kribbeln durchfuhr Jan, Angst verspürte er keine. Er würde dem Eindringling eine Kugel verpassen, es war dessen eigene Schuld. Vielleicht handelte es sich auch nur um einen Fehlalarm, womöglich war ein Zugvogel durch die Scheibe gekracht, so etwas kam vor.

Langsam machte sich Jan Carstensen Schritt für Schritt auf den Weg hinunter ins Erdgeschoss. Auf dem Treppenabsatz in halber Höhe hielt er erneut inne, um zu lauschen. Nichts. Er ging weiter. Seine Sinne waren geschärft, die Nervosität verstärkte sich. Sein linker nackter Fuß berührte jetzt die kühlen Flurfliesen, der andere folgte. An der Treppe verharrend, horchte er einmal mehr angespannt in die Stille hinein. Von irgendwo hatte er ein leises Knacken vernommen, es aber zu den typischen Geräuschen gezählt, die ein Haus gelegentlich absonderte. Er stand am Rande des Flurs, von dem mehrere Türen abgingen, direkt neben der Haustür. Durch deren dickes Milchglas drang kaum Mondlicht herein. Jan schlich in Richtung der ersten Tür auf der rechten Seite, die ins Wohnzimmer führte.

Er hatte sie vorhin nur angelehnt und stieß sie jetzt langsam auf. Das vom trüben Mondlicht geflutete Wohnzimmer erschien menschenleer. Plötzlich knackte es hinter seinem Rücken und er wirbelte herum. Der Schemen einer Gestalt ragte in dem spärlichen Licht vor ihm auf. Jan Carstensen dachte gerade daran, den Abzug seiner Pistole zu betätigen, als sich etwas Hartes, Kühles in seine Stirn bohrte und ein gedämpfter Knall ertönte.

38

Mit der linken Hand vor den Mund gepresst stand Mareeke Carstensen neben dem Bett und biss in einen Fingerknöchel, um ein Schluchzen zu unterdrücken. Unzählige Gedankenfragmente wirbelten durch ihren Kopf, Angst breitete sich wie ein lähmendes Gift immer weiter in ihr aus. Waren sie zufällig ins Visier eines Einbrechers geraten oder hatten ihre Verfehlungen jemanden hergelockt? Was konnte sie jetzt machen? Sie trug lediglich ihr dünnes Nachthemd und verspürte den Drang, sich anzuziehen, aber dazu blieb keine Zeit mehr. Sie zwang einen Fuß vor den anderen bis zum Türrahmen und spähte um die Ecke zum Treppenabsatz. Vor einer Minute, oder war es schon länger her, hatte der Alarm aufgehört. Jan war unten. Die ohrenbetäubende Stille erschreckte sie, ihr Herz raste und ihre Hände zitterten. Sollte sie ihm hinterhergehen? Keine gute Idee, eine alte Frau im Nachthemd war garantiert niemandem eine Hilfe. Sie überlegte, ob es hier oben irgendetwas gab, das sich als Waffe nutzen ließe und ihr fiel die Schere im Badezimmer ein, die sie gelegentlich verwendete, um sich die Haarspitzen zu schneiden. Sie hastete ins Bad, schaltete das Licht an und durchwühlte ihren üppig ausgestatteten Kosmetikkoffer, bis sie die Schere in der Hand hielt. Sekunden später stand sie erneut unschlüssig im Flur, als ein gedämpfter Knall aus dem Erdgeschoss sie zusammenzucken ließ. Mareeke verkrampfte sich. Das war nicht Jan gewesen! Es klang wie ein Schuss mit einem Schalldämpfer. Als erfahrene Krimi-Leserin wusste sie, dass dieser die Schallemissionen eines Schusses zwar verringerte, sich aber keineswegs nach einem leisen Plopp anhörte, wie es im Fernsehen gerne dargestellt wurde. Falls Jan geschossen hatte, würde er gleich rufen, dass sie sich keine Sorgen mehr machen brauchte. Doch die anhaltende Stille ließ die vage Hoffnung in ihr zerplatzen und hinterließ einen schmerzhaften Stich in ihrem Herzen.

Auf einmal kam ihr die Schere in ihrer Hand lächerlich nutzlos vor. Ein anderer Gedanke nahm Gestalt an. Als Kind war sie bei einem Brand im Kinderzimmer eingesperrt gewesen. Das hatte tiefe Spuren bei ihr hinterlassen. Sie mied geschlossene Räume seitdem und überprüfte jedes Gebäude, das sie betrat, stets auf Fluchtmöglichkeiten. Das Reetdach ihres Hauses fiel flach ab. Im Notfall, das wusste sie längst, war es möglich, bis zur Kante hinabzusteigen, von wo aus sie sich nach unten fallenlassen könnte.

Ein Knarren sandte eine erneute Woge der Angst durch ihren Körper. *War jemand auf der Treppe?* Entschlossen kehrte Mareeke ins Schlafzimmer zurück, knipste hektisch die Nachttischlampe aus und öffnete das Schrägfenster neben dem Bett. Kalte Nachtluft schlug ihr entgegen. Sie stieg auf den Bettrand und kletterte durch die Fensteröffnung. Als sie bemerkte, dass die Schere sie behinderte, ließ sie diese achtlos fallen. Unbeholfen drehte sie sich auf der Fensterkante mit dem Gesicht zum Schlafzimmer und streckte ihre Beine nach hinten aus, bis ihre Füße das raue Reet berührten und sie einigermaßen sicher stand. Bei einem Blick über die Schulter nach unten, erschien ihr die vom Mondlicht erhellte Dachschräge auf einmal wesentlich steiler als angenommen. Sie hatte auch jenseits der sechzig stets auf ihre Figur geachtet und sich sportlich betätigt. Sie würde das schaffen! Sie hatte schlicht keine Wahl. Mareeke ließ die Fensterkante los und wollte sich langsam hinabbewegen, doch ihre Füße rutschten ab und sie schlitterte nach unten. Sie würde sich das Genick brechen, immer schneller glitt sie hinab. Ihre Füße verloren den Halt, ihre Beine schwebten in der Luft, gefolgt vom Rest ihres Körpers. Beherzt griff sie zu und es gelang ihr, sich an der Dachkante festzuhalten. In der Luft baumelnd, überlegte sie nicht lange und ließ los.

»Au«, entfuhr es ihr, als ihre Füße den Boden berührten, ihre Beine einknickten und sie auf dem Rasen auftraf. Ein Schmerz fuhr durch ihren linken Fuß, aber ansonsten schien sie den Sturz unbeschadet überstanden zu haben. Sofort rappelte sie sich auf, ignorierte den leicht lädierten Fuß und die empfindliche Kälte, die ihr durch die Glieder fuhr. Sie musste schnellstens zu den Frerichs gelangen, die einen knappen Kilometer die Straße runter wohnten.

Mareeke orientierte sich und setzte sich in Bewegung.

»Buu!«, ertönte es in ihrem Rücken und sie wirbelte erschrocken herum. Im diffusen Mondlicht glaubte sie, einen Schafskopf mit abstehenden Ohren auszumachen, aber die Gestalt war eindeutig menschlich.

»Bitte nicht«, stammelte Mareeke panisch, als die Gestalt einen Arm ausstreckte und sich die Umrisse einer auf sie gerichteten Schusswaffe abzeichneten. Mareeke sah ein Blitzen in der Mündung und hörte einen schwachen Knall, dann umhüllte sie ewige Dunkelheit.

39

Hauke trottete den schmalen Weg hinab in den Ort und folgte der Norddeicher Straße, die wie leer gefegt wirkte. Bis in den Herbst hinein waren die Gaststätten, größtenteils Fischlokale, die beide Seiten von Nordens Hauptader säumten, normalerweise gut besucht. Die kühle Witterung heute und der frische Seewind hatten die Touristen jedoch anscheinend in die heimeligen Teestuben getrieben. Hauke scherte das wenig. Er hatte die Menschenmassen gründlich satt. Den Sommer verbrachte er die meiste Zeit auf seiner *Ida*, unbeachtet von den meisten Touristen, die häufig noch nicht einmal wussten, wo sich der kleine Fischereihafen befand. Seine Zeit war der Herbst, je später im Jahr, desto besser. Dann genoss er die spärlichen Ausflüge ins Ortsinnere und gestattete sich ab und an eine kleine Leckerei.

Vor einem der Lokale blieb er stehen und verschnaufte einen Augenblick. Hustend kramte er aus seiner Jackentasche eine weitere Zigarre und entzündete sie. Seine Knochen schmerzten. Kein gutes Zeichen. Sein Blick glitt ins Innere des Lokals, aus dem ein würziger Geruch nach frischem Fisch drang. Unwillkürlich lief ihm das Wasser im Mund zusammen, was ihn ärgerte, denn seit Jahren hatte er keinen Fisch mehr angerührt und das aus gutem Grund.

An seiner Zigarre paffend, ging er schnell weiter. Es war erst kurz nach elf Uhr, aber ungeachtet der Uhrzeit grummelte sein Magen.

»Sei's drum«, murmelte er und spürte unwillkürlich, wie sich seine Laune hob. Er hatte beschlossen, sich auf dem Rückweg etwas Leckeres zu gönnen und der Gedanke daran erfüllte ihn mit Vorfreude.

Ein sanfter Klingelton kündigte sein Eintreten an. Bereits an der Türschwelle wurde er von einem so herzlichen Lächeln begrüßt, dass ihm ganz warm ums Herz wurde.

»Guten Morgen, Herr Spiekdahl. Wo geiht 't?«, fragte die blonde Frau hinter dem Verkaufstresen. Heike Peters stand in schwarzen Lettern auf dem Namensschild, das auf Brusthöhe an ihrem Gesundheitskittel prangte. Er mochte die Frau. Außer ihr waren noch eine zweite Angestellte und eine ältere Frau in der Apotheke, die in ein Beratungsgespräch vertieft am Ausgabeschalter links neben ihm standen.

Hauke hievte seinen müden Körper in Richtung Tresen und rang sich ein kleines Lächeln ab. »'T kunn schlechter«, antwortete er. Noch während er sich an seiner Jackentasche zu schaffen machte, um das Rezept herauszufischen, drehte sich die Apothekenangestellte um und verschwand hinter einer offenen Tür. Keine Minute später kam sie mit einer Medikamentenschachtel zurück und nahm das Rezept entgegen. »Hat nicht so lange gehalten, dieses Mal, oder?«, fragte sie und blickte ihn teilnahmsvoll an.

Hauke winkte ab. »De Harvst«, antwortete er, der Herbst. Als ob das irgendetwas erklären würde. Aber sein Gegenüber nickte verständnisvoll. »Es jährt sich wieder.«

Ja, es jährte sich wieder, dachte Hauke, seit Mathilde ins Meer gegangen war.

Hinter ihm ertönte die Klingel. »Jetzt aber hopp!«, verlangte eine unangenehme Männerstimme hinter ihm und Hauke drehte sich um. Christian Tammen, der junge Mann, der vor wenigen Jahren die Arztpraxis auf der gegenüberliegenden Straßenseite übernommen hatte, durchquerte die Apotheke mit eiligen Schritten und drängte sich neben ihn. »Die Schläuche und Kanülen!«

Hauke war ein einziges Mal bei ihm gewesen und hatte anschließend beschlossen, lieber zu krepieren als ein weiteres Mal seinen Fuß in diese Praxis zu setzen. Vermutlich trug der kleine Wichtigtuer seinen Kittel sogar im Urlaub, um jeden Zweifel an seiner Person auszuräumen. Hauke zählte das restliche Kleingeld ab und legte es auf den Tresen. »Danke, Frau Peters«, sagte er und nickte der Apotheken-Angestellten freundlich zu, deren Gesichtszüge beim Anblick des Arztes entglitten waren.

»Bis zum nächsten Mal, Herr Spiekdahl, ich wünsche Ihnen einen schönen Tag.« Sie rang sich ein Lächeln ab.

»Evenso. Er nahm das Medikament entgegen und schlurfte zum Ausgang. An der Glastür blieb er kurz stehen, drehte sich noch einmal zu den beiden um und fing den Blick der Apotheken-Angestellten auf. Er hob die Hand zum Gruß und verließ die Apotheke in Richtung *Buud*, wie er den kleinen Imbissstand nannte, der sich auf dem Parkplatz eines Supermarkts ein Stück die Straße herunter befand.

Bis auf einen älteren Herrn, der kauend vor einem Papierschälchen an einem der Plastiktische stand, war zu dieser Stunde noch kein weiterer Gast bei der *Nordwurst* zu sehen.

»Moin Fedder!« Hauke klopfte zwei Mal auf den schmalen Tresen und ein dürrer älterer Mann tauchte von unterhalb der Ladentheke auf. Er verzog sein Gesicht zu einem breiten Grinsen und entblößte eine Reihe krummer Zähne, die irgendwo in der Peripherie von einer breiten Zahnlücke durchbrochen wurden.

»Moin, Hauke! Wo geiht 't? Wieder so ein Tag heute, neet?«

»Ach hör up«, antwortete er. Plötzlich ging ein Ruck durch den Imbissbuden-Betreiber. Er beugte sich weit über den Tresen und hob die Hand zum Gruß.

»Strater! Kumm rin – Wurst is klaar!«

Hauke drehte sich um. Der Typ, den Fedder offenbar herlocken wollte, hastete mit einer Einkaufstüte über den Supermarktparkplatz und nickte knapp in ihre Richtung. Hauke schätzte ihn auf um die Fünfzig und er wirkte mit seinem kleinen Wohlstandsbauch nicht wie jemand, der eine gute Currywurst verschmähte. Mit seinem markanten Gesicht, aus dem helle Augen hervorstachen, und den von Grau durchzogenen Bartstoppeln hätte man ihn für einen der Krabbenfischer halten können. Aber die helle Hautfarbe passte nicht dazu. Einen Augenblick kam es ihm so vor, als zögere der Mann, dann gab er mit einer knappen Geste zu verstehen, dass er weitermusste. Hauke sah ihm hinterher, als er in Richtung seines Wagens eilte. Irgendetwas in ihm regte sich.

Er trat einen Schritt näher an den Tresen. »Sag mal, wer ist der Kerl?«

Fedder grinste. »Dat is der neue Hauptkommissar in Norden«, raunte er. Er beugte sich etwas über den Tresen und sagte: »Den haben sie hierher versetzt. Hat wohl Mist gebaut, wenn du mich fragst. Dachten wohl, hier ist nichts zu tun, aber jetzt muss er den Omamörder schnappen.« Fedder drehte sich um und machte sich hinter der Theke zu schaffen. »Dat Übliche, Hauke?«, röhrte er.

»Wie immer, Fedder«, donnerte Hauke zur Antwort und spürte, wie sich seine Laune hob.

40

Kurz nach seinem Besuch bei Heiko Tütken war Strater auf dem Weg nach Norddeich. Er hatte noch mehr als eine Stunde Zeit bis zur Besprechung im Präsidium und ihn erfüllte der Drang, das Meer zu sehen und sich ein paar Minuten ordentlich vom Küstenwind durchpusten zu lassen. Unterwegs hielt er beim Supermarkt und kaufte ein paar Sachen ein, darunter Vollkornbrot, fettreduzierten Aufschnitt, Naturjoghurt und Heidelbeeren. Strater bereute die Entscheidung, hier angehalten zu haben, als er die Currywurst-Bude am Rande des Parkplatzes erblickte. Hier hatte er sich in der Vergangenheit öfter einen Imbiss gegönnt und beim Gedanken an die köstliche Wurst und die würzige Tomatensoße lief ihm prompt das Wasser im Munde zusammen. Als ihn der alte Fedder an den Stand rief, an dem ein alter Seebär stand, der ihn neugierig beäugte, war Strater einen Moment lang geneigt, der Versuchung nachzugeben, schließlich war er aber doch standhaft geblieben.

Wenige Minuten später stand er am Strand und beobachtete, wie die Nordsee gegen die flach abfallende Böschung brandete. Immer wieder rollten die sanften Wellen auf die Steine zu, brachen sich dort und bildeten Schaumkronen. Möwen kreischten am wolkenverhangenen Himmel, ein Kite-Surfer sauste über das aufgewühlte Wasser. Strater ließ sich mit geschlossenen

Augen von der frischen Brise durchschütteln und tankte Energie für die kommenden Aufgaben. Plötzlich vibrierte sein Handy in der Hosentasche und er zog es heraus. Mechthild Klaaßen hatte ihm eine Nachricht mit etwa zwanzig verschiedenen Fotos geschickt, die sie im Laufe der Zeit von ihrer Mutter erhalten hatte. Vielleicht könne er damit etwas anfangen, hatte sie dazu geschrieben, sonst wisse sie nicht, mit wem ihre Mutter ihre Zeit verbracht hatte. Strater wandte sich vom Meer ab und scrollte durch die Aufnahmen. Auf einmal hielt er inne, wischte zurück und starrte auf ein Foto.

»Das gibt's doch nicht«, entfuhr es ihm und er eilte zu seinem Auto.

41

»Tschüss und dank ok für die Wurst!« Hauke hob die Hand zum Gruß.

»Daar neet för!«, erwiderte Fedder und hantierte an einem seiner Kanister herum, der hinter ihm auf einer Ablage stand.

Hauke wandte sich ab und machte sich auf den Heimweg. Das Ziehen in seinen Knochen war schlimmer geworden. Dagegen hatte selbst Fedders Wurst nichts ausrichten können. Immer wieder kreisten seine Gedanken um das Treffen mit Kante am Vortag und etwas in ihm mahnte zur Vorsicht. Er hätte sie nicht anstiften dürfen. Die Kleine besaß ein ausgesprochen helles Köpfchen, aber sie hatte sich nicht unter Kontrolle.

Am *Knurrhahn* wurde gerade frische Ware geliefert. Einer der Mitarbeiter grüßte ihn freundlich. Was, wenn Kante im Alleingang bei der Ölfirma aufschlagen würde? Wenn dieses profitgierige Unternehmen tatsächlich hinter dem Mord an Fenna Tütken steckte? Dann würde es bestimmt auch nicht davor zurückschrecken, einen weiteren Menschen aus dem Weg zu räumen. Einer, der ihnen zu nahekam. Hauke spürte, wie die Wut mit einer Heftigkeit in ihm aufwallte, dass er einen Augenblick stehenbleiben musste. Hektisch steckte er sich eine weitere Zigarre an und paffte den Rauch in die salzige Luft. Diese verdammte Firma hatte monatelange Arbeit mit einem Schlag vernichtet! Er gehörte nicht zu dem Schlag Mensch, der sich in der Fußgängerzone postierte und die Leute um Unterschriften anbettelte. Deswegen hatte er vor einigen Wochen bei der Vereinssitzung der Seenotretter die gute Elma für diese Aufgabe auserkoren. Mit ihrem freundlichen Wesen war es ihr gelungen, viele Menschen dazu zu bewegen, ihre Unterschrift unter die Petition zu setzen. Und jetzt? Die ganze Arbeit war für nichts und wieder nichts gewesen. Aber er würde nicht aufgeben. Hierbei nicht.

Hauke sog noch einmal an dem Stumpen, dann drückte er ihn an einer Häuserwand aus und ließ ihn in der Box verschwinden. Er ging einige Schritte weiter, aber sein Körper verweigerte ihm den Dienst. Schmerzvoll stöhnte er auf, drehte sich um und marschierte in die entgegengesetzte Richtung, zurück zur Bushaltestelle.

Als sich die Bustür mit einem Ächzen der Hydraulik öffnete, wusste er, was zu tun war.

42

Die Fahrt dauerte fünfzehn Minuten. Als der Bus an der Haltestelle Stellmacherstraße seine Türen öffnete, hatten die Gelenkschmerzen seinen nahezu ganzen Körper befallen. Dazu gesellte sich ein aufgeregtes Kribbeln in seinem Bauch. Für den Fußweg zum Büro der Ölfirma würde er etwa zehn Minuten benötigen. Er kannte die Strecke. Vor einigen Jahren hatte er sein Auto bei der Fahrzeugbehörde abgemeldet und anschließend in einer nahe gelegenen Werkstatt verkauft. Wenn ihn nicht alles täuschte, befand sich diese in unmittelbarer Nachbarschaft der Außenstelle des Konzerns.

Er steckte sich einen weiteren Stumpen an und schlenderte die Stellmacherstraße hinunter, die links und rechts von Firmengebäuden gesäumt war. Als er in die Seitenstraße abbog und die Kfz-Werkstatt passierte, fuhr ein sportlicher weißer Wagen an ihm vorbei und hielt direkt gegenüber von dem Firmengebäude, das ein schlichtes Schild an der Fassade als das der Ölfirma auswies.

»Schau mal einer an«, entfuhr es Hauke, als eine attraktive Frau im Businesskostüm aus dem Auto stieg. Trotz ihrer Stilettos bewegte sie sich forsch auf das Gebäude zu. Als sie eintrat und sich die Tür hinter ihr schloss, konnte er einen Blick auf ihr markantes Profil erhaschen. Jeder Zweifel verflüchtigte sich daraufhin.

Kante hatte ihm am Vortag ihr Bild unter die Nase gehalten. Die hochgewachsene Brünette im Businesskostüm war niemand anderes als die Frau des Hauptkommissars. Er pfiff durch die Lippen und blieb einen Moment unschlüssig auf dem Gehweg stehen, sein Blick noch immer auf die Tür gerichtet.

Ein erneutes Reißen in den Beinen ließ ihn aufstöhnen. Er spürte die Gefahr in seinen Knochen. Das war schon immer so gewesen. Rheuma, hatte seine Hausärztin gesagt. Hauke hatte nur gelacht. Er verzog das Gesicht und krümmte sich. Als die Woge des Schmerzes abgeebbt war, richtete er sich wieder zu seiner vollen Größe auf. Der Schmerz war ein Freund, der die Zeitung brachte. Man musste sie nur lesen.

Kurz verharrte er auf dem Gehweg und starrte auf die Eingangstür der Dutch Oil Corporation. Er musste rein in das verdammte Gebäude! Wenn Kante Gefahr drohte, dann musste er so schnell wie möglich handeln.

Gerade wollte er sich in Bewegung setzen, als die Tür aufgerissen wurde und die Frau des Kommissars das Gebäude wieder verließ, im Schlepptau niemand geringeres als De Jong höchstpersönlich. Einen Augenblick meinte er, dass dieser ihm geradewegs in die Augen sah, dann wendete er jedoch seinen Blick ab und stieg auf der Beifahrerseite des weißen Wagens ein. Hatte er ihn entdeckt? Würde er sich an ihn erinnern?

Sie waren sich nur ein einziges Mal begegnet, aber Hauke würde diesen Moment niemals vergessen. Er hatte sich nach dieser verdammten Infoveranstaltung zu ihm ans Redner-Podest begeben und ihn gefragt, ob er wisse, wie fragil das Wattenmeer war und welche Auswirkungen Bohrungen am Meeresgrund haben würden. Das aufgesetzte Lächeln von De Jong, das noch Sekunden zuvor auf seinem sonnengebräunten Gesicht gestrahlt hatte, war mit einem Schlag verschwunden. Er hatte seine seelenlosen dunklen Augen auf Hauke gerichtet, dem es vorgekommen war, als wäre die Temperatur in dem Saal urplötzlich rapide gefallen. Von den Bohrungen ginge keinerlei Gefahr aus, eine laufende Studie würde in Kürze jeden Zweifel ausräumen, hatte er gefaselt. Sein Blick hingegen hatte Hauke unmissverständlich aufgefordert, Leine zu ziehen und nicht mehr wiederzukommen. Noch immer sah Hauke das falsche Lächeln vor seinem inneren Auge, das Aufblitzen seiner gebleichten Zähne, die unausgesprochene Drohung.

Der Motor dröhnte auf und im nächsten Augenblick setzte das Auto zurück, wendete und schoss an ihm vorbei.

De Jongs Blick war wie ein Nadelstich, der schmerzhaft die Haut durchbohrte und eine unsichtbare Spur hinterließ.

Einen Augenblick später hatte Hauke sich gefangen. Entschlossen marschierte er auf das Gebäude zu und betätigte die Klingel.

***

Ihr solltet wissen, dass ich kommen werde. Es wäre richtig. Dass ich hier stehe, euch beobachte, wie ihr die leeren Augen auf den grauen Asphalt richtet, als hätte er die Antwort für euer stummes Leiden. Es ist immer dasselbe. Der leere Blick, die eingefrorenen Bewegungen. Der Tag spielt keine Rolle für euch. Für mich auch nicht. Für Jakob schon. Wenn er seine Augen öffnet, erblüht selbst die vertrocknete Blume auf eurem Grab, ihr werdet sehen. Nein, natürlich werdet ihr das nicht. Aber glaubt mir, Jakob ist ein Kind der Sonne und kein Schatten wird ihn verdunkeln. Auch euer nicht. Ja, kommt nur näher. Hievt euch über die Straße, als trüget ihr die Last der Welt auf euren Schultern. Ich frage mich, wie eure Wohnung aussieht. Was habt ihr Schönes für mich? Denn ihr müsst mir etwas geben, euer Leben reicht mir nicht. Es ist wertlos. Ich möchte ein wenig Glanz, möchte das Funkeln der Sonne einfangen, die so weit weg ist von mir. Kristall vielleicht oder ein fein geschliffenes Schnapsglas. So etwas finde ich bei euch, habe ich recht? Vielleicht auch eine dieser Figürchen – eine Fee oder irgendeinen Nippes. Ich werde etwas finden.

Ich kann euch erlösen von eurem Leid. Dabei ist es lächerlich! Meint ihr wirklich zu wissen, was Leid ist? Echtes Leid, Verzweiflung, die dir den Atem raubt, deine Beine lähmt, deinen Verstand vergiftet? Dich stumm ertragen lässt, dich jedes Gefühls beraubt. Dich jedes Mal aufs Neue richtet, obwohl du längst tot bist.

Wisst ihr wirklich, was Leid ist?

Ihr seid Nichts. Ich werde euch daran erinnern.

43

Sie war nicht da. Natürlich nicht. Er hatte es bereits gewusst, als dieser Hund mit der Frau des Kommissars aus der Tür heraus marschiert war. Sollte Kante De Jong aufgesucht haben, so musste das bereits früher am Tag gewesen sein.

Hauke sah den Bus herannahen und zückte seinen Geldbeutel. Dass Kante die Sache nicht auf sich beruhen lassen würde, davon war er überzeugt gewesen. Doch jetzt schlich sich ein gewisser Zweifel ein. Vielleicht war das Mädel ja doch besonnener, als er dachte. Sollte sie tatsächlich noch einmal in der Dutch Oil herumschnüffeln wollen, würde sie, nach den Erfahrungen ihres fast gescheiterten Einbruchs, sicher umsichtiger vorgehen. Die Türen öffneten sich und Hauke stieg ein. Hatte ihn sein Gefühl getäuscht, war der reißende Schmerz vermutlich doch nur ein Vorbote der feuchten Witterung? Es half alles nichts. Er würde noch einmal in der Apotheke vorbeigehen und sich das Schmerzmittel mitnehmen müssen. Einen Moment ärgerte er sich über seine Zerstreutheit. Er hätte schon vorher daran denken müssen. Aber auch die Trauer – er verzichtete bewusst auf das Wort Depression, denn es erschien ihm nicht angemessen – legte sich oft wie Blei auf seine Knochen und machte es ihm unmöglich, eine Unterscheidung zu treffen. Das Antidepressivum half aber nicht gegen das Reißen in den Knochen.

An der Norddeicher Straße stieg er aus und schleppte sich die wenigen Meter zu dem niedrigen Klinkerhaus, das sich nahtlos in die übrigen Gebäude einfügte: Schmuckgeschäfte, Fischrestaurants, Eiscafés und was das Herz der Nordseetouristen sonst noch höherschlagen ließ. Hauke hatte keinen Sinn für derlei Kram und sehnte sich nach der Behaglichkeit seiner *Ida*. Eine Tasse Schwarztee, vielleicht auch einen Grog, um seine müden Knochen zu entspannen. Dazu würde er das Schmerzmittel einnehmen.

Erneut wurde er nach dem Klingeln, das sein Eintreffen verkündete, von der blonden Apotheken-Angestellten herzlich begrüßt. Der Schmerz schoss unvermittelt in seinen unteren Rücken und ließ ihn erstarren. Meist setzte das reißende Ziehen nachts im Liegen ein, seltener in der Bewegung. Während des Tages spürte er den Schmerz meist nur in den Beinen und Fußgelenken, die anschwollen, sich erwärmten und ihn sich an manchen Tagen so mobil wie ein Hundertjähriger fühlen ließen.

»Ach herrje, Herr Spiekdahl, ich hätte nachfragen sollen. Sie brauchen neue Schmerzmittel! Auch Methotrexat?«

Hauke schüttelte den Kopf, bereute die kleine Bewegung aber sofort. Methotrexat, ein Basismittel gegen Rheuma, nahm er seit Jahren regelmäßig ein. Es verzögerte das Voranschreiten der Erkrankung, gegen die Schmerzen half es jedoch leider nicht. »Nur etwas gegen die Schmerzen.«

Die Mitarbeiterin verschwand in der offenen Tür zum Medikamentenlager. Die Klingel am Eingang meldete den nächsten Besucher an, eine ältere Dame, die sich an den Schalter neben ihn stellte und von einer zweiten Apotheken-Angestellten bedient wurde.

»Bitte schön, Herr Spiekdahl. Ich wünsche Ihnen gute Besserung.«

Hauke verabschiedete sich mit einem »Munter hollen!« und trat durch die Tür ins Freie.

Jeder Schritt war inzwischen eine Qual. Er hievte seinen Körper über das Trottoir in Richtung Hafen. Vor der *Ostfriesischen Teestube* hielt er inne. Er würde es nicht bis nach Hause schaffen. Stattdessen würde er hier einen kurzen Stopp einlegen, das Schmerzmittel einnehmen und warten bis es wirkte. Bei einer heißen Tasse Friesentee mit Kandis und extra Sahne. Bei dem Gedanken daran, gestattete er sich ein gequältes Lächeln.

Er hatte gerade die Bestellung aufgegeben, als ihn ein Gedanke zusammenzucken ließ. *Tütken!* Was, wenn Kante nicht, wie vermutet, in der Dutch Oil, sondern bei Fenna Tütkens Sohn aufgeschlagen war? Der Sohn, der sich von der Firma schmieren ließ. Der für Geld möglicherweise sogar seine eigene Mutter auf dem Gewissen hatte – einen Gedanken, den er zu verdrängen versuchte. *Es musste die Ölfirma sein*, redete er innerlich gegen seinen Zweifel an. Ein erneuter Schmerz ließ ihn aufwimmern.

44

Aufgeregt und wütend wegen des Fotos, das Mechthild Klaaßen ihm geschickt hatte, fuhr Strater gerade vom Strandparkplatz, als sich sein Handy erneut bemerkbar machte und einen eingehenden Anruf verkündete. Er trat beherzt auf die Bremse, wodurch er nach vorne in den Gurt gepresst wurde, und nahm das Gespräch entgegen. Als ein Streifenpolizist namens Behrends ihm von einem Doppelmord berichtete, schluckte er schwer und ein flaues Gefühl breitete sich in seinem Magen aus. »Ich komme sofort.« Strater ließ sich die Adresse durchgeben, beendete das Gespräch und fuhr weiter.

Noch zwei Tote! Was ging hier vor sich? Kaum dachte er, er wäre der Lösung nähergekommen, da passierte wieder etwas Schreckliches. Verschiedene Gedankenfragmente flogen durch seinen Kopf, während er auf die Norddeicher Straße abbog und das Gaspedal durchdrückte. Auf Höhe der Tankstelle, an der auch die Überwachungsaufnahmen von Valentin Achmatowa und seinem weißen Transporter gemacht worden waren, bremste er abrupt. Erneut fiel ihm ein weißer Wagen ins Auge, der ihm bekannt vorkam, und als die Fahrerin in dem figurbetonten Business-Kostüm schwungvoll ausstieg, um zu tanken, erkannte er seine Frau augenblicklich. Im Vorbeifahren streifte sein Blick den Beifahrer, den er anhand seiner gebräunten hohen

Stirn als Mathijs De Jong identifizierte. Straters erster Impuls war es, das Lenkrad nach links zu reißen, auf das Gelände der Tankstelle zu fahren und De Jong aus dem Auto seiner Frau zu zerren. Doch ein entgegenkommendes Fahrzeug verhinderte diese Aktion und Strater rollte weiter aus Norddeich hinaus. Wut loderte in ihm auf und brandete durch seine Venen in Sekundenschnelle in jede Zelle seines Körpers. Er überlegte umzukehren, doch irgendetwas hielt ihn davon ab, wodurch sich sein Zorn nun auch gegen sich selbst richtete. *Ein anderer Mann würde dem Typen jetzt die Fresse polieren*, flüsterte seine innere Stimme. Strater umklammerte das Lenkrad so fest, dass seine Fingerknöchel weiß wurden. Er öffnete das Fenster ein Stück weit und schnappte nach Luft. Nach einigen Sekunden ließ der Drang, De Jong den Hals umzudrehen, zumindest ein wenig nach.

Ich muss zu einem Mordschauplatz, ermahnte er sich. Saskia, dieses Miststück, und ihr Holländer mussten warten, aber er hatte definitiv genug, sich von ihnen auf der Nase herumtanzen zu lassen.

Die Adresse, die der Streifenpolizist ihm genannt hatte, führte ihn in die Marschlandschaft außerhalb von Norden. Weite Wiesen und Felder, auf denen vielerorts Windräder in den Himmel ragten, prägten die Szenerie. Umgeben von einigen Büschen und Bäumen lag das Reetdachhaus, das Straters Ziel darstellte, einsam und abgelegen inmitten dieser scheinbar ländlichen Idylle. Er parkte hinter einem Streifenwagen in der Einfahrt.

Einige Minuten später betrat er in Schutzkleidung und in Brunsens Begleitung das Haus. Die erste Leiche sprang ihm sofort ins Auge, denn ihre Beine ragten in die karge Diele hinein. Strater trat näher. Der ältere Mann mit den grauweißen Haaren lag rücklings unter dem Türrahmen des Wohnzimmers. In der Mitte seiner Stirn klaffte ein dunkelrotes Loch in der Größe einer Zwei-Euro-Münze. Das eingetrocknete Blut auf den Wohnzimmerfliesen rund um seinen Kopf umgab ihn wie ein bizarrer Heiligenschein. Seine schreckgeweiteten Augen schienen anklagend nach oben zu starren und seinen Verdruss über diese himmelschreiende Ungerechtigkeit auszudrücken.

»Was weißt du über ihn?«, wandte Strater sich an Brunsen.

»Jan Carstensen, siebenundsechzig Jahre alt, ein Unternehmer«, sagte Brunsen, der heute ein graues Sakko zu einem weißen Shirt und einer Bluejeans trug.

»Wer hat ihn gefunden?«

»Der Beamte, der zuerst vor Ort war. Frank Behrends. Eine Freundin des anderen Opfers hat die Polizei verständigt. Sie fand Frau Carstensen draußen im Garten.«

Strater folgte Brunsen ins Wohnzimmer, das mit seinen hellen Eichenmöbeln, geschmackvollen Aquarellen an der Wand und einigen hohen Zimmerpflanzen ein gemütliches Flair verströmte. Brunsen trat durch die offenstehende Terrassentür nach draußen und deutete auf die zweite Leiche. Abgesehen von einem ähnlichen Einschussloch in der Stirn wie ihr Mann schien es, als würde die Frau in dem weißen Nachthemd friedlich auf dem Rasen schlafen.

»Das ist Mareeke Carstensen, einundsiebzig Jahre alt. Kennst du sie?«, fragte Brunsen.

»Nein, sollte ich?«

»Eine Schauspielerin, hatte auch einige Auftritte in Norden am Theater.«

»Ich geh nicht ins Theater«, sagte Strater, der mit dieser Form der Kunst nicht allzu viel anzufangen wusste.

»Sie ist anscheinend oben aus dem Fenster geklettert und wollte fliehen.« Brunsen schaute am Haus hinauf und Strater stellte sich neben ihn und tat es ihm gleich. Ein Dachfenster stand weit offen. Strater strich sich über seine Stoppeln im Gesicht, die inzwischen zu einem vollen Drei-Tage-Bart angewachsen waren. Drei Personen in weißen Ganzkörperanzügen betraten jetzt die Terrasse.

»Sie sehen erschöpft aus, Robert«, sagte eine weibliche Stimme, die Strater als die von Doktor Rosenfeldt identifizierte.

»Kein Wunder bei den Geschehnissen. Moin Paula.« Strater nickte den beiden Kriminaltechnikern zu und ging zurück ins Haus. »Die Nachbarschaftsbefragung können wir uns fast sparen«, sagte er zu Brunsen. »Mach dennoch die nächsten Nachbarn ausfindig und frag nach, ob sie etwas gesehen haben.« Brunsen nickte gequält, offenbar hielt er nicht viel von der Aktion. Strater sah sich im Wohnzimmer um und sein Blick glitt über ein volles Bücherregal, einen Hamsterkäfig auf einer Kommode, einen riesigen Plasmafernseher an der Wand und einen Swing-Stepper in der Ecke, während er überlegte, ob dieser Doppelmord etwas mit den vorangegangenen Fällen zu tun hatte. »Ach Brunsen«, rief er seinen Kollegen, der einige Meter weiter mit einem Streifenpolizisten redete. »Ich muss schnellstmöglich wissen, ob Wertsachen oder Bargeld entwendet wurden.«

Vorsichtig bahnte sich Strater einen Weg an der Leiche des Mannes vorbei zurück in den Flur. Er öffnete die Tür nebenan und betrat eine ordentliche Küche, in der sämtliche Oberflächen im Tageslicht glänzten. Vom Fenster eröffnete sich ein prächtiger Weitblick über das angrenzende Flachland. In der Ferne waren ein paar Windräder als schmale Striche vor dem Horizont auszumachen.

Eigentlich schön so zu wohnen, dachte Strater, hier ging einem niemand auf die Nerven. Doch dafür an die Gurgel, wenngleich das nicht ganz zutraf. Die ersten Opfer hatte der Mörder erdrosselt, während die Carstensens erschossen worden waren. Das passte nicht zusammen. Nachdenklich schaute Strater in einen weiteren Raum hinein, bei dem es sich um ein Büro handelte. Auf dem aufgeräumten Schreibtisch stand lediglich ein Laptop, doch auf einem Konferenztisch auf der anderen Seite lagen etliche Papiere verteilt. Dominiert wurde dieser allerdings von einem meterlangen 3D-Modell aus Plastik, das einen Windpark darstellte. Strater trat näher und stupste die dreiflügelige Windturbine eines der etwa zwanzig Zentimeter hohen Modelle an, die sich tatsächlich drehte. Er warf einen Blick auf die Papiere. Pachtverträge, Baugenehmigungen, Nutzungsüberlassungen und weitere Dokumente. Interessiert holte er sein Smartphone hervor und googelte Jan Carstensen. Gleich der erste Treffer verwies ihn auf eine Homepage, auf deren Startseite Windkraftanlagen in einer grünen Marschlandschaft zu sehen waren.

Mit dem Küstenwind im Rücken zum Erfolg, prangte oben auf der Seite. Strater schaute gedankenversunken auf den Laminatboden. Carstensen hatte Geschäfte mit

Windkraftanlagen gemacht und auch im Dunstkreis der beiden zuerst getöteten Frauen hatten Umweltthemen eine Rolle gespielt. Er erinnerte sich an seinen Besuch in De Jongs Büro zurück, als dieser ihm erzählt hatte, dass sich sein Unternehmen auch im Bereich der erneuerbaren Energien engagierte. Straters Gehirn präsentierte ihm prompt Bilder, wie er De Jong Handschellen anlegte, und ein grimmiges Lächeln stahl sich auf sein Gesicht.

45

Dass er noch immer in seinem Kaffee rührte, merkte Strater erst, als die hellbraune Flüssigkeit über seine Papiere schwappte.

»Scheiße«, entfuhr es ihm. Er zog nacheinander die obersten drei Schreibtischschubladen auf und fand irgendwo im hinteren Bereich ein zusammengeknülltes Papiertaschentuch. Hektisch tupfte er den Milchkaffee von dem ersten Dokument. Am oberen rechten Rand des Tatortberichts zu den Fällen Carstensen prangte jetzt ein Fleck.

Was verbindet die Morde miteinander? Hängt die Ermordung des Ehepaars überhaupt mit den ersten beiden Fällen zusammen? Gedankenverloren nahm er einen Schluck aus seiner Tasse und bereute es im selben Augenblick. Kalt und bitter rann das Gebräu seine Kehle hinab. Wie nebulöse Traumfiguren waberten die Gesichter von Heiko Tütken und Mathijs De Jong durch seinen Kopf. *De Jong! Was tat Saskia ihm bloß an?*

Wütend knallte er die Tasse auf den Schreibtisch. Offenbar hatte sie noch nicht einmal mehr Anstand genug, ihre Treffen mit dem Schleimbeutel zu verheimlichen! Er nahm seinen Kopf zwischen die Hände, raufte seine Haare und stieß einen unterdrückten Schrei aus. Zorn. Trauer. Er wusste nicht, was gerade in ihm überwog.

Zum wiederholten Male stand er auf und lief in seinem Büro hin und her. Verschiedene Gedanken wirbelten hektisch durch seinen Geist, doch jedes Mal, wenn er einen zu fassen glaubte, glitt er ihm durch die Finger. Die Bilder von Saskia und De Jong drängten sich immer wieder dazwischen. Er musste jetzt verdammt noch mal einen klaren Kopf bewahren! Er fischte die Blisterpackung mit den Maca-Tabletten aus der Hosentasche und drückte mit fahrigen Bewegungen die letzte verbliebene heraus. Seit er die Tabletten nahm, glaubte er wirklich mehr Tatendrang zu verspüren als sonst. Heute Morgen hatte er sie allerdings vergessen. Er schluckte die Tablette zusammen mit dem kalten Kaffee hinunter und verzog angewidert das Gesicht. Vielleicht sollte er sich eine neue Packung besorgen. Konnte nicht schaden. Möglicherweise würde es ihm helfen, fokussierter zu arbeiten.

Er setzte sich hin, nur um im nächsten Moment wieder aufzuspringen und eine weitere Runde durch den Raum zu drehen. In einer knappen halben Stunde war die Dienstbesprechung anberaumt und er hatte nichts Konkretes vorzuweisen, bis auf das, was er von Mechthild Klaaßen erhalten hatte. Doch jetzt war noch dieses tote Ehepaar dazukommen und er hatte keinen Schimmer, wie alles miteinander zusammenhing, wenn es überhaupt zusammenhing. Ein unangenehmes Pochen breitete sich in seinem Kopf aus, als würde dieser bald zerplatzen. Dieser verdammte Profiler war im Begriff, ihm den Rang abzulaufen und die Presse würde die Sache nach dem Mord an dem Ehepaar noch dramatischer aufziehen. Er musste endlich etwas abliefern!

Das Klingeln des Dienstapparats riss ihn aus seinen Gedanken.

»Ja?«, presste er ungehalten zwischen den Lippen hervor. Die üblichen Floskeln klemmte er sich. »Wer ist dran?«

Er drückte sich den Hörer näher ans Ohr. Die Stimme am anderen Ende war kaum zu verstehen. Irgendwelche Geräusche im Hintergrund übertönten alles. »Ich verstehe kein Wort«, blaffte er. »Machen Sie den Fernseher aus oder gehen Sie in ein Nebenzimmer oder was weiß ich.« Er spürte, wie der angestaute Ärger des Tages überzukochen drohte und zwang sich, tief durchzuatmen. Einen Moment vernahm er ein Schnaufen im Hintergrund und etwas, das sich wie Fußgetrampel anhörte. »Hören Sie mich?«, kam es jetzt laut und deutlich aus der Leitung.

»Bestens. Was kann ich für Sie tun?«

»Hauke Spiekdahl hier. War gar neet einfach, Sie zu erreichen.« Der Mann am anderen Ende hustete. »Entschuldigung für den Radau. Ik dür dat Telefoon in de Teestuuv bruken. Ist luud hier.«

Einen Moment brauchte Strater, um sich zu sammeln. Der Anrufer schien von irgendeiner Teestube aus anzurufen.

»Um was geht es? Und machen Sie es kurz«, sagte Strater. Er hatte jetzt weder Zeit noch Lust, irgendwelche besorgten Friesen zu beruhigen.

»Sie ist in Gefahr«, hörte er vom anderen Ende der Leitung.

»Wer ist in Gefahr?«

»Kante. Die Kleene. Sie kennen sich.«

Strater ließ den Mann am anderen Ende der Leitung genervt ausreden und zwang sich, ihn nicht zu unterbrechen. Doch schließlich platzte ihm der Kragen. »Und Sie wollen jetzt allen Ernstes von mir, dass ich die kleine Tätowiererin suchen lasse, nur weil Sie ein mulmiges Gefühl haben, oder was? Ist das Ihr Ernst?« In wenigen Minuten fing die Sitzung an, er hatte keine Zeit sich mit diesem, der Stimme nach zu urteilen, älteren Mann herumzuschlagen, bei dem offenbar das eine oder andere Schräubchen locker saß. Die Kleine hatte ja schöne Bekanntschaften. Vermutlich hatte sie dem Typen stolz erzählt, dass sie einen Kommissar kannte. Schon in Hamburg hatte er mehrfach Anrufe von irgendwelchen Bekannten seiner Schwiegermutter erhalten, die ihn baten, ein verloren gegangenes Kätzchen zu suchen oder ihn mit irgendwelchen haltlosen Verdächtigungen ihrer Nachbarn belästigten. »Hören Sie, die taucht schon wieder auf. Und legen Sie sich ein Handy zu, das erspart viel Ärger. Ihnen und mir. Ich wünsche Ihnen noch einen schönen Tag.«

»Sie müssen wissen, dass Kan...«, dröhnte es noch aus der Leitung, aber Strater hatte bereits aufgelegt. *So ein Spinner.* Er ließ seinen Rücken gegen die Lehne seines Bürostuhls sacken und schloss einen Moment lang die Augen. *Wo war das verbindende Element?* Es musste eines geben. Resigniert schüttelte er den Kopf und atmete tief durch. Auch wenn er noch nicht wusste, wie die Dinge zusammenhingen, war er fest entschlossen, sich bei der Sitzung nicht die Butter vom Brot nehmen zu lassen. Er leitete diese Mordermittlungen und er würde sie zu einem erfolgreichen Ende führen. Zunächst jedoch griff er zum Telefon und bestellte Enno Brunsen

und Ceylin Mostafa zu sich. Ein Blick auf die Wanduhr
verriet ihm, dass die Dienstbesprechung bereits in wenigen Minuten begann.

46

Du bist anders. Ich sehe es an deinem Blick. Um ehrlich zu sein, hatte ich nie an dich gedacht. Dabei kennen wir uns schon so lange, kenne ich *dich* schon so lange. Wohin gehst du eigentlich? Ich habe mich das nie gefragt. Wo wirst du schon wohnen? Hinter einer der unzähligen Klinkerfassaden, die sich alle gleichen. Aber du trottest immer weiter und weiter. Zugegeben, dein Tempo verärgert mich. Aber Geduld ist, was die meisten nicht haben. Wenn ich es nicht besser wüsste, würde ich annehmen, du gingest spazieren. Ließest dir den salzigen Wind um die Ohren pusten. Aber wir beide wissen, dass du das nicht tust. Wohin also gehst du? Nach Hause, nehme ich an. Schon wieder bleibst du stehen. Man könnte beinahe Mitleid mit dir haben. Die Schmerzen setzen dir zu, das sehe ich. Wusstest du, dass keine Medizin der Welt Schmerzen heilen kann? Maskieren, überdecken, das kann die Medizin, aber nicht heilen. Der Schmerz sitzt in deinem Kopf und in deiner Seele. Keine Pille wird ihn dir nehmen. Beinahe kommt es mir so vor, als hättest du mich angeblickt. Aber ich mache mir keine Sorgen, denn du würdest mich nicht erkennen. Es ist wie bei den anderen. Mein Gesicht bleibt nicht im Gedächtnis. Dabei ist das nur fair. Wir sind alle austauschbar, einer wie der andere. Wobei – du bist anders. Ich sehe es an deinem Blick. Es wird schwieriger werden, aber die Vorstellung reizt

mich. In dir lodert noch das Feuer. Ich möchte es lö-
schen.

Für Jakob.

47

»Noch zwei Leichen! Ich brauche Ihnen sicher nicht zu sagen, was das für einen Aufruhr gibt.« Kriminaldirektor Gerald Zadel stand am Kopfende des Konferenztisches und hatte die Hände auf die Tischplatte gestützt. Seine Krawatte hing schief über einem taubenblauen Hemd, dessen oberste Knöpfe geöffnet waren. Seine müden Augen, unter denen dunkle Schatten von Schlafmangel kündeten, hefteten sich auf Strater, der ihm gegenüber am anderen Kopfende saß. »Wir haben offenbar immer noch nichts vorzuweisen. In Anbetracht der Lage habe ich Adel Balcic und Theo Vossmann von der Polizeiinspektion Aurich/Wittmund zur Unterstützung angefordert.« Er schaute kurz zu den beiden Polizisten hinüber, die rechts von ihm saßen. Balcic hätte mit seinem dunklen Teint, dem Dreitagebart und seinem engen schwarzen Shirt, unter dem sich gestählte Muskeln spannten, gute Chancen bei der Rollenbesetzung eines toughen Fernsehcops gehabt. Vossmann hingegen versprühte mit seinen aschblonden Haaren und der altmodischen Brille eher den Charme eines spröden Beamten.

Strater nickte den beiden Männern zu, obwohl er am liebsten die Augen verdreht hätte. Zadel setzte ihm tatsächlich noch weitere Leute vor die Nase. Außer den beiden Beamten saßen noch der Fallanalytiker Jochen

Herrmann, Enno Brunsen und Ceylin Mostafa an dem Konferenztisch.

»Bringen Sie uns mal auf den aktuellen Stand der Dinge, Hauptkommissar Strater.« Zadel rieb sich über seinen Mund, um den herum graue Bartstoppeln sprossen, und setzte sich hin. Strater stand auf und räusperte sich.

»Vielen Dank, Kriminaldirektor Zadel. Helfende Hände können wir in der momentanen Lage sicher gut gebrauchen. Dass wir nichts vorzuweisen haben, stimmt so jedoch nicht. Wir wissen noch nicht genau, wie die verschiedenen Puzzleteile zusammenpassen. Kommissar Brunsen hat außerdem jüngst etwas Interessantes herausgefunden.« Er nickte Brunsen zu, der daraufhin die Schultern straffte und ernst in die Runde schaute.

»Ja, also ... ich habe Marvin Diercks näher unter die Lupe genommen. Das war der Junge, den Fenna Tütken vor neun Jahren angefahren und der daraufhin eine imkomplette Querschnittslähmung davongetragen hatte. Bei dieser sogenannten Parese sind die Muskelkraft und das Empfindungsvermögen teilweise noch erhalten. Jedenfalls war der Junge, der inzwischen zwanzig ist, viele Jahre durch die schwere Verletzung beeinträchtigt und überwiegend auf den Rollstuhl angewiesen. Durch eine neue Behandlungsmethode hat sich sein Zustand vor einigen Jahren jedoch deutlich verbessert. Er kommt jetzt ohne Rollstuhl zurecht. Offenbar geriet er in seiner Jugend auf die schiefe Bahn, denn er saß zwei Mal wegen Körperverletzung in der Jugendanstalt Hameln ein. Dort hätte er auch aktuell sein sollen, allerdings ist er vor zwei Monaten von einem Freigang nicht zurückgekehrt.« Brunsen schaute vielsagend in die Runde.

»Danke Enno«, sagte Strater, der noch immer stand. »Dieser Sache können die Kollegen Balcic und Vossmann nachgehen, immerhin hätte der junge Mann für den Mord an Fenna Tütken ein starkes Motiv. Darüber hinaus verfolgen wir natürlich weitere Spuren.« Er berichtete von der Erkenntnis, dass die beiden ersten Mordopfer indirekt mit der Dutch Oil Corporation in Verbindung standen. »Jan Carstensen war in der Windpark-Branche tätig und ist somit ein direkter Konkurrent der Firma gewesen. Inwieweit die sich kannten oder miteinander in Berührung kamen, müssen wir noch überprüfen.«

»Diese Verbindungen sind aber doch sehr vage«, sagte Zadel. »Jochen, konnten Sie schon Erkenntnisse gewinnen?«

Der Profiler, der, obwohl die Heizung lief, seine rotbraune Tweedjacke trug, hing in seinem Stuhl wie ein lässiger Teenager und kaute auf einem Kugelschreiber herum. Als sein Name fiel, richtete er sich auf, nahm den Stift aus dem Mund und setzte eine schwarzgerahmte Brille auf, die vor ihm auf einem Stapel Unterlagen lag. Er blätterte mit stoischer Ruhe in den Papieren und strich sich eine weiße Haarsträhne aus der Stirn.

»Ich habe die Tathergänge der ersten beiden Morde einer Sequenzanalyse unterzogen und basierend darauf eine Hypothese aufgestellt.« Er machte eine bedeutungsschwere Pause. »Wie Sie vielleicht wissen, gibt es aus psychologischer Sicht drei Motive für Gewalt. Zum

einen ist das die instrumentelle Gewalt, die einem
Zweck dient. Hätte das holländische Ölunternehmen
jemanden ausgesandt, um Elma Klaaßen zu töten, weil
diese mit ihrem Engagement für die Umwelt ihre Ge-
schäftsinteressen gefährdete, würde es sich zum Beispiel um diese Form der Gewalt handeln. Zum anderen
gibt es die reaktive Gewalt, die Menschen einsetzen,
weil ihnen etwas widerfahren ist. Darunter fallen Ju-
gendliche, die sich schlagen, weil sie von ihrem Leben
frustriert sind oder Menschen, die während ihrer Kindheit misshandelt wurden und später selbst zu Gewalt-
tätern werden. Und dann gibt es noch ein drittes Motiv,
die appetitive Gewalt – die Lust am Verletzen und Töten. Solche Menschen setzen Gewalt gegen andere ein,
weil es ihnen Spaß macht, so wie es anderen Spaß
macht Fußball zu spielen, zu pokern oder Sex zu haben.
Diese Lust an der Gewalt ist durchaus weit verbreitet,
nicht umsonst sind gewaltverherrlichende Filme, Bücher und Videospiele so beliebt. Während sich die meisten damit begnügen, diese Gewalt im fiktiven Rahmen
zu erleben, durchbrechen einige die natürliche Hemm-
schwelle sie zu realisieren und gegen andere Menschen
einzusetzen. Haben Sie diese Barriere einmal über-
schritten und den Rausch des Tötens erlebt, der mit
reichlich Nervenkitzel und der Ausschüttung von
Glückshormonen einhergeht, wollen sie ihn immer
wieder erleben.«

»Das sind doch bloße Spekulationen«, warf Strater
dazwischen.

Herrmann sah ihn über den Rand seiner Brille hinweg an. »Nun, es ist wie gesagt eine Hypothese. Ich gehe

davon aus, dass Sie jemanden suchen, der sich von dieser appetitiven Gewalt leiten lässt. Vielleicht spielt zusätzlich reaktive Gewalt eine Rolle. Es ist nicht selten, dass jemand, der früher missbraucht worden ist, selbst Gewalt anwendet und dann entdeckt, dass das für ihn ein positives Erlebnis ist. Plötzlich ist er nicht mehr das Opfer, sondern hat Kontrolle und Macht.«

»Und worauf gründet sich diese Hypothese?«, fragte Strater.

»Der Täter muss die alten Frauen genau beobachtet haben. Er hat nicht zufällig irgendwo geklingelt, sondern er wusste, wer ihn erwartet. Er hat außerdem mitten am Tag zugeschlagen, was für einen starken Antrieb spricht und dafür, dass er schlecht warten kann, wenn das Verlangen erst einmal entfacht ist. Würde es sich um rein zweckmäßige Morde handeln, wäre der Täter doch eher im Schutze der Nacht gekommen. Wahrscheinlich hat er oder sie alte Frauen ausgewählt, weil es sich um schwache Opfer handelt. Kaum haben diese die Tür geöffnet, schreitet er zur Tat. Er genießt den Angriff, das Aufflackern der Angst in den Augen der alten Frauen, ihre Erkenntnis, dass sie sterben werden. Daran ergötzt er sich und in seinem Rausch kennt er kein Halten und zieht die Tat mit gnadenloser Brutalität durch. Hinterher nimmt er ein Andenken mit, um sich noch besser immer wieder in diese für ihn zutiefst befriedigende Situation zurückversetzen zu können.«

»Dass der Täter etwas vom Tatort entwendet, beweist im Grunde wenig«, sagte Strater. »Das kann auch geschehen, um uns bewusst in die Irre zu führen.« Strater musste ein wenig zerknirscht zugeben, dass sich die

Überlegungen des Profilers durchaus plausibel anhörten. Vor allem der Zeitpunkt der ersten Morde sprach in der Tat gegen einen von der Ölfirma angeheuerten Auftragskiller, der bestimmt so unauffällig und risikolos wie möglich vorgegangen wäre. Sicher war sich Strater nicht, dass der Profiler recht hatte, aber vielleicht sollte er seine Ermittlungen mehr in diese Richtung steuern, statt sich auf die Ölfirma und Tütken zu versteifen.

»Möglich wäre das«, sagte Jochen Herrmann auf seinen Einwand hin.

»Und wie würden die Carstensens in dieses Bild passen?«, erkundigte sich Zadel.

»Nun, diese Mordlust ist wie eine Drogensucht. Der Täter will immer mehr und steigert deswegen auch den Gewaltgrad. Daher hat er dieses Mal zu einer Schusswaffe gegriffen.«

»Auch da bin ich mir alles andere als sicher«, wandte Strater ein. »Der Modus Operandi unterscheidet sich hier deutlich.«

»Das ist richtig.« Herrmann lehnte sich zurück und legte eine Pause ein, die Strater rasend machte. »Wir suchen nach den latenten Sinnstrukturen, der Handschrift des Täters, wenn sie so wollen. Der Modus Operandi kann sich ändern. Auch ein Täter lernt dazu, wird vom Lehrling quasi zum Meister. Das ist nichts Ungewöhnliches. Vielleicht«, fügte er hinzu, »erschien es dem Täter einfach sicherer eine Schusswaffe zu benutzen, weil er es dieses Mal mit zwei Personen zu tun hatte. So konnte er sie besser beherrschen.«

»Warum hat er sich dann nicht einfach wieder eine Einzelperson ausgesucht?« Strater lehnte sich zurück und verschränkte die Arme vor der Brust.

»Er steigert den Gewaltgrad in jeglicher Hinsicht.«

»Klingt nicht ganz schlüssig.«

»Nun, ich bin nur beratend tätig und nach sorgfältiger Abwägung der Faktenlage zu dem Schluss gekommen, dass hier der wahrscheinlichste Hintergrund liegt. Mit dem Mord am Ehepaar Carstensen habe ich mich noch nicht näher beschäftigen können, meiner Ansicht nach würde er aber durchaus ins Bild passen, auch wenn er anders ablief, als die ersten beiden Morde.«

»Also haben wir es hier, wenn Sie recht haben, mit einer zutiefst gestörten, gewaltbereiten, empathielosen Person zu tun?«, fragte Zadel.

»Gestört, böse ... solche Begriffe sind immer relativ. Empathielos muss der Mörder keineswegs sein. Er kann seine Empathie quasi auf Knopfdruck abstellen und dann seiner Lust am Morden nachgehen. Deswegen kann die Person, die wir suchen, davor und danach trotzdem herzlich und mitfühlend sein, zum Beispiel seinem Haustier oder einem Kind gegenüber.«

»Noch schlimmer«, sagte Zadel. »Ein Psychopath wie aus dem Bilderbuch und einer, der wieder zuschlagen wird.« Zadel schüttelte betreten den Kopf. »Hauptkommissar Strater, welchen Schritt planen Sie als Nächstes? Ich brauche dringend einen Durchbruch bei den Ermittlungen! Die Staatsanwältin sitzt mir im Nacken und der Bürgermeister und einige weitere Lokalpolitiker drehen bald durch vor Sorge und Empörung. Wenn wir nicht endlich weiterkommen, müssen wir die Sache unter Umständen ans LKA abtreten.« Zadel sah demonstrativ zu Herrmann, bevor er den Blick wieder auf Strater richtete.

»Erst mal vielen Dank für Ihre Ausführungen.« Strater nickte Jochen Herrmann zu, stand auf und schluckte Zadels unverhohlene Drohung hinunter. »Wir werden diese selbstverständlich bei den weiteren Ermittlungen berücksichtigen. Zunächst möchte ich mich aber noch einmal mit Heiko Tütken unterhalten. Der muss mir nämlich noch etwas erklären.«

Strater ging zu einem Beistelltisch hinüber, auf dem ein Laptop stand, den Ceylin auf seine Bitte hin mit einem Beamer verbunden hatte. Strater betätigte eine Taste an dem Gerät und die Köpfe der Anwesenden richteten sich unisono auf die Wand hinter seinem Stuhl, wo ein stark vergrößertes Bild erschien. Darauf waren vier Personen bei irgendeiner Feierlichkeit zu sehen. Sie saßen nebeneinander und auf dem Tisch vor ihnen standen etliche Alkoholflaschen. Die Personen am linken und rechten Rand kannte Strater nicht. In der Mitte aber sah man Heiko Tütken, der seinen Arm um Elma Klaaßen gelegt hatte und mit einem Bierglas in der Hand fröhlich dem Fotografen zuprostete. Die innige Umarmung strafte den Worten des Mannes Lügen, dass er das zweite Mordopfer nur flüchtig gekannt hatte.

48

Ein Krokodil wartet. Stumm und unsichtbar liegt es knapp unter der Wasseroberfläche. Seine gepanzerte Haut ist eins mit dem Morast, der ihn umgibt. Seine Herrschaft über das Gewässer bleibt verborgen, denn es ist klug. Seine Art zu jagen, ist nicht die eines Raubtiers. Es schont seine Kraft. Wenn die Zeit gekommen ist, taucht es auf. Unvermittelt, aus dem Nichts. Dann ist es bereits zu spät. Sein klaffendes Maul schnappt zu und es zieht sein Opfer in die Tiefe.

Ich bin das Krokodil. Ich warte.

49

»Alter, das geht so nicht!« Sie ließ die Tätowiermaschine sinken und machte einen Schritt zur Seite, sodass sie vor dem Typen stand, der ihr allmählich auf die Nerven ging. »Du musst stillstehen, verfluchte Scheiße, sonst wird der Skull ein verdammtes Osterei!« Sie funkelte ihn wütend an und hob drohend die Maschine.

»Baby, entspann dich. Wie soll ich stillstehen, wenn du mir deinen süßen Hintern die ganze Zeit entgegenstreckst?« Er packte sie am freien linken Handgelenk und zog sie zu sich an den Chromstuhl. Sein fester Griff auf ihrer Haut brachte die letzte Nacht schlagartig zurück. Er zerrte sie näher und einen winzigen Moment lang spürte sie das Verlangen erneut auflodern. Doch dann hob sie die rechte Hand und presste ihm den Rahmen der Tätowiermaschine unter die Kehle. »Du nennst mich nicht noch einmal so«, zischte sie in sein Ohr. Sie untermauerte die Drohung mit einem Surren der Maschine, indem sie den Fußschalter betätigte, sodass sich die feine Spitze des Liners in Bewegung setzte.

Sofort lockerte er seinen Griff und Kante machte sich frei. Sie lief ein paar Schritte zur Musikanlage und augenblicklich war es totenstill im Studio.

»Raus!«

Nachdem er das Studio verlassen hatte, räumte sie Desinfektionsmittel, Vaseline und Hautmarker sowie die Stencils und das Transferpapier weg und machte sich daran, ihren Arbeitsplatz zu säubern. Ja, es war ein Arbeitsplatz … oder ein Operationssaal. Und ein Atelier. Tätowieren war Kunst, Handwerk und medizinischer Eingriff zugleich. Aber das verstanden diese stumpfen Typen nicht.

Sie säuberte ihren *Liner*, wie die Maschinen speziell für feine Linien genannt wurden. Im Gegensatz zu den meisten Tätowierern, die mittlerweile mit sogenannten Tat-Guns arbeiteten, mit denen sowohl Linien als auch Schattierungen unter die Haut gebracht werden konnten, benutzte Kante weiterhin zwei separate Tätowiermaschinen, *Shader* und *Liner*. Klassische Coils. Sie verabscheute die moderneren Rotary-Maschinen nicht bloß wegen des horrenden Preises. Lediglich die klassischen Coils gaben dieses Schnurren von sich, das Kante vom ersten Moment an geliebt hatte. Die Wartung forderte einiges an technischem Know-How, die Federeinstellung und andere Komponenten, wie Kondensatoren und Kontaktschrauben mussten regelmäßig überprüft werden. Auch wenn die Sprache des Marktes längst ein andere war, so schnell würde sie sich nicht von den Coils trennen. *Ihren* Coils. Genaugenommen waren sie ein Geschenk gewesen. Sie hielt sie in Ehren, die handgefertigten Maschinen mit dem Bronzerahmen und den handgewickelten Spulen. Sie waren verdammte Schmuckstücke, keine herzlose, billig verarbeitete Massenware. Sie entfernte den Plastikschutz, mit dem sie die Maschinen bei jedem Einsatz vor den Körperflüssigkeiten der Kunden schützte, und desinfizierte den *Liner* liebevoll.

Als er ihr die Maschinen überlassen hatte, war sie in Tränen ausgebrochen. Sie, die niemals weinte. *Außer bei Fenna*, schoss es durch ihren Kopf und sie spürte, wie sich ihre Kehle zuschnürte. Er hatte ihr sein gesamtes Equipment vermacht. »Da, wo ich hingehe, werde ich es nicht mehr brauchen«, hatte er gesagt. Sie hatte ihm keine Blumen aufs Grab gelegt, sondern eine Farbkappe mit der dunklen Flüssigkeit, die durch jede seiner Adern gelaufen war. Sie hatte die Farbe über seinem Grab ausgeleert und sich vorgestellt, wie die dunkle Flüssigkeit durch die Erde und seine Haut sickern würde. Wie sie durch seine Adern schießen und den erkalteten Körper wieder mit Leben füllen würde. Der ursprüngliche *Kante*, dessen Namen sie ihm zu Ehren übernommen hatte, hatte sich nicht wieder aus seinem Grab erhoben. Aber *sie* war wiederauferstanden. Sie würde sein Andenken mit keiner dieser herzlosen motorbetriebenen Maschinen beflecken. Sie packte das Gerät liebevoll in die Aufbewahrungskiste und schloss den Deckel. Dann ertönte die Klingel am Eingang.

»Wie ich sehe, bist du wohlauf.« Der Kommissar schlenderte durch den Raum und steuerte in ihre Richtung. In seinem Blick lauerte etwas Drohendes. Instinktiv wich sie zurück.

»Was willst du in meinem Studio?« Sie streckte ihren Rücken durch und reckte das Kinn.

Einige Meter vor ihr blieb er stehen und tat so, als inspiziere er die Inneneinrichtung. »Die Foltersitzungen für heute sind beendet, wie mir scheint.« Sein Blick schoss zu ihr. »Beinahe hätte ich dein Piratenschiff verfehlt. Ich habe überhaupt kein Grunzen und Wummern von der Straße aus gehört.«

Wieder dieser lauernde Blick. *Was, zur Hölle, wollte der Kerl?* Er hatte bekommen, was er wollte. Sie hatte ihm

Informationen geliefert. Er hatte sie daraufhin ignoriert, hatte ihre Hoffnung, in den Fall miteinbezogen zu werden, zerstört. Sie war für ihn nicht mehr als die abgefuckte Tätowiererin. So, wie für die meisten Menschen. Sie biss die Zähne aufeinander und funkelte ihn an. Einen Scheiß würde sie tun, ihm zu erzählen, was sie von Meinel, Tütkens Promovenden und Projektmitarbeiter erfahren hatte! Wer wusste schon, was für den Kommissar abfiel in dieser Angelegenheit. Dass seine Frau, die Mistkröte, mit dem Ölkonzern gemeinsame Sache machte, war ja mittlerweile offenkundig.

Sie überging den Kommentar in Bezug auf ihren Musikgeschmack und machte einen Schritt auf ihn zu. »Hör mal zu, Alter. Ich kann es nicht leiden, wenn man mir die Zeit stiehlt. Wenn dir dein gelangweilter Beamtenarsch vom langen Sitzen wehtut, dann geh ins Fitnessstudio oder meinetwegen ins Seniorenturnen. Aber geh mir nicht auf die Eier! Ich habe zu arbeiten.«

Einen Augenblick lang war es still. Im nächsten hatte Strater sie beim Handgelenk gepackt und drückte sie gegen die Lehne des Tätowierstuhls. Überrumpelt von der schnellen Reaktion, blieb ihr für einen Moment die Luft weg. Sie spürte seinen warmen Atem auf ihrer Stirn und hob den Blick. Die Pupillen seiner stechend grauen Augen weiteten sich den Bruchteil einer Sekunde, dann spürte sie, wie ihr Handgelenk fester gedrückt wurde und sich das Pochen darin verstärkte.

»Meinst du, ich habe nichts Besseres zu tun, als einer kleinen Göre hinterherzulaufen? Heute Morgen ruft mich ein verrückter Friese an, der behauptet, du wärst in Gefahr. Seither versuche ich, dich zu erreichen. Ich habe mehrere Mordfälle aufzuklären, mir sitzt die

Presse im Nacken und ich habe, verflucht noch mal, keine Zeit für dämliche Kinderspielchen!«

Seine Augen bohrten sich in ihre. Abrupt ließ er ihre Hand los und machte einen Schritt zurück. Bevor sie sich wieder gefangen hatte, drehte er auf dem Absatz um und lief in großen Schritten zur Tür.

»Halt«, stammelte sie und er blieb stehen. Sie versuchte, die Gedankenfetzen in ihrem Kopf einzufangen. »Wer hat dich angerufen?«, war der erste, den sie zu fassen bekam.

Strater drehte sich langsam zu ihr um. Erst jetzt fiel ihr auf, dass er müde aussah. Seine Bartstoppeln waren noch länger als bei ihrem letzten Treffen und verliehen dem markanten Gesicht beinahe etwas Verwegenes. Außerdem hatte er Gewicht verloren. Wenn schon nicht die Toten selbst, so hinterließen immerhin deren Folgen Spuren bei ihm. Instinktiv bewegte sie ihr Handgelenk, aber das Gefühl seiner Haut auf ihrer ließ sich nicht abschütteln. Im selben Moment kam die Wut zurück. »Weißt du was ... es ist mir egal, wer dich angerufen hat und warum. Verpiss dich einfach!«

Ihr abrupter Gefühlsumschwung schien den Kommissar aus dem Konzept zu bringen. Anstatt sich umzudrehen, blieb er einen Augenblick an Ort und Stelle stehen. Er setzte Daumen und Mittelfinger seiner rechten Hand an die Augenwinkel und vergrub den Kopf in seiner geöffneten Hand.

Als er sie schließlich sinken ließ, sah sie die Verzweiflung in seinem Blick.

50

Noch lange nachdem Strater die *Kogge* verlassen hatte, saß Kante auf dem Barhocker und starrte auf die Tattooentwürfe an der Wand. Sie hatte Kaffee gemacht und zugehört. Als wäre er einer ihrer Kunden. Es war sein Blick gewesen. Natürlich hatte sie ihm von Meinel erzählt. Letztlich zählte doch nur eins: den Mord an Fenna aufzuklären. Sie konnte die Tränen nicht mehr aufhalten. Sie bahnten sich ihren Weg aus dem Augenwinkel über die Wangen und rannen kühl und feucht ihren Hals hinab. Sie hatte falsch gelegen. Ganz wollte sie die Erkenntnis nicht zulassen. Noch nicht. Kantes Tod hatte sie härter gemacht. Aber schon sehr viel früher hatte sie gelernt, Menschen zu misstrauen. Nicht mehr alles zu glauben, was sie sagten. Sie wischte die Träne weg und kippte den letzten Schluck Kaffee hinunter. Auch Strater nicht. Schon gar nicht ihm.

Sie stand auf, stellte die Kaffeemaschine aus und klaubte den Schlüssel hinter dem Tresen hervor. Als sie ihn ins Schloss steckte, zuckte sie kurz zusammen und lauschte einen Moment. *Hatte sie sich das eingebildet oder war da ein Schnaufen vor der Glastür gewesen?* Schnell verriegelte sie diese und löschte das Licht. Dann schloss sie die Lamellen der Jalousie, hinter der sich bereits die nächtliche Schwärze ausgebreitet hatte. Sie war seltsam aufgekratzt. Bestimmt hatte sie sich das Geräusch nur eingebildet. In der Dunkelheit tapste

sie zu der Liege in der Ecke des Raums, zog die Decke
darunter hervor und verkroch sich unter der schützen-
den Wärme der Daunen.

51

»Scheiße«, entfuhr es Strater beim Blick der Uhrzeit auf seinem Handy. Ächzend schwang er die Beine über die Kante seines Schlafsofas und setzte sich auf. Eine Nachricht von Brunsen hatte ihn geweckt, er musste den Alarm, der eigentlich für sechs Uhr dreißig eingestellt gewesen war, im Halbschlaf ausgestellt haben. Die Müdigkeit umnebelte seinen Geist und lähmte seine Glieder, die zu allem Überfluss auch noch von seinem gestrigen Training schmerzten. Nachdem er stundenlang über den Mordfällen gebrütet hatte, unterbrochen von deprimierenden Gedanken über seine Ehe, hatte er irgendwann auf YouTube ein Workout-Video abgerufen und einige der Übungen nachgemacht. Kniebeugen, Crunches und Liegestützen. Das hatte ihm geholfen, den Kopf kurzzeitig freizubekommen, aber eingeschlafen war er trotzdem erst mitten in der Nacht.

Strater stöhnte und rief die Nachricht von Brunsen noch mal auf, die er zwar gelesen, aber schon wieder vergessen hatte. Sie hatten Heiko Tütken immer noch nicht gefunden. Der Kollege erbat sich weitere Anweisungen.

Strater raufte sich die Haare und holte tief Luft in der Hoffnung, seinen ausgelaugten Körper mit etwas Lebensenergie füllen zu können. Ein Anflug von Selbstverachtung überkam ihn – als Ermittlungsleiter in mehreren Mordfällen hockte er hier um fast halb neun morgens wie ein Häufchen Elend im Hobbykeller seines Hauses. Er verscheuchte die destruktiven Gedanken und antwortete Brunsen. Wenn Tütken bis zum Mittag nicht wieder auftauchte, würden sie ihn kurzerhand zur Fahndung ausschreiben. Der Mann erschien immer suspekter, erst recht nach dem, was er von Kante gestern noch erfahren hatte. Im Geiste sah er das kleine Temperamentbündel vor sich. Nach ihren anfänglichen Vorwürfen hatte ihre toughe Maskerade, die sie wie ein Schutzschild zu tragen schien, Risse bekommen. Wahrscheinlich hatte er ihr einfach leidgetan. Bei einer Tasse Kaffee erzählte sie ihm, was sie über Tütken von dessen Kollegen gehört hatte. Strater nahm sich vor, diesen eingebildeten Fatzken Meinel bei Gelegenheit wegen Behinderung der Ermittlungsarbeiten und Falschaussage zu belangen. Jedenfalls hatte er, als er mit dem anderen Handlanger Tütkens zur Vernehmung erschienen war, nicht viel Konstruktives hervorgebracht.

Der Geologe hatte tatsächlich die Dutch Oil Corporation erpresst, nicht umgekehrt. Er hatte angedroht, das Umweltgutachten zu ihren Ungunsten ausfallen zu lassen, wenn sie nicht zahlte. Das zeugte von einer gehörigen kriminellen Energie Tütkens, gab andererseits aber auch der Ölfirma ein Motiv für den Mord an seiner Mutter. Womöglich hatte die Firma gezahlt – Strater dachte an die Überweisung des angeblich zypriotischen Unternehmens auf Tütkens Bankkonto – und anschließend eine weitere Geldforderung von Tütken erhalten. Danach hatte das Ölunternehmen ein deutliches Statement gesetzt. Heiko Tütken selbst konnten sie nicht aus dem Weg räumen, denn den brauchten sie noch, also hatten sie seine Mutter ausgewählt, um ihm zu zeigen, dass man sich mit ihnen besser nicht anlegte. War das denkbar?

Mit einem Kraftakt stand Strater auf und schleppte sich zur Treppe. Im Vorbeigehen warf er einen Blick auf das Paludarium, in dem Shredder schlief. Eine Schildkröte müsste man sein. Strater seufzte und mühte sich die Treppe hoch. Dabei dachte er daran, was er über den Ölkonzern gelesen hatte. Wie dieser in Nigeria und einigen anderen Ländern ohne Rücksicht auf die Einheimischen seine Interessen durchgeboxt hatte. Die ließen sich bestimmt nicht von irgendeinem Geologen auf der Nase herumtanzen.

Saskias Stimme holte ihn aus seinen Gedanken. Als er den Flur betrat, sah er sie in ihr Handy sprechen. Die Absätze ihrer Stiefel klackerten auf den Fliesen, während sie umherging. Sie trug ein graues Etuikleid, das ihre Figur wie eine zweite Haut umhüllte und weit oberhalb der Knie stoppte. Ihre mit Mascara betonten Augen hefteten sich kurz auf ihn, als sich ihre Wege kreuzten. »Okay, dann bis gleich«, hörte er sie sagen.

»Morgen Robert, kannst du gleich den Heizungsinstallateur in Empfang nehmen? Ich habe einen Termin.« Er hatte fast das Badezimmer erreicht und wandte sich zu ihr um. Kurz war er versucht ihr entgegenzuschleudern, dass er für so etwas keine Zeit hatte, aber dazu fehlte ihm die Energie.

»Was ist mit der Heizung?«, fragte er stattdessen.

»Ich weiß es nicht, jedenfalls ist oben das Warmwasser ausgefallen.« *Dann duscht du halt mal kalt,* dachte er, murmelte aber lediglich eine Bestätigung auf ihre Ausgangsfrage.

»Danke«, rief sie beschwingt. Ihr Schlüsselbund klirrte, als sie ihn von dem Dielentisch klaubte. Gleich darauf fiel die Tür ins Schloss.

Etwas später saß Strater beim Frühstück, während der Heizungsinstallateur unten im Keller zugange war. Strater stocherte lustlos in seinem Haferbrei mit Heidelbeeren, während er auf seinem Tablet durch die virtuelle Ermittlungsakte zu den Fällen Carstensen scrollte. Immerhin hatte er zuvor eine halbe Scheibe Brot mit Nuss-Nugat-Creme gegessen – diese Gewohnheit würde er nicht aufgeben. Er trank einen großen Schluck Kaffee, in der Hoffnung endlich richtig munter zu werden, und schüttelte ungehalten den Kopf. Die Kriminaltechnik hatte in dem Haus nichts gefunden, was ihnen in irgendeiner Form weiterhalf. Das Ehepaar war kinderlos gewesen. Die nächste Verwandte, die sie hatten ausfindig machen können, war eine sechsundachtzigjährige Schwester von Mareeke Carstensen, die in einer Seniorenresidenz bei Bremen lebte. Das bedeutete, es konnte ihnen niemand sagen, ob in dem Haus etwas entwendet worden war. Jedenfalls hatten sie eine Menge Schmuck von Frau Carstensen sowie Bargeld in einer Schublade gefunden, ein Raubmord war also auch hier praktisch auszuschließen.

»So, jetzt müsste alles wieder funktionieren. Ich schau mal eben nach, wenn Sie nichts dagegen haben.« Der Installateur, der Strater mit seinem markanten weißgrauen Oberlippenbart und der wohlgenährten Figur an Pumuckls Freund Meister Eder denken ließ, stellte seinen Werkzeugkasten neben der Küchentür ab und machte sich daran, den Wasserhahn in der Spüle aufzudrehen. »Woran hat es denn gelegen?« Strater stand auf und trat neben den mit einem blauen Overall bekleideten Mann, der eine Hand in den Wasserstrahl hielt.

»Der Fühler war defekt, hab ihn ausgetauscht. Offensichtlich ist alles wieder in bester Ordnung.« Er stellte den Wasserhahn aus und sah Strater zufrieden an.

»Prima.« Strater zwang den Anflug eines Lächelns auf sein Gesicht und trat zur Seite, damit der Installateur ungehindert zur Tür gelangen konnte. Der musterte ihn stattdessen jedoch intensiv. »Sie sind doch der Kommissar, hab ich mir vorhin schon gedacht. Ich habe ein Bild von Ihnen in der Zeitung gesehen.« Strater konnte nicht verhindern, dass ihm ein Stöhnen entwich. Ihm fiel der Bericht ein, den Brunsen ihm am Vortag gezeigt hatte. Irgendein überregionales Schmierblatt hatte ein Foto von ihm veröffentlicht, das ihn vor dem Betreten des Polizeigebäudes zeigte und auf dem er richtig erschöpft aussah. Passend dazu hatte der Tenor des Berichts gelautet, dass die Polizei bei der Jagd nach dem grausamen Serienmörder heillos überfordert wäre.

»Sagen Sie mal unter uns, haben Sie den Mörder bald gefunden? Meine Mutter, die ist vierundachtzig und die traut sich nicht mehr raus zu ihrem täglichen Spaziergang im Kurpark. Und die Wohnungstür macht sie auch nur noch auf, wenn man vorher anruft.«

»Ich darf zu laufenden polizeilichen Ermittlungen keine Auskunft geben.« Strater presste die Lippen aufeinander.

»Das ist doch nicht gesund, den ganzen Tag nicht rauszugehen. Man braucht doch frische Luft und die alten Leut müssen sich bewegen. Ich bin froh, dass mein

Muttchen noch keinen Rollator braucht, aber das kann sich ja schnell ändern, wenn sie keine Bewegung mehr kriegt.«

»Wir tun, was wir können.« Strater deutete vage mit der Hand zur Küchentür, während er inständig hoffte, dass der Mann den Wink verstand. Dieser schaute stattdessen von Strater zu dessen Frühstücksplatz, als wolle er ausdrücken, dass sich hier beim Kaffeetrinken kein Mörder fangen ließe.

»Danke, dass Sie so schnell gekommen sind, aber ich muss gleich los. Wenn Sie mich entschuldigen würden.«

»Ich bin ja zweiundsechzig, vielleicht pass ich auch schon ins Beuteschema dieses Irren.«

»Wie gesagt, wir tun alles, damit bald wieder Normalität einkehrt.« Strater legte dem Mann eine Hand auf die Schulter und zu seiner Erleichterung setzte dieser sich endlich in Bewegung.

»Ich wünschte, wir wären in Amerika, da könnte man sich ohne großes Tamtam eine Waffe besorgen und sich selbst verteidigen.«

»Die Rechnung schicken Sie einfach«, presste Strater hervor. Er ging voraus in den Flur, öffnete die Haustür, wandte sich um und machte eine galante Geste in Richtung Ausgang. Der Mann zögerte kurz, als wolle er noch etwas loswerden, aber schließlich schlurfte er mit seinem Werkzeugkoffer durch die Tür.

»Wiedersehen«, sagte Strater, während er zeitgleich resolut die Tür schloss.

Alter Schwede, dachte er, *womit habe ich das alles verdient?*

52

Es war einer der verfickten Tage, an denen wieder alles schieflief. Die Kaffeemaschine hatte ihr nur heißes Wasser entgegengespuckt und unter dem Türschlitz hatte eine weitere Mahnung des Vermieters gelegen. Sie würde die verdammte Pachtgebühr nicht länger stemmen können. Über kurz oder lang würde die *Kogge* einem Neubau weichen und sie musste sich eine Räumlichkeit in der Nordener Innenstadt suchen ... oder eine Abstellkammer.

»Mach Platz«, schnauzte Kante die Blondine in der eng anliegenden Laufbekleidung an, die mitten auf dem Weg stand und sich verrenkte. »Dämliche Fitnessweiber, gehen mir auf den Sack«, grummelte sie im Vorbeigehen und beschleunigte ihre Schritte. Diese verfluchte Preistreiberei! Irgendwann würde auch die Norddeicher Küste mit hässlichen Glaspalästen und Häuserkomplexen zugeschissen sein. So wie überall, wo es schön war. Kein Platz mehr für normale Menschen. Sie dachte an die vielen Senioren, die auf ihre alten Tage umziehen mussten und spürte, wie die Wut in ihr hochkochte. Wegen Menschen, die skrupellos genug waren, ihre eigene Großmutter zu verschachern. Menschen wie Saskia Strater. Sie stellte fest, dass sie mittlerweile fast rannte und zwang sich, ihre Schritte etwas zu verlangsamen. Sie sollte sich ihre Energie für später aufsparen. Tage wie diesen konnte man ebenso gut in der Bank verschleudern. Wenn es ihr nicht gelingen würde, den verdammten Kreditrahmen zu erhöhen, dann würde sie zumindest ordentlich Dampf ablassen. Der Gedanke daran, dem arroganten Bankschnösel was zu pfeifen, trieb ihr ein gehässiges Grinsen ins Gesicht. Die Jahre der Wut hatten sie gelehrt, was aggressives Verhalten bewirken konnte. *Nicht mehr einstecken, austeilen. Wenn du etwas willst, dann hol es dir. Lass dein Gegenüber spüren, dass du dir nicht die Butter vom Brot nehmen lässt. Zeig, wo dein Platz ist, sonst stolperst du und wirst zertreten.*

Eine Windböe riss die Haarsträhne aus ihrem Gesicht, als sie die Küstenpromenade im Stechschritt in Richtung Norddeicher Straße verließ. Wenn nicht bald der Geldsegen vom Himmel fiel, sah es schlecht aus für sie. Vielleicht sollte sie es mit Glücksspiel versuchen, so wie dieser Bastard. Es gelang ihr noch immer nicht, die Wut auf Heiko Tütken zu bändigen. Auch wenn wenig dafürsprach, dass er seine Mutter auf dem Gewissen hatte – irgendetwas in ihr rebellierte weiterhin lautstark gegen ihn. Vielleicht war es die Art und Weise, wie er Fenna schamlos vor ihren Augen angepumpt hatte. Dieser hochdekorierte Hydro-was-auch-immer hatte doch sicher einen Gehaltszettel, bei dem jeder Normalbürger nur mit den Ohren schlackern konnte. Und was machte der Idiot mit dem vielen Geld? Verzockte es! Sie kickte einen Stein aus dem Weg und ärgerte sich, dass sie damit nicht das nächste ihr entgegenkommende Fitnessweib erwischt hatte. *Scheiß Tag!*

53

Die Herbstsonne schien heute von einem wolkenlosen Himmel und sogleich herrschte entlang der Norddeicher Straße wieder reger Betrieb. Strater hatte dennoch Glück und ergatterte direkt vor der Apotheke einen Parkplatz. Nachdem er ausgestiegen war, sog er die kühle salzhaltige Meeresluft tief ein, die hier, wenige Hundert Meter vom Wasser entfernt, besonders intensiv war. Zu seinem Verdruss weckte sie allerdings prompt Assoziationen an ein dick mit Mayonnaise bestrichenes und dem obligatorischen Salatblatt belegtes Krabbenbrötchen. Vor der Apotheke wurde er beinahe von einem jungen Arzt umgerannt und seine Laune verbesserte sich nicht wesentlich, als er das Gebäude betrat. Ein süßlich-herber Duft nach Arzneien und Kräutern schlug ihm entgegen. Hinter dem Verkaufstresen stand Erika Franzen, die gerade eine junge Frau verabschiedete. Als die Apotheken-Angestellte ihn erblickte, verfinsterte sich ihre Miene. »Sie schon wieder.«

»Sehr kundenfreundliche Begrüßung«, entgegnete Strater.

»Wenn Sie unbescholtene Bürger wie Schwerverbrecher behandeln, dürfen Sie keine Freundlichkeit erwarten.«

»Wir machen nur unseren Job.«

»Wenn Sie den mal machen würden. Viele unserer Kunden sind alte Leute, die sich gar nicht mehr her trauen und sich zudem weigern, die Tür aufzumachen, wenn wir ihnen Medikamente bringen wollen. Das nimmt schon gefährliche Ausmaße an, außerdem ist es geschäftsschädigend für uns.«

Strater ächzte genervt. *Jetzt fängt die auch noch an.* »Hören Sie, ich bin privat hier«, blaffte er.

»Ich bediene Sie nicht, das können Sie vergessen.« Ihr markanter, mit Strass besetzter Ohrring funkelte im künstlichen Licht, als sie sich umdrehte und in den Durchgang trat, der zu den Medikamentenschränken und Privaträumen der Apotheke führte. *Der Klunker passt zu ihrem burschikosen Aussehen wie eine Sonnenterrasse zum Plattenbau*, dachte Strater gehässig. Erika Franzen erntete einen missbilligenden Blick von ihrer Kollegin, die ihr entgegenkam und Strater freundlich anlächelte.

»Moin«, grüßte die Blonde herzlich. »Was kann ich für Sie tun?« Strater freute sich über das erste wohlgesonnene Gesicht an diesem Morgen.

»Sie haben mir doch neulich dieses Zeug empfohlen, dieses Maca. Ich wollte eine größere Packung davon kaufen.«

»Eine weise Entscheidung.« Das Strahlen der Apotheken-Angestellten und der Anblick der gelben Tulpen, die in einer Kristallvase neben der Kasse standen, hellten Straters Gemütszustand ein bisschen auf. Er glaubte, dass das Maca ihm in der Tat mehr Energie verliehen hatte. Sicherlich hatte es keinen neuen Menschen aus ihm gemacht, aber etwas mehr Tatendrang verspürte er schon. Immerhin hatte er sogar mit Sport begonnen.

»Warten Sie mal kurz.« Die Blonde drehte sich um und suchte das Wandregal ab, auf dem allerlei Medikamente und Nahrungsergänzungen aufgereiht waren. »Ich glaube, ich habe hinten noch ein paar Dosen davon. Einen Augenblick bitte.« Strater nickte und die mollige Frau schlenderte durch den Durchgang. Ungeduldig wippte er auf den Ballen und drehte sich zur Automatiktür um, durch die gerade ein älterer Herr mit Schirmmütze hereinkam. Sie nickten sich zu und Strater dachte, dass anscheinend doch noch ein paar Senioren unterwegs waren. Bei einem Blick nach draußen auf den Bürgersteig bestätigte sich dieser Eindruck.

Plötzlich erstarrte er. Die schlanke Silhouette, das graue Kleid, die langen braunen Haare. Er machte zwei schnelle Schritte zur Tür und sah genauer hin, bevor die Frau mit ihrem Begleiter aus seinem Sichtfeld verschwand. *Saskia*. In Begleitung von De Jong.

»So, Ihr Maca in der Drei-Monats-Vorratspackung«, säuselte die Blonde. Strater drehte sich zu ihr um, einen Moment unschlüssig, was er jetzt tun sollte.

»Ich muss weg«, presste er hervor. Er zog sein Portemonnaie aus der Hosentasche, riss einen Fünfzig-Euro-Schein heraus und warf ihn auf den Tresen. Die Angestellte runzelte die Stirn, als er ihr die Kapsel-Dose aus der Hand nahm und zur Tür eilte.

»Sie hatten auch die erste Packung noch nicht bezahlt«, rief sie ihm hinterher. Ohne darauf zu reagieren, stürmte er auf den Bürgersteig, wo er fast mit einem kleinen Jungen mit gelber Regenjacke kollidierte.

»Tschuldigung«, murmelte Strater in Richtung des Vaters, der ihm einen missbilligenden Blick zuwarf. Strater sah in die Richtung, in der seine Frau und ihr Begleiter verschwunden waren, aber er konnte sie nicht entdecken. Wutentbrannt stapfte er los und schaute sich zu beiden Seiten um.

Von wegen Termin, dieses verlogene Stück. Es reichte, genug war genug. Er wollte sich gerade eingestehen, dass er sie aus den Augen verloren hatte, als ihm ihr Hinterkopf auf der überdachten Terrasse eines Restaurants auffiel. Sie und De Jong saßen sich an einem Tisch gegenüber und blickten zu einem Kellner hoch, der vermutlich fragte, ob sie etwas trinken wollten. Schnurstracks betrat Strater die Terrasse, dabei kam es ihm vor, als würde jemand hinter ihm seinen Namen rufen. Er ignorierte den Eindruck und fixierte wutentbrannt De Jong, der sich gerade entspannt lächelnd einer Speisekarte zuwandte. Der Holländer sah erst auf, als Strater den Tisch schon erreicht hatte und ihn am Kragen seines maßgeschneidert aussehenden hellblauen Hemdes packte.

»Was treibst du hier, du Schleimbeutel?«, zischte Strater. Mit schreckgeweiteten Augen starrte De Jong zu ihm auf. Unbeholfen versuchte er aufzustehen und zurückzuweichen, dabei schabte sein Stuhl lautstark über den Boden. »*Was?*«, entfuhr es ihm.

»Robert!«, kreischte Saskia im selben Moment.

»Lass die Finger von meiner Frau«, schnauzte Strater De Jong an. Er ragte über dem nach hinten gebeugten Mann auf und genoss dessen ängstlichen Blick, während er seinen Griff noch verstärkte. Plötzlich spürte

Strater wie seine Hüfte kraftvoll umschlungen und er zurückgezogen wurde. »Lass gut sein, Süßer!«

Mehr aus Verblüffung darüber, die Stimme mit diesem Wortlaut zu hören, ließ Strater De Jong los, der daraufhin zurück stolperte und auf seinen Stuhl plumpste, und drehte sich um. Perplex sah Strater zu Kante hinunter, die ihn wie einen Betrunkenen von dem Tisch weg dirigierte. Im Vorbeigehen fing er Saskias Blick auf, die sie entgeistert, mit halb geöffnetem Mund anstarrte.

54

»Was sollte das denn?«, presste Strater hervor. Sie hatten die Norddeicher Straße hinter sich gelassen und steuerten eine der Wohnsiedlungen an, die sich rechterhand der Hauptstraße erstreckte. »Wohin gehen wir überhaupt?«

Kante blieb abrupt stehen. Seit sie ihn von dem Ölschnösel weggezerrt und damit Schlimmeres verhindert hatte, marschierte er neben ihr her wie ein stummer Soldat auf Speed.

Einen Moment musterte sie ihn schweigend. »Du bist so ein Vollidiot!«, quoll es schließlich aus ihrem Mund hervor und sie brach in schallendes Gelächter aus. »Komm schon, Alter, das war echt ne peinliche Nummer«, schob sie hinterher und wischte sich eine Träne aus dem Gesicht. »Musst du schon zugeben.«

Straters Miene verhärtete sich und einen Augenblick bereute sie ihre Reaktion. Seine Hand schoss nach vorne, ehe sie zurückweichen konnte.

»Au«, entfuhr es ihr und sie stolperte zwei Schritte zurück. Der Kerl hatte sie tatsächlich geschubst!

Wütend setzte sie zum verbalen Angriff an, als sie das Funkeln in Straters Augen wahrnahm und ein schallendes Lachen ertönte, das wohlig in ihrem Zwerchfell vibrierte.

»Wusste gar nicht, dass du Humor hast«, sagte sie mit einem schiefen Grinsen im Gesicht und knuffte ihn in die Seite. In Straters Augenwinkeln glitzerte es feucht und einen kurzen Moment verlor sie sich in dem wilden Ozean seiner Seele. Dann riss sie sich von ihm los. »Komm, ich habe nicht den ganzen Tag Zeit«, warf sie ihm über die Schulter hinweg zu und beschleunigte ihre Schritte. Als ob sie nichts Besseres zu tun hatte, als einen frustrierten Bullen in der Midlife-Crisis aus der Scheiße zu reiten.

»Warte doch mal«. Strater war zu ihr aufgeschlossen und versuchte, Schritt zu halten. »Wohin gehen wir?«

»Zur Bank.«

»Zur Bank? Und was, bitte schön, machen wir dort?«

Zu ihrem Erstaunen folgte der Kommissar ihr noch immer. »Wir erweitern meinen Kreditrahmen.«

»Bitte *was?*« Strater blieb stehen.

Kante überlegte, ob sie einfach weitergehen sollte. *Scheiß Idee.* War ihr selbst klar. Aber immerhin hatte sie den dämlichen Idioten vor einer weiteren Schwierigkeit bewahrt. Also konnte sie ebenso gut alles auf eine Karte setzen. Was hatte sie denn schon zu verlieren? Er würde ihr den Vogel zeigen und ihre Wege würden sich trennen. Auch egal. Sie kickte einen Stein aus dem Weg, der mit einem Klonk gegen die Straßenlaterne prallte. Dann straffte sie ihren Rücken und sah ihm in die Augen. »Eine Hand wäscht die andere. Wenn ich es nicht schaffe, den Kreditrahmen zu erhöhen, stehe ich nächsten Monat auf der Straße.« Sie senkte ihren Blick und atmete einmal tief durch. »Hilf mir, Strater«.

***

Nicht einmal in ihrer blumigsten Vorstellung hätte sie sich den Ausgang des Gesprächs in der Bank so ausgemalt. Beschwingt hüpfte sie neben dem Kommissar die Straße hinunter und johlte. Sie waren kaum aus der Glastür herausmarschiert, da hatte sie Strater mit Tränen in den Augen zu sich gezogen und ihn umarmt. Noch immer kitzelte der dezente Zedernduft in ihrer Nase und sie musste sich bremsen, ihn ein weiteres Mal zu drücken. »Hast du den Blick des Schnösels gesehen, als ich mit dir dort aufgetaucht bin? Hast du ihn gesehen?«, jauchzte sie stattdessen ein zweites Mal. »Beinahe so, wie deine Olle vorhin! Zum Schießen!«

Strater blieb abrupt stehen und starrte sie an. Das Funkeln in seinen Augen war binnen Sekundenbruchteilen einem bedrohlichen Orkan gewichen und Kante wich instinktiv zurück.

»Du nennst meine Frau nicht noch einmal so!« Seine Stimme war nicht mehr als ein gedämpftes Grollen.

Der plötzliche Stimmungswechsel brachte sie einen Moment aus der Fassung. Sie sah ihn schweigend an. Seine Gesichtszüge waren wie erstarrt. Im selben Moment registrierte sie, dass die Anspannung seinen Körper seit der Begegnung auf der Restaurantterrasse nicht verlassen hatte. Stocksteif stand er vor ihr und schien gegen eine Wut anzukämpfen, die sich durch jede Faser seines Körpers zog. Instinktiv machte sie einen Schritt auf ihn zu und berührte ihn sanft am Oberarm. Sie hatte den Blick seiner Frau auf ihr genossen, die Vorstellung, die sie beide geliefert hatten. Sie, die Freundin des Kommissars. Es war absurd. Aber es hatte sich gut angefühlt. So anders als der abschätzige Blick, der noch Tage nach ihrer ersten Begegnung mit Saskia

Strater auf ihrem Körper gebrannt hatte, als sie ihr vor dem Gebäude der Immobilienfirma begegnet war. Er hatte sie gereinigt, dieser zweite Blick, in dem neben Ungläubigkeit noch etwas anderes mitgeschwungen hatte. Etwas, das sie nicht in Worte fassen konnte. Aber es war da gewesen. Und es hatte sich verdammt gut angefühlt.

»Es tut mir leid«, wisperte sie und bettete seinen Blick in ihren.

55

In seinem Büro bemühte sich Strater verzweifelt, die vielen Gedanken und widersprüchlichen Emotionen, die ihn erfüllten, beiseitezuschieben und sich auf seine Arbeit zu konzentrieren. Es hatte sich verdammt gut angefühlt, die Lethargie abzuschütteln, von der er sich viel zu lange hatte vereinnahmen lassen, und diesen Lackaffen De Jong am Schlafittchen zu packen. Dessen ängstlicher Gesichtsausdruck und vor allem der anschließende Blick von Saskia, in dem neben Ärger und Verblüffung, so kam es ihm zumindest vor, Respekt und auch ein Hauch von Eifersucht aufblitzten, waren Balsam für seine leidgeplagte Seele gewesen. Dieser Zusammenhalt mit Kante hatte ebenfalls gutgetan, bis sie mit ihrer barschen Bezeichnung für Saskia die Blase platzen ließ und ihm klarwurde, dass ihr bühnenreifer Auftritt die Dinge nicht gerade besser gemacht hatte. Seine Wut über Saskia und diesen geschniegelten Holländer war nur kurzzeitig verpufft und zu allem Überfluss würde seine Frau nun denken, dass er sich ebenfalls jemanden angelacht hatte. Egal, er musste sich jetzt auf die Vernehmung von Heiko Tütken konzentrieren, immerhin war der inzwischen wieder aufgetaucht.

Strater holte die Maca-Kapseln aus der Tasche seines Mantels hervor, den er über die Lehne seines Bürostuhls gehängt hatte, und schüttete sich zwei davon in die Hand. Er spülte sie mit einem Schluck aus einer Wasserflasche hinunter, als sein Telefon klingelte.

»Strater«, meldete er sich.

»Marco Lorenzen hier von der Polizeiinspektion Aurich/Wittmund, Deliktsbereich Wirtschaftskriminalität. Hauptkommissar Strater, Sie leiten die Ermittlungen in dem Mord an dem Ehepaar Carstensen, richtig?«

»Das ist korrekt.«

»Ich dachte mir, es würde Sie interessieren, dass wir gegen Jan Carstensen ermittelt haben. Er stand im Verdacht in dubiose Machenschaften auf dem Sektor der Onshore-Windenergie verstrickt zu sein.«

»Geht es auch etwas konkreter? Was hat das mit den Morden zu tun?«

»Genauer gesagt gehen wir davon aus, dass Carstensen mit frei erfundenen Windparkprojekten ein paar ausländische Energiekonzerne abgezockt hat. Er hat anscheinend Flächennutzungsverträge, Unterstützungsschreiben von Gemeinden und Bestätigungen von Netzbetreibern gefälscht. Die Energiefirmen haben daraufhin bereitwillig hohe Summen in diese für sie vermeintlich lukrativen Geschäfte investiert. Da Carstensen in der Vergangenheit tatsächlich das eine oder andere Windparkprojekt realisiert hat und über Referenzen sowie ein seriöses Auftreten verfügt, hatten die Unternehmen sicher keine Zweifel an seiner Glaubwürdigkeit. Wir vermuten, er hat sich gezielt ausländische Unternehmen für seine Machenschaften ausgesucht, weil die durch die Sprachbarriere eine einfachere Beute waren und die Dokumente nicht so leicht als Fälschungen identifizieren konnten. Ob das was mit den Morden zu tun hat, kann ich Ihnen nicht sagen, aber Carstensen hat sich sicher ein paar Feinde gemacht.«

Strater kratzte sich am Hinterkopf. »Ausländische Energieunternehmen, sagen Sie. Zufällig auch die Dutch Oil Corporation?«

»Das kann ich nicht sagen, wir wissen bisher nur von Varna Energia aus Bulgarien und der Czech Oil. Wir wollten Sie bitten, Einblicke in Carstensens Unterlagen nehmen zu dürfen, um die Vorgänge aufzuklären.«

»Selbstverständlich. Aber halten Sie mich über Ihre Erkenntnisse ebenfalls auf dem Laufenden.«

Nachdem sich Strater von Lorenzen verabschiedet hatte, betrat er den kargen Vernehmungsraum, in dem Heiko Tütken seit geraumer Zeit schmoren gelassen wurde. Über den Einwegspiegel, der sich über die obere Hälfte der linken Wand erstreckte, beobachteten Kriminaldirektor Zadel, Enno Brunsen und der Profiler vom LKA das Geschehen.

»Na endlich!« Der Plastikstuhl knarrte unter Tütkens Gewicht, als dieser sich nach vorne beugte. »Sie können mich doch nicht ewig warten lassen.«

Strater warf einen dünnen Aktenordner vor sich auf den Tisch und nahm Tütken gegenüber Platz. »Ich mag es gar nicht, wenn man mich zum Narren hält.«

Der Geologe, der einen dunkelblauen Pullover mit weißem Kragen trug, reckte das Kinn vor und setzte eine Miene auf, die irgendwo zwischen schuldbewusst und trotzig lag.

Fehlte nur noch, dass er schmollend die Unterlippe vorschob, dachte Strater, der sich von Tütkens onkelhaften Erscheinungsbild nicht länger täuschen lassen wollte. Er hatte einen Kriminellen vor sich, die Frage war lediglich, welcher Art von Verbrechen er sich schuldig gemacht hatte. »Ich weiß nicht, was Sie meinen«, sagte Tütken schmallippig.

»Sie haben die Dutch Oil Corporation mit dem Umweltgutachten, das Sie anfertigen sollen, erpresst. Der hohe Geldbetrag, den wir auf Ihrem Konto entdeckt haben, stammt vermutlich von der Firma.«

»Woher ...« Tütken schüttelte den Kopf und hob den Blick zu den Leuchtstoffröhren an der Decke, von denen eine gelegentlich flackerte. »Lohnt sich ja doch nicht, das abzustreiten. Ja, ich brauchte das Geld, verdammt.«

»Für Ihre Spielschulden?«, fragte Strater. Tütken murmelte kleinlaut etwas vor sich hin, was Strater als Bestätigung deutete. »Und als das Geld weg war, wollten Sie einen Nachschlag, was wiederum die Ölfirma dazu bewog, Ihnen Ihre Grenzen aufzuzeigen. Und Ihre Mutter war die Leidtragende.« Tütken sah ihn entsetzt an. »*Was*? Nein, wie kommen Sie denn darauf?«

»Oder Sie haben Ihre Mutter umgebracht, weil sie Ihnen kein Geld geben wollte und Sie an ihr Erbe dachten?«

»Nein, das stimmt nicht.« Tütken schüttelte resolut den Kopf, der inzwischen eine ungesunde Rotfärbung angenommen hatte.

»Kommen Sie, Tütken«, brauste Strater auf. Er hatte es satt. »Die Nummer mit dem liebenden, fürsorglichen Sohn nehme ich Ihnen nicht mehr ab. Sie haben Ihre Mutter wiederholt angepumpt und sie einzig und allein zu diesem Zweck besucht.«

»Das stimmt einfach nicht.« Tütkens Stimme brach. »Ich hatte sie sehr lieb.«

»Wer einmal lügt«, Strater beugte sich vor, öffnete den Aktenordner und zog das ausgedruckte Foto daraus hervor, das Tütken in inniger Umarmung mit Elma Klaaßen zeigte, »dem glaubt man nicht.« Er drehte es um und schob es zu Tütken hinüber. »Von wegen Sie kannten sich nur entfernt aus dem Schützenverein. Elma Klaaßen kannten Sie in Wirklichkeit viel näher, als sie angegeben haben. Dazu noch die Erpressung. Herr Tütken, Sie könnten sich eine Menge Unannehmlichkeiten ersparen, wenn Sie alles gestehen.«

Tütken blickte auf das Foto und schüttelte den Kopf. »Wir waren beide im Vorstand des Schützenvereins und haben uns gut verstanden. Das wollte ich Ihnen nicht unbedingt auf die Nase binden, aber mehr war da nicht. Ich habe sie nicht umgebracht und Mutter erst recht nicht.«

Strater rieb sich über die müden Augen. Sie hatten nichts gegen Tütken in der Hand. »Wann waren Sie zuletzt bei Elma Klaaßen in der Wohnung?«

»Überhaupt nicht«, antwortete Tütken sofort.

»Würden Sie uns dann eine freiwillige DNA-Probe zur Verfügung stellen für einen Abgleich?« Die Kriminaltechniker hatten am Tatort einige Haare unbekannten Ursprungs sichergestellt.

»Kein Problem. Ich habe nichts zu verbergen.«

Strater seufzte und stand auf, wobei er jeden Zentner seines Körpergewichts spürte. An der Tür drehte er sich noch einmal um. »Wo waren Sie eigentlich Samstagabend beziehungsweise in der Nacht zum Sonntag?«

»Im Spielcasino Norden«, presste Tütken zwischen den Zähnen hervor. »Bis in den frühen Morgen hinein.«

Strater nickte und ging nach nebenan in den Beobachtungsraum.

»Er war es nicht«, sagte der Profiler, der seinen Blick nicht von Tütken abwandte. »Seine Körpersprache, die Art, wie er Ihnen geantwortet hat. Er sagt die Wahrheit.«

»Das denke ich auch«, stimmte ihm Zadel zu.

»Brunsen, überprüfe sein Alibi für die Carstensen-Morde und begleite ihn zur Abgabe der DNA-Probe«, sagte Strater zu seinem Kollegen.

»Wir haben immer noch nichts«, zischte Zadel, dessen stetige Beherrschtheit endgültig bröckelte. »Sie haben die ganze Zeit aufgrund vager Indizien in die falsche Richtung ermittelt!«

Die Wut kochte derart heftig in Strater hoch, dass er nur mit Mühe das Beben in seiner Stimme unterdrücken konnte. »Sie wissen ganz genau, dass Täter in einem Mordfall oft unter den Angehörigen zu finden sind. Zunächst hatten wir uns aber gar nicht auf Tütken konzentriert. Erst als herauskam, dass er offenbar Dreck am Stecken hat, ist er verstärkt in den Fokus der Ermittlungen gerückt. Hätte ich das ignorieren sollen?«

Zadel raufte sich die Haare und schüttelte dabei den Kopf. »Wie auch immer, ich finde kaum noch eine ruhige Minute, weil die Staatsanwaltschaft, die Politiker und die Presse Ergebnisse verlangen, ich aber nichts vorweisen kann. Ich erwarte bis morgen etwas Handfestes, Strater, sonst übernehmen Jochen und das LKA. Tut mir leid.«

56

Als Strater am Abend nach Hause kam und die Tür aufschloss, war seine Laune im tiefroten Bereich, doch er ahnte bereits, dass sie noch weiter sinken würde. Er traf im Wohnzimmer auf Saskia, die bei einem Glas Wein mit einem Finanzratgeber in der Hand auf dem Sofa saß.

»Oh, gar nicht mehr bei deinem Flittchen?«, fragte sie mit ruhiger Stimme, ohne von ihrem Ratgeber aufzusehen. Sie hatte sich abgeschminkt und ihr Business-Outfit gegen eine Jeans und eine cremefarbene Strickjacke eingetauscht. So wirkte sie nicht länger wie die toughe Geschäftsfrau, sondern nahbar und irgendwie verletzlich. Vielleicht war das auch Absicht, denn Saskia konnte sehr berechnend sein. Strater hatte Hunger und definitiv keine Nerven für dieses Gespräch, aber er wusste, dass er sich dem früher oder später stellen musste. Er setzte sich auf die Sesselkante. »Sie ist nicht mein Flittchen, sondern nur eine Bekannte. Mit dem Auftritt wollte sie mich vor einer Dummheit bewahren und dich ein bisschen ärgern. Sie weiß, dass du Maklerin bist, und ist auf Vertreter dieser Zunft gerade nicht gut zu sprechen.«

Saskia lachte gekünstelt und schaute zum ersten Mal von ihrem Buch hoch. »Diese Ausrede hast du dir ja schön zurechtgelegt. Ich hätte dir echt einen besseren Geschmack zugetraut, etwas mehr Stil. Stattdessen reißt du so eine ...«, sie stockte einen Moment, als würde sie die richtige Bezeichnung suchen, »abgehalfterte Tussi auf, die aussieht, als wäre sie beim Ausflug eines Motorradklubs vergessen worden.«

»Ich habe sie nicht aufgerissen. Wir haben uns im Rahmen meiner Ermittlungen zu den Morden kennengelernt. Sie ist eine Zeugin.« Strater stockte und fuhr mit lauterer Stimme fort: »Außerdem weiß ich gar nicht, warum ich mich hier rechtfertige. Du lenkst doch nur von dir ab. Du hast was mit diesem Holländer und mich lässt du diesen Heizungs-Onkel in Empfang nehmen und erzählst was von Terminen. Lächerlich!«

»Das ist der nächste Punkt. Dass du auf Mathijs losgegangen bist, verzeihe ich dir nicht. Du glaubst gar nicht, wie peinlich mir das war, mitten in der Öffentlichkeit auch noch.«

»Der kann froh sein, dass ich ihm nicht eine reingehauen hab in seine schmierige Visage. Verdient hätte er es.«

»Du hast sie doch nicht mehr alle!« Saskia pfefferte das Buch neben sich auf die Couch, trank ihr Weinglas aus und stand auf. »Ewig schlafwandelst du durchs Leben, aber wenn es darum geht, mir meine beruflichen Perspektiven zu versauen, dann trumpfst du plötzlich ganz groß auf!«

»Red doch keinen Unsinn«, blaffte Strater. »Ich hab dich mittlerweile schon mehrfach mit dem Typen gesehen. Als ob es da nur um Berufliches gehen würde. Für wie naiv hältst du mich eigentlich?«

Saskia stapfte barfuß durch das Wohnzimmer in den Flur, hantierte dort kurz herum und kam mit einem Stapel Papiere zurück, die sie vor Strater auf den Tisch knallte. »Hier! Schau es dir gerne an. Dieselben Papiere lagen heute Mittag auf dem Tisch des Restaurants, aber du musstest ja wie irgendein heruntergekommener Schläger auf meinen Geschäftspartner losgehen und hattest dafür keinen Blick!«

»Was soll das sein?« Strater machte eine wegwerfende Geste in Richtung der Papiere. »Ich habe den ganzen Tag mit Akten zu tun und keine Lust mir das jetzt anzuschauen.«

»Das sind Unterlagen, die zeigen, worum es in unserer Geschäftsbeziehung geht. Ich soll für die Dutch Oil Corporation künftig Flächen auftreiben, die sich für die Errichtung von Windkraftanlagen eignen, und mit den Eigentümern Pachtverträge abschließen. Im Zuge der Energiewende will die Dutch Oil vermehrt auch auf erneuerbare Energien setzen und ich würde dabei eine wichtige Rolle als Bindeglied zwischen dem Unternehmen, den Flächenverpächtern und den Kommunen spielen. Ich soll mich auch um das Planungsrecht kümmern und dafür alle erforderlichen Untersuchungen und Gutachten einholen. Ich hätte sehr viel Verantwortung und die Bezahlung ist fantastisch. Falls es überhaupt noch dazu kommt, denn nach deiner unsäglichen Aktion war Mathijs, wie du dir sicher denken kannst, ziemlich angesäuert und hat sich schnell verabschiedet.«

Strater schaute von Saskia, die mit in die Hüften gestemmten Händen neben ihm stand, zu den Papieren, während er überlegte, ob sie die Wahrheit sagte. »Du hast nichts mit dem am Laufen?«, fragte er kleinlauter als beabsichtigt.

»Nein, er hat eine Verlobte in Holland und wäre auch gar nicht mein Typ. Außerdem mache ich so etwas als verheiratete Frau nicht. Im Gegensatz zu dir offenbar.« Sie schüttelte verächtlich den Kopf. »Ich hätte erwartet, dass du kämpfst, um unsere Ehe zu kitten. Stattdessen ...« Sie winkte ab. »Ich bin erschöpft. Wir müssen uns beide Gedanken machen, inwieweit das alles noch Sinn macht. Vielleicht ist es besser, wenn wir uns trennen.« Mit hängenden Schultern, als wäre plötzlich jegliche Aggression und Energie aus ihr entwichen, trottete Saskia in den Flur. Gleich darauf hörte Strater sie die Treppen hinaufsteigen. Er vergrub sein Gesicht in den Händen, schüttelte den Kopf und unterdrückte ein Schluchzen.

Eine halbe Stunde später saß er mit seinem Tablet auf dem Schoß im Hobbykeller. Während er die Ermittlungsakten zu den drei, genauer gesagt vier Mordfällen akribisch durchsah, trank er gelegentlich einen Schluck Wein aus der Flasche, die Saskia angebrochen hatte. Der Alkohol betäubte seine Emotionen und half ihm, sich auf die Fakten zu konzentrieren.

Was hatte er übersehen? Irgendwo in dieser Ansammlung digitaler Datenmengen musste es doch etwas geben, das ihm weiterhalf. Wenn er nicht endlich einen Durchbruch erzielte, würde er schon bald einen weiteren Meilenstein in der Abwärtsspirale seines Lebens passieren. Was für eine Schmach, wenn Zadel ihm die Fälle entziehen würde, dachte er nach einem weiteren Schluck Wein. Irgendwann in der Nacht, als die Flasche längst geleert war, übermannte ihn der Schlaf.

57

Kante schlug die Augen auf und blickte auf die wilde See, die auf dem Poster der Badezimmertür so wirkte, aus würde sie jeden Moment über die Planken schwappen. Mit einem Satz richtete sie sich auf. *Hauke!* Sie sprang von der Tätowierliege und lief auf die Wellen zu. Dann drückte sie die Türklinke zum *Abort* hinunter.

Nachdem sie geduscht und sich angezogen hatte, bereitete sie sich einen Kaffee zu und entschied, Hauke zu besuchen. Doch ein Blick auf das Ziffernblatt hinter dem Tresen verriet ihr, dass es noch zu früh war. *Sieben Uhr fünfundvierzig.* Sie starrte auf das schwarze Keramiktässchen, das Form und Aussehen eines eingedrückten Plastikbechers hatte und entschied sich, noch eine halbe Stunde zu warten. Um kurz nach acht würde Hauke das Außendeck betreten und sich den ersten Stumpen anstecken. Danach würde er die Sanitäranlage am Hafen aufsuchen und um halb neun die erste Kanne Friesentee zubereiten. Der Gedanke daran, ihren Tag mit einer Tasse Schwarztee an Bord der *Ida* zu verbringen, stimmte sie glücklich. Sie hatte ihre Verabredung völlig vergessen in dem ganzen Trubel um Heiko Tütken und die Ölfirma und hoffte, dass Hauke ihr das nachsah. »Diventi responsabile per sempre di ciò che hai addomesticato«, hatte Nonna ihr stets zugeraunt mit ihrer Stimme, die wie gehobeltes Eisen klang.

Du bist zeitlebens für das verantwortlich, was du dir vertraut gemacht hast. Es war ein Zitat von Antoine de Saint-Exupéry aus *Der kleine Prinz*, eines der wenigen Bücher, die Kante noch immer hütete wie einen Schatz. Sie war verantwortlich für Hauke. Sie hätte ihn nicht vergessen dürfen. Seit seine Schmerzen zurückgekehrt waren, hatte sie auch den Eindruck, dass er wieder instabiler wurde. Die Gedanken an seine Frau begleiteten ihn von Tag zu Tag, da gab Kante sich keinen Illusionen hin. Aber das Gift, das sie versprühten, schien sich wieder in seinem Körper auszubreiten und ihn zu lähmen. Er hatte keine Schuld. Die Worte, die aus ihrem Mund gekrochen waren, hatten nichts daran rütteln können. Wenn das Gift sich in seinen Knochen verteilte, dann ertaubte der alte Mann und zog sich zurück wie das Meer. Sie durfte das nicht zulassen! Kante kippte den restlichen Kaffee hinunter, schnürte die schweren Boots und schlüpfte in ihre Kunstlederjacke.

Zehn Minuten später stand sie vor der *Ida* und stieß einen Pfiff aus, aber nichts regte sich auf dem Kutter. Als sie schließlich das stille Abkommen brach und das Deck betrat, sah sie, dass die Vorhänge vor den Scheiben des Steuerhauses noch immer zugezogen waren. *Acht Uhr vierunddreißig.* Ob er noch immer schlief? Sie klopfte ein paar Mal sacht gegen die Scheibe, dann vehementer und rief schließlich seinen Namen. Als sich nichts rührte, atmete sie tief ein und drückte die Türklinke herunter.

58

Am nächsten Morgen fand Strater sich auf dem Boden seines Hobbykellers wieder, was er als sinnbildliches Zeichen für seine Lebenssituation deutete. Er musste unbemerkt vom Sofa geplumpst sein, die leere Weinflasche lag ein Stück weiter. Es kostete ihn immense Willensanstrengung aufzustehen, den schmerzenden Gliedern und hämmernden Kopfschmerzen zu trotzen und sich nach oben ins Bad zu schleppen. Nach einer ausgiebigen Dusche ging es ihm geringfügig besser und nachdem er gefrühstückt hatte, fuhr er ins Büro.

Zum Frühstück hatte er sich eine komplette Scheibe Brot mit Nuss-Nugat-Creme einverleibt. Scheiß auf die Abnehm-Ambitionen, er brauchte die Energie, außerdem hatte er gerade wirklich größere Probleme als ein paar überflüssige Pfunde. Darum würde er sich kümmern, wenn er wieder die Kraft und die Nerven dafür hatte.

Saskia. Jetzt drohte er sie wirklich zu verlieren. Selbstvorwürfe vereinnahmten ihn, während er gedankenversunken in seinem Bürostuhl saß. Er hatte sich in seine Eifersucht hineingesteigert und ihr Unrecht getan, indem er ihr etwas mit De Jong unterstellt hatte.

Es klopfte und Enno Brunsen steckte den Kopf zur Tür hinein. »Moin Chef! Um elf Uhr ist Teamsitzung, soll ich ausrichten.«

Strater nickte unwirsch und streckte abwehrend die Hand in Richtung seines Kollegen aus, woraufhin dieser dankenswerterweise die Tür wieder von außen schloss. Sein Hinrichtungstermin, und Zadel, dieser Mistkerl, teilte ihm diesen noch nicht einmal persönlich mit. Was hatte er sich in Zadel getäuscht. Er hatte ihn für einen besonnenen Chef gehalten, aber als die Küstenidylle in seinem Zuständigkeitsbereich durch die Mordserie zerbrochen war, hatte sich auch seine Souveränität verflüchtigt. Richtigem Druck hielt er nicht stand, im Grunde müsste er sich selbst austauschen, dachte Strater verächtlich und kramte in der Tasche seines Mantels nach dem Maca-Glas. Eigentlich hatte er die Kapseln zum Frühstück nehmen wollen. Egal. Er schluckte die doppelte Tagesdosis mit einem Schluck Wasser hinunter, als es erneut an der Tür klopfte.

»Kann ich kurz reinkommen?«, fragte ein Kollege mit gebräuntem Teint.

»Ach ...«, sagte Strater und stockte. Der toughe Fernseh-Cop von der Kripo Aurich. Wie hieß er noch gleich? Es wollte ihm einfach nicht einfallen. »Natürlich.« Er deutete auf den Besucherstuhl vor seinem Schreibtisch. Der Kollege nahm Platz, sah sich kurz um und richtete seinen Blick auf Strater.

»Wir haben diesen Marvin Diercks aufgespürt, den Fenna Tütken damals angefahren hatte.«

»Das ging ja schnell«, sagte Strater. *Balcic.* Adel Balcic hieß er.

Der Kollege in der schwarzen Lederjacke verschränkte entspannt die Hände hinter dem Kopf. »Die haben da drüben in Hameln zu wenig Leute, um einem kleinkriminellen Jugendlichen hinterherzujagen. Personalmangel, Sie wissen schon. Jedenfalls war es nicht sonderlich schwer, ihn zu finden. Wir haben mit ein paar seiner ehemaligen Mitinsassen im Jugendknast gesprochen und einer hat den Namen eines Kumpels von Diercks genannt, bei dem sich dieser tatsächlich versteckt hielt.«

»Und?«, fragte Strater interessiert.

»Der hat mit den Morden gewiss nichts zu tun. Ziemlich abgewrackt der Junge, medikamentensüchtig hieß es. Und pleite, genau wie sein Kumpel, in dessen Drecksloch sie hausen. Wir haben Diercks ordentlich in die Mangel genommen. Er ist nicht gerade in Tränen ausgebrochen, als wir ihm von Fenna Tütkens Tod berichteten, aber erst mal schien er gar nicht zu wissen, wer das überhaupt war. Jedenfalls, um es kurz zu machen, der Typ hat sie nie und nimmer umgebracht. Hat nicht das Zeug dazu, das alles zu planen und durchzuziehen und nicht die Kohle, um sich hier längere Zeit unterzubringen. Für die anderen Morde hat er außerdem überhaupt kein Motiv. Den können wir also getrost streichen.«

»Alles klar. Gute Arbeit.« Die Aussagen des Mannes genügten Strater. Ein konkreter Verdacht gegen den Jungen hatte sowieso nicht bestanden, aber sie hatten ihn natürlich überprüfen müssen.

»Dann bis später zur Sitzung.« Balcic stand schwungvoll auf.

»Ach, da kommt gleich ein Wirtschaftsfahnder, Lorenz oder so ähnlich aus Aurich, der will sich die Unterlagen von Jan Carstensen ansehen. Könnten Sie ihn in

Empfang nehmen und zu dem Haus der Carstensens begleiten?«

»Marco Lorenzen, klar.« Als er Straters fragenden Blick sah, fügte er grinsend hinzu: »Gleiche Dienststelle, wir kennen uns.«

»Ah ...«, gab Strater von sich. »Alles klar, danke!«

Balcic verließ das Büro und Strater schaute auf die schlichte Uhr, die ihm gegenüber an der weißen Wand hing. Die Zeit tickte und lief stetig für ihn ab. Noch gut anderthalb Stunden bis zu der Teamsitzung, bei der Zadel ihn von den Fällen abziehen oder zumindest degradieren würde.

Strater würde nicht daran teilnehmen.

Er stand mühsam auf. Gelenkschmerzen und Kopfstechen setzten ihm nach wie vor zu. Er würde stattdessen einer Ahnung nachgehen, die sich irgendwann in der Nacht, als er die Akten durchgegangen war, wie ein Nebel über seine Gedanken gelegt und sich den Morgen über verfestigt hatte.

59

Du reizt mich. Gerade weil du anders bist. Wohnst nicht in einem dieser Klinkerhäuser. Du hast einen besonderen Ort zum Leben gewählt. Ich habe dir einen besonderen Ort zum Sterben ausgesucht. Er passt zu dir. Ich habe lange überlegt, ein paar Stunden werden es gewesen sein. Habe mich im Bett gewälzt und an dich gedacht. An deine leeren Augen, deine massige Gestalt, die mich fordern wird. Du bist nicht wie die anderen. Bei dir muss ich sorgfältiger planen. Dein Zuhause auf dem Kutter mag romantisch sein, auf seine Art und Weise. Wenn du die Holztür schließt, wähnst du dich allein. Aber um dich herum im Hafen pulsiert das Leben. Dich dort heimzusuchen, ist zu riskant.

Für dich habe ich mir etwas anderes überlegt.

Erinnerst du dich an das Krokodil? Es wartet unter der Wasseroberfläche auf dich. Du wirst kommen. Das wissen wir beide.

60

An Bord der *Ida* war es totenstill. Allein das beinahe unmerkliche Schaukeln unter den Planken überzeugte Kante davon, dass die Zeit nicht stehengeblieben war.

Sie schloss die Tür des Steuerhauses hinter sich, die ein leises Quietschen absonderte.

Keine Spur von Hauke.

Sie sah sich um und starrte auf die fleckige Platte des alten Holztisches. Ein Kerzenstumpen stand darauf, dessen Wachs auf der Tischplatte eine irrwitzige Skulptur gebildet hatte. Die Tasse daneben war unbenutzt. Hauke hatte seinen Tee also noch nicht getrunken. Vielleicht war er heute später als sonst aufgestanden und duschen gegangen? Kante trat zu der winzigen Kochnische in der Ecke und begann, an der Kanne zu hantieren. Sie würde schon mal Wasser kochen, bis er zurückkam.

61

Der Nebel hing wie Zuckerwatte über den Feldern jenseits der Fahrbahn, als Strater von Norden nach Norddeich fuhr. Nachdem er in einer Seitenstraße geparkt hatte, stieg er aus und schlug den Kragen seines Mantels hoch, denn es war deutlich kühler als an den Vortagen. Dafür herrschte eine für die Küstenregion untypische Windstille. Dünne Nebelschleier schlichen um die Fassaden der Wohnhäuser, deren Rasenflächen taufrisch vom letzten Regen glitzerten. Die merkwürdige Ruhe und die eingeschränkte Sicht erzeugten bei Strater einen Moment lang die Illusion, vollkommen allein auf der Welt zu sein.

Er erreichte den Gehweg entlang der Hauptstraße, über die sich langsam einige Autos schoben. Die Schiefertafel vor einem Restaurant pries Labskaus als Tagesgericht zum Aktionspreis an und Strater spürte Hunger in sich aufkommen, der jedoch sogleich von einem aufgeregten Kribbeln überlagert wurde. Sein Jagdtrieb war geweckt, er hatte die Fährte aufgenommen.

Ein in dicke Mäntel und Mützen gehülltes älteres Paar kam ihm entgegen, bevor er die Apotheke betrat. Im Verkaufsraum hielt sich niemand auf, aber nach einigen Augenblicken erschien eine junge schwarzhaarige Angestellte, die er hier bislang noch nicht gesehen hatte, und schenkte ihm ein Lächeln.

»Moin, was kann ich für Sie tun?«

»Strater, Kripo Norden.« Er zückte seine Dienstmarke. »Ich will zu Erika Franzen.«

»Die ist schon in der Mittagspause.« Die Schwarzhaarige zuckte entschuldigend mit den Schultern.

»Wissen Sie, wo ich sie finden kann? Es ist dringend.«

»Soweit ich weiß, geht sie öfter auf dem Deich spazieren, aber das kann ich nicht mit Sicherheit …«

»Danke«, unterbrach Strater sie und wandte sich zur Tür um.

62

Neun Uhr fünfundzwanzig.

Kante sprang auf. Fünfundvierzig Minuten hatte sie auf den dunkelblauen Kissen gesessen, an ihrem Schwarztee genippt, der mittlerweile kalt war, und gegen die Wand gestarrt. Etwas war hier faul. Wo, verflucht noch mal, war Hauke?

Nachdem sie den Fischereihafen hinter sich gelassen hatte, bremste sie und stieg einen Moment von ihrem Fahrrad ab. Wo sollte sie ihn suchen? Neben den vielen Dingen, die sie an dem alten Seebären schätzte, war es die Beständigkeit, die sie immer wieder an Bord der *Ida* zog. Hauke hatte feste Rituale. Der Duft von frischem Tee war ihr stets um halb neun entgegengeweht, wenn sie das Deck betreten hatte. Oft hatte sie ihn am frühen Morgen vor der Arbeit besucht und sich von ihm bei einer Tasse Tee eine weitere plattdeutsche Floskel beibringen lassen. Er war immer da gewesen. Ihr Blick glitt über die endlos erscheinende Schlicklandschaft des Watts. *Bis auf ein einziges Mal*, schoss es Kante durch den Kopf. War heute womöglich wieder der Jahrestag?

Vor lauter Hast rutschte ihr Stiefel ab und sie nahm fluchend einen neuen Anlauf. Dann stieß sie wild auf die Pedale. Er war *dort*.

***

Ich wusste, dass du kommen würdest. Du kannst nicht anders. Du hättest sie retten können, das wissen wir beide. Du hast es mir erzählt, erinnerst du dich? Als du das erste Mal bei mir warst, vor vielen Jahren. Du siehst mich direkt an und doch weiß ich, dass du mich nicht erkennst. Es ist mein Schicksal, so wie deines das Meer ist. Es kommt zurück, ich spüre es bereits deutlich. Es rinnt durch meine Zehen. Spürst auch du es durch deine schweren Schuhe und die Arbeitshose, die du trägst? Sie macht dich schwerfällig, deine Kleidung. Schwerfällig macht dich auch dein Gemüt. Mathilde hat das auch gewusst. Du hättest sie retten können. Aber du hattest nicht die Kraft. Melancholie. Schwarze Galle. Depression klingt so profan, so wenig romantisch. Aber Melancholie, das ist Schwermut, Nachdenklichkeit – es hat beinahe etwas Poetisches, findest du nicht? Aber das ist es nicht! Deine Schwermut hat ein Leben genommen. Du hast es mir erzählt, vor vielen Jahren. Bevor dein Geist eine neue Geschichte gesponnen hat. Mathilde war nicht depressiv – du warst es! Du hast sie ausgesaugt, hast ihr alles Leben genommen! Als sie ins Meer ging, war sie nicht mehr als eine Hülle. Als die Flut kam, war es längst zu spät. Du hättest sie nicht mehr retten können, denn du hattest sie bereits getötet.

Ich gebe dir die Chance, das Unrecht zu sühnen.

Folge mir weiter ins Watt hinaus, Hauke. Folge Mathilde. Du wirst sie nicht noch einmal gehen lassen. Das wissen wir beide.

***

Der salzige Wind stob ihr kalt ins Gesicht und trieb ihr Tränen in die Augen. Ihre Finger waren mittlerweile nahezu taub, so kalt war es. Sie hätte die verfluchten Handschuhe anziehen sollen, dachte sie und schalt sich im selben Augenblick für diesen sinnlosen Gedanken. Sie musste Hauke finden. Das Gefühl in ihrer Brust hatte sich während der Fahrt ausgebreitet wie ein Polyp, der ihr die Luft abdrückte. Nur ein einziges Mal war Hauke morgens nicht auf seinem Kutter gewesen. Sie hatten ihn am Nachmittag gefunden. Er wollte ins Meer gehen, hatte er hinterher gesagt. *Zu ihr.* Kante biss sich auf die Zähne und trat noch fester in die Pedale.

Sie ließ die Strandkörbe hinter sich, die sich unter ihr wie in den weißen Sand geworfene, weißblaue Würfelchen ausbreiteten, und fuhr weiter den Deich entlang. Hauke hatte damals genau den Ort gewählt, an dem Mathilde *ins Meer gegangen* war. Die Depressionen, hatte er später zu erklären versucht, was nicht zu erklären war. Kante trieb sich zur Eile an. *Bitte lass es nicht zu spät sein*, waren die einzigen Gedanken, die durch ihre Hirnwindungen schlingerten und dort unentwegt Kreise zogen.

Sie hatte den Strand längst hinter sich gelassen und folgte der Deichstraße, die sich mehrere Kilometer zur Küste Utlandshörn erstreckte. Wenn sie nicht alles täuschte, lag die Stelle noch vor dem Campingplatz. Weiter konnte Hauke unmöglich gekommen sein. Zu Fuß musste er mindestens eine dreiviertel Stunde für diese Strecke gebraucht haben. Aber selbst diesen Weg hätte er in seinem derzeitigen Zustand nur schwerlich bewältigen können.

»Mi sitt dat Wäder in de Knaken.« Kante kam es so vor, als könne sie seine Stimme hören. Haukes Schmer-

zen hatten zugenommen – und mit diesen die Traurig-
keit. Sie versuchte, sich von dem Gedanken zu überzeu-
gen, dass er den weiten Weg in diesem Zustand nicht
hätte bewältigen können.

»Du darfst mich nicht verlassen!«, schrie sie gegen
den Wind an, der in ihren Ohren kreischte.

63

Während er sich entschlossenen Schrittes auf den Weg zum Deich machte, dachte er an die vergangene Nacht zurück. Er hatte noch mal von vorne begonnen und sämtliche Einträge in den Ermittlungsakten zu den Mordfällen Fenna Tütken und Elma Klaaßen durchgesehen. Dabei hatte er sein Augenmerk nur auf die Fakten gerichtet. Das Ehepaar Carstensen hatte er zunächst ausgeklammert, denn er vermutete immer mehr, dass dieser Fall einen anderen Hintergrund hatte. Was also war der gemeinsame Nenner, der Fenna und Elma miteinander verband? Abgesehen davon, dass beide Frauen aus Norddeich kamen und ein fortgeschrittenes Alter erreicht hatten. Laut Akten, in denen sämtliche Erkenntnisse der Ermittler, der Kriminaltechnik und Rechtsmedizin zusammengetragen waren, gab es zwei Dinge, die sich bei beiden Frauen ähnelten. Bei der Obduktion hatte Doktor Rosenfeldt sowohl bei Fenna als auch bei Elma Spuren des Antidepressivums Escitalopram im Blut gefunden – eine Tatsache, der Strater zu Ermittlungsbeginn keine weitere Bedeutung zugemessen hatte. Das Zeug wurde heutzutage vermutlich genauso oft verschrieben wie Blutdrucksenker oder Kopf-schmerzmittel. Dennoch war es eine Gemeinsamkeit und Strater hätte sein Jahresgehalt darauf verwettet, dass sie beide das Medikament von der Nordseeapotheke in Norddeich bezogen hatten. Außerdem war bei beiden Ermordeten etwas entwendet worden – die Brosche bei Fenna und das Schnapsglas bei Elma. Gegenstände, die offenbar eine persönliche Bedeutung für die Besitzerinnen gehabt hatten. Und sowohl die silberne Brosche als auch das edle Schnapsglas aus Bleikristall funkelten, wenn sich das Licht darin brach. Bei der Überlegung hatte Straters weintrunkenes Gehirn ihm das Bild von Erika Franzen vorgespielt, wie sie sich in der Apotheke von ihm abwandte und ihr markanter Ohrring aufblitzte, der irgendwie nicht zu ihrem burschikosen Erscheinungsbild passte.

Außer Atem vom Treppensteigen erreichte Strater die Deichkrone, doch keine Spur von Franzen. Er richtete den Blick auf das nebelverhangene Wattenmeer. An einer Stelle glitten die Schleier wie Vorhänge zur Seite und gewährten eine freie Sicht auf einen Priel, in dem das Wasser wie geschmolzenes Silber glitzerte.

Einen Mordverdacht auf einen funkelnden Ohrring aufzubauen, war natürlich ein Witz, aber seine vage Ahnung hatte Strater dazu veranlasst, sich noch einmal genauer mit Erika Franzen zu beschäftigen. Ihre Nazi-Tätowierung auf dem Arm, die Vorstrafen wegen Körperverletzung und die Aussage des ukrainischen Mädchens, das eine weiß gekleidete Person bei Elma Klaaßen gesehen hatte, waren für sich genommen nur schwache Indizien. Doch dann hatte Strater etwas entdeckt, was ihnen bislang entgangen war. Erika Franzen hatte vor sechs Jahren ein Kind verloren. Den ganzen Morgen hatte er herumtelefoniert, um mehr darüber zu erfahren, und schließlich erzählte ihm eine ehemalige Sportlehrerin des Jungen, der bei seinem Tod vierzehn Jahre alt gewesen war, Einzelheiten. Sie beschrieb ihn als introvertiert und schwermütig. Seine Klassenlehrerin hätte das angeblich mehrere Male den Eltern gegenüber angesprochen, aber sein Zustand besserte sich mit der Zeit nicht, ganz im Gegenteil. Er schien immer mehr in seiner eigenen Welt gefangen zu sein und war ein Außenseiter in seiner Klasse, der zu allem Überfluss auch noch gemobbt wurde. Seine Fehlzeiten nahmen weiter zu und irgendwann kam er gar nicht mehr zur Schule, denn er hatte sich vor einen fahrenden Zug geworfen. Eine schreckliche Tragödie. Strater konnte nur erahnen, was das mit einer Mutter machte. Für Eltern gab es nichts Schlimmeres, als ihr Kind zu verlieren. Er wusste noch genau, wie er und Saskia damals gelitten hatten, als ihnen gesagt wurde, dass Christoph zeitlebens an den Rollstuhl gefesselt sein würde. Dabei war das nicht einmal ansatzweise vergleichbar, denn ihr Sohn war am Leben. Außerdem hatte er sein Schicksal vorbildlich gemeistert. Weitere Hintergründe zum Tod von Erika Franzens Sohn hatte Strater bislang nicht in Erfahrung bringen können, aber was er wusste, reichte ihm bereits. Erika Franzens Ehe brach nach dem Verlust auseinander, was ihn nicht verwunderte, denn im Epizentrum eines solchen Dramas blieb nichts als Schutt und Asche zurück. Außerdem hatte Erika Franzen Aggressionen entwickelt, wie ihre Vorstrafen zeigten. Sie musste erfüllt sein vor Zorn und hatte wahrscheinlich – Strater dachte an die Ausführungen des Profilers – irgendwann entdeckt, dass es sich befreiend anfühlte, diese herauszulassen.

Die Wut in ihr richtete sich vermutlich gegen alles und jeden, aber jene Menschen, die trotz ihrer Schwermut ein stolzes Alter erreicht hatten, mussten ihr ein besonderer Dorn im Auge sein. Ihr Junge hatte sein Leben mit Vierzehn auf brutale Art und Weise selbst ausgelöscht, während diese alten Menschen tagein tagaus weiterlebten und Erika Franzen in der Apotheke vermutlich vorjammerten, wie schlecht es ihnen ging.

Strater, der sich inzwischen ein Stück vom Ort entfernt hatte, war derart in seine Gedanken versunken, dass er erschrocken zusammenzuckte und stehenblieb, als jemand seinen Namen rief.

64

Kante versuchte das Brennen in ihren Augenwinkeln zu ignorieren, das der kalte Fahrtwind auf ihrer tränennassen Haut verursachte und trat fester in die Pedale. Sie durfte ihn nicht verlieren! Immer wieder suchte sie mit ihren Augen den Strand nach Hauke ab, aber seit sie die Norddeicher Hauptader hinter sich gelassen hatte, wurde die Sicht zunehmend schlechter. Der Nebel hüllte mittlerweile einen Teil des Uferbereichs ein und schien mit jedem Meter, den sie zurücklegte, weiter in Richtung Deich zu kriechen. *Wie die Schwermut, die dich erfasst hat, Hauke,* dachte sie und schaffte es nicht, die nächste Träne herunterzukämpfen.

Die Schwermut, die vom Meer herübergekrochen kommt, beinahe unmerklich. Die dich langsam einhüllt und dir die Orientierung raubt, deine Stimme dämpft, alles Lachen schluckt. Dich allein zurücklässt, jenseits der weißen Wand. Jäh schreckte Kante aus ihren Gedanken. Ihre Hände umklammerten den Lenker und drückten fest gegen die Bremsen, die das Rad im letzten Augenblick mit einem lang gezogenen Quietschen zum Stillstand brachten.

»Verdammte Sch…«, rief die Gestalt vor ihr, als Kante vom Fahrrad sprang und im selben Moment erkannte sie die braune Jacke.

»Strater!« Sie brauchte einen Augenblick, um sich zu sammeln, dann brach es aus ihr hervor: »Du musst mir helfen! Schnell! Wir müssen ihn finden!« Sie war bereits wieder auf ihr Fahrrad gestiegen und versuchte gleichzeitig, den Kommissar vor sich herzuschieben, bis sie sich der Sinnlosigkeit ihres Vorhabens bewusstwurde. Sie hatte keine Ahnung, wo genau sich Hauke, geschweige denn, sie selbst gerade befand. Strater war zu Fuß nicht annähernd schnell genug, um ihr eine Hilfe zu sein. Doch sie durfte keine Zeit mehr verlieren!

»Geh runter zum Strand!«, schrie sie ihm bereits im Losfahren mit halb nach hinten gewandtem Kopf zu und hoffte, dass ihre Stimme zu ihm durchdrang. Dann strampelte sie weiter den Deich entlang, die Augen immer wieder rechts zum Watt gerichtet, das zunehmend von Nebelschleiern bedeckt wurde. Sie würde weiterhin von hier oben nach ihm suchen. Wie sollte sie ihn bei dem Wetter nur finden? Panisch verscheuchte sie den Gedanken, aber ein zweiter folgte ihm bereits. Bald würde die Flut kommen und wie zur Hölle sollte sie den stämmigen Mann ohne Hilfe rechtzeitig aus dem Meer ziehen können?

***

Jetzt bist du da.

Dein glasiger Blick verrät mir, dass ich Mathilde für dich bin. Deine Mathilde. Du wirst mich retten.

Weißt du, wie sehr ich diesen Augenblick genieße? Es ist so viel schöner als die letzten Male, so unglaublich viel schöner. Ich warte auf dich und du kommst zu mir. Kein Klingeln an der Tür, kein gewaltsames Eindringen.

Du siehst eine andere in mir. Es rührt mich zu Tränen.

Hilfe!

Ich genieße die Vorstellung, die ich dir gebe. Ich bin das Krokodil, erinnerst du dich? Ich warte.

So hilf mir doch!

Ich bleibe stecken und versinke im Watt. Lass mir die Vorstellung, dass *ich* es bin, die du retten wirst.

Mit deinem Tod wirst du bedeutsam. Nicht für Mathilde. Für *mich*. Für mich und für Jakob. Natürlich für Jakob! Ihn wird kein Schatten trüben. Ich beschütze ihn.

Weißt du, dass *mich* niemand beschützt hat? Sie war so wie du, Hauke, verstehst du? Wenn er zu mir gekommen ist, meine Kleider vom Leib gerissen und mich ans Bett gefesselt hat. Sie hat einfach die Tür geschlossen und ist gegangen. Die Schwermut, hat sie gesagt. Die Melancholie. Sie hat ihre verfluchten Tabletten gefressen, diese verlogene Hexe, verstehst du endlich? Aber sie haben nichts geändert. Weil es *da* drin ist, Hauke, *da* drin! Die schwarze Galle! Ich habe ihnen das Helleborus Niger verabreicht, die schwarze Nieswurz, als Gegengift. Die Schneerose. Nicht das Escitalopram. Der Überschuss an schwarzer Galle lässt sich nur damit entfernen. Sie steckt in der Milz. Sie verursacht nicht nur die Abstumpfung, sondern auch die Trägheit. Die schwarze Galle lähmt. Die Humoralpathologie, die Vier-Säfte-Lehre, war bereits im Mittelalter bekannt. Aber die Entwicklung war falsch. Melancholie ist eine Krankheit, keine Charaktereigenschaft. Sie ist nicht das Wesensmerkmal des Genies, sie ist der Stumpfsinn des Kranken. Sie muss behandelt werden. Ich musste die Dosis variieren, denn es hat nicht geholfen. Acedia,

Trübsinn. Die Mönchskrankheit, Instrument des Teufels. Eine Todsünde, wusstest du das, Hauke? Schließlich hat es das Leben deiner Frau gekostet. Du hast sie sterben lassen. Die heutige Pharmakologie ist weiter, sie hat andere Mittel zur Verfügung. Aber sie behandelt falsch. Sie vergisst die schwarze Galle. Kein Antidepressivum wird wirken, wenn es nicht die schwarze Galle verringert. Denn sie ist die Triebkraft der Krankheit. Irgendwann finde ich die richtige Dosis.

Depression hat viele Gesichter, heißt es – aber das ist falsch! Depression hat ein einziges, krankes Gesicht. Ich erkenne es unter Hunderten. Deine Augen, Hauke, mögen noch nicht erloschen sein, aber es ist nur eine Frage der Zeit. Der Tod hätte auch so nicht mehr lange auf sie gewartet. Kannst du dir vorstellen, wie schön das Gefühl war, sie befreit zu haben? Ich war wie beflügelt. Ich habe ihren Hunger gestillt.

Wir haben *meinen* Hunger gestillt.

Dann kam der Appetit.

Ich habe weitergemacht und die Dosis adaptiert. Es hat besser gewirkt, an manchen Tagen kamen sie beinahe beschwingt zu mir. Sie, die kommen und gehen, ihre leeren Augen auf mich richten und mich doch nicht sehen. Ich habe die Pillen selbst abgefüllt und in die Verpackung getan. Als Antidepressivum habe ich es ihnen verkauft und das war es ja auch.

Aber es dauert seine Zeit – und die haben wir nicht.

Wir haben nicht die Zeit. Jakob ist noch ein Kind und ich werde ihn beschützen. Kein Schatten wird ihn je verdunkeln.

65

Was war denn das? Perplex starrte Strater der Tätowiererin auf ihrem Rad hinterher, die nach wenigen Metern bereits vom Nebel verschluckt wurde. Wie ferngesteuert wankte er zum Strand hinunter, während sich die Gedanken in seinem Kopf überschlugen. Wen mussten sie finden? Offenbar war jemand in Gefahr. Womöglich übertrieb die Kleine aber auch mit ihrer melodramatischen Attitüde. Er hatte jetzt keine Zeit, den Babysitter für irgendwelche Ostfriesen zu spielen. Die einzige Person, die er finden musste, war Erika Franzen.

Er hetzte an der abschüssigen Steinböschung entlang, hinter der sich das von weißgrauen Nebelschwaden verhüllte Wattenmeer ausbreitete, und schaute sich aufgeregt um. Die Stille erfüllte ihn mit Beklemmung – es schien, als hätte der Nebel sämtliche Strandgeräusche aufgesaugt. Kein Möwen-Gekreische, Windrauschen oder vergnügliches Kinderlachen war zu vernehmen.

Angestrengt versuchte Strater zwischen den wabernden Nebelmassen, die sich immer mehr zu verdichten schienen, etwas zu erkennen. Vor ihm im Watt stoben die Nebelschwaden ein Stück auseinander wie die geisterhaften Schleier eines Vorhangs. Strater kniff die Augen zusammen und erkannte eine Gestalt, die hinaus in Richtung Meer wankte. Mit seiner Mütze und der massigen Figur sah er aus wie einer der Fischer vom Hafen. War das der Kerl, den Kante suchte?

»Hey Sie!«, rief Strater.

Der Nebelvorhang hatte sich längst wieder geschlossen und aus der weißen Wand war keine Antwort zu vernehmen. *Scheiße!* Was hatte der Typ bei dem Wetter im Watt verloren? Unschlüssig blieb Strater stehen und versuchte, einen Moment lang einfach so zu tun, als hätte er den Mann niemals gesehen. »Mist, verdammter«, entfuhr es ihm stattdessen.

Er stieg vorsichtig die Steinböschung hinab und betrat das Watt. Von einem schmatzenden Geräusch begleitet sackten seine braunen Lederschuhe in dem schlammigen Boden ein. Mühsam verdrängte er seinen Ärger um die ruinierten Schuhe und watete, so schnell es ging, in Richtung der Stelle, wo er den Mann gesehen hatte.

»Hallo?« Von allen Seiten krochen wabernde Nebelmassen auf ihn zu, als wollten sie ihn umzingeln und sich ihn einverleiben. Straters Lippen verließ erneut ein Fluch.

Immer wieder kam es in den Küstenregionen zu Tragödien im Watt, weil viele Menschen die Gefahren unterschätzten. Erst letzten Monat konnte eine Touristin gerade noch rechtzeitig von einem Rettungshubschrauber geborgen werden, die Flut hatte sie bereits eingeschlossen.

Noch einmal rief Strater in die trübe Suppe hinein, ohne eine Antwort zu erhalten. Inzwischen war er noch einige Meter weiter hinausgegangen. Als er sich umdrehte, konnte er das Ufer bereits nicht mehr erkennen. *Wo ist der Kerl?* Strater drehte sich gerade um die eigene Achse und hielt nach dem Mann Ausschau, als sein rechter Fuß in dem Schlickwatt einsackte, stecken blieb und von kaltem Wasser umspült wurde. Er ruderte mit den Armen, machte einen weiten Ausfallschritt mit dem anderen Bein und sank prompt auch mit diesem bis unterhalb der Knie in dem weichen Schlamm ein. Eine starke Strömung zerrte an ihm und als es ihm misslang, sein rechtes Bein herauszuziehen, überkam ihn eine Woge der Angst. Er war in einen der berüchtigten Priele getreten, einen schmalen Wasserlauf im Watt. Dass man darin einsinken konnte wie in Treibsand, hätte er so nicht vermutet.

Plötzlich kam es ihm so vor, als hätte er einen entfernten Schrei gehört. Sein Herz hämmerte immer heftiger gegen seine Brust, als er sich abermals vergeblich zu befreien versuchte. Entsetzt stellte er fest, dass sich zu allen Seiten um ihn herum Rinnsale aus Wasser gebildet hatten. Die Flut kam!

66

»Verdammte Scheiße«, stieß Kante hervor und drückte mit den Fingern die Bremsen durch. Sie konnte mittlerweile kaum noch die eigene Hand vor Augen sehen, geschweige denn, was unter dem Deich vor sich ging. Der Nebel hatte das Wattenmeer nahezu komplett verschluckt. Panisch ließ sie das Fahrrad fallen und rannte den Abhang hinunter. Die feuchte Luft hatte einen dünnen Wasserfilm auf ihrer Nase hinterlassen und den Bruchteil einer Sekunde irritierte sie der Gedanke, dass man Nebel tatsächlich riechen konnte. Plötzlich knickte ihr Fuß um und sie strauchelte. Automatisch riss sie ihre Arme vor den Kopf, dann spürte sie, wie ihr Körper wie ein Wackerstein über den abschüssigen Grund holperte und hart am Boden auftraf. Nach einem kurzen Gleißen vor ihrem inneren Auge verschwand der Nebel in Düsternis.

***

Die schwarze Galle in euch wird Jakob nicht vergiften, so wie sie meine Seele vergiftet hat. Sie ist ansteckend, die Melancholie. Ich habe es am eigenen Leib erfahren. Als er zu mir gekommen ist, Nacht für Nacht. Sie ist einfach gegangen, meine Großmutter. Hat mich allein gelassen mit dem Tier in meinem Bett. Die schwarze Galle in ihr hat sie gelähmt. Sie ist durch die Ritzen des Hausflurs gekrochen, hat die geblümte Tapete von der Wand geschält, den Klinker schwarz gefärbt. Ich habe es gesehen.

Ich werde die richtige Dosis finden, die schwarze Galle zähmen. Bis dahin werde ich die Ausbreitung verhindern und die Welt dadurch besser machen. Für Jakob, den kein Schatten trüben wird.

Jetzt komm näher, Hauke. Komm zum Krokodil.

Hilf mir!

Es hat Appetit.

67

»Wo bist du?«, schrie er das Meer an, das nicht mehr antwortete. Eben noch hatte er ihren qualvollen Schrei gehört, der sich irgendwo im Nichts verloren hatte. Verzweifelt zog er seinen Schuh aus dem schlickigen Grund und setzte ihn nach vorne. Sofort wurde er vom Watt umschlossen, als wolle es ihn nicht mehr hergeben.

Es kostete Kraft. So viel Kraft. Hauke kämpfte die neuerliche Woge aus Schmerz hinunter, die ihm fast den Verstand raubte. Die Kälte kroch immer weiter seinen Körper hinauf und mit jedem weiteren Schritt verstärkte sich das Reißen in seinen Gliedern. Doch er würde nicht stehenbleiben. Er musste sie da rausholen.

»Wooo bist duuuu?«, hörte er seine Stimme unmenschlich durch die Nebelschwaden irren, bis sie sich schließlich im Dunst auflöste.

Von ihr hingegen war nichts zu sehen oder zu hören.

Es handelte sich nicht um Zufall, dass er hier war. Es sollte so sein. Diese Erkenntnis traf ihn wie eine Ohrfeige. Er musste sie retten, sonst war sie verloren.

Mittlerweile hatte er das Ufer weit hinter sich gelassen, das war ihm klar, auch wenn der Nebel jede Orientierung unmöglich machte. Seenebel im Herbst war kein seltenes Phänomen. Dennoch konnte er sich nicht daran erinnern, jemals derartige Sichtverhältnisse erlebt zu haben.

»Wooo bist duuu?«, hörte er eine Stimme, die von allen Seiten und doch von nirgendwo zu stammen schien, bis er registrierte, dass es seine eigene sein musste. Ein dunkler Schrei verlor sich in weiter Ferne und Hauke presste die Zähne aufeinander. Entsetzt registrierte er, dass bereits kaltes Wasser zwischen seinen Füßen floss. Als er den nächsten Schritt tat, spürte er den starken Sog der Strömung und stampfte seinen Fuß tief in den Schlick. Einen Augenblick lang kam er ins Straucheln und beinahe wäre er vornüber in das eisige Wasser gefallen. Die Vehemenz, mit der die Nordsee ihre Macht demonstrierte, ließ ihn einen Moment erschaudern. Er war hierhergekommen, es sollte so sein. Er hatte es gewusst, als das erste Licht den Hafen zum Leben erweckt hatte.

Er würde sie zurückholen. Er *musste.*

68

Strater schnappte panisch nach Luft, sein Herz raste. Mit schreckgeweiteten Augen blickte er um sich auf das einlaufende Wasser, welches das Watt bereits fast vollständig überdeckte. Der Priel, in dem er mittlerweile bis zu den Knien steckte, füllte sich sprudelnd weiter. Er spürte den starken Sog des kalten Wassers, als wäre die Nordsee ein lebender Organismus, der ihn mit seiner urgewaltigen Kraft mitreißen und ihn sich einverleiben wollte.

Begleitet von einem energischen Aufschrei riss Strater zum wiederholten Mal mit ganzer Gewalt sein rechtes Bein hoch und endlich konnte er es, untermalt von einem schmatzenden Geräusch, herausziehen. Er setzte seinen Fuß am Rande des Priels auf und mit einem weiteren Kraftakt zog er auch sein anderes Bein aus dem unheilvollen Wasserlauf. Nach vorn gebeugt, mit auf den Knien aufgestützten Händen, holte er einen Moment lang tief Luft und schaute auf seine durchnässte Cordhose. Dann richtete er sich auf und versuchte, zwischen den weißgrauen Nebelschwaden etwas zu erkennen.

»Hallo?«, rief er. Doch bis auf das Schwappen des Wassers um ihn herum, herrschte Stille. Die Erleichterung darüber, sich aus dem Priel befreit zu haben, wich erneuter Panik. Denn der Nebel umgab ihn von allen

Seiten und er hatte die Orientierung verloren. Wo war das verdammte Ufer?

69

Ein unbändiger Wille trieb seinen rebellierenden Körper vehement an, dessen Bewegungen immer mehr verlangsamten. Hauke ignorierte das durch die Kälte verursachte Stechen in den Füßen, welches das Reißen in seinen Gliedern bald in den Hintergrund treten ließ. Er setzte den nächsten Fuß nach vorne und spürte, wie dieser ins Bodenlose sank. Eine Welle der Panik überrollte ihn, als er nach unten sah und den sich kräuselnden Wasserstrom zwischen seinen Beinen ausmachte.

Die Priele hatten schon viele Leben gekostet. Wenn er sich nicht würde befreien können, waren sie beide verloren. Mit aller Kraft lehnte er seinen Körper nach vorne und schrie vor Schmerz, als sein nackter Fuß freikam und er vornüber ins knietiefe Wasser fiel, das zu allen Seiten platschte. Der weiche Schlick umfing ihn wie eine sanfte Umarmung. Er versuchte, sich mit der Hand nach oben zu drücken, die bereits im Schlamm versank, als er eine Bewegung neben sich wahrnahm. Er drehte seinen Kopf zur Seite und riss erstaunt die Augen auf. Durch den Nebel hindurch erkannte er schemenhaft eine Gestalt. Eine Woge der Erleichterung erfasste ihn, als plötzlich eine Hand durch den Nebel schnellte und sich etwas Kaltes um seine Kehle schlang.

70

Stöhnend rappelte Kante sich auf und betastete ihre Stirn, die von einer Flüssigkeit benetzt war. »Verfluchte Sch...«, presste sie hervor, als sie ihre blutverschmierten Finger dicht vor ihre Augen hielt. Einen kurzen Moment brauchte sie, um zu verstehen, was geschehen war, dann rannte sie los. *Hauke!*

Der Nebel war hier unten, nahe am Wasser, so undurchdringlich, dass sie Mühe hatte, sich zu orientieren. Von wo war sie gekommen? Verdammt! Lief sie gerade in die entgegengesetzte Richtung? Panisch änderte sie ihren Kurs. Als sie das Watt erreichte, schmatzte es unter ihren Füßen. »Hauuuukeeeee«, rief sie in das Nichts, das sich vor ihr ausbreitete, aber der Nebel schien ihre Stimme zu verschlucken. Sie blieb stehen und versuchte, einen klaren Gedanken zu fassen. Die Flut würde bald einsetzen. Wenn sie bei diesen Sichtverhältnissen weiterhin blindlings durch das Watt lief, könnte das ihr Todesurteil bedeuten. Ein Geräusch ließ sie herumwirbeln. Eine Stimme? Oder war es nur der Schrei einer Möwe gewesen? Sie machte ein paar Schritte in die Richtung, aus der sie den Laut vernommen hatte, aber jetzt war es still. Kante versuchte zu lauschen, aber alles, was sie hörte, war ihr eigener Atem, der sie wie ein unmenschliches Hecheln zu umgeben schien. Sie wirbelte herum. Von wo aus war sie gekommen? Nackte Panik erfasste sie, als sie spürte, wie ein schmales Rinnsal ihren Fuß umspülte. Das Wasser kam!

»Hauuukeeee«, brüllte das Tier in ihr gegen die weiße Wand an.

71

Ein kehliger Laut irgendwo zu seiner Rechten ließ Strater aufhorchen. Er patschte durch das knöchelhohe Wasser in die Richtung, wobei er den Blick auf den Boden gerichtet hielt, um nicht erneut in einen Priel zu treten, aus dem er sich dieses Mal womöglich nicht wieder befreien könnte. Gedankenfetzen flogen durch seinen Kopf, er sollte schnellstmöglich das Ufer suchen, denn zu ertrinken war sicher kein schöner Tod.

Scheiß auf diesen Fischer, der freiwillig bei dem Wetter hier herumläuft! Erneut erklang das Geräusch, wie ein lang gezogenes Stöhnen. Strater hob den Blick. Umrisse einer Gestalt schälten sich aus dem Nebel. Er blieb stehen und für den Bruchteil einer Sekunde glaubte er, zu halluzinieren, denn der Fischer, den er vor sich sah, schien zu schweben. Seine Füße bewegten sich in der Luft. Erst kurze Zeit später erkannte Strater, dass jemand hinter dem Mann stand und ihn mithilfe eines Schlauchs, der um seinen Hals geschlungen war, zurückkriss, sodass seine Füße einen Augenblick die Bodenhaftung verloren haben mussten.

»Loslassen!«, brüllte Strater und kämpfte sich weitere Meter durch den Schlick in Richtung der beiden Gestalten vor ihm. Er tastete vergeblich nach seiner Waffe, die nach dem Achmatowa-Vorfall aber noch immer in der Kriminaltechnik lag. Hätte er sich doch nur um Ersatz gekümmert.

Strater erkannte durch den lichter werdenden Nebel
die weiße Montur einer Frau, die den Fischer mit brutaler Gewalt strangulierte. *Franzen!* Er war bereits hinter ihr und im Begriff, sie von ihrem Opfer wegzureißen, als sein Fuß in einer Vertiefung einsackte und ihn
zwang, in der Bewegung zu verharren. Nur mit Mühe
gelang es ihm, sein Gleichgewicht zu halten und sich zu
befreien. Als er zum Angriff übergehen wollte, rammte
die Gestalt ihren Ellenbogen nach hinten gegen seine
Nase. Strater torkelte ein paar Schritte zurück und
fasste sich in sein schmerzendes Gesicht. Gerade wendete er sich dem Geschehen vor ihm erneut zu, da
schnürte sich etwas fest um seinen Hals. Mit einem
Ruck wurde er zurückgerissen. Panisch schnappte er
nach Luft.

72

Zurück ans Ufer, schrie Kantes innere Stimme. Sie durfte keine Minute länger hierbleiben, sonst würde das Wasser sie einschließen, wo auch immer sie sich gerade befand. Sie riss das rechte Bein nach vorne, aber der schlickige Grund gab ihren Fuß nicht frei. Mit nacktem Entsetzen sah sie, wie der Priel unter ihr sich füllte. Sie versuchte es erneut, ruckelte, aber ihr Fuß schien nur weiter im nassen Grund zu versinken. Wenn sie hier nicht herauskam, würde die Nordsee ihr Grab werden. Hektisch bückte sie sich zu ihrem durchnässten Hosenbein hinunter, tauchte die Hand in das Meerwasser ein und nestelte an ihren Schnürsenkeln, dann riss sie panisch an ihrem Schuh und fiel vornüber in das dunkle Gewässer. Es gelang ihr, sich aufzurichten, ohne ein weiteres Mal im unsteten Grund zu versinken. Sie ignorierte die eisigen Nadelstiche, die ihren rechten Fuß zu durchlöchern schienen und kämpfte sich weiter in die Richtung vor, in die das Wasser drängte. Dieses schien von Sekunde zu Sekunde zu steigen und die Strömungen unter ihr waren teilweise so stark, dass sie mit aller Kraft dagegen ankämpfen musste. Ihre Beine versanken bei jedem Schritt ein Stück im Schlick, sodass sie kaum vorwärtskam. Dennoch war sie sich sicher, in Richtung Ufer zu laufen. Der Gedanke an Hauke ließ sie immer wieder aufschluchzen. Sie rief unentwegt seinen Namen, aber nur das bedrohliche Rauschen des Meeres antwortete ihr.

Obwohl der Wasserspiegel mit jedem Schritt stieg und sie mittlerweile knietief im Meer stand, meinte sie, vor sich schemenhaft das rettende Ufer und dahinter den Deich ausmachen zu können. Sie spürte, wie sich Erleichterung in ihr breitmachte und wuchtete sich gerade schneller nach vorne, als sie plötzlich Geräusche in unmittelbarer Nähe vernahm. Kante hielt einen kurzen Augenblick inne und lauschte. Wieder hörte sie Laute, die vage Erinnerungen an planschende Kinder in ihr weckte.

Hauke! Kämpfte er gegen das Wasser an? Steckte er fest? Ohne lange zu überlegen, änderte sie ihren Kurs und watete ein Stück weit parallel vom rettenden Uferabschnitt weiter in die Richtung, in der sie die Herkunft der Geräusche vermutete. Sie meinte jetzt einen Schrei zu vernehmen und kämpfte sich hektisch weiter nach vorne. Sie versuchte, den Gedanken an die einsetzende Flut zu verdrängen, die immer vehementer an ihren Waden zerrte. Der Nebel schien jeglichen Laut zu verschlucken und einen kurzen Moment wurde sie erneut von Panik ergriffen, die Orientierung verloren zu haben. Dann hörte sie ein Gurgeln, gefolgt von einem Röcheln unmittelbar vor sich und erstarrte.

***

»Hilf mir«, hörte Kante eine Stimme flehen, die ihr das Blut in den Adern gefrieren ließ. Die Stimme senkte sich zu einem Wispern herab, das sie nicht mehr verstehen konnte. Dann vernahm sie ein Planschen und ein Lachen, das klang wie zerbrechendes Glas. Im selben Moment realisierte sie, dass jemand um sein Leben kämpfte. Ohne nachzudenken, riss sie ihren rechten Fuß, den sie nicht mehr spüren konnte, weit nach vorne und folgte mit dem linken Fuß.

Vor sich blitzte es weiß aus dem Nebel hervor. Sie watete weiter in die Richtung und erkannte jetzt eine weiß gekleidete Gestalt, die jemanden nach hinten zog. *Hauke!* Sie griff in ihre Tasche nach dem spitz zulaufenden Stein, den sie für Notfälle stets bei sich trug und hechtete zwei weitere Schritte nach vorne. Einen Wimpernschlag lang zögerte sie, dann holte sie aus. Im selben Moment, als sie den Stein auf den Kopf des Angreifers niedersausen ließ, befreite sich das Opfer und Kante sah mit Entsetzen, wie die Spitze stattdessen auf dessen Schädeldecke auftraf.

73

Instinktiv griff Strater mit beiden Händen nach hinten in seinen Nacken. Er packte jeweils einen Daumen seiner Widersacherin und riss diese zur Seite herunter – eine Technik aus dem Krav Maga, die er vor Urzeiten, während eines Polizeitrainings gelernt hatte. Der Druck gegen seine Kehle löste sich augenblicklich. Während er gierig nach Luft schnappte, machte er einen schnellen Schritt zur Seite und rammte seinen rechten Ellenbogen nach hinten. Nahezu zeitgleich bewegte sich vor ihm jemand im Nebel und holte zu einem Schlag aus. Strater riss den Kopf blitzschnell zur Seite, sodass dieser nur touchiert wurde, dennoch erfüllte ihn ein dröhnender Schmerz. Er fing Kantes erschrockenen Blick auf, die mitten in der Bewegung erstarrt war. Geistesgegenwärtig schnappte er nach dem, was sie in der Hand hielt und was sich als spitzer Stein entpuppte, und wirbelte herum. Die weiß gekleidete Gestalt patschte vornübergebeugt durchs Watt und hielt sich das Gesicht, in dem sein Ellenbogen offenbar zielsicher gelandet war. Begleitet von einem urtümlichen, wutgetränkten Brüllen, pflügte sie plötzlich wie eine Dampfmaschine durch eine Nebelschwade auf Strater zu. Dessen Augen weiteten sich, er hielt unwillkürlich die Luft an und schlug den Stein kraftvoll auf ihren Kopf, als ein spitzer Schrei in seinem Rücken ertönte. Die Apotheken-Angestellte fiel platschend ins Watt, woraufhin das Wasser zu allen Seiten spritzte.

Strater hielt sich seine schmerzende Schläfe und stakte zu Kante, die den Schrei ausgestoßen hatte. Sie kniete über dem reglos auf dem Rücken liegenden Fischer. Als Strater die beiden erreicht hatte und sie zu ihm hochsah, las er Entsetzen in ihren Augen.

»Er stirbt«, presste sie mit stockender Stimme hervor. Sie tätschelte das bläulich verfärbte Gesicht des alten Mannes und rüttelte an seinen Schultern, über die bereits das ansteigende Wasser schwemmte. »Er atmet nicht mehr.« Sie legte ihr Ohr an das Gesicht des Alten, während Strater sich neben sie hockte.

»Wir müssen versuchen, ihn wiederzubeleben«, stieß er hervor, aber Kante riss bereits mit schnellen Bewegungen die Jacke und das Hemd des Mannes auf.

»Schnell, das Wasser steigt immer weiter!« Kante presste gerade ihren Handballen auf die nackte Brust des Mannes und begann mit der Herzdruckmassage, da vernahm Strater hinter sich ein zorniges Kreischen. Alarmiert sprang er auf und wandte sich um, als eine Hand seine Kehle packte und zudrückte. Im entrückten Ausdruck der Angreiferin las er Wahn und erbarmungslose Entschlossenheit. Instinktiv hatte Strater nach ihrem Arm gegriffen, um diesen von seiner Kehle loszureißen, doch einen Herzschlag lang vergaß er jegliche Gegenwehr, denn nicht Erika Franzen war es, die ihn attackierte, sondern die blonde Apotheken-Angestellte, die ihm das Maca verkauft hatte! Sein eigenes verzweifeltes Röcheln schreckte ihn aus der Erstarrung und er drückte unter Aufbietung seiner letzten Kräfte

ihren Arm herunter, woraufhin sie seine Kehle losließ
und er nach Luft schnappte.

Ein Grinsen verzerrte ihr Gesicht zu einer irren Fratze
und ihre vor Triumph leuchtenden Augen verwirrten
ihn. Erst als sie das Messer hob, an dessen funkelnder
Klinge Blut klebte, spürte er den reißenden Schmerz in
seiner linken Seite.

74

Ein hasserfüllter Schrei ließ Kante erstarren. Sie riss den Kopf nach oben und sah, wie Strater zu der weiß gekleideten Gestalt hinter ihm herumwirbelte. Einen winzigen Moment trafen sich ihre Blicke und als Kante das Aufblitzen in den Augen der Angreiferin sah, wusste sie, dass es zu spät war.

Ein Raubtier, schoss es durch ihren Kopf, als sie regungslos dabei zusehen musste, wie sich die Hand des Tiers um Straters Kehle legte. Sie hörte sein Röcheln und sah, wie Strater wankte. Plötzlich schnellte sein Arm nach vorne und die Gestalt vor ihm ließ von seiner Kehle ab. Strater hatte sich befreit. Doch noch konnte Kante sich nicht aus ihrer Starre lösen. Sie kniete weiterhin neben dem alten Mann, der stumm und regungslos im knöcheltiefen Wasser lag, ihr Arm unter seinen Rücken gestützt, um ihn vor dem Ertrinken zu bewahren. Ein Anflug von Hoffnung keimte in ihr auf, als Strater wieder die Oberhand gewann. Dann funkelte plötzlich etwas in der Hand der Frau und nur Sekundenbruchteile später ging Strater zu Boden.

»Nein!«, schrie sie gegen die panische Verzweiflung an, die selbst der Nebel nicht zu schlucken vermochte. Mit einem entrückten Grinsen im Gesicht und dem blutverschmierten Messer in der Hand stand die Angreiferin noch immer vor Strater. Kante blickte zu Boden auf Hauke, der sich nicht mehr rührte und traf eine

Entscheidung. Mit einem Ruck zog sie ihre Hand unter Haukes Rücken hervor, dessen Rumpf unmittelbar im Schlick einsank. Geschockt sah sie, wie das Wasser sofort seinen bläulichen Hals benetzte, um den noch immer der Plastikschlauch hing, und Teile seines Kopfes umspülte. Sie riss sich von dem Anblick los, sprang auf und wirbelte herum. Die Frau näherte sich ihr jetzt mit dem Messer in der Hand. Ihr Gesicht war nicht mehr als eine Fratze und der lauernde Blick verriet Kante, dass sie nicht von ihr ablassen würde.

Sie oder ich. Die Wut brach wie dunkler Schlamm über Kante zusammen und ließ den Damm in ihr bersten. *Du oder ich!* Mit aller Kraft stieß sie ihren rechten Fuß aus dem schlickigen Grund, der träge schmatzte, und hechtete nach vorne. Salzwasser spritzte in ihre Augen, als sie bäuchlings im Wasser aufschlug und die Fersen der Frau zu fassen bekam, die sie mit sich auf den Grund riss. Mit einem Satz war Kante auf ihr und presste ihr mit aller Kraft das rechte Knie gegen die Kehle, sodass ihr Kopf unter Wasser gedrückt wurde. Ihre Hände packten währenddessen die Arme der Frau. Diese musste beim Sturz das Messer losgelassen haben, denn ihre Hände waren zu nackten Fäusten geballt. Mit beinahe unmenschlicher Kraft hielt die Frau unter ihr dagegen und Kante presste verzweifelt ihr Knie fester gegen die Kehle der anderen. Luftblasen sprudelten an der Wasseroberfläche, unter der das leichenblasse Gesicht der Frau von einem blonden Haarschopf umspült wurde. Kante spürte, wie ihre Energie versiegte. Mit letzter Kraft drückte sie den Körper weiter nach unten.

Endlich ebbte das Zappeln ab und die Gegenwehr erstarb. Kante ließ die Handgelenke der Frau los. Ihr ganzer Körper zitterte, aber sie unterdrückte den Gedanken, gerade einen Menschen getötet zu haben. Sie drehte ihren Kopf ein Stück zur Seite, um nach Hauke zu sehen. Das Wasser hatte seinen Kopf mittlerweile fast vollständig bedeckt. Langsam erhob sie sich von dem Körper unter ihr, als dieser sich plötzlich erneut bewegte. Ruckartig wurde der Kopf aus dem Wasser gerissen und ein eisgraues Augenpaar starrte sie hasserfüllt an. Sie spürte einen festen Griff um ihr linkes Handgelenk, dann wurde ihr Körper von dem der Frau in den nassen Grund gewalzt.

75

Strater öffnete ein Auge. Er hatte geträumt. Sie war wieder da gewesen. Die Klinge in seinem Bauch. Der Schmerz. Er wischte die salzige Träne aus seinem Gesicht und hörte den Pulsschlag in seinem Ohr, laut und deutlich. *Pock. Pock. Pock. Pock.* Vermischt mit Schreien. Mit einem Ruck richtete er sich auf. *Die Apotheken-Angestellte!*

Die Ohnmacht niederkämpfend, wuchtete er seinen Körper aus dem matschigen Grund und versuchte, sich zu orientieren. Dann entdeckte er sie in ihrem weißen Outfit. Strater kämpfte sich quälend langsam durch das steigende Wasser, ohne die Frau aus den Augen zu lassen. Obwohl es nur wenige Meter sein konnten, die sie voneinander trennten, hatte er irgendwie das Gefühl, nicht vorwärtszukommen. Immer wieder umfasste das schlickige Watt seine Füße und mit jedem Versuch, sich loszureißen, verlor er Zeit. Die Frau schien jemanden unter Wasser zu drücken. *Hauke?* In seinem Kopf zogen die Gedanken wirre Kreise, nichts ergab mehr Sinn. Ihm war, als habe er Kante gesehen, bevor ... Die Erinnerung brach jäh über ihm zusammen.

Sie würde Kante töten! Mit steigender Verzweiflung watete er weiter durch das dunkle Wasser und riss seine Beine kraftvoll nach vorne. Er musste es schaffen! Mit einem letzten Satz war er bei der weiß gekleideten Frau, die ihr Opfer mit einem manischen Grinsen ins

Wasser presste. Der aufgestaute Frust der letzten Tage ballte sich in Strater zu einer zügellosen Wut zusammen, mit der er sich auf die Apotheken-Angestellte warf und seine Faust in ihr Gesicht schlug. Wasser spritzte, als er rittlings auf ihr landete und sie von Kante wegrollte. Als sie sich aufbäumte und nach Luft schnappte, verpasste Strater ihr einen gezielten Schlag gegen die Schläfe, woraufhin ihr Kopf zurück ins Wasser sank und ihre Bewegungen erschlafften.

Er ließ von ihr ab und sprang auf, dabei bemerkte er, wie wacklig er auf den Beinen war. Die Wunde an seiner linken Seite pochte schmerzhaft. Mit zusammengebissenen Zähnen wandte er sich um und suchte die Wasseroberfläche ab. In der Strömung trieb eine dunkle Haarsträhne. Panisch griff er nach dem schlaffen Körper und zog Kante aus dem Wasser.

»Lass mich nicht allein«, wisperte er in ihr Ohr, dann presste er den zarten Körper fest an sich und schrie es in den weißen Nebel hinaus. »Lass mich nicht allein!« Verzweifelt starrte er in ihr regloses Gesicht, als könne er sie mit der Intensität seines Blickes dazu veranlassen, wieder zu sich zu kommen. So durfte es nicht enden. »Bitte«, flehte er entsetzt.

Plötzlich öffnete Kante ihre Augen und sah ihn verwirrt an. Ein Glücksschauer durchflutete Strater, während sie einen Schwall Wasser aushustete. Er wollte ihr behutsam auf die Beine helfen, doch sie wandte sich aus seinen Armen, kämpfte sich auf die Füße und wirbelte um die eigene Achse. »Hauke!« Sie zerrte an ihm und watete zu dem inzwischen vollständig von Wasser bedeckten Mann.

Er ist längst tot, schoss es Strater durch den Kopf, ließ sich aber ein Stück mitziehen. Doch durch die schnellen Bewegungen drehte sich alles in seinem Kopf und er blinzelte benommen. Wie ein Volltrunkener torkelte er hinter Kante her. Seine Beine drohten einzuknicken, er fühlte sich unendlich kraftlos.

Reiß dich zusammen, ermahnte er sich wieder und wieder und kämpfte sich die restlichen Meter zu der Tätowiererin vor. Diese hatte sich bereits zu dem Alten heruntergebeugt und dessen Kopf und Oberkörper aus dem Wasser gehoben. Strater stellte sich auf die andere Seite des Mannes und gemeinsam zerrten sie ihn weiter hoch. Sie legten sich jeweils einen Arm des Fischers um die Schultern, aber als das zusätzliche Gewicht auf Strater lastete, knickten seine Beine ein. Im letzten Moment gelang es ihm, ein Knie auf dem unsteten Grund abzusetzen und auf diese Weise einen Sturz zu verhindern.

»Strater, lass uns jetzt nicht hängen«, presste Kante flehentlich hervor. Der Schwindel in seinem Kopf nahm Überhand. Die Versuchung lockte ihn, sich einfach fallenzulassen und der Schwäche nachzugeben, doch etwas in ihm ließ das nicht zu. Strater verharrte einen Moment, dann holte er tief Luft und stemmte sich unter Aufbietung all seiner letzten verbliebenen Kräfte in die Höhe.

Gemeinsam mit Kante setzte er sich in Bewegung und sie schleppten den reglosen Mann durch den Nebel. Mit jedem ihrer kurzen Schritte, die sie durch das Wasser wateten, fragte sich Strater, ob sie überhaupt in die richtige Richtung gingen. Zu seiner Erleichterung tauchten nach einigen Metern die ansteigenden dunklen Steine in seinem Blickfeld auf, die die Böschung bildeten.

Als er festen Boden unter den Füßen spürte, streifte er sich den Arm des Mannes vom Hals und ließ sich niedersinken. Er hörte Kante noch irgendetwas laut rufen, dann versank die Welt um ihn herum plötzlich in Dunkelheit.

Epilog

Am ersten Arbeitstag nach einem dreitägigen Krankenhausaufenthalt saß Strater in seinem Büro und füllte einen Bericht zu den vorangegangenen Ereignissen aus, als sein Telefon klingelte. »Huber von der bayerischen Grenzpolizei hier«, sagte eine männliche Stimme mit regionaltypischem Dialekt, nachdem er sich gemeldet hatte. »Ich dachte, es könnte Sie vielleicht interessieren, dass wir in der Nacht bei einer Kontrolle an der österreichischen Grenze einen Zlatan Grigorov festgenommen haben.«

»Wer ist das?« Strater trank einen Schluck Kaffee, der inzwischen lauwarm geworden war und verzog das Gesicht.

»Ein von Interpol mit europäischem Haftbefehl gesuchter mehrfacher Mörder bulgarischer Abstammung.«

»Ich verstehe nicht.«

»Ein Auftragskiller, der gemeinhin auch *Der Schäfer* genannt wird, weil er bei seinen Taten eine schwarze Schafsmaske trägt. Der Grund, warum ich Ihnen das erzähle, ist, dass eine Auswertung seines Navigationsgeräts im Auto und diverser Dokumente wie Parktickets ergeben hat, dass er sich eine Weile bei Ihnen in Norddeich aufgehalten hat. Wir haben außerdem die besagte Schafsmaske und eine halb automatische Waffe vom Typ Walther PPS bei ihm gefunden. Zwei Patronen fehlten im Magazin.«

Jetzt dämmerte es Strater. »Ich verstehe, das ist interessant ...« Seine Wunde auf der rechten Seite pochte und er verzog schmerzerfüllt das Gesicht. Wie durch ein Wunder hatte der Messerstich der Apotheken-Angestellten kein wichtiges Organ getroffen. Die Klinge war nur wenige Zentimeter neben dem Dickdarm eingedrungen, wo Strater einst in Hamburg mit beinahe tödlichem Ausgang verletzt worden war. Im weiteren Verlauf des Gesprächs mit dem Grenzbeamten fielen die Puzzleteile an ihren Platz und in Strater wuchs die Überzeugung, dass das Ehepaar Carstensen von dem festgenommenen Auftragsmörder getötet worden war. Er hatte recht gehabt. Die ganze Zeit über. Die Tat hatte nichts mit den Morden an den beiden alten Frauen zu tun gehabt. Strater berichtete seinem Gesprächspartner von seinen Erkenntnissen im Fall Carstensen und erwähnte den bulgarischen Energiekonzern Varna Energia, von dem der Auricher Wirtschaftsfahnder ihm erzählt hatte. Huber warf daraufhin ein, dass das Unternehmen schon einmal im Zuge eines Mordes von Grigorov in den Akten aufgetaucht war und laut seiner Recherchen in dem Ruf stand, von der bulgarischen Mafia infiltriert zu sein. Jan Carstensen hatte also offenbar die falschen Leute über den Tisch gezogen, die ihm daraufhin die Quittung in Gestalt eines Auftragskillers gesandt hatten. Grigorov hüllte sich seit seiner Festnahme zwar in Schweigen, aber Strater war zuversichtlich, dass er anhand der ballistischen Untersuchung der Schusswaffe mit der Tat in Verbindung gebracht werden konnte.

Nachdem sich Strater herzlich bei dem Grenzpolizisten bedankt hatte, beendete er das Gespräch, lehnte sich zufrieden zurück und verschränkte die Hände hinter dem Kopf. Das Pochen seiner Wunde ignorierte er, soweit es ging. Der Tag fing gut an. Sein Blick fiel auf die herzförmige Muschel, die auf seinem Schreibtisch neben dem Stiftehalter lag. Vielleicht brachte sie ihm wirklich Glück. Der alte Hauke hatte sie ihm auf der Intensivstation in die Hand gedrückt, als Strater und Kante bei ihm gewesen waren.

»Dat Allerbest för di«, hatte der Seebär gesagt und in seinen Bart genuschelt, dass die Muschel sich in seiner Kleidung verfangen haben musste, als er im Watt gelegen hatte. Eine Krankenschwester hatte sie ihm gegeben und er schenkte sie Strater zum Dank als Talisman. Strater nahm sich vor, die Tage noch einmal nach dem Mann zu sehen. Wenn die Krankenhaus-Angestellten recht behielten, würde er heute auf die Normalstation verlegt werden.

Dort lag auch, Tag und Nacht bewacht von Polizisten vor der Tür, die Apotheken-Angestellte Heike Peters, die wie Hauke gerade noch rechtzeitig von der Seenotrettung aus dem Meer gezogen werden konnte. Inzwischen hatte sie die Morde an Fenna Tütken und Elma Klaaßen gestanden. Enno Brunsen hatte sie zusammen mit Zadel am Krankenbett vernommen und in seiner gewohnt großspurigen Art verkündet, dass er ihr das Geständnis entlockt hätte.

Strater beugte sich wieder vor und schrieb an seinem Bericht weiter. Im Zuge dessen startete er das digitale Aufnahmegerät mit der Vernehmung der Mörderin und spulte zu den interessanten Fragen vor.

»Wieso haben Sie Fenna Tütken umgebracht?«, fragte Brunsen aggressiv.

»Sie hat mich an *sie* erinnert«, spie Heike Peters verächtlich aus. Sie näselte stark. Womöglich war sie an irgendwelchen Schläuchen angeschlossen. Die aufgesetzte Herzlichkeit, mit der sie Strater in der Apotheke beraten hatte, war gänzlich aus ihrer Stimme verschwunden.

»An wen?«, hakte Brunsen nach.

»An meine Großmutter. Genauso lethargisch, genauso schwach. Hat sich ihrer Schwermut hingegeben und sich in ihrem Selbstmitleid gesuhlt. Hat immer weggesehen, wenn er zu mir kam oder mich mit in die Werkstatt genommen hat, um mit mir zu *spielen*.« Das letzte Wort betonte sie abfällig.

»Wer hat Sie mitgenommen«? Die ruhige Stimme gehörte Zadel.

»Mein Großvater. Aber das war er nicht!« Einen Augenblick lang war es still, dann fügte sie hinzu: »Er war Großmutters Mann aus zweiter Ehe, aber ich musste ihn trotzdem so nennen.«

»Haben Sie den Mord an Fenna Tütken von langer Hand geplant oder kam es plötzlich über Sie?«, fragte Brunsen.

»Ständig watschelte sie mit ihrer Gehhilfe in die Apotheke und hat über alles und jeden gejammert. Das Wetter, ihr Alter, die Gelenke, ihren Sohn, Gedanken über den Tod. Sie war wie meine Großmutter. Irgendwann habe ich mir vorgestellt, wie es wäre sie zu packen und sie zum Schweigen zu bringen. Der Gedanke hat mich irgendwann nicht mehr losgelassen.«

»Da sind Sie also zu ihr hin und haben Sie kaltblütig erdrosselt«, sagte Brunsen.

»Es hat sich so gut angefühlt. Wie eine Befreiung nach all den Jahrzehnten. Es war richtig. Wussten Sie, dass sich das schwarze Gift immer weiter ausbreitet? Ich habe versucht, es zu stoppen, aber die Dosis ist nicht richtig! Die Dosis muss stimmen.«

Strater lauschte eine Weile den wirren Worten, die folgten. Tatsächlich hatte man in den Kapseln, die Heike Peters dem alten Hauke und den beiden getöteten Frauen verkauft hatte, Spuren pflanzlichen Ursprungs gefunden, den potenziell giftigen Inhaltsstoff irgendeiner Pflanze, dessen Namen Strater schon wieder vergessen hatte. Dieser war offenbar im Mittelalter als Heilmittel gegen Depression verwendet worden. Als Strater nachgehakt hatte, warum davon nichts im Obduktionsbericht zu lesen war, hatte die Gerichtsmedizinerin ihren Goldzahn aufblitzen lassen und abgewunken. Strater hatte das so für sich gedeutet, dass Heike Peters ihren Kapseln offenbar derart geringfügige Mengen des Stoffs beigefügt hatte, dass davon keine nennenswerte Wirkung ausgegangen war. Insgeheim vermutete er, dass man schon sehr genau hätte wissen müssen, wonach man suchte. Dabei war die Todesursache sehr eindeutig gewesen.

»Ich musste es doch tun!«, spie sie irgendwann in das Aufnahmegerät. »Ich hätte es so viel früher tun sollen! Es war doch auch für Jakob.«

Strater runzelte die Stirn. Jakob? War das ihr Sohn, den er in der Apotheke gesehen hatte? Den sie nun zurücklassen würde, in einer Welt, vor der sie ihn offenbar schützen wollte?

Hier stoppte Strater die Aufnahme und kaute nachdenklich am Ende seines Kugelschreibers. Das kleine Wörtchen »So« hatte seine Aufmerksamkeit erregt. Er brauchte kein Fallanalytiker oder Psychologe zu sein, um zu wissen, dass sich die Eskalationsstufen bei Serienmördern Schritt für Schritt steigerten. Lange bevor es zum ersten Mord kam, gab es meist erste Anzeichen. Strater hatte bereits vom Krankenbett aus veranlasst, Heike Peters' Vergangenheit akribisch zu beleuchten. Sie arbeitete seit neun Jahren in der Nordseeapotheke und sie würden sich jeden Kunden, mit dem sie in Berührung gekommen war, näher anschauen müssen. Eine Sisyphusarbeit.

Etwas Interessantes hatte Ceylin Mostafa, die sich nicht nur mit Videosystemen auskannte, sondern auch eine gute Rechercheurin war, bereits entdeckt. Vor zwei Jahren hatte Heike Peters den Tod einer alten Frau gemeldet, die sie angeblich am Fuße der Kellertreppe gefunden hatte, als sie ihr Medikamente vorbeibrachte. Niemand schien damals den geringsten Zweifel daran gehegt zu haben, dass die Seniorin die Treppe heruntergefallen war. So etwas geschah schließlich nicht selten. Doch jetzt würde Strater ein Monatsgehalt darauf verwetten, dass Peters damals nachgeholfen hatte. Es würde allerdings unmöglich sein, ihr das heute noch nachzuweisen, es sei denn, sie gestand es freiwillig. Strater würde nichts unversucht lassen, um ihr ein Geständnis zu entlocken, wenn er sie selbst vernahm.

Ein Klopfen an der Tür riss ihn aus seinen Gedanken. Zadel, Brunsen, Ceylin und einige weitere Beamte betraten Straters Büro. »Willkommen zurück!« Lächelnd stellte Zadel einen großen Präsentkorb auf Straters Schreibtisch ab.

Strater kratzte sich am Hinterkopf, unschlüssig, wie er reagieren sollte. Er mochte es nicht, im Zentrum der Aufmerksamkeit zu stehen.

»Vom Bürgermeister, aber wir haben uns auch beteiligt«, schob Zadel hinterher. Am liebsten hätte Strater Zadel gesagt, dass er sich die Sachen sonst wohin stecken konnte, er war nach wie vor vom mangelnden Vertrauen seines Chefs enttäuscht. Das würde er ihm in einem persönlichen Gespräch durchaus unter die Nase reiben. Fürs Erste zwang er sich jedoch zu einem Lächeln und bedankte sich höflich. Als er kurz darauf von dem Anruf des bayerischen Grenzpolizisten berichtete, hellte sich die Miene seines Chefs noch weiter auf. Brunsen schlug vor, die Flasche Crémant, die sich in dem Präsentkorb befand, zur Feier des Tages zu köpfen und wenig später stieß die Belegschaft mit in Plastikbecher gefüllten Schaumwein auf den erfolgreichen Abschluss der Mordfälle an.

***

Strater hob erneut seine linke Hand und blickte auf den Chronografen mit dem breiten, dunklen Lederband, dem schwarzen Ziffernblatt und den edlen bronzefarbenen Zeigern. *Zeit, zu gehen.* Er griff nach der Tasse, kippte den letzten Rest kalten Kaffees hinunter, verzog das Gesicht und erhob sich. Sein Blick blieb auf dem Schreibtisch hängen, der übersäht war mit Notizblättern und auf dem sich rechts und links die Papiere stapelten. Er würde sich später darum kümmern. Nachdem er den Bericht abgetippt hatte. Sobald er sich mit der gestürzten Frau näher befasst hatte und den anderen – Strater unterbrach seine Gedanken. Ein erneuter Blick auf das schicke Ziffernblatt verriet ihm, dass ihm noch vier Minuten blieben.

»Brunsen«, donnerte er.

Wenige Augenblicke später streckte sein sichtlich verunsicherter Kollege den Kopf durch den Türrahmen. »Ja?«

»Komm rein und mach die Tür hinter dir zu«, blaffte Strater, während er wieder Platz nahm. Er unterdrückte ein Grinsen beim Anblick des jungen Mannes, auf dessen Hals sich rote Flecken ausbreiteten, die mit dem magentafarbenen Sakko um die Wette leuchteten. »Setz dich, Enno.«

Die saphirfarbenen Augen des jungen Mannes, die stets neugierig und ein wenig naiv in die Welt blickten, schweiften nervös durch den Raum, bevor sie auf Straters Nasenbein zur Ruhe kamen.

Strater verschränkte die Arme hinter dem Kopf und kostete einen kurzen Moment die Verunsicherung seines Kollegen aus. Dann schob er ihm die Papiere über die Tischplatte. Brunsen starrte auf die Akte und blickte ihn dann verständnislos an.

»Ab Montag klemmst du dich dahinter«, sagte Strater. »Zur Not alles noch mal von vorne: Wer war wann, wo? Wer hat wen wann gesehen?« Strater beugte sich über die Tischplatte und fixierte den jungen Mann, der ihn noch immer aus großen Augen ansah. »Welche Medikamente hat die Frau eingenommen und noch wichtiger – wo hat sie diese gekauft?«

Ein Funkeln in Brunsens Augen verriet Strater, dass er endlich begriffen hatte. Er warf einen erneuten Blick auf seine neue Uhr.

»Wow, das ist doch eine ...«, entfuhr es Brunsen, als sich Strater aufrichtete. Er klaubte die Dokumente vom Schreibtisch und drückte sie Brunsen in die Hand. »Einer der Vorteile, wenn man mit einer erfolgreichen Frau verheiratet ist«, sagte er grinsend. Er schnappte sich seine Jacke und schob den noch immer verdutzt im Raum stehenden Brunsen mit sich aus der Tür. »Jetzt raus mit dir, ich bin verabredet!«

»Und die Papiere?«, rief er ihm hinterher, als er bereits die Mitte des Gangs erreicht hatte. Strater drehte sich noch einmal zu seinem Kollegen um. »Ich habe vollstes Vertrauen in dich«, entgegnete er und nickte Enno Brunsen anerkennend zu. Dann drehte er sich um und verließ mit großen Schritten das Kommissariat durch den Seiteneingang.

Draußen stand sie. Als er ihre schmale Silhouette neben der Treppe erblickte, machte sein Herz einen Sprung. Er nahm die letzten beiden Stufen auf einmal und wollte nach ihrer Hand greifen, als ein lautes Quietschen ihn jäh zusammenzucken ließ. Er blickte zum Haupteingang hinüber und sah eine wild gestikulierende Gestalt auf ihn zueilen, deren dunkle Haare zu einem festen Pferdeschwanz gebunden waren.

Nicht jetzt!, dachte Strater und spürte, wie er sich innerlich anspannte.

Starr vor Schreck beobachtete er, wie Kante auf ihn zulief. Er blickte zu Saskia, die ihre Augen auf die junge Frau gerichtet hatte, und hielt die Luft an. Kurz bevor Kante bei ihm war, sah er, wie ihr Blick, den seiner Frau streifte und ein beinahe unmerkliches Lächeln deren ebenmäßige Züge umspielte. Ehe er sich gefasst hatte, stand Kante vor ihm und fiel ihm um den Hals. »Alter, ey, ich hatte echt Angst um dich!«

»War nur ein Kratzer«, nuschelte er zwischen ihren Armen hindurch, die ihn kräftig packten und an sich drückten. Zwischen ihnen vibrierte etwas. *Wwwwwwwt. Wwwwwwt. Wwwwwwwt.*

Abrupt ließ Kante von ihm ab und zog ein Handy aus der Tasche ihrer Kunstlederjacke. Einen Moment lang starrte sie zornig ins Leere und schien zuzuhören. Dann wandte sie sich zu Strater und hob die Hand zum Gruß. Er sah zu Saskia hinüber, die ihr beinahe unmerklich zunickte, in ihrem Blick etwas, das Strater vielleicht als Anerkennung bezeichnet hätte.

»Alter, ich mach so was nicht mehr«, hörte er noch Kantes kratzige Stimme, die sich von ihnen entfernte. Dann war er bei seiner Frau. Einen Moment standen sie einfach nur da und blickten sich an. »Schön, dass du da bist«, sagte sie schließlich mit ihrer Stimme, die wie Kaschmir über Straters Haut und darunter glitt, bevor sie sich bei ihm einhakte und hinzufügte: »Ich habe Hunger!«